Béatrice Bottet

Wolfsgesang

Das Zauberbuch mit dem Rubin

Teil 3

Béatrice Bottet

Wolfsgesang

Aus dem Französischen von Corinna Tramm

Urachhaus

Die französische Originalausgabe erschien unter dem Titel
Le Grimoire au rubis, Livre 3: Le Chant des loups
bei Éditions Casterman in Brüssel

ISBN 978-3-8251-7601-3

Erschienen 2009 im Verlag Urachhaus
www.urachhaus.com

Umschlagillustration: Joachim Knappe, Hamburg
Gesamtherstellung: CPI – Clausen und Bosse, Leck

Personen

Bertoul Beaurebec	Musikant und Held dieser Geschichte
Blanche de Vauluisant	Edelfräulein von Flamincourt und Bertouls Verbündete
Eudes Gerbaud	Verwalter von Schloss Vauluisant
Gillette Dourdon	seine Cousine
Jodelle	Mädchen aus dem Volk
Maleaume	Hauptmann in Vauluisant
Pater Geslain	Kaplan auf Schloss Vauluisant
Gaucher Sevestre	Hüter der Wölfe
Guilhabert	Troubadour aus Okzitanien
Évrard de Cezain, Isambart de Sourre, Jourdain de Digueville, Thomas de Craon	Tempelritter
Renaud	Leibwächter der Templer
Raoulet de Mauchalgrin	Erbe des Schlosses Tournissan
Griffon le Réchin	dessen Diener
Enjorran	Hauptmann von Tournissan
Hennequin	Freund Bertouls, ehemaliger Soldat und stadtbekannter Dieb
Félicité Perdriel	Bertouls Nachbarin
Pierre, Jehan und Marion	ihre Kinder

1

Geheime Ergänzung zu den Archiven des Gutes Vauluisant.
Persönliche Notiz von Eudes Gerbaud,
Verwalter des Gutes und des Schlosses.
Auszüge aus dem Jahre 1232

12. April

König Louis achtet offenbar sehr auf eine gute Verwaltung von Vauluisant. Seitdem das Edelfräulein Blanche, die Herrin des Gutes, vor achtzehn Monaten das Schloss ihrer Brüder in Flamincourt verlassen hat, um am Hof des Königs eingeführt zu werden, haben wir dreimal Besuch von Abgesandten erhalten.

Der Letzte ist drei Tage lang geblieben. Mit strengem Blick hat er die Rechnungsbücher kontrolliert, das Schloss inspiziert und das gesamte Gut besichtigt, das zwar nicht sehr groß ist, aber schöne Dörfer, schöne Ländereien und schöne Wälder umfasst.

Ich musste den Hauptmann unserer kleinen Garnison und den Kaplan der Kapelle rufen, die er anschließend lange befragte. Ich habe ihm versichert, dass jeder hier der Krone gegenüber uneingeschränkt loyal sei, dass das Gut weder Bedrohungen noch Tumulte erlebt hat und dass das Schlossverlies in den letzten Jahren nur dazu gedient hat, gelegentlich einige Taugenichtse darin einzuschließen, wo sie in aller Ruhe wieder nüchtern werden konnten, wenn sie mit ein wenig zu viel Eifer den neuen Wein probiert hatten …

Ich habe es vorgezogen, den Fall Gaucher Sevestre nicht zu erwähnen.

Der Abgesandte schien beruhigt, dem König berichten zu können, dass das Erbe unseres Edelfräuleins Blanche in gutem Zustand ist. Er ist mit seinem Knappen wieder abgezogen. Nun bin ich sie los. So kann ich diese Seite heute Abend gelassen beenden und mir sagen, dass wir nun die nächsten sechs Monate Ruhe haben werden.

1. Mai

Ich habe die Rechnungsbücher, die bei uns immer bis nach Ostern gehen, abgeschlossen. Die Finanzen stehen, wie jedes Jahr, wieder ziemlich gut. Wir haben das Glück gehabt, dass sich im letzten Monat eine Karawane von italienischen Kaufleuten hierher verirrt hat. Für die Unterkunft hier im Schloss und die Benutzung unserer Straßen haben sie nicht nur die übliche Gebühr bezahlt, sondern uns zum Dank sogar zwölf Reststücke von schönen Stoffen, drei Tonkrüge Olivenöl und Gewürze dagelassen: Zimt, Pfeffer, Kardamom, Muskat und Kümmel. Es war entschieden ein gutes Jahr … Und bereits die vorigen waren nicht schlecht.

21. Mai

Die Wölfe haben drei Schafe gerissen. Man hat von ihnen nur noch die völlig abgenagten Gerippe gefunden.

24. Juni

Ich habe am Sockel der Schlossmauern große Kohlenfeuer für das Johannisfest vorbereiten lassen. Weinfässer sind aufgestellt worden, und die Leute werden auf die Gesundheit unseres guten Edelfräuleins Blanche trinken. Allerdings kennen sie sie nicht, jedenfalls nur sehr wenige, denn bevor sie in Paris lebte, kam sie nur am Rockzipfel ihrer Mutter, Frau Maguelonne, hierher. Sie hat ihren Vater Jehan de Flamincourt in ihrer Kindheit verloren, später dann, mit zwölf Jahren, ihre Mutter. Sie hat immer in Flamincourt gelebt, zunächst mit ihren Eltern, dann mit ihren älteren Halbbrüdern, und hat Vauluisant nur unregelmäßig besucht. Dennoch ist sie seit dem Tod ihrer Mutter Herrscherin über das Lehen und nur dem König Rechenschaft schuldig. Doch wer kann sich hier eigentlich noch daran erinnern, wie sie aussieht? Bei jeder Gelegenheit lasse ich auf ihre Gesundheit anstoßen, aber ich denke mir meinen Teil dabei.

Lang lebe das Edelfräulein! Und es möge möglichst weit von Vauluisant entfernt bleiben …

22. August

Es gab einen Brand auf dem Bauernhof von Albaret aufgrund der sehr großen Trockenheit, die seit zwei Monaten anhält. Die Scheune des armen Albaret ist mitsamt seiner ganzen Roggenernte abgebrannt. Reisende haben uns gesagt, dass der König den Tod zweier seiner Brüder beklagt. Man würde meinen, dass die Kinder der Adligen besser vor Krankheit geschützt sind als die der armen Landleute. Doch man sieht daran, dass uns Gottes Ratschlüsse unergründlich bleiben.

Gaucher Sevestre ist wieder in der Region. Seit seiner Rückkehr heulen die Wölfe jede Nacht; es ist wohl die Hitze, die sie so reizbar macht.

25. September

Der königliche Abgesandte ist eher zurückgekommen, als ich ihn erwartete, um uns zu melden, dass das Edelfräulein bald nach Vauluisant kommen werde. Er hat für sie sogar eine Schatulle vom König und von seiner Mutter, Madame Blanche von Kastilien, hiergelassen.

Blanche de Vauluisant wieder auf ihrem Lehensgut! Was für eine Schreckensnachricht!! Ich habe mir natürlich nichts anmerken lassen, doch ich bin wirklich fassungslos. Die Aussicht auf die Rückkehr unserer jungen Herrin verwirrt mich.

Was wissen wir von ihr? Wahrscheinlich ist sie eine dieser launischen Jungfern geworden, die nur an Kleider, Schmuck und Festlichkeiten denken. Wird sie die ganze Arbeit zunichte machen, die ich hier geleistet habe, während sie sich am Hofe vergnügte?

Wenn man weiß, was für Leute die vier Flamincourt-Brüder sind, diese Taugenichtse, die ihr Hab und Gut verschwenden und ihr Mäntelchen nach dem Wind hängen … Und obendrein ist sie ja nur ein Mädchen!

Nun, wir werden sehen … Warten wir ab, es wird nicht mehr lange dauern.

In vier Tagen ist Michaelstag, und das ist eine Zeit, in der es besonders hoch her geht. Die Landleute werden hierher kommen, um ihre Abgaben, den Pachtzins und andere Steuern zu entrichten. Die Listen sind fertig und die Namen eines jeden Hausstandes lückenlos verzeichnet. Unsere Keller und Vorratskammern warten nur darauf, gefüllt zu werden. Der Wachhauptmann hat seine Männer gut eingewiesen: In diesen Tagen, wenn die Steuern fällig sind, gibt es manchmal Widerspenstige oder Querköpfe. Dennoch, jeder muss seinen Teil zahlen. So war es schon immer in der Welt: Die Geistlichen beten, die Adligen beschützen und kämpfen, das Bauernvolk arbeitet und bezahlt Steuern und Abgaben. Die Organisation der Welt, wie sie von Gott gewollt ist – ist sie nicht vollkommen?

Die Wölfe hören nicht auf zu heulen. Ich glaube, dass dieser verfluchte Gaucher sie aufstachelt. Falls unser Gefängnis in der nächsten Zeit anderen Zwecken als dem der Ausnüchterung dienen soll, so wird es zweifellos für ihn sein.

5. Oktober

Gaucher verhält sich ruhig. Was die Wölfe betrifft, so haben sie keinen Schaden mehr angerichtet, doch man hört sie von Zeit zu Zeit bei Mondschein heulen. Ich habe Patrouillen ausgesandt, um sie in die Enge zu treiben. Unsere Männer haben zwei von ihnen erlegt. Ihr Fell wird ein neues Futter für meinen Mantel im nahenden Winter abgeben, aber wahrscheinlich sind noch Dutzende weitere übrig. Ich stehe tausend Ängste aus. Wann wird das Edelfräulein eintreffen? Ich habe ein paar Beobachter zur Straße nach Paris geschickt: Sie haben keine Equipage, wie sie reiche Edelfräulein mit sich führen, und auch keinerlei bewaffnete Eskorte gesichtet. Sie muss wohl aufgehalten worden sein.

Magnet

Wenn Ihr Glück in der Liebe haben möchtet,
so tragt einen Magneten bei Euch, den Ihr in
ein Säckchen aus grünem Stoff gehüllt habt.
Wenn Ihr die geliebte Person seht,
müsst Ihr Eurem Liebestalisman folgende
Worte zuflüstern:
»Magnet, bewirke, dass ich von dem
geliebt werde, den ich liebe.«

2

Vom Fluss Merlette her stiegen kleine Nebelschwaden auf, doch die beiden Menschen, die nebeneinander am Ufer entlanggingen, machten sich nichts daraus. Es war Anfang Herbst, und das Wetter war immer noch schön. Dennoch kühlte die Luft jeden Abend ab, und der Nebel begann die Talsenken zu füllen. Die Bauern, die von ihren Äckern heimkamen, warfen kurze Blicke auf den Mann und die Frau reifen Alters, die sich bedächtig fortbewegten. Die beiden zogen ihre Mäntel fester um sich. Mit der Zeit bildeten sich kleine Wassertropfen auf dem dunklen Stoff. Die Frau trug eine Leinenhaube und der Mann einen Hut aus dunklem Samt.

»Nun, Cousin«, sagte die Frau, »freut dich mein Besuch?«

»Gewiss, meine liebe Gillette«, antwortete der Verwalter von Vauluisant. »Aber, wenn ich ehrlich bin: Ich war überrascht, als du kamst. Ich hatte dich nicht erwartet.«

»Denn du erwartest jemand anderen ... Und dieser Jemand beunruhigt dich.«

»Ja«, gab Eudes Gerbaud zu. »Das Schloss erwartet über kurz oder lang die Rückkehr des Edelfräuleins Blanche de Vauluisant.«

»Ist es das, was dich so quält?«

Eudes zog es vor, nicht zu antworten. Er hatte wenig Lust, seiner Cousine Gillette Dourdon die Verwirrung, in der er sich befand, anzuvertrauen. Unterdessen schien Gillette laut nachzudenken.

»Also wirst du nicht mehr der alleinige Herr hier sein. Du wirst Rechenschaft ablegen müssen, Befehle erhalten – keine guten Aussichten.«

»Ja, es stimmt, daran denke ich«, gab Eudes zu, ein wenig erstaunt, dass er so schnell durchschaut worden war, Gillette war wirklich eine schlaue Person.

»Ich befürchte tatsächlich, dass meine Zukunft in Vauluisant gefährdet ist.«
»Wie sieht sie aus, diese Blanche?«, fragte die Frau.
»Diese Blanche! Wie redest du über sie, Cousine! Du sprichst von unserem Edelfräulein! Du könntest immerhin …«
»Tu nicht so scheinheilig. Nennst du sie im tiefsten Herzen nicht selber so? Nun, wie sieht sie aus?«
»Wie kann ich das wissen? Sie hat seit mehr als vier Jahren keinen Fuß mehr nach Vauluisant gesetzt. Und damals war sie ein Mädchen von ungefähr zwölf Jahren. Ein Mädchen, wie es viele gibt … Ihre Augen … Ich erinnere mich nicht mehr, weder blau noch braun, denke ich. Vielleicht grau oder ein wenig grün.«
»Mmh, das ist ein schlechtes Zeichen«, sagte die Frau. »Ein Zeichen von Unbeständigkeit. Was noch?«
»Schwarze Haare. Ja, ihr Haar ist so schwarz wie das Gefieder einer Amsel.«
»Das ist ein weiteres schlechtes Zeichen. Schwarz … die Farbe des Teufels.«
»Rede kein dummes Zeug«, fiel der Verwalter ihr ins Wort und zuckte mit den Achseln.
»Oh, ich könnte noch manches dazu sagen … Wie auch immer, ich glaube, du hast wirklich Grund, dich vor ihr zu fürchten.«
Sie gingen noch eine Weile schweigend durch das feuchte Gras, das den Fluss säumte. Von Zeit zu Zeit schüttelte Eudes Gerbaud den Kopf und murmelte etwas vor sich hin. Manchmal seufzte er. Es gelang ihm nicht, sich mit dem Gedanken an die Rückkehr des jungen Mädchens anzufreunden.
»Verstehst du, Gillette, ich bin nun viele Jahre Herr in Vauluisant. Ich genieße es, dieses Gut zu verwalten. Ich hatte völlig freie Hand. Und nun wird sich alles ändern. Ein Edelfräulein von gerade mal sechzehn Jahren wird sich hier einrichten. Sechzehn Jahre! Stell dir das vor!«
»Man soll nicht jammern, bevor man Schmerzen hat. Im Übrigen kann sie ja wieder nach Paris abreisen, nachdem sie die Gewändertruhen ein wenig geplündert hat. Nichts Schlimmes also.«

»Wie du darüber redest!«
»Oder es gefällt ihr in Vauluisant und sie entscheidet sich, zu bleiben. In diesem Fall gibt es zwei Möglichkeiten: Ihr passt zusammen und sie lässt dich in deiner Position, oder sie passt dir nicht, und in diesem Fall muss man rasch handeln …«
»Handeln?«
»Ja natürlich. Da gibt es viele Arten … sagen wir, die Dinge zu deinen Gunsten laufen zu lassen.«
»Was meinst du damit?«
»Ach, spiel doch nicht den Ahnungslosen!«
»Ich hoffe doch, du denkst nicht an einen Mord!«
»Einen Mord? Wo denkst du hin! Aber ich habe eine Idee … Erinnerst du dich an Jodelle?«
Eudes blickte seine Cousine erstaunt an.
»Jodelle? Was hat denn Jodelle damit zu tun?«
Die Frau lächelte hinterhältig.
»Denk doch ein wenig nach. Jodelle kann genau das tun, was du dir wünschst.«
»Oh …«, sagte Eudes entsetzt, nachdem er begriffen hatte. »Oh, nein, das kommt gar nicht infrage.«
»Aber ja doch. Denk darüber nach, lieber Cousin.«
»Oh nein.«
Es klang schon weniger sicher.
Die Nacht war inzwischen hereingebrochen. Eine schmale Mondsichel streifte leicht die Bäume auf dem Hügelkamm.
»Überleg es dir«, wiederholte sie.
Der Gutsverwalter von Vauluisant wandte sich verstört um, um zum Schloss zurückzukehren, gefolgt von seiner Cousine. Er murmelte ein ums andere Mal: »Oh nein, oh nein, alles, nur nicht das«, aber Gillette, die ein feines Ohr hatte, verstand sehr gut, dass seine Litaneien im Grunde schon fast sagen wollten: Warum nicht?
In der Ferne ertönten langgezogene melodische Klagelaute und verbreiteten sich über das Land.
Da waren sie wieder, die Wölfe.

Blütenblatt

Schlagt Eure Hände über einem
Blütenblatt der Anemone, des Mohns oder
der Pfingstrose zusammen.
Je stärker das Geräusch ist, umso mehr
werdet Ihr geliebt werden.

3

Bertoul Beaurebec schätzte, dass er noch etwa zwei Tagesmärsche von Vauluisant entfernt war – eine Aussicht, die ihn nicht gerade erheiterte. Er bemühte sich ganz einfach, nicht daran zu denken.

Es war tiefste Nacht, die feine Mondsichel war seit langem schlafen gegangen, und durch das Laubwerk der Bäume schimmerte ein unregelmäßiges Sternenfeld. Aus der Ferne drang gedämpft der Gesang der Wölfe durch die Bäume bis zu der Stelle am Saum des dichten Waldes, wo sich Bertoul befand. Er saß an den Stamm eines ehrwürdigen Ahorns gelehnt und hatte es sich zwischen den Wurzeln bequem gemacht. Auf seinen Knien hielt er ein geöffnetes dickes, schweres Buch. Ein Zauberbuch.

Dieses Zauberbuch war mehr als kostbar, denn es enthielt einen Teil der Weisheit der Welt, soweit ein Mensch sie kennen konnte. Seine Pergamentbogen waren mit Zauberanweisungen und Worten voller Weisheit bedeckt. Skizzen, Grafiken und Pentagramme verzierten die Ränder oder unterbrachen den Text. All das machte dieses Buch unbeschreiblich wertvoll.

Profitsüchtige Gemüter konnten ermessen, dass allein schon der enorme Rubin, der den Einband schmückte, von unschätzbarem Wert war; doch Bertoul wusste, dass die eigentliche Bedeutung in seinen Texten lag. Alle Geheimnisse des Lebens waren in ihm enthalten: »Anweisung, wie man sich seiner Feinde entledigt«, »Anweisung, wie man im Spiel gewinnt«, »Anweisung, Fieber zu heilen«. Und dann, im weiteren Verlauf: »Anweisung, geliebt zu werden«, »Anweisung, wie man die Liebe eines Menschen gewinnt«, »Anweisung, wie man ein Herz zu rühren vermag«. Doch bei den Geheimnissen und Anweisungen, die die Liebe betrafen, wagte er es nicht, sich allzu lange aufzuhalten.

Bertoul seufzte und schloss das Buch wieder. Seine rechte Hand lag auf dem Rubin und die linke über ihr. Das Zauberbuch war durch eine magische Prozedur geschützt: Niemand konnte es öffnen, solange Bertoul selbst es nicht zuließ. Wenn das Zauberbuch je gestohlen würde, würde sein Dieb nichts mit seinen Geheimnissen anfangen können, jedenfalls nicht, bevor nicht geraume Zeit verstrichen war. Das war beruhigend, wenn man bedachte, dass es auf der Welt so viele Spitzbuben und Schufte gab.

Und ausgerechnet er, Bertoul Beaurebec, dem fahrenden Sänger und Arbeiter an der Bauhütte der großen Kathedrale Notre Dame zu Paris, hatte das Glück, dieses außerordentliche Geschenk zu besitzen. Mehr als zwei Jahre waren vergangen, seit er es vom Magier Magnus Gurhaval geerbt hatte, und er konnte es immer noch nicht fassen. Der alte Magnus hatte ihm seine gesamte Habe vermacht, und das Zauberbuch mit dem Rubin war das bedeutendste Stück darunter.

Bertoul streichelte langsam den Edelstein, der nachts manchmal in einem merkwürdigen Schein aufzuflackern schien, als ob tief in ihm eine winzig kleine Flamme loderte. Er versuchte in ihm vergangene Bilder wiederzufinden, das des Magiers, den er nur eine Nacht lang kennengelernt hatte, und das der alten Frau Hermelinde de Tournissan, seiner Wohltäterin, die ihn, als sie auf dem Sterbebett lag, mit dem Auftrag zu Magnus Gurhaval gesandt hatte, das Zauberbuch, das sie ihm fünfzig Jahre zuvor geraubt hatte, zurückzubringen.

An diesem Abend strahlte der Rubin nicht. Alles ringsumher war schwarz, doch Bertoul vernahm ein tausendfältiges Rascheln und Schwirren, schleichende und quiekende Geräusche verschiedenster Art, und in der Ferne ertönte der Gesang der Wölfe.

Bertoul erhob sich. Es war nutzlos, weiter an den Weisheiten des Zauberbuchs zu arbeiten, wie er es sich jede Nacht auferlegte. Und wie in jeder Nacht, seit er diese Reise angetreten hatte, streckte er den rechten Arm in die Höhe und schloss die Faust.

In vollkommen lautlosem Flug setzte sich eine Eule mit vorgestreckten Krallen auf seinen Unterarm und legte langsam die Flügel an. Dann wandte sie Bertoul ihr Gesicht zu und fixierte ihn mit ihren schönen goldenen Augen. Bertoul winkelte den Arm an und brachte sie so in die Nähe seines Gesichtes. Mit dem Kinn streichelte er den Kopf des Raubvogels zwischen den beiden Federbüscheln. Dann streckte er seine Faust wieder aus.

»Was machst du da?«, rief ihm eine laute und volltönende Stimme zu.

Bertoul, wie immer auf der Hut, wandte den Kopf um. Die Eule war lautlos davongeflogen.

Plötzlich schien es ihm, als sei das Heulen der Wölfe sehr viel näher gekommen. Eulenrufe antworteten ihnen. Die Wölfe verstummten, und nun waren nur noch die langen, beruhigenden Rufe der nächtlichen Raubvögel zu hören. Ein gelbliches, unauffälliges Licht strahlte nicht weit von ihm hinter einem Baum hervor.

»Was machst du da?«, wiederholte die Stimme. Sie gehörte zu einem Mann, der sich aber versteckt hielt.

»Nichts Strafbares«, erklärte Bertoul, ohne sich aus der Fassung bringen zu lassen.

Sein Blick versuchte das Dickicht zu durchdringen, doch er sah nichts. Sein Gegenüber wurde von einem Baumstamm verdeckt.

Bertoul, mit seinen fast siebzehn Jahren, fühlte sich voller Kraft, während die Stimme, die ihm zugerufen hatte, eindeutig zu einem recht alten Mann gehörte.

»Du bist ziemlich unvorsichtig«, sagte der Mann und trat aus dem Schutz der Bäume heraus.

Er war groß, sehr viel größer als Bertoul. Er hatte lange schwarze Haare, die von weißen Strähnen durchzogen waren, und einen gepflegten, kurz geschnittenen Bart. Wie ein Hirte hielt er in der Hand einen Stock, der ihn um einiges überragte und dessen Krummstab oben einen weiten Bogen besaß, an dem eine kleine Laterne baumelte, die jedoch nur wenig Licht spendete. Er trug einen langen dunklen Mantel und lederne hohe Gamaschen, die von geflochtenen Lederriemen gehalten wurden.

Der Mann machte vier oder fünf Schritte in Bertouls Richtung, der sich nicht von der Stelle rührte.

»Wovor sollte ich mich fürchten?«, fragte der junge Mann.

»Vor allem«, antwortete der Bärtige, »vor der Nacht, vor bösem Zauber, bösartigen Menschen. Und vor den Wölfen.«
»Man hört sie nicht mehr«, bemerkte Bertoul.
»Und du glaubst, dass sie dann nicht mehr da sind?«
Bertoul warf einen Blick in die Umgebung. Er fuhr zusammen und hielt mit Mühe einen Schrei zurück. Seine Arme krampften sich um das Zauberbuch. Zwischen den Baumstämmen, außerhalb der Reichweite der Laterne, saßen die Wölfe, aufrecht und unbeweglich und bildeten einen weiten Halbkreis. Ein Blick genügte, um zu erkennen: Es waren mehr als ein Dutzend …
Ein Wolfsrudel stellte nachts eine ernstzunehmende Gefahr dar. Bertoul ließ sich nichts anmerken und blieb ganz ruhig, denn er hatte Angst, die Tiere würden sich sonst auf ihn stürzen. Er war nun doch ziemlich kleinlaut geworden. Wie leichtsinnig von ihm! Was hatte er eigentlich hier am Waldrand zu suchen, wo er doch zu dieser Stunde so schön ruhig im Stroh irgendeines Stalles hätte schlafen können, unter dem warmen Atem von Wolke, seines Pferds, das ihn von Paris bis hierher getragen hatte.
»Was machst du da?«, fragte der Mann zum dritten Mal.
Bertoul wollte ihn auf die Wölfe hinweisen, die hinter seinem Rücken lauerten.
»Ihr seid in Gefahr«, sagte er mit gedämpfter Stimme. »Dreht Euch nicht um … Macht keine abrupten Bewegungen …«
Es schien, als habe sich der Kreis der Wölfe enger um ihn zusammengezogen.
»Wovon redest du denn?«, sagte der Mann und zuckte mit den Schultern.
Die Wölfe, jetzt ganz nah, hatten sich alle aufgesetzt und warfen Bertoul glühende Blicke zu. Sie zeigten wie beiläufig ihre Reißzähne. Scharf wie frisch geschliffene Messer, und bereit, menschliches Fleisch zu zerfetzen.
Bertoul spürte, wie ihm das Herz in die Hose sank: Einer der Wölfe bewegte sich geräuschlos und mit gleichmäßigen Schritten auf den Mann zu.

»Ein Wolf«, stieß Bertoul leise mit erstickter Stimme hervor. »Genau hinter Euch!«
Doch dann geschah etwas Seltsames. Der Mann streckte die Hand aus und der Wolf kam und setzte sich genau darunter; und ohne auch nur einen Blick in seine Richtung zu werfen, legte der Mann mit einer vertrauten Geste seine Hand auf den Kopf des wilden Tieres.
Bertoul drückte das Zauberbuch krampfhaft an sich. Plötzlich wurde ihm bewusst, dass sich die Wölfe weiter vorwärts bewegt hatten und jetzt einen geschlossenen Kreis um ihn bildeten. Sehr nah, zu nah.
»Die Wölfe ...«, flüsterte er wieder. »Sie werden mich töten, nicht wahr?«
Er war sich sicher, dass es im Zauberbuch eine Seite mit der Überschrift gab: »Wie man vorzugehen hat, um sich vor Angriffen wilder Tiere, insbesondere von Wölfen, zu schützen.« Das war eine Anweisung, die ihm jetzt sehr nützlich gewesen wäre, wenn er sie sofort hätte finden können. Und dann hätte er die Prozedur auch noch ausführen müssen ...
Alles, worauf er hoffen konnte, war, dass die Gegenwart des Buches selbst, das er an sich drückte, ihn beschützte. Oder dass die Eulen eingreifen würden. Aber nichts geschah. Einen Moment lang schien alles wie erstarrt: der Mann mit dem Stock, der Wolf unter seiner Hand, die anderen Wölfe im Kreis und er selbst, Bertoul.
»Sie werden sich nicht rühren«, sagte der Mann, »und du hast mir immer noch nicht geantwortet: Was machst du hier?«
»Ich gehe nach Vauluisant«, brachte Bertoul heraus.
»Nach Vauluisant? Mitten in der Nacht? Ohne Gepäck?«
»Ich ... ich übernachte auf einem kleinen Bauernhof, dort hinten«, fuhr Bertoul mit erstickter Stimme fort und machte mit den Knien eine Bewegung in Richtung des Hofes.
»Vauluisant ...«, sagte der Mann in verächtlichem Ton. »Pah... Wer hat denn schon Lust, nach Vauluisant zu gehen?«
›Ich nicht, das ist schon mal sicher‹, sagte Bertoul voller Widerwillen im Stillen zu sich.
»Du bist ein Geschöpf der Nacht«, schleuderte der Mann ihm wie eine

Anklage entgegen. »Ich habe es wohl gesehen. Ich habe die Eule auf deiner Faust gesehen. Und dieses Buch scheint mir sehr verdächtig.«
»Überhaupt nicht!«, rief Bertoul aus. Sofort zeigten die Tiere ihre Zähne, einige ließen ein Knurren vernehmen, das aus tiefster Kehle kam, oder knirschten mit den Kiefern. Bertoul presste das Zauberbuch noch stärker an sich, entschlossen, es um keinen Preis loszulassen. Die Wölfe hatten sich erhoben und schlichen träge um die beiden Männer herum. Bertoul hatte das Gefühl, zu Stein geworden zu sein. Was wollte dieser Mann von ihm? Ihm das Zauberbuch rauben?
Plötzlich erblickte er rechts von sich ein weiteres Licht. Es kam von einer Öllampe. Ein junges Mädchen hielt sie in der Hand und schützte mit der anderen die Flamme. Unter seinem Wollmantel trug es nur eine Bluse und rief, während es näher kam, mit heller Stimme:
»Bertoul! Bist du dort? Wo steckst du?«
›Blanche, bleib stehen, wo du bist! Flieh!‹, wollte er schreien, aber die Worte blieben ihm im Halse stecken und er brachte nur ein unverständliches Gurgeln heraus. Der Mann und die Wölfe mussten sie zweifellos gesehen und gehört haben, doch nichts von dem, was Bertoul befürchtet hatte, geschah.
Beunruhigt kniff der Mann die Augen zusammen und warf Blanche einen aufmerksamen Blick zu. Die Wölfe zogen sich ohne das geringste Geräusch in die Dunkelheit zurück.
»Ach«, sagte er dann, streng und mit rauer Stimme und einem undurchdringlichem Gesicht, dessen Ausdruck sich jedoch kaum merklich verändert hatte. »Ach, sie ist es. Natürlich.«
Sein magerer und knochiger Zeigefinger wies auf Bertoul.
»Du!«
Er zeigte mit dem Finger in Blanches Richtung und gebot dann dem jungen Mann:
»Hindere sie daran, nach Vauluisant zu gehen!«
Dann drehte er sich mit einem Ruck um, seine kleine Laterne schwankte an seinem Stock hin und her, und die Wölfe folgten ihm lautlos wie eine gehorsame Herde. Sie tauchten in den Wald ein und wurden rasch vom Dunkel verschluckt.

Ringfinger

Der Ringfinger der linken Hand
ist durch einen Nerv direkt
mit dem Herzen verbunden.
Aus diesem Grunde trägt man
an diesem Finger den Ehering.

4

Langsam verließ Bertoul das Gefühl, zu Stein geworden zu sein.
»Ich bin hier!«, rief er mit heiserer Stimme.
Blanche kam auf ihn zu, geführt vom Schein der kleinen Lampe, die sie auf dem Bauernhof geliehen haben musste.
»Was ist los, Bertoul? Ich habe mir Sorgen gemacht …«
»Ich habe im Zauberbuch gelesen, wie jeden Abend«, erklärte er, und seine Stimme klang immer noch etwas belegt.
»Du bist länger als sonst fortgeblieben.«
Sie schob ihre Hand unter seinen Arm, mit dem er immer noch krampfhaft das Zauberbuch an sich presste.
»Ich mag es gar nicht, wenn du so lange wegbleibst. Ich kann nicht einschlafen, bevor du zurückgekommen bist.«
»Du wartest jeden Abend auf mich?«
»Seit wir zusammen unterwegs sind«, bestätigte sie. »Versteh mich recht, Bertoul, glaub nicht, dass ich dich kontrolliere, aber was soll aus mir werden, wenn du plötzlich verschwunden wärst?«
Er war von diesen Worten gerührt.
»Du bist mein einziger Geleitschutz auf dem Weg nach Vauluisant.«
Das stimmte. Nachdem sie ihren Dienst am Hof aufgegeben und Paris verlassen hatte, um zu ihrem Gut Vauluisant zurückzukehren, war sie von den Soldaten, die sie mit ihrem Schutz betraut hatte, ausgeraubt und allein zurückgelassen worden. Sie waren geflüchtet – Gott weiß wohin –, und sie war allein mit Wolke, ihrem treuen Pferd, zurückgeblieben. Alles, was sie noch hatte, waren die wenigen Ersparnisse, die sie nicht in den Reisekisten verstaut hatte.
Plötzlich war Bertoul wie ein Retter erschienen, und seitdem begleitete er sie auf dem Weg nach Vauluisant. Die beiden legten nun in entgegengesetzter Richtung den Weg zurück, der sie vor noch nicht

so langer Zeit aus dieser entlegenen Provinz im Zentrum Frankreichs in die Hauptstadt geführt hatte und wo beide das zu finden gehofft hatten, was sie suchten: Für Bertoul war es der alte Magier Magnus Gurhaval gewesen, dem er das Zauberbuch zurückbringen sollte; bei Blanche war es ihre Patin, durch deren Vermittlung sie am königlichen Hof Aufnahme suchte und fand, sodass ihr das unangenehme Schicksal erspart geblieben war, einen dreißig Jahre älteren Mann heiraten zu müssen.

Und so fanden sich Blanche de Vauluisant und Bertoul Beaurebec als Reisekameraden wieder, ganz wie früher – das junge adlige Mädchen und der fahrende Sänger, der ihm ganz und gar ergeben war. Mehr noch – er war in sie verliebt. Das konnte er ihr allerdings nicht offen gestehen, nicht einmal die kleinste Andeutung konnte er sich erlauben. Denn sie war von sehr viel höherem Rang und Stand als er … Und was war er auch schon? Nur der Sohn eines elenden Holzfällers und einer Wäscherin und seit dem sechsten Lebensjahr Waise. Er hatte Unterricht in Dichtkunst und Musik erhalten, dank der Güte von Frau Hermelinde de Tournissan, seiner Beschützerin. Aber er war nie etwas anderes als ein Junge aus dem Volk gewesen, und der würde er auch bleiben.

Blanche schenkte ihm dennoch ihre Zuneigung, und immer war sie zur Stelle gewesen, wenn er sie brauchte. Gleich am ersten Tag, an dem sie einander begegnet waren, hatte sie ihm vorgeschlagen: ›Lass uns einen Bund miteinander schließen, Bertoul Beaurebec.‹ Und es wurde ein Bündnis, das noch immer bestand.

Doch was würde in Zukunft daraus werden, wenn Blanche sich als Lehensherrin in Vauluisant eingerichtet hätte? Das war der Grund, warum Bertoul überhaupt keine Eile hatte, dort anzukommen. Wenn er sie bis nach Vauluisant begleitet hatte, gab es keinen Anlass mehr für ihn, dort zu bleiben und er würde Abschied nehmen müssen. Vielleicht würde er nach Paris zurückkehren …

In zwei Tagen würden sie ankommen. Blanche hatte es ihm mitgeteilt, da sie manche Namen oder vertraute Orte wiedererkannte. Die Leute redeten hier in der Sprache ihrer Kindheit. Blanche war ent-

zückt. Sie hatte es eilig, ihrem Freund ihr Lehensgut zu zeigen. Und so sehr er auch versuchte, das Tempo zu verlangsamen, sie war es, die Wolke, ihr Reitpferd, lenkte, und sie war es, die es immer wieder mit der Ferse zu einem höheren Tempo antrieb.
Jetzt gingen sie auf das Bauernhaus zu, in dem sie schliefen.
»Du sagst gar nichts, Bertoul … Habe ich dich gestört?«
»Nein, Blanche, ich war fertig.«
Schlau, wie sie war, spürte sie nur zu gut, dass Bertoul angespannt war und sich nicht so natürlich wie sonst benahm.
»Ich werde nachts nicht mehr allein im Zauberbuch lesen«, sagte er. »Ich hatte eine unangenehme Begegnung.«
»Was?«, rief sie aus.
»Ich glaube, du hast ihn in die Flucht geschlagen.«
»Wen denn? Erklär es mir doch!«
»Einen Hirten, aber seine Herde bestand aus Wölfen.«
»Wölfe! Bertoul, sag nicht, dass du Wölfe gesehen hast!«
Sie erschauderte. Die Wölfe hatten schon immer eine schreckliche Gefahr dargestellt.
»Doch. Sie haben mich ganz eng eingekreist. Ich kann dir sagen, ich war halb tot vor Angst. Aber ich hatte den Eindruck, dass sie dem Mann gehorchten.«
Blanche riss die Augen weit auf und versuchte das Dunkel der mondlosen Nacht zu durchdringen.
»Sie müssen längst weit weg sein«, beruhigte Bertoul sie, als er sah, wie sie zitterte. »Du brauchst keine Angst zu haben.«
Er rückte etwas ungeschickt mit einer Hand den Mantel um Blanches Schultern zurecht und erzählte ihr in wenigen Worten von der außergewöhnlichen Begegnung, wobei er das letzte Gebot des Anführers der Wölfe jedoch unerwähnt ließ.
Sie hatten ihren Schritt verlangsamt und gingen Seite an Seite auf den kleinen Hof zu.
»Hast du Angst gehabt?«
»Ja … Ich war vor allem wie gelähmt. Es waren zwanzig. Ich befürchtete, dass sie dich angreifen würden.«

»Aber … dir auch nicht. Ich wäre darüber verzweifelt gewesen.«
Er warf ihr einen verdutzten Blick zu und wusste nicht, was er von dieser Bemerkung halten sollte.
Das Bauernhaus war nur eine armselige Bruchbude, einsam und weit draußen auf dem Land gelegen, aber sie waren herzlich empfangen worden. Blanche stieß die nur halb verschlossene Tür auf und blies die Lampe aus. Öl war ein kostbares Gut, es war besser, sparsam damit umzugehen, ihren Gastgebern zuliebe, vor allem wenn die Glut im Kamin noch ausreichend Licht gab, damit sie den großen Strohsack finden konnte, auf dem die Töchter des Bauern einen Platz für sie freigemacht hatten.
»Gute Nacht, Edelfräulein«, sagte Bertoul.
»Gute Nacht, Dummkopf«, antwortete Blanche, die jedes Mal, wenn Bertoul sie mit ›Edelfräulein‹ ansprach, spottete.
Bertoul brauchte kein Licht, um zum Stall zu gelangen, wo man Wolke bei den Kühen und den sieben Ziegen untergebracht hatte. Er fand eine Ecke im bequemen Stroh, das vom Atem der Tiere warm war.
Doch er legte sich nicht sofort hin. An eine Wand gelehnt, öffnete er von Neuem das Zauberbuch auf seinem Schoß und blätterte darin, um die »Anweisung, sich Wölfe vom Leibe zu halten« zu suchen.
Doch das Buch war so dick, die Anweisungen so schlecht geordnet und er durch die unheimliche Begegnung so verwirrt, dass er nichts finden konnte. Schließlich legte er das Buch neben sich ins Stroh und kroch unter seinen Mantel; aber er konnte keinen Schlaf finden.
Zu viele Fragen gingen ihm durch den Kopf. Wer war dieser geheimnisvolle Mann, der die Wölfe anführte und Vauluisant verachtete? Warum hatte er ihm befohlen, Blanche daran zu hindern, zu ihrem Gut zurückzukehren?
Eine ganze Reihe möglicher Erklärungen ging ihm durch den Kopf, aber es waren so viele, dass er schließlich doch einschlief und im Schlaf tiefe Seufzer ausstieß.

Basilikum

Basilikum ist eine außergewöhnlich wohltuende Pflanze, besonders im Bereich der Liebe. Es lindert Differenzen und Streitigkeiten und lässt zwischen denen, die nicht gut miteinander stehen, aufs Neue Sympathie entstehen. Darum serviert Eurem Liebsten, wenn Ihr mit ihm streitet, einen mit Basilikum gewürzten Salat, und die Dinge werden sich zwischen Euch rasch zum Guten wenden.

5

Blanche kämmte ihre Haare. Vor einigen Wochen hatte ein Grobian, den sie gut kannte, ihr ein großes Haarbüschel über dem linken Ohr abgeschnitten, und statt ihre Haare offen zu tragen, musste sie sich nun so frisieren, dass dieser Makel verdeckt wurde.

Bei ihrer Ankunft in Vauluisant wollte sie gepflegt erscheinen. Ihr Einzug würde ohnehin ganz ohne Pracht vonstatten gehen, da Bertoul ihre alleinige Eskorte war und all ihr Gepäck aus dem bestand, was sie hier und da in den Städten gekauft hatte, die sie auf dem Weg von Paris nach Vauluisant durchquert hatten: ein kleiner Koffer, ein paar Kleider und das Notwendigste an Utensilien.

Im Augenblick stand sie mit einem Buchsbaumkamm in der Hand vor einem Metallspiegel, den sie gegen einen Baum gelehnt hatte, und war dabei, ein Geflecht von kleinen Zöpfen herzustellen, die sie dann mit Nadeln und Schleifen befestigte.

»Man sieht das Loch gar nicht«, sagte Bertoul entzückt.

»Du bist so hübsch wie nie zuvor …«

Blanche lächelte ihn dankbar an. Ihr Antlitz war gerötet und ihre Augen strahlten, so glücklich war sie, endlich nach Hause zurückzukehren.

Das Schloss war bereits sichtbar, vielleicht noch eine Viertelstunde Fußweg entfernt. Anstatt im Galopp auf das Ziel der Reise zuzureiten, hatte Blanche angehalten, um sich aufs Beste herauszuputzen.

Sie trug ein langes, kirschrotes Kleid, das von einem hellgrünen, mit einem Pelz besetzten Überhang bedeckt wurde, und darüber einen dunkelgrünen Mantel aus feinem Tuch. In ihren kleinen Zöpfen glänzten die goldenen Nadeln. Sie hatte sich mit ein wenig Rosenwasser einparfümiert. Und an ihrem Mittelfinger erstrahlte der Siegelring der Familie de Vauluisant.

Bertoul hatte sie schon in ihren schönsten Kleidern gesehen, als sie noch am Hof lebte und er dort als Musiker empfangen wurde, doch niemals zuvor war sie ihm so stolz vorgekommen wie jetzt. Sie war die Lehensherrin dieses Landstrichs, durch den sie wanderten, und das ließ sie ihm in einem neuen Licht erscheinen. Er hatte ein strahlend weißes Hemd angezogen, schwarze Beinkleider und seinen weinroten Bliaut, allesamt neue und saubere Kleidungsstücke, die er sich für diese Gelegenheit aufgehoben hatte.

Sogar Wolke hatte außer einem Zaumzeug aus rotem Leder eine Abreibung mit einem Büschel aus Farn und Moos erhalten.

Bertoul verschränkte seine Hände, damit Blanche ihren Fuß aufsetzen und sich in den Sattel schwingen konnte. Dann breitete er den grünen Mantel über Wolkes Kuppe. Der Effekt war prächtig.

»Los geht's!«, sagte sie.

»Zu Euren Diensten, Edelfräulein.«

»Nutz es lieber aus, dass du mich noch mit meinem Vornamen anreden kannst«, murrte sie, »denn wenn wir einmal angekommen sind, werden wir nicht mehr so vertraut miteinander umgehen können.«

»Ja, leider, ich weiß es«, seufzte Bertoul.

Er ergriff Wolkes Zügel und lief an ihrer Seite, wie immer, wenn er nicht hinter oder vor Blanche aufsaß und sie dabei seine Hüfte umfasste. So viel Vertraulichkeit war zwischen ihnen … so viel Ungezwungenheit … Und all das sollte nun bald vergessen sein?

Sie befanden sich auf einem bewaldeten Hügelkamm und konnten die Landschaft ohne Mühe überblicken. Während sie weiterritten, öffnete sich das Panorama vor ihnen in seiner ganzen Breite. Und im Hintergrund auf einer Anhöhe lag das Schloss Vauluisant, eine Anlage aus hellem Stein, nicht sehr groß, aber recht hübsch. Die spitzen Dächer der Erker und Wachtürme waren mit Schiefer gedeckt. In der Mitte thronte der Wehrturm und an den Wällen erkannte man den herrschaftlichen Wohntrakt und die Werkstätten, Pferdeställe und Taubenschläge.

»Was siehst du?«, fragte Blanche, während sie den Hügelkamm verließen und langsam hinabstiegen.

»Es stehen Wachen an der Zugbrücke und weitere auf dem Rundweg. Es sind etwa zwanzig bis dreißig Menschen im Vorhof. Alle machen einen sehr beschäftigten Eindruck.«
Während Blanche das Schloss nur in seinen Umrissen in der Ferne erkennen konnte, erkannte Bertoul sogar die Bewohner.
»Macht denn alles einen guten Eindruck?«, befragte sie ihn besorgt.
»Alles bestens, soweit ich es beurteilen kann. Kein verfallener Turm, kein Zeichen von Vernachlässigung oder Not.«
»Halte bitte kurz an, Bertoul.«
Er gehorchte. Blanche wollte diesen Augenblick ganz in sich aufnehmen. Es war so viele Jahre her, seit sie zum letzten Mal in Vauluisant gewesen war. Seit dem Tod ihrer Mutter, Maguelonne. Sie versuchte sich an die Namen der Dörfer zu erinnern, aber es gelang ihr nicht. Das alles war schon so lange her … Es war so vieles geschehen …
Der Himmel war grau, aber plötzlich schien zwischen den Wolken ein Sonnenstrahl hindurch, der auf eines der Schieferdächer des Schlosses fiel und sich dort brach. Blanche war wie geblendet.
»Bertoul, hast du das gesehen? Mein Schloss zwinkert mir zu! Es glitzert, um mich zu empfangen! Los, lass uns hinuntersteigen.«
›Nun gut, lass uns nach Vauluisant hinunter reiten, wenn es denn sein muss …‹, sagte Bertoul zu sich.
Plötzlich ertönte ein langgezogenes Geräusch, nicht weit hinter ihnen, es kam von dem bewaldeten Hügelkamm, den sie gerade verlassen hatten. Es war wie ein Stöhnen, das zu einem durchdringenden Schrei anschwoll und von anderen Stimmen übernommen wurde. Wolke stampfte mit den Hufen.
»Was ist das?«, fragte Blanche.
»Wölfe, scheint mir …«, antwortete Bertoul beunruhigt. »Aber sie sind ziemlich weit weg. Ich glaube, es besteht keine Gefahr.«
»Sitz hinter mir auf und lass uns galoppieren, Bertoul. Schnell, das ist sicherer.«
Er fügte sich und saß hinter ihr auf.
Die Wölfe. Bertoul erinnerte sich an den Befehl des alten Mannes: »Hindere sie daran, nach Vauluisant zu gehen.«

Natürlich, er hatte nie daran gedacht – aber was, wenn in Vauluisant wirklich eine Gefahr lauerte? Ach was, der Mann war einfach verrückt. Er hatte ihm Angst machen wollen, einfach so, wahrscheinlich aus reiner Bosheit. Ein Mann, der ein Freund der Wölfe war, konnte kein guter Mensch sein.
Aber war er, Bertoul, nicht ein Freund der Eulen, die so schlecht angesehen waren?
Unsinn, es war besser, nicht weiter daran zu denken. Das schwere Dröhnen von Wolkes Hufen übertönte bald das Heulen der Wölfe. Durch den Galopp waren sie dem Schloss um einiges näher gekommen. Bertoul zog an den Zügeln und Wolke hielt an. Er lauschte. Das wilde Heulen hinter ihnen war verstummt.
»Wir haben uns unnötig in Schrecken versetzen lassen«, sagte er lachend. »Los, wir wollen wieder unsere schöne Aufstellung einnehmen.«
Er stieg vom Pferd und drapierte von Neuem Blanches Mantel über Wolkes Kuppe, dann setzte der kleine Trupp seinen Weg fort. Einige Augenblicke später waren sie an der Zugbrücke angelangt. Ein Hauptmann in voller Montur reckte sich vor ihnen in die Höhe, die Hände in die Hüften gestemmt, gedeckt von zwei bewaffneten Soldaten, die hinter ihm standen.
»Was wollt ihr hier? Was sucht ihr in unserem Schloss?«
Blanche streckte ihre Hand aus. Ihr Ring, der das Siegel von Vauluisant trug, war für ihr Gegenüber gut sichtbar.
»Ich bin Blanche de Vauluisant«, verkündete sie.
Bertoul fand sie bewundernswert. Ihre Sicherheit und Entschiedenheit waren wirklich die einer adligen Dame, die sich von einem einfachen Wachhauptmann nicht beeindrucken ließ. Er unterstrich ihre Worte mit einem leichten Nicken des Kopfes.
»Ach, tatsächlich?«, sagte der Hauptmann, ohne dass ihn dies besonders zu beeindrucken schien. »Und wie beweist Ihr mir das?«
»Ich habe Euch gerade meinen Ring gezeigt«, sagte Blanche hochmütig und deutlich verärgert. »Dieses über dem Portal eingemeißelte Wappen ist dasselbe wie das in meinen Ring eingravierte.«

»Gut, gut«, sagte der Hauptmann, dennoch beeilte er sich nicht im Geringsten, seiner Herrin die geziemende Ehre zu erweisen. »Wir werden sehen.« Er drehte sich zu einem Soldaten um und befahl ihm: »Hol mir Messire Eudes.«
Bertoul warf Blanche einen Blick zu.
»Wer ist Messire Eudes?«, flüsterte er.
»Das ist der Verwalter, den meine Mutter einst in Vauluisant eingesetzt hat«, sagte Blanche leise.
Einige Augenblicke später erschien hinter dem Soldaten ein gut gekleideter und recht beleibter Mann von ungefähr fünfzig Jahren. Er wurde bereits kahl, und die ihm noch verbliebenen Haare bildeten einen eleganten grauen, fast weißen Kranz.
Messire Eudes kam mit kleinen eiligen Schritten näher, seine fleischigen Hände aufeinandergepresst.
»Oh«, sagte er, »das Edelfräulein ist also angekommen …?«
Messire Eudes, sichtlich verlegen, ging auf Blanche und Bertoul zu.
»Ich bin Blanche de Vauluisant«, wiederholte Blanche.
Wiederum streckte sie ihre Hand aus, um ihren Ring zu zeigen. Messire Eudes näherte sich, so weit er konnte, um ihn in Augenschein zu nehmen. Wolke trippelte ungeduldig und Blanche unternahm nichts, um sie zu beruhigen.
»Oh«, sagte er endlich in spitzem Ton, »unser Edelfräulein, unser verehrtes Edelfräulein! Das seid Ihr dann wohl, nicht wahr?«
»Ja, das bin ich.«
»Ich bin Eudes Gerbaud, seit acht Jahren Verwalter hier auf Vauluisant. Ich erinnere mich, Euch hier gesehen zu haben, als Frau Maguelonne noch lebte. Ich erinnere mich auch an Eure schwarzen Haare.«
»Guten Tag, Messire Eudes. Dürfen wir jetzt eintreten?«
»Natürlich. Es ist nur – verzeiht mir –, wir erwarteten Euch eigentlich in einem vornehmen Aufzug, Edelfräulein! Man hat uns gesagt, Ihr kämet mit einer Eskorte, Lastpferden, Gepäck. Und da seid Ihr nun mit einem einzigen Pferd und einem einzigen Diener!«
Bertoul bemerkte, dass er als Diener noch nach Wolke erwähnt wurde.

»Ich würde gern in meinem eigenen Schloss Einlass finden«, sagte Blanche bestimmt.
»Selbstverständlich«, gab Eudes nach. »Das hier ist Hauptmann Maleaume. Maleaume, schaut, das ist unser Edelfräulein, das zurückgekehrt ist, begegnet ihm mit Respekt.«
Der Wachhauptmann verneigte sich, nicht ohne Blanche, Bertoul und ihr Pferd eingehend zu mustern.
»Maleaume ist beauftragt, uns vor Eindringlingen zu beschützen. Es gibt viele, die ins Schloss gelangen wollen. Wir müssen vorsichtig sein.«
»Ich verstehe«, sagte Blanche, die sich jedoch nicht sicher war, ob sie die wahren Gründe dieses Misstrauens erfasst hatte.
Eudes ergriff Wolkes Zügel von rechts, während Bertoul auf der linken Seite blieb, und schließlich betrat der kleine Trupp den Hof. Außer Eudes Gerbaud schien niemand sie zu beachten.
Gelbliches, kurz gemähtes Gras und unregelmäßige Steinplatten bedeckten die Oberfläche des Hofes. Entlang der Burgmauern befanden sich Hütten, Vorratskammern und Werkstätten. Man sah eine Schmiede, eine Weberei, eine Korbwerkstatt. Der dicke, fast fensterlose Wehrturm, der nur mit einigen Schießscharten versehen war, thronte etwas außerhalb der Mitte. Er war der letzte Zufluchtsort im Falle eines Angriffs, für ständige Bewohnung allerdings eher ungeeignet. Blanches Großeltern hatten daher am Fuß des Turms ein geräumiges Gebäude errichtet, das als Wohntrakt diente. Es bestand aus zwei Stockwerken: Unten war ein großer Raum mit angrenzender Küche, oben lagen die Zimmer und kleineren Räume, die unterschiedlichen Zwecken dienten. Der Wohntrakt besaß zwei hohe und schlanke Türme mit Erkern und weiteren kleinen Räumen und Kammern. Die Fenster des Wohntrakts waren ziemlich groß, oben abgerundet und mit kleinen geschnitzten Säulen verziert.
Blanche überflog den Hof mit einem Blick, ihr wurde ganz warm ums Herz und sie fühlte sich sofort ganz als Burgherrin. Dann bot ihr Bertoul den Arm, um ihr beim Absteigen behilflich zu sein, und Eudes rief einen Stallknecht herbei, damit er Wolke in den Pfer-

destall führte. Bertoul griff rasch nach seinem Bündel: Es kam nicht infrage, dass das Zauberbuch irgendwo herumvagabundierte und er es nicht im Auge behalten konnte.

»Euer Diener kann sich in der Küche stärken«, sagte nun Eudes und zeigte Bertoul die Richtung, in der sich die Küche befand.

»Er ist nicht mein Diener«, sagte Blanche, ohne jedoch weitere Angaben zu machen. »Sein Name ist Bertoul Beaurebec, und wenn es ihm gefällt, kann er mich überall hin begleiten, wohin ich gehe. Er soll nicht in die Küche, in die Pferdeställe oder wer weiß wohin abgeschoben werden.«

»Danke«, sagte Bertoul leise.

»Wie Ihr wünscht, mein Edelfräulein«, sagte Eudes. »Edelfräulein Blanche, Messire Bertoul, folgt mir also, ich werde Euch in den großen Saal von Vauluisant führen.«

»Ich werde vorangehen«, sagte Blanche, »es ist mein Schloss, ich kenne es besser als jeder andere. Kommt an meine Seite und reicht mir Euren Arm, Messire Bertoul.«

Bertoul gehorchte, und Eudes Gerbaud folgte, leicht verstimmt, mit drei Schritten Abstand.

Blanche ließ sich Zeit. Ihre Füße fanden wie von selbst den Weg durch einen Raum zu einer Treppe, dann von einer Treppe zu einem Flur, der zu einem weiteren Raum führte. Mit großen Augen sog sie alle Eindrücke in sich auf. Sie begann sich mit einer gewissen Rührung, die von Verwunderung gefärbt war, an alles zu erinnern. Das Schloss kam ihr kleiner vor, ungemütlicher, rustikaler als in ihrer Erinnerung.

»Ich wünsche, dass man mein Zimmer herrichtet«, sagte Blanche. »Und ein weiteres für Messire Bertoul.«

»Sehr wohl, mein Edelfräulein«, sagte Eudes.

»Und für heute Abend warmes Wasser für ein Bad vor dem Kamin in meinem Zimmer. Ein weiteres Bad für Messire Bertoul, falls er es ebenfalls wünscht.«

»Sehr wohl, mein Edelfräulein.«

Eudes rief eine Magd herbei und gab die Anordnungen weiter.

»Ach ja, und da ich nun heimgekehrt bin, sollte nicht vergessen werden, das Banner von Vauluisant oben auf dem Wehrturm wehen zu lassen.«

»Ich werde alles Notwendige veranlassen, mein Edelfräulein.«

Inzwischen war Blanche, deren Hand immer noch auf Bertouls Arm lag, im großen Saal angelangt. Beim Kamin erblickte sie den großen Prachtsessel, in dem sich ihre Mutter so gern niedergelassen hatte. Auf dem Sitz lag immer noch dasselbe bestickte und ziemlich abgenutzte Kissen. Erinnerungen kamen in Wellen in ihr hoch.

Einen Augenblick lang meinte sie, im Geiste ihre Mutter auf dem Sessel sitzen zu sehen, weiß, durchscheinend und lächelnd.

Blanche hatte nur sehr wenige Erinnerungen an ihren Vater, und beim Tod ihrer Mutter war sie zwölf Jahre alt gewesen. Man hatte ihr gesagt, sie dürfe nicht weinen, sie solle lieber für sie beten und sie vergessen, Maguelonne würde sie von oben vom Paradies aus beschützen, wenn sie brav und gehorsam wäre und sich dadurch dieses himmlischen Schutzes würdig erwies.

Dann hatte Blanche unter der Fuchtel ihrer vier Halbbrüder gelebt, und sie hatte keine Zeit mehr gehabt, sich und ihr Schicksal zu bejammern oder sich in die glückliche Kindheit zurückzusehnen. Ihre Brüder hatten sie in ihrem eigenen Lehensgut Flamincourt bei sich behalten und sie behandelt, wie man eben mit einer kleinen Schwester, einer wehrlosen Waisen umging: Jeden Tag quälten sie sie beschwingt ein bisschen mehr als am vorigen. Natürlich gaben sie vor, dass sie nur ein wenig Spaß mit ihr treiben wollten, doch es war eine harte Zeit gewesen. Sie wurde an den Haaren gezogen, mit eiskaltem Wasser oder heißem Fleischsud bespritzt. Sie ließen sie einfach so in der Dunkelheit allein oder vergaßen sie im Wald. Sie stießen sie vom Pferd, sodass sie herunterfiel, drohten ihr damit, sie von den hohen Burgmauern herunterzustoßen, wenn sie weinte, und lachten dabei laut und ordinär. Sie hatte niemanden, der für sie eintrat oder sie zumindest tröstete. Zum Glück war da die gute alte Hermelinde de Tournissan gewesen, die sie aber nur fünf- oder sechsmal nach dem Tod ihrer Mutter gesehen hatte.

Währenddessen verprassten die vier Brüder in Flamincourt unbekümmert die gesamte Habe ihres Vaters. Blanche blieb zum Glück Vauluisant, das ihrer Mutter gehört hatte und das ihr rechtmäßig zugefallen war. Und dann hatten sie schließlich ihren tollsten Einfall gehabt, um ihre durch all die verlorenen Wettkämpfe, Glücksspiele und unsinnigen Feste schließlich leer gewordenen Geldkisten wieder aufzufüllen: Sie wollten Blanche verheiraten. Mit Josce de la Bordonne, der siebenundzwanzig Jahre älter als sie und bereits dreimal verwitwet war. Doch er war reich, außergewöhnlich reich. Aus diesem Grund war sie geflohen.

Ganz leise sagte sie:

»Endlich bin ich heimgekehrt.«

Sie schlug den Mantel zurück und setzte sich in den Sessel.

»Komm an meine Seite, Bertoul.«

Sie zeigte auf eine kleine Bank zu ihren Füßen, und er setzte sich darauf, nachdem er sein Bündel abgelegt hatte. Seine Fidel ließ dabei ein leises, ersticktes Klirren vernehmen, und Eudes Gerbaud zog verwundert eine Augenbraue hoch. Was tat dieser junge Mann da neben dem jungen Edelfräulein? Welche Rolle spielte er? Welchen Status hatte er?

Eudes Gerbaud liebte keine Undeutlichkeiten und so gefiel ihm auch diese Situation ganz und gar nicht. Dieses Edelfräulein, das wie in ein erobertes Land einzog, vor ihm ins Schloss ging und sich im Prachtsessel breitmachte, in dem normalerweise er sich niederließ! Und dieser Jüngling, der seinen Leinensack wie einen Schatz hütete und zudem mit zärtlichem Blick das Edelfräulein verfolgte.

Er kniff die Lippen zusammen, dann gab er sich Mühe, eine gute Figur zu machen.

Rote Bete

Um einen Liebeszauber zu schreiben,
bedient Euch des Saftes der Roten Bete
als Tinte:
Die Beschwörung wird gelingen.

6

Messire Eudes übergab Blanche feierlich das Kästchen, das der königliche Abgesandte hinterlassen hatte. Es enthielt einen Willkommensbrief und eine große goldene Spange mit vier Edelsteinen. Es war auch ein kleines Geschenk von Prinzessin Isabelle dabei: eine Almosentasche, deren Motiv sie selbst gestickt hatte. Blanche war gerührt: Auf diese Weise wollten der König und die Prinzessin sie willkommen heißen. Blanche steckte die Spange sogleich an ihrem Kleid fest und befestigte die Almosentasche an ihrem Gürtel.
An diesem Abend fand in Schloss Vauluisant ein Fest statt, in dessen Verlauf Blanche den Bewohnern des Schlosses vorgestellt wurde, die sich kaum mehr an sie erinnerten. Eudes Gerbaud ließ gefülltes Geflügel auftischen und Gemüse aus den Gärten der umliegenden Dörfer holen. Er ordnete an, Brot und Gebäck zu backen. Tische mit weißen Decken wurden aufgestellt, und er versammelte die Diener, Mägde, Stallknechte, Köche, Soldaten und Kinder, die hier und da bei den Arbeiten halfen, um die Bekanntschaft des Edelfräuleins zu machen und an dem Festmahl teilzunehmen. Jeder verneigte sich respektvoll und sagte: »Willkommen, Edelfräulein.«
Da es seit langem keine Herren in Vauluisant gegeben hatte, lebte keine einzige adlige Person dort, und auch kein Verwandter Blanches hatte es sich zum Wohnsitz erwählt. Die einzigen Honoratioren des Schlosses waren Eudes selbst, Maleaume, der Hauptmann der Garnison, und Pater Geslain, der Kaplan.
Letzterer sprach ein Fürbittegebet aus Anlass der Rückkehr des Edelfräuleins, und jeder bekam danach einen schönen Teil vom Festmahl ab. Es wurde keine Erklärung abgegeben, was das Amt oder die Funktion Bertouls anging. Man sah lediglich, dass er immer um das Edelfräulein herum war.

»Schau dir alles gut an, Bertoul, und teile mir dann deine Einschätzung über das Schloss und all diese Leute mit. Bist du immer noch mein Verbündeter?«, fragte sie.
»Natürlich«, sagte er. »Wie kannst du so etwas überhaupt fragen?«
»Ich brauche Hilfe, wenn ich eine gute Schlossherrin werden will. Ich kenne niemanden hier, und dein Urteil ist mir wichtig.«
»Zu Euren Diensten, Edelfräulein.«
Dieses Mal sagte sie nicht ›Dummkopf‹ zu ihm. Sie war das Edelfräulein, und er behandelte sie, wie es sich gehörte. Doch sie lächelte ihn spitzbübisch an, drückte ihm kurz die Hand und sagte dann kaum hörbar: »Ich verlasse mich auf dich.«
Am Ende des Abends bat Blanche Bertoul vor allen Anwesenden, ein wenig Musik zu machen und zu singen. Auch wenn der Kaplan sich ein wenig reserviert zeigte, begann Bertoul mit dem Lied »Die Schöne ist im Garten der Liebe«.
»Bravo!«, rief Blanche und klatschte dabei fröhlich in die Hände. Sie sang die Refrains mit, und bald stimmten alle ein. Bertoul hatte eine große Zahl von Liebesliedern in seinem Repertoire: Alle jungen Mädchen wollten sie immer wieder hören, und Blanche vorneweg, obwohl er nicht wusste, wie er diese Vorliebe deuten sollte. Er sang seine Lieder und machte ihr damit eine Freude, das war alles.
Als der Abend zu Ende war und sich alle für die Nacht rüsteten, hielt Blanche Eudes Gerbaud einige Augenblicke zurück.
»Messire Eudes«, sagte sie, »ich möchte gern, dass Ihr mir morgen über Vauluisant berichtet, über sein Vermögen, seine Organisation. Ich muss über all das Bescheid wissen.«
Doch Eudes war plötzlich abgelenkt und hörte nicht mehr zu. Ein Geräusch aus weiter Ferne zog seine Aufmerksamkeit auf sich.
»Immer diese verwünschten Wölfe …«, brummte er. »Oh, Verzeihung, mein Edelfräulein, aber diese dreckigen Biester machen mich ganz verrückt. Was wünschtet Ihr von mir?«
Blanche wiederholte ihre Bitte.
»Gut, mein Edelfräulein«, antwortete er. »Ich werde Euch meine Rechnungsbücher und die Schlossannalen offenlegen.«

Er kniff erneut unauffällig die Lippen zusammen.
»Messire Bertoul wird bei dieser Unterredung anwesend sein«, sagte Blanche abschließend.
Sie brauchte Bertoul unbedingt, um ihr beim Lesen dieser Dokumente hilfreich zur Seite zu stehen, da er lesen konnte, während sie gerade einmal stockend las. Sie hatte erst im Sommer damit begonnen, und obgleich sie rasche Fortschritte machte, verfügte sie doch noch nicht über die notwendige Gewandtheit. Wie oft hatte sie es sich vorgeworfen, dass sie nicht früher damit begonnen hatte. Auf ihrer Reise von Paris nach Vauluisant hatte Bertoul sie weiter unterrichtet, abends auf den Raststationen, aber sie hatte das Gefühl, dass sie mit knapper Not mit dem Lesen zurechtkam, jedoch noch kaum mit dem Schreiben.
In dieser Nacht hörte man mehrmals die Wölfe heulen.

Drei Tage lang begleitete Blanche Eudes Gerbaud in alle Winkel des Schlosses und auf alle Ländereien, die zum Gut gehörten. Bertoul folgte ihr wie ein Schatten, tunlichst bemüht, zu schweigen. Von Zeit zu Zeit bat Blanche ihn um seine Meinung und er antwortete kurz. Eudes dagegen wandte sich nie an den Musiker. Es war, als sähe er ihn gar nicht, jedenfalls dem Anschein nach, denn der Verwalter stellte sich selbst unablässig viele Fragen über den fahrenden Musiker und über das Band, das ihn mit der jungen Herrin vereinte. Bertoul Beaurebec sah weder so aus, als sei er ihr Geliebter noch ihr Verehrer und noch viel weniger ihr Bräutigam, aber offensichtlich war er mehr als nur ihr persönlicher Musiker.
Übrigens hielt er sich mit seinem Urteil über Blanche de Vauluisant noch zurück. Da er ein vorsichtiger, vernünftiger Mann und ein guter Verwalter war, lehnte er es ab, sich zu rasch eine abschließende Meinung zu bilden. Man konnte einen Menschen nicht nur nach den ersten Eindrücken beurteilen.
Ohne jeden Zweifel hatte Blanche Augen, die ihre Farbe wechselten, und das war, wie es ihm seine Cousine gesagt hatte, kein gutes Zeichen. Ihre Haare waren ebenfalls viel zu schwarz. Und ferner zeigte

sie eine hochmütige, fast herablassende Haltung, wie die jungen Adligen, wenn sie sich an ihre Untertanen wenden. Aber warum dann diese seltsame Vertrautheit mit dem Musiker? Mit ihm ging sie ganz anders um. Wirklich, das Ganze war ihm unverständlich.

Blanche hatte nicht lange gezögert und gebeten, die Vorratskammern sehen zu dürfen. Sie inspizierte die Küchen, die Werkstätten und die Schmiede. Und auch die kleinen Räume, die Schlupfwinkel und die Dachböden. Sie beobachtete die Frauen bei der Arbeit mit der Wolle und dem Flachs, beim Spinnen, Weben, Färben, Nähen und Stricken. Sie prüfte die reich mit Goldtalern gefüllten Kisten und begutachtete anerkennend die Kräutertöpfe, die in einem Schrank in der Küche verschlossen waren. Mit besonderer Aufmerksamkeit beugte sie sich über den Vorrat an Heilkräutern. Sie seufzte genüsslich, als sie ihre Hände hineintauchte und die wohltuenden Gerüche einsog, die sie ausströmten. Dann gab sie genaue Anweisungen, sie so zu ordnen, wie sie es wollte, und ließ weitere sammeln, solange noch Zeit dafür war, bevor der Winter kam.

»Da bist du wirklich in deinem Element!«, kommentierte Bertoul.

»Ich glaube, meine größte Freude wird es sein, im Frühling und im Sommer wieder viele schöne Kräuter zu sammeln«, antwortete sie. »Und ich werde alle pflegen, die es brauchen.«

Danach zeigte ihr Eudes Gerbaud die Bücher, in denen er haarklein alle Ereignisse auf dem Gut und die Einkünfte an Geld und Naturalien notiert hatte. Schließlich sagte Blanche zu ihrem Verwalter:

»Ihr habt gute Arbeit geleistet, Messire Eudes. Meine Mutter hat ohne Zweifel gut daran getan, Euch als Verwalter einzusetzen.«

Eudes plusterte sich auf. Es war das erste Wort der Anerkennung aus Blanches Mund, seit sie auf dem Schloss angekommen war.

»Es freut mich, zu sehen, dass Ihr ein gut organisierter und rechtschaffener Verwalter seid, der es gut mit den Bauern und den Leuten in Vauluisant meint. Ich habe Euch unendlich zu danken.«

Der Mann, der gerade für sie alle seine Bücher auf dem massiven Tisch im großen Saal geöffnet hatte, erhob sich von seiner Bank und verneigte sich, während er die Hand aufs Herz legte.

»Es war mir ein Vergnügen, dies für Euch zu tun, mein Edelfräulein, ganz abgesehen davon, dass es meine Pflicht war. Wenn es Euch gefällt, werde ich damit so lange fortfahren, wie Ihr mich braucht.«
»Ich danke Euch«, erwiderte Blanche zurückhaltend.
Sie schlug die Bücher der Reihe nach zu. Der Verwalter rief drei Diener herbei, damit sie den schweren Stapel in das helle Zimmer des westlichen Erkertürmchens zurückbrachten, wo er seine Bücher führte und von wo aus er alles, was sich im Hof, auf dem Burgwall und darüber hinaus zutrug, überwachen konnte.

Blanche kehrte in ihr Zimmer zurück und bat Bertoul, ihr zu folgen. Jeden Abend seit ihrer Ankunft im Schloss führten sie eine lange Unterredung, um alles zu besprechen, was sie gesehen, verstanden und festgestellt hatten, alles, was eine Überlegung, eine Kritik, eine Beurteilung verdiente. Alles, was sie entzückt, und alles, was sie enttäuscht hatte.
Im ihrem Zimmer, in dem ein riesiges Bett mit Vorhängen aus blauer Wolle stand, setzte sich Blanche auf ein Kissen vor dem Kamin, die Arme um ihre Knie gelegt, und bat Bertoul, als unparteiischer Beobachter alles, was er über den Betrieb von Vauluisant zu sagen hatte, ausführlich darzustellen. Dann sangen sie leise einige Balladen miteinander, bis Bertoul sie irgendwann allein ließ, um sich in sein Zimmer zu begeben.
Nachts ins Freie hinauszugehen, wäre den Wachen sehr befremdlich vorgekommen, doch bevor er einschlief, ging er noch einmal bei Wolke vorbei, um ihre Nüstern zu streicheln. Dann stieg er wieder in sein Zimmer hinauf und las noch eine Seite im Zauberbuch. Dabei vernahm er die vertrauten Rufe der Eulen, die das Heulen der Wölfe übertönten, bis er schließlich einschlummerte.

Hanf

Hanf, der dazu dient, Seile herzustellen,
kann auch für einen Liebeszauber
verwendet werden.
So muss man, um die Bruderseele zu finden,
neun Mal um Mitternacht eine Kirche
umrunden, wobei man hinter sich
eine Spur von Hanfsamen streut.
Dann spricht man ein Gebet für alle Heiligen,
deren Statuen in dieser Kirche stehen.
Dieser Zauber ist selbstredend noch wirksamer,
wenn er in der Sankt-Johannis-Nacht
vollzogen wird.

7

»Ich habe viele Pläne für Vauluisant«, sagte Blanche eines Morgens. Das Wetter war schön und sie wanderten am Fluss entlang.
»Ich habe ebenfalls Pläne«, entgegnete Bertoul zögerlich.
»Pläne für Vauluisant?«
»Nein, Pläne für mich.«
Sein Plan war, dieses Schloss, dieses Gut, dieses Edelfräulein zu verlassen. Sie war nach Hause zurückgekehrt, und er hatte seine Rolle als Begleiter und Berater erfüllt. Und außerdem musste es einfach sein. Er seufzte im Stillen. Es würde eine harte Prüfung für ihn bedeuten, Blanche zu verlassen, doch es war unvermeidlich.
»Willst du meine Vorstellungen hören oder möchtest du lieber, dass ich dich über deine Pläne ausfrage?«, sagte Blanche schelmisch.
»Erzähl mir von deinen.«
»Ich finde, im Schloss ist vieles veraltet, verstaubt und düster und man wird trübselig. In Paris habe ich ganz anderes kennengelernt …«
Sie hatte den königlichen Luxus genossen. Sie wollte nicht anmaßend klingen, doch sie hatte in den Räumen des Palais eine Ausstattung gesehen, die auch gut zu ihrem Schloss passen würde.
»Hättest du den Ehrgeiz, aus Vauluisant einen Palast zu machen?«
»Ich möchte zum Beispiel diese engen Schießscharten zu Fenstern erweitern lassen. Wir brauchen die Schießscharten nicht mehr. Wer soll uns angreifen? Man muss Luft und Licht hereinlassen. Es riecht so, als sei lange nicht mehr gelüftet worden. Man könnte Glasscheiben einsetzen lassen. Ich hätte auch gern, dass der Lehmboden durch schöne Tonfliesen ersetzt wird, auf denen Vögel und gelb gemalte Drachen zu sehen sind. Ich würde gern einen Garten mit Obstbäumen und Rosenstöcken im hinteren Hof anlegen … Solche Dinge. Und einen weiteren Garten für die Kräuter …«

Bertoul fing an zu lachen.
»Warum lachst du?«
»Unser guter Eudes wird nur schwer darüber hinwegkommen, denn er wacht penibel über seine Rechnungsbücher und Kisten – das heißt, *deinen* Rechnungsbüchern und *deinen* Kisten –, als wären es unschätzbare Reliquien!«
»Na und? Es ist die Frucht seiner ehrlichen Arbeit, doch letztlich gehören die Finanzen in meinen Hoheitsbereich. Du wirst sehen, am Ende wird er zustimmen. Auch er wird ein angenehmeres Leben führen. – Und du, Bertoul, wie sehen denn deine Pläne aus?«
»Nun, ich denke, dass ich …«
Plötzlich unterbrach er sich und zeigte mit dem Finger auf einen weit entfernten Punkt in der Mitte einer Anhöhe.
»Schau … Arme Leute, sie sehen aus, als ob es ihnen schlecht ginge.«
»Bertoul, du weißt doch, dass ich sie nicht erkennen kann.«
Nicht, dass sie schlechte Augen hatte. Doch Bertoul verfügte über eine außergewöhnliche Sehkraft, das war alles. Vor vielen Jahren hatte Hermelinde de Tournissan sich Gedanken gemacht, wie sie ihren Schützling mit einer unauffälligen und zugleich unschätzbaren Gabe ausstatten konnte. Sie hatte sich der allermagischsten Anweisungen des Zauberbuchs bedient und schließlich Folgendes erreicht: Bertoul würde eine überdurchschnittlich ausgebildete Sehfähigkeit haben. So war es nicht verwunderlich, dass die Eulen seine Freunde waren.
Lange Zeit hatte er keine Ahnung von dieser Gabe gehabt; sie war ihm erst nach und nach offenbar geworden: Er konnte in absoluter Finsternis sehen, den dichtesten Nebel durchdringen und winzig kleine Dinge in allen Einzelheiten erkennen. Diese Gabe war ihm schon oft sehr nützlich gewesen, doch manchmal vergaß er, dass andere nicht darüber verfügten. In Gegenwart Fremder achtete er darauf, dass man ihm nichts anmerkte, aber bei Blanche war es anders, sie wusste von seiner Gabe, ja sie hatte sie sogar vor ihm entdeckt.
»Also sag schon, was siehst du?«, bat sie.
»Ein paar Unglückliche, die am Rande der Erschöpfung zu sein scheinen. Los, lass uns Wolke satteln und ihnen zu Hilfe kommen.«

»Was sind das für Menschen, Bertoul? Kläre mich auf!«
»Es sind drei Personen. Eine alte magere Frau, die sehr schwach auf den Beinen ist und sich auf einen Mann stützt … Ah, er trägt auf dem Rücken ein Musikinstrument. Er macht den tapfersten Eindruck, wenn man das so sagen kann. An der Hand hält er ein kleines Mädchen, es ist in Lumpen gekleidet und mit Narben übersät.«
Aus dieser Entfernung erkannte Blanche nur einen kleinen Fleck vor dem gelblichen Hintergrund einer weit entfernten Wiese.
»Sind es Pilger?«
»Ich glaube nicht. Aber sie brauchen Hilfe. Lass uns nachsehen …«
Bertoul zog sie mit sich, sie verließen das Flussufer und stürzten zu den Pferdeställen, wo ein Stallknecht Wolke im Handumdrehen sattelte. Sie saßen auf, Blanche hielt sich von hinten an ihm fest, und so ritten sie in leichtem Galopp in die Richtung, wo Bertoul die kleine Gruppe entdeckt hatte. Einige Augenblicke später erreichten sie die drei erschöpften und verstörten Menschen.
Sie sprangen ab und gingen auf sie zu. Der Mann mochte vielleicht fünfundzwanzig Jahre alt sein und trug auf dem Rücken einen Sack, in dem sich die vertrauten Umrisse eines Saiteninstrumentes abzeichneten. Ein fahrender Musiker! Ein Gleichgesinnter!
Bertoul konnte nicht widerstehen, ihm vertraulich auf die Schulter zu klopfen und ihm in kameradschaftlichem Ton zuzuraunen:
»Ihr seid Musiker, nicht wahr?«
Der Mann warf ihm einen kurzen Blick zu und antwortete nicht. An seiner linken Hand hielt er ein kleines Mädchen, mit dem rechten Arm stützte er eine magere, faltige Frau mit weißen Haaren, die vor Schmerzen das Gesicht verzog und in irgendeinem Kauderwelsch erbost vor sich hin brabbelte. Alle drei hatten einen verwirrten und niedergeschlagenen Blick, sie hatten wohl viel Grauenvolles gesehen oder waren häufig auf Gleichgültigkeit gestoßen.
Blanche näherte sich der Alten und sagte zu ihr:
»Habt keine Angst, gute Frau, wir werden Euch aufs Schloss bringen, wo Ihr etwas zu essen bekommt und Euch ausruhen könnt. Ihr könnt auf Wolke aufsitzen, es wird sich alles zum Guten wenden.«

Die Frau sah sie mit seltsamem Blick an.
»Sie wird Euch nicht antworten«, sagte der Mann. »Und die Kleine ist stumm, glaube ich.«
Sein Akzent verriet, dass er aus einem anderen Land kam. Dennoch war er gut zu verstehen.
»Steig auf das Pferd, mein Kamerad«, sagte Bertoul. »Und nimm deine Begleiterinnen zu dir.«
Er ergriff den Sack und half dem Mann beim Aufsitzen. Dann zog er mit Blanche zusammen die alte Frau, die nur noch so viel wog wie ein Haufen vertrockneter Knochen, vor den Musiker. Schließlich setzte Bertoul das kleine Mädchen hinter die beiden auf Wolkes Rücken und legte ihre Arme um die Hüfte des jungen Mannes.
»Haltet euch gut fest, damit ihr nicht herunterfallt«, empfahl Blanche und brachte zusammen mit Bertoul die armen Leute zum Schloss.
An der Zugbrücke versuchte Maleaume sie anzuhalten.
»Bettler! Ihr werdet doch keine Bettler ins Schloss einlassen, Edelfräulein? Messire Eudes wird vor Ärger in seine Bücher beißen, denn wenn Ihr auch nur einen Einzigen von ihnen aufnehmt, wird das Schloss innerhalb kürzester Zeit von ihnen wimmeln.«
»Sagt doch nicht so törichte Dinge, Maleaume!«, rief Blanche.
Der kleine Trupp zog in den Vorhof ein. Bertoul führte ihn in die Nähe der Küche und ließ das Trio absteigen. Er hieß die alte Frau, sich auf eine Steinbank in der Sonne niederzulassen, setzte das kleine Mädchen neben sie und half schließlich dem Musiker vom Pferd.
»Seid unbesorgt«, sagte er. »Das Edelfräulein ist sehr gütig.«
Unterdessen war Blanche in die Küche geeilt, um einige Lebensmittel für die Unglücklichen zu beschaffen. Sie ließ Weißbrot mit einer Mischung von Eiern, Milch und Honig tränken und füllte damit drei Schalen, die sie dann selbst den unerwarteten Gästen herausbrachte.
Die Kleidungsstücke der drei Vagabunden waren schmutzig und voller Löcher, aber Blanches geschultes Auge bemerkte, dass der Stoff der alten Frau von guter Qualität war.
»Woher kommt Ihr, Madame?«, fragte Blanche sie. »Warum irrt Ihr wie Bettler auf den Straßen herum?«

Die Alte fuhr fort, vor sich hinzumurmeln.
»Sie kennt Eure Sprache nicht«, sagte der Musiker müde. »Sie kennt nur die Sprache des Südens, das Okzitanische«
»Okzitanisch? Aber warum? Woher kommt Ihr?«
Der Mann erläuterte, dass sie vor den grauenhaften Massakern in ihrem Land geflüchtet waren, in dem ein Krieg alles verwüstete.
In diesem Moment erschien Eudes Gerbaud, der mit eiligen Schritten, ja fast rennend auf die kleine Gruppe zukam.
»Edelfräulein, oh mein Edelfräulein … Was habt Ihr getan?«
»Höre ich einen Vorwurf in Eurer Stimme, Messire Eudes?«
»Ähhh … nein. Wieso?«
»Nun, es schien mir so«, sagte Blanche. »Diese Menschen haben Schlimmes erlebt, Messire Eudes, sie sind sehr hungrig. Zum Glück hat Messire Bertoul sie aus der Ferne erblickt, sonst hätten sie es vielleicht nicht einmal mehr bis hierher geschafft. Wir haben Wolke geholt, um ihnen den ermüdenden Fußweg zu ersparen.«
›Dieser verwünschte Bertoul‹, sagte Eudes zu sich. ›Ohne ihn würden diese Vagabunden uns nun nicht belästigen.‹
»Es ist unsere Pflicht – aber das wisst Ihr natürlich –, sie aufzunehmen, ihnen zu essen zu geben und sie zu pflegen«, fuhr Blanche fort.
»Sie zu verköstigen! Sie zu pflegen! Aber wie lange werden sie bleiben? Wie viel wird uns das kosten?«
Blanche ergriff den Verwalter am Arm und zog ihn zur Seite.
»Habe ich nicht volle Kisten gesehen, und sind die Speicher und Vorratskammern nicht gut gefüllt?«
»Edelfräulein, verzeiht mir, aber darum geht es hier nicht! Wenn man in der Umgebung davon erfährt, dass Ihr den Elenden Tür und Tor öffnet und der gedeckte Tisch bereit steht, gebe ich Euch keinen Monat, und das Schloss wird von ihnen überfüllt sein, vor allem, weil wir jetzt auf den Winter zugehen! Und dann, glaubt mir, werden die Kisten und Vorratskammern sich schnell geleert haben.«
»Und wie steht es mit der christlichen Barmherzigkeit, Messire Eudes?«
Eudes setzte eine entrüstete Miene auf.

»Das Gut tut, was getan werden muss, mein Edelfräulein! Ihr habt die Rechnungsbücher gesehen. Ich gebe der Kirche den vereinbarten Anteil, den sie wiederum an die Armen verteilt.«
»Ganz so fasse ich meine Rolle nicht auf«, sagte Blanche unbekümmert. »Aber ich werde selbst alles Nötige tun. Ihr müsst Euch nicht darum kümmern, wenn es Euch missfällt. Und ich bin sicher, dass das Vermögen des Gutes dadurch nicht viel geringer werden wird.«
»Aber ... aber ...«, stammelte Eudes.
Blanche hatte sich derweil schon den drei Neuankömmlingen zugewandt. Eudes Gerbaud zog sich wütend in einen anderen Teil des Schlosses zurück. Diese kleine hochnäsige Dame! Noch spielten zwar Kleider, Schmuck oder Feste keine Rolle, doch was sich hier ankündigte, barg die Gefahr in sich, genauso unheilvoll zu werden, ja vielleicht sogar schlimmer! Die Geldkisten Vauluisants würden zum Wohle der Armen geleert werden! Diese Wirrköpfin in ihrem Mildtätigkeitswahn würde seine schönen Rechnungsbücher und Register mit Füßen treten. Seine gesamte, geduldige Arbeit – innerhalb weniger Tage zunichte gemacht.
Blanche de Vauluisant behandelte ihn zweifellos von oben herab. Und ihr böser Geist, dieser Bertoul Beaurebec, der sie nicht eine Sekunde lang aus den Augen ließ, machte nur den Mund auf, um ihr seine schlechten Ratschläge ins Ohr zu flüstern oder um seine lächerlichen, sentimentalen Lieder zu brüllen.
Das Edelfräulein konnte er immerhin noch respektieren, es war seine Pflicht, ihr zu gehorchen. Dagegen ging ihm dieses lästige Anhängsel, von dem man nichts wusste und dessen Platz in der Gesellschaft niemand kannte, im höchsten Grade auf die Nerven.
Eudes Gerbaud trat in das Erkertürmchen ein, das ihm als Arbeitszimmer diente, und knallte die Tür so hinter sich zu, dass das ganze Schloss in seinen Grundfesten erbebte.

Distel

Wenn Ihr in Liebe zu jemandem entbrannt seid,
um dessen Gefühle Ihr nicht wisst,
so steckt eine Distelknospe in Eure Tasche.
Wenn die Blüte aufspringt,
so beruhen die Gefühle auf Gegenseitigkeit.

8

Die Ankunft Blanches auf Schloss Vauluisant hatte eine kleine Revolution ausgelöst. Die Aufnahme der drei Flüchtlinge eine weitere. Noch nie hatte man so etwas erlebt, und die Diener, Mägde und Soldaten fragten sich, was sie davon zu halten hatten. Sollten sie sich darüber freuen oder eher entrüstet sein? In ihrer Unsicherheit warteten alle auf ein Ereignis, das ihre Meinung in die eine oder die andere Richtung umschwenken ließ. Bis jetzt hatte sich Eudes Gerbaud bemüht, von den Einnahmen so viel wie möglich in seine Kisten zu bekommen und so wenig wie möglich herauszulassen. Er war zwar ein wenig nüchtern, besser gesagt: knauserig, aber alle im Schloss hatten sich seit langem an seinen Sinn für Sparsamkeit gewöhnt, und niemand hatte etwas dagegen einzuwenden.

Blanche bat, für die drei Unglücklichen gute Betten in einem Raum herrichten zu lassen, in dem man ein großes Feuer entfachen und Wasser für ein Bad bereiten konnte. Sie griff auf ihren Vorrat an getrockneten Pflanzen zurück, um Heil- und Stärkungsmittel herzustellen. Und sie bestellte in der Küche besonders kräftigendes Essen.

Am nächsten Morgen rief sie Eudes Gerbaud zu sich, um ihn zu fragen, in welcher Entfernung genau sich die nächste Abtei befand, die Reisende, Pilger und arme Leute aufnahm.

»Nun, das wäre dann die Abtei Notre-Dame-du-Coudray, gut fünf Meilen von hier entfernt«, antwortete er. »Die Mönche dort dürften über sechs bis sieben Betten verfügen.«

»Gut«, sagte Blanche, »wir werden alles in Bewegung setzen, um so schnell wie möglich in Vauluisant eine Unterkunft für Reisende einzurichten, denn es scheint mir, dass es in der Region hier daran mangelt.«

»Aber … aber …«, würgte Eudes hervor.
»Denkt einmal darüber nach, Messire Eudes, und erstellt mir schnell Pläne und Kostenvoranschläge.«
Eudes taumelte beinahe gegen die Rückwand seines Sessels. Doch Blanche war schon fort, um den Dienern Anweisungen zu erteilen und ihre Schützlinge zu versorgen. Leider starb die erschöpfte alte Frau trotz der, jedenfalls nach Meinung Eudes, kostspieligen Pflege zwei Tage nach ihrer Ankunft, und Blanche veranlasste ein Begräbnis auf dem Dorffriedhof. Weitere Ausgaben also, für das Leichentuch, das Lesen der Messe, die Kerzen und den Totengräber!
Eudes Gerbaud seufzte herzzerreißend überall, wo er offene Ohren fand: »Ach, wie viel wird uns das kosten? Mein Gott, wie viel wird uns das alles kosten?«

Das kleine magere und traurige Mädchen zeigte Spuren früherer Verletzungen an den Beinen, am linken Schulterblatt und am Hals, die hässlich vernarbt waren. Blanche behandelte sie so gut wie möglich und vertraute sie dann einer Bauernfamilie an, unter der Bedingung, dass sie sie wie ihre eigene Tochter und nicht wie eine gemeine Magd behandelten. Dafür verpflichtete sie sich, ihnen ein Entgelt von dreißig Sous im Jahr zu bezahlen. Die Bäuerin, die nur Söhne hatte, freute sich über die Anwesenheit eines weiblichen Wesens. Das Kind begann langsam, einige Worte zu sprechen, und man erfuhr, dass es den Vornamen Aélis trug. Der Musiker, der sie begleitete, hieß Guilhabert, und Bertoul schloss rasch Freundschaft mit ihm. Die Musik verband sie, sodass die sprachlichen Hürden bald keine Rolle mehr spielten. Außerdem ähnelte die Sprache des Südens der, die in der hiesigen Region gesprochen wurde. Sie verbrachten drei oder vier Abende miteinander und sprachen über Musik, Gedichte und Liebeslieder. Verblüfft und erstaunt entdeckte Bertoul dank dieses okzitanischen Musikers, dass es eine ganz neue Art von Liebesliedern gab, die ihm plötzlich ungeahnte und erhebende Horizonte eröffneten. Im Languedoc konnte eine adlige Frau ihr Herz einem Musiker schenken, den man dort als Troubadour bezeichnete, selbst wenn, ja *gerade* wenn er nicht denselben sozialen Status hatte wie sie. Die Liebe zwischen einer Adligen – unter der Bedingung, dass sie verheiratet war – und einem Musiker! Und die Frau lief keineswegs Gefahr, ihr Ansehen zu verlieren, wenn sie einen solchen Dichter liebte!

»Welch wunderbare Poesie!«, rief Bertoul begeistert aus, während Guilhabert ihm die Geheimnisse der höfischen Minne genauer erklärte.

Bertoul dachte jetzt nur noch an eines: ›Wenn es mir gelingt, diese Kunst zu erlernen, wird sich Blanche vielleicht in mich verlieben, ohne dass sie deshalb das Gefühl haben muss, es entspräche nicht ihrem Stand.‹

So entschloss er sich, so schnell wie möglich mit dem Lernen zu beginnen, doch er hatte nicht die Zeit, Guilhabert, den Troubadour, noch weiter dazu zu befragen: Eines Morgens hatte er Vauluisant verlassen. Dem Edelfräulein hatte er einen herzlichen Dankesgruß hinterlassen und Bertoul folgende Worte: »Als ich mit Dir über die Kunst der Minne sprach, bekam ich Sehnsucht nach der adligen Frau, der meine Minne gilt. In meinem Land herrscht Krieg und mein Leben ist vielleicht in Gefahr; aber ich hoffe, dass ich nicht sterbe, bevor ich sie wiedergesehen habe. Beinahe hätte ich aufgegeben. Dir verdanke ich es, dass ich wieder zur Vernunft kam. Ich wünsche Dir viel Glück bei Deiner Liebe zu der adligen Dame, die Dir so viel bedeutet!«

Fledermaus

Wenn Ihr von jemandem geliebt werden wollt,
so nehmt eine Fledermaus, verbrennt sie und
werft dann die Asche auf die Person, auf die
Ihr Euer Auge geworfen habt:
Sie wird Euch nicht widerstehen können.

9

»Ich werde weggehen, Blanche.«

Der Herbst mit seinen tiefhängenden Wolken, seinem feuchten Wetter und der einsetzenden Kälte hatte Einzug gehalten. Die Bäume wurden kahl. Auf den Feldern gingen die letzten Arbeiten vor dem Winter zügig voran, während in den Wäldern die Äxte der Bauern widerhallten, die den Holzvorrat für den Winter schlugen.

Blanche saß am Kaminfeuer in ihrem Zimmer und stickte, Bertoul saß ihr zu Füßen auf einem Kissen, die Fidel in der Hand, wie so oft. Vor Überraschung stach sie sich in den Finger.

»Was?«, rief sie aus. »Was sagst du da?«

»Ich werde weggehen.«

»Aber … warum?« Sie stammelte, und ihr Gesicht zeigte, dass sie überhaupt nichts begriff.

»Du bist nun die Schlossherrin von Vauluisant, Blanche. Und in nicht einmal einem Monat habe ich sehen können, was für eine gute und weise Herrin du für dein Gut und deine Leute bist. Du hast ein Herz, ohne schwach zu sein, und du hast einen fähigen Verwalter, der sich um deine Angelegenheiten bemüht. Das Schloss ist sicher. Die Kunde von deiner Rückkehr hat sich verbreitet, und du wirst bald Besuche der adligen Herren aus der Umgebung erhalten. Du hast ein Fest geplant und mit Messire Eudes über die Arbeiten am Gebäude gesprochen, die du gern durchführen lassen möchtest. Du handelst schon wie eine erfahrene und kluge Hausherrin.«

»Aber Bertoul, ich brauche dich doch trotzdem.«

»Bist du dir dessen sicher?«

»Ich brauche dich nicht mehr, damit du mir deine Meinung über die Menschen sagst, aber ich brauche dich einfach, als … Freund und Verbündeter. Ich kenne hier noch niemanden!«

»Du kanntest am Hofe auch niemanden, als du dort vor zwei Jahren eintrafst, und dennoch bist du sehr gut zurechtgekommen.«
»Da wusste ich, dass du nicht weit von mir warst.«
Das Gespräch nahm eine Wendung, die Bertoul gar nicht gefiel. Er brauchte Mut, um sich von Blanche zu trennen, denn sie würde es, in einer Art von unbeabsichtigter Grausamkeit, nicht so einfach hinnehmen. Doch er durfte nicht nachgeben. Wenn er in Vauluisant blieb, würde die Situation irgendwann unhaltbar werden.
Jedenfalls konnte ein junges adliges Mädchen von sechzehn Jahren, das zudem Herrin eines Lehensguts war, nicht lange unverheiratet bleiben. Bertoul hatte mit sich selbst gewettet, dass Blanche in einem oder höchstens zwei Jahren verheiratet wäre.
Nun, Guilhabert hätte wahrscheinlich gesagt, dass dies das Beste sei, was ihm widerfahren konnte. Denn wenn sie erst einmal verheiratet wäre, könnte er um ihr Herz werben, auch wenn ihm diese Aussicht nicht wirklich gefiel.
»Ich plane in das Land zu ziehen, aus dem Guilhabert kam«, erklärte Bertoul. »Ich will die Lieder der Troubadours erlernen, all das, was ihre Kunst ausmacht. Er hat mich auf den Geschmack gebracht. Vielleicht für zwei oder drei Jahre.«
»Zwei oder drei Jahre!«, rief sie und wurde blass. »So lange!«
»Deine Haare werden genügend Zeit haben, wieder nachzuwachsen«, sagte er – ein erfolgloser Versuch, sie zum Lachen zu bringen. Sie warf ihm nur einen grimmigen Blick zu, und er fuhr fort:
»Ich werde zunächst nach Paris zurückkehren und dort meine Angelegenheiten regeln; dann ziehe ich in den Süden.«
Seine Finger zupften an den Saiten seiner Fidel und vollführten einen seltsamen und chaotischen Rhythmus.
»Bertoul, du wirst doch jetzt nicht wirklich fortgehen! Der Winter steht bereits vor der Tür. Du kannst bei dieser Witterung nicht reisen. Warte doch wenigstens bis zum Frühling.«
»Nein, Blanche, ich werde genau jetzt fortgehen, weil der Winter naht. Es muss sich jemand um das Haus in Paris kümmern. Mit der Hilfe von Frau Félicité werde ich einen Mieter suchen.«

Blanche fing wieder zu sticken an. Sie verfiel in ein so nachdenkliches und vollkommenes Schweigen, dass Bertoul sich schon fragte, ob sie ihm nun die kalte Schulter zeigte.

»Bist du mir böse?«, fragte er fast schüchtern und hörte auf, auf seiner Fidel herumzuzupfen.

»Ich mache mir Vorwürfe«, seufzte sie und hob den Blick. »Ich möchte dich so gern für immer bei mir haben. Ich vergesse zu leicht, dass ich mich nicht in deine Entscheidungen einmischen darf. Zieh nach Okzitanien, mein Freund. Meine Wünsche begleiten dich, und ich werde immer an dich denken und jeden Tag meines Lebens für dich beten. Doch ich hoffe von ganzem Herzen, dass deine Schritte dich früher oder später und bevor wir vor den Toren des Todes stehen, nach Vauluisant und zu mir zurückführen werden.«

»Natürlich«, sagte er mit erstickter Stimme.

Wenn er in spätestens drei Jahren zurückkommen würde, wäre sie verheiratet und hielte gewiss ein Kind in den Armen.

Er lächelte tapfer. Sie ebenfalls.

»Ich vergesse nicht, dass ich dein Verbündeter bin. Wenn du mich brauchst, werde ich es wissen, und wenn ich dich brauche, werde ich es dich wissen lassen.«

»Wie?«

»Das weiß ich nicht.«

Das Zauberbuch mit dem Rubin enthielt einige Seiten, die allerdings nicht leicht zu verstehen waren. Sie handelten davon, wie sich zwei eng miteinander verbundene und aufeinander eingestimmte Menschen mittels ihrer Gedanken verständigen konnten, ohne dass sie zusammen waren. Bertoul war entschlossen, diese Seiten ausgiebig zu studieren.

Die Wölfe heulten immer wieder in der mondlosen Nacht, lauter und näher bei den Schutzwällen denn je. Sie schienen die Nähe des Schlosses und der tapferen Männer der Wachmannschaft überhaupt nicht zu fürchten. Bertoul logierte in Vauluisant in einem kleinen Zimmer unter dem Dach, von wo aus er über den Burgwall blicken konnte. Er ließ seinen Blick durch die Öffnung der Dachluke schweifen und erblickte das Rudel ganz in der Nähe. Die Wölfe bildeten einen Kreis, die Mäuler heulend gen Himmel gereckt. Nicht weit davon entfernt stand der Wolfshirte, der sie bewachte. Um die Türme von Vauluisant herum begannen Eulen zu schweben und erfüllten die Nachtluft mit ihren langgezogenen, beruhigenden Rufen.

Bertoul machte sich am übernächsten Tag auf Wiesel, dem schönsten Pferd des ganzen Stalles, einem Geschenk Blanches, auf den Weg. Hinten am Sattel war sein Sack befestigt, von dem er sich niemals trennte und in dem sich das Zauberbuch mit dem Rubin, seine Musikinstrumente und die Texte seiner Lieder auf einigen Pergamentbogen befanden, außerdem einige Kleidungsstücke zum Wechseln. Und natürlich das, was er von Blanche besaß: ein Stück Pergament, auf dem sie als ersten Schreibversuch ihrer beider Vornamen aufgezeichnet hatte, das Haarbüschel, das ihr Raoulet de Mauchalgrin abgeschnitten hatte, und ein Wachsstückchen mit ihrem Siegelabdruck.

Blanche versah ihren Freund mit einer gut gefüllten Börse, in der sich auch ein Goldstück befand. Außerdem bekam er einen Mantel aus schwarzer, weicher Wolle sowie einen Sack mit Proviant. Sie wollte ihm gern noch mehr mitgeben, doch Bertoul hinderte sie daran, indem er vorgab, sonst zu schwer beladen zu sein.

Was er ihr nicht verweigerte, war ein Abschiedskuss, bevor er in den Sattel stieg. Blanche legte ihm die Hände auf die Schultern, zog sein Gesicht zu sich heran und gab ihm einen Kuss auf die Lippen, wie sie es schon einmal vor zwei oder drei Monaten getan hatte, als sie Paris verlassen und ihn zurückgelassen hatte.

»Vergiss mich nicht«, sagte sie schlicht.

»Vergiss mich nicht«, erwiderte er wie ein Echo.

Dann saß er auf und entfernte sich in den gräulichen Morgen hinein. Blanche stieg eilig auf die Zinne des Wehrturms, um ihm so lange wie möglich nachzublicken.

Haare

Um geliebt zu werden, muss man
fünf eigene Haare und drei von denen
seines Geliebten nehmen,
sie ins Feuer werfen und dabei
folgende Worte sprechen:
»Ure igne Sancti Spiritus renes nostros
et cor nostrum, Domine, Amen.«
Die Liebe zwischen euch
wird ewig währen.

10

Geheime Ergänzung zu den Archiven des Gutes Vauluisant.
Persönliche Notiz von Eudes Gerbaud,
Verwalter des Gutes und des Schlosses.
Auszüge aus dem Jahre 1232

14. November

Mit großer Befriedigung schreibe ich diese wenigen Zeilen. Diese Person, die uns unser Edelfräulein Blanche unter dem Namen Bertoul Beaurebec vorgestellt hat, verließ gestern Vauluisant.

Welche Erleichterung! Denn solange er bei dem Edelfräulein als »Ritter« oder Leibwächter diente, wäre es höchst tölpelhaft gewesen, irgendetwas gegen die junge Dame zu unternehmen. Aber jetzt, da das Edelfräulein allein ist, eröffnen sich allerlei Möglichkeiten.

Seit das Edelfräulein auf sein Landgut zurückgekehrt ist, habe ich keine Ruhe mehr. Meine erste Zurückhaltung – die meine Cousine Gillette so richtig eingeschätzt hat – war nicht unbegründet: Diese Frau ist tatsächlich keine gute Herrin für Vauluisant.

Sie hat mich, ihren Verwalter, wie einen gewöhnlichen Diener behandelt. Sie hat meine weisen Ratschläge nicht beachtet, und ich habe gehört, wie sie hinter meinem Rücken mit ihrem Musiker spöttisch darüber gelacht hat. Sie hat hier Vagabunden aufgenommen.

Sie bringt nur Unglück: Die Frau, die sie aufgenommen hatte, ist kurz danach zu Gott heimgekehrt. Sie kann außerdem kaum lesen und schreiben.

Sie hat beschlossen, gute und barmherzige Werke zu tun, die unnötige Kosten mit sich bringen. So will sie demnächst hier eine Herberge für Reisende und arme Leute einrichten.

Sie hat dem Musiker eine Börse mit Geld aus Vauluisant gegeben, das so mühevoll zu ihrem eigenen Nutzen von mir gesammelt wurde, dazu ein Goldstück und eines der kostbarsten Pferde.
Sie will den Adel der Umgebung einladen, um ihre Rückkehr zu feiern. Ein Fest! Ein verschwenderisches Fest, hier! Da muss man sich wirklich fragen, wem das nützen soll.
Verschwendung! Verschwendung! Schamlose, dreiste Verschwendung!
Ich habe zu Gott gebetet, dass er mir eine Erleuchtung schenke. Bei meiner Seele und meinem Gewissen und als die kompetenteste und vernünftigste Person in dieser Sache habe ich mit der Hilfe Gottes ein Urteil gefällt: Das Edelfräulein Blanche ist keine gute Herrin für Vauluisant, und darum darf sie es auch nicht bleiben.
Ich werde also meiner Cousine Bescheid geben, dass sie die Vorbereitungen trifft, die wir bereits erörtert haben. Ich denke, man muss wohl noch einen Monat abwarten, bevor die Sache durchgeführt wird, aber was soll's. Entscheidend ist, dass der Entschluss gefällt wurde: Der Moment ist gekommen.
Der verdammte Musiker ist verschwunden, und wenn ich die Sache recht verstanden habe, wird er nicht so bald zurückkommen. Dieser junge Mann, ihr böser Geist, mit seinen neugierigen, gerissenen und hinterhältigen Augen, der hier überall herumschnüffelte, hätte meinem Vorhaben in mehrfacher Hinsicht im Wege gestanden. Doch denken wir nicht mehr daran – die Gefahr hat sich verzogen.
So sind alle Voraussetzungen erfüllt, und ich bin sicher, dass meine Cousine einverstanden sein wird.
Da ein Glück niemals allein kommt, sind auch die nächtlichen Schreie der Eulen, die uns seit einiger Zeit belästigt haben, vollkommen verstummt. Leider hört man nun umso besser das Heulen der Wölfe.
Nichts ist vollkommen …

Federn

Die weiße, reine Taube ist das Symbol der Venus
wie auch der Jungfrau Maria.
Taubenfedern in der Brieftasche des Geliebten
oder solche, die man selbst bei sich trägt, sind
ein sehr mächtiger Talisman, der Liebenden
einen besonderen Schutz verleiht.

11

Bertoul tauchte in die Wälder ein, die Vauluisant umgaben. Zwar schnürte sich sein Herz zusammen, doch er war auch stolz darauf, dass er so vernünftig gewesen war. Er war noch keine Stunde unterwegs, da vernahm er ein leises Knistern in seiner Nähe. Schritte, die ihm in einiger Entfernung folgten. Mehrmals drehte er sich um, konnte aber, trotz seiner außergewöhnlichen Sehfähigkeit, nichts entdecken. Diese Geräusche stammten von Tieren, die sich rasch verbergen konnten, denn so scharf Bertouls Sehkraft auch war, er konnte mit seinem Blick keine Substanz durchdringen, seien es Baumstämme oder Büsche. Er drückte ein wenig die Flanken des Pferdes, das zu seinem Leidwesen sofort in einen leichten Galopp verfiel. Auf einem Pferd zu sitzen, war für ihn nach wie vor etwas Unnatürliches, und obwohl Blanche ihn immer wieder in ihrer Art des Reitens unterwiesen hatte, während sie auf Wolke reisten, fürchtete er doch jeden Augenblick das Gleichgewicht zu verlieren, sobald es über das Schritttempo hinausging. Im Übrigen nützte der Galopp nichts. Als er die Gangart wieder verlangsamte, folgten ihm die unauffälligen Geräusche immer noch. Er wendete sein Pferd und wartete unbeweglich einige Momente. Plötzlich waren die Wölfe da, direkt vor ihm, sie hatten sich hinter den Farnkräutern aufgestellt. Und hinter einem Baum kam ihr magerer und unheimlicher Hirte hervor.

Bertouls Pferd wich zurück und stampfte erschreckt mit den Hufen.

»Ruhig … ruhig«, sagte Bertoul und tätschelte seinen Hals.

Der Wolfshirte zeigte, wie beim ersten Mal, als er ihn gesehen hatte, mit seinem langen Finger in Bertouls Richtung. Seine Augen blitzten, sein Kiefer war angespannt und die Haare zerzaust.

»Du«, sagte er drohend. »Ich hatte dir doch gesagt, dass du sie nicht nach Vauluisant gehen lassen sollst.«

Das Pferd tänzelte unruhig unter Bertoul, dem es so hoch über dem Boden überhaupt nicht wohl war in seiner Haut.
»Pah … Was nützt es schon, ein Zauberbuch zu besitzen, wenn man nicht mehr Hirn hat als eine Nacktschnecke!«
›Das Zauberbuch. Er will mir das Zauberbuch mit dem Rubin rauben. Und obendrein habe ich vergessen, die Beschwörungsformel gegen die Wölfe anzuwenden. Ich habe keine Chance.‹
»Obwohl ich es dir doch gesagt habe!«
»Aber sie ist doch hier zu Hause!«, erwiderte Bertoul.
Die gelben Augen der Wölfe starrten ihn gleichgültig an. Wiesel wurde von panischer Angst erfasst und warf den Kopf in die Höhe.
»Sei friedlich!«, befahl der Mann.
Sofort blieb das Pferd bewegungslos stehen.
›Wie hat er das bloß angestellt?‹, wunderte sich Bertoul.
»… *hier zu Hause* … Ein schöner Schlamassel, ja …«
Der Mann drehte sich mit einem Ruck um, und die Wölfe erhoben sich, um ihm zu folgen. Er schlug den Weg ein, der nach Vauluisant hinunterführte, und ließ den verblüfften Bertoul einfach stehen.
»Und was nun?«, rief Bertoul ihm nach, während er mit seiner schweigsamen Meute im Wald verschwand.
Der Mann warf ihm einen kurzen Blick zu.
»Nun«, rief er ihm zu, »ich habe in nächster Zeit viel zu tun.«
Und er entfernte sich mit entschlossenen Schritten.
Verdutzt ließ Bertoul das Pferd wenden und setzte seinen Weg fort. Was sollte das alles heißen? Die einzige Erklärung, die er fand, war die, dass dieser Mann ein Verrückter war. In dieser Eigenschaft genoss er Gottes besonderen Schutz, sodass er ihn verschonte und die Wölfe ihn nicht angriffen. Oder aber es war einer jener wilden Männer, wie es sie dem Vernehmen nach manchmal auf dem Land gab. Doch es war auch möglich, dass er einen Pakt mit dem Teufel geschlossen hatte. Der Wolf war dafür bekannt, dass er mit dem Satan unter einer Decke steckte, was nicht verwunderlich war, da es sich um ein Unheil bringendes, hinterlistiges, grausames und böses Tier handelte.

Bertoul ritt nervös weiter und musterte aufmerksam die Landschaft, die ihn umgab. Von Zeit zu Zeit drehte er sich in seinem Sattel um, um zu kontrollieren, was hinter ihm lag. Nichts. Die Wölfe und ihr seltsamer Wächter waren in eine andere Richtung gezogen.
Langsam ließ seine Erregung nach und wich der Gewissheit, dass es sich um einen Verrückten gehandelt hatte.

Bertoul brauchte mehr als einen Monat, um nach Paris zu gelangen. Zum Glück hatte er ein Pferd! Dieses Pferd erregte unterwegs immer wieder Begehrlichkeiten bei Wegelagerern. Darunter waren sogar zwei junge Leute, die sich als Knappen und Edelleute ausgaben. Sie wollten es ihm stehlen, doch aufgrund eines seltsamen Zusammentreffens verschiedener Umstände – sie waren von Eulen angegriffen worden – hatten sie schnell das Weite gesucht.
Es war die ganze Strecke über kalt und feucht gewesen, und Wiesel glitt häufig auf den schlammigen Wegen aus, wo die Karrenspuren bis zu einer Spanne tief waren. Die Herbergen waren bei diesem schlechten Wetter überfüllt von Reisenden, die Abteien von Pilgern.
Die Bauern sparten in dieser grimmigen Winterkälte an ihrer Suppe, und Bertoul wurde nicht gerade gern von ihnen aufgenommen. Aber wenn er nicht wusste, wo er die Nacht verbringen konnte, schwebten ihm die Eulen so lange voraus, bis sie ihm den Weg zu einem Schloss oder einem Bürgerhaus gezeigt hatten, wo ihm seine Fidel und seine Lieder die Türen öffneten.
Man gab ihm zu essen und beherbergte ihn im Tausch gegen einen Abend mit Liedern, Gauklereien und Pantomime. Den Pfarrern wäre es lieber gewesen, wenn sich die Bevölkerung mit Buße statt durch Zerstreuung auf das Weihnachtsfest vorbereitet hätte, aber die Abende waren lang und die winterliche Langeweile manchmal erdrückend: Herren und Frauen, Bürgerinnen und Bürger zogen es vor, sich erst einmal zu vergnügen, bevor sie sich der Buße hingaben.
Bertoul schlief, in seinen Mantel gehüllt, den Kopf auf seinem Bündel, zwischen den Bediensteten. Er zeigte sein Zauberbuch niemals, versuchte auch nicht nachts darin zu lesen, sondern nur im Gehei-

men. Von Zeit zu Zeit legte er die Hand auf den Rubin, dessen Wärme er manchmal unter seinen Fingern spürte. Er hatte das Gefühl, dass die Weisheit, die das Buch in sich trug, direkt auf ihn überging. In seiner Einsamkeit und durch den Kontakt seiner Hand mit dem warmen Stein schien es ihm, als fände er in seiner Seele Frau Hermelinde, Blanche und Magnus Gurhaval gleichzeitig wieder.

Drei Tage, bevor er in Paris ankam, begann es zu schneien. Zunächst waren es nur kleine, vereinzelte Flocken, die nicht liegen blieben und wie Perlen auf dem schwarzen Mantel dahinschmolzen, doch dann wurde der Schnee immer dichter und die Flocken dicker, je mehr er sich seinem Ziel näherte. Alles um ihn herum war weiß, die Erde, die Dächer und die Bäume, nur der Himmel war in Grau gehüllt.

Diese ganze weiße Fülle rief in ihm die Erinnerung an den Vornamen des Edelfräuleins von Vauluisant wach. Auch wenn er sie vergessen wollte, die Natur selbst tat alles, ihn daran zu hindern. Mehrere Male stieg Bertoul vom Pferd, um auf seinem Sattel Platz zu machen für einen müden Reisenden, eine mit Gepäck oder Kindern bepackte Frau oder einen durchgefrorenen Pilger.

So führte er bei seiner Ankunft in Paris Wiesel am Zügel, während eine Frau, die dort über Weihnachten ihre Tochter und ihre Enkelkinder besuchen wollte, im Sattel saß. Gerade wollte er durch das Tor Saint-Jacques einziehen, als ihn ein hochmütiger Ritter anrempelte, der vor ihm das Tor passieren wollte.

»He!«, protestierte Bertoul. »Wartet doch, bis Ihr an der Reihe seid, Messire!«

»Was erlaubst du dir, junger Mann?«, sagte der Ritter und blickte ihn geringschätzig von oben herab an. »Ich bin ein Tempelritter.«

Der Templer, der ungefähr vierzig Jahre alt sein mochte, trug nicht ohne Stolz unter seinem Mantel ein Kettenhemd, dessen Kapuze auf seinen Rücken fiel, und einen Waffengurt mit einem Säbel.

»Und wenn schon«, sagte Bertoul. »Gibt Euch dies das Recht, dieser Frau gegenüber, die Euretwegen beinahe vom Pferd gefallen wäre, Eure guten Manieren zu vergessen?«

Um ihn herum ertönten zahlreiche Ausrufe des Erstaunens.

Die Templer waren sowohl gefürchtet als auch respektiert und bewundert. Man sah sie oft in Paris, sie ritten stolz durch die Straßen und erwarteten, dass man für sie den Weg freimachte. Ihr weißer Wollmantel, der an der Schulter mit einem roten Kreuz versehen war, war wie ein Freibrief. Stille trat ein, wo sie erschienen.
Dieses Mal allerdings nicht.
»Verzeiht mir, Madame«, wandte sich der Templer an die Frau. »Was dich betrifft, junger Mann, man sollte dir erst einmal beibringen, dich zu … äh, du solltest …«
»Was?«, fragte Bertoul, während er sein Gegenüber mit furchtlosem Blick musterte.
Der Templer, der Bertoul nun Aug in Auge gegenüberstand, fuhr überrascht zusammen.
»Wie …«, murmelte er zwischen den Zähnen hindurch. Dann schwieg er verwirrt. Er rieb sich sogar die Augen, als wollte er eine Vision verjagen, und wischte dabei die Schneeflocken weg, die sich auf seine Lider legten.
»Nun, Messire?«, fragte Bertoul.
»Nein, es ist nichts. Oder vielmehr, doch. Du da«, sagte er und zeigte mit dem Finger auf Bertoul. »Komm morgen früh unverzüglich in den Tempel! Verstanden?«
»Welchen Grund sollte ich haben, das zu tun?«, fragte er kühn.
Niemand wagte es, sich dem Befehl eines Tempelritters zu widersetzen, wenn er das Wort an einen richtete.
»Habe ich vielleicht Grund, zu glauben, dass du der Sohn eines gewissen Barthélemy bist?«, entgegnete der Templer mit sonorer Stimme und drängte sein Pferd an Bertoul vorbei, um doch noch vor ihm durch das Tor zu reiten.
Der Templer bog in leichtem Trab, aufrecht und in seinen weißen Mantel gehüllt, in die Rue Saint-Jacques ein, ohne sich noch einmal zu Bertoul umzudrehen, der verdutzt dastand und die lange Schlange von Menschen aufhielt, die sich hinter ihm gebildet hatte.

Kuchen

Es ist wohlbekannt, dass ein Kuchen,
in den ein junges Mädchen seinen Ring
gesteckt hat, ein Liebeszauber ist.
Es muss diesen Kuchen dem Mann,
den es liebt, zukommen lassen.
Sofort wirkt der Zauber, und
der Betreffende hat keine Ruhe,
bis er die Frau gefunden hat,
der dieser Ring gehört; und er wird
sein Leben lang mit ihr verbunden sein.

12

»Der Sohn eines gewissen Barthélemy ...«

Mein Gott, wie konnte dieser Templer das wissen?

Es war ziemlich lange her, dass Bertoul zuletzt an seinen Vater gedacht hatte – übrigens nicht seltener als an seine Mutter.

Nachdenklich ging er weiter und zog dabei das Pferd am Zügel hinter sich her.

»He!«, schrie ihm die Frau vom Sattel aus zu. »Ich bin angekommen! Lass mich absteigen!«

Er half ihr, sicher auf den Boden zu kommen, denn die Straße war mit Schneematsch bedeckt, und setzte dann seinen Weg fort, wobei ihm zu seinem großen Missfallen der Satz nicht aus dem Kopf gehen wollte, den er sich stets aufs Neue wiederholte:

»Der Sohn eines gewissen Barthélemy ...«

Er schüttelte sich, um sich vom Schnee zu befreien, der sich auf seiner Mütze und seinen Schultern angesammelt hatte und der ihm genauso lästig war wie jener Satz, der ihm nicht mehr aus dem Kopf ging. Es gab wirklich andere Dinge, die ihn interessierten! Er war wieder in Paris, er würde gleich sein kleines Haus in der Straße der großen Gaunerei aufsuchen und Frau Félicité Perdriel, seine gute Nachbarin, ihre drei Kinder, Pierre, Jehan und Marion, sowie Hennequin, den reuigen Gauner, begrüßen.

Er hatte die Seine erreicht und musste auf einen Fährmann warten, der ihn zum rechten Ufer übersetzte. Trotz der Kälte war der Fluss nicht gefroren, aber es gab nicht viele Fährleute an jenem Tag, und Bertoul musste lange auf ein Boot warten, das das Gewicht des Pferdes aushielt.

Ob es in Vauluisant wohl ebenfalls schneite? War Blanche vor Kälte geschützt? Wahrscheinlich ja. Eudes Gerbaud hatte gesagt, dass die

Soldaten der Garnison zahlreiche Wölfe erlegt hatten, aus deren Fell man Mäntel anfertigen lassen konnte. Ob Blanche Spazierritte auf Wolke unternahm, deren Atem einen leichten Nebel vor ihrem Gesicht entstehen ließ? Hatte sie ein Fest zur Feier ihrer Rückkehr veranstaltet? Hatte sie vielleicht einen anderen Troubadour aufgenommen, der ihr hübsche Gedichte vortrug und ihr dabei Seitenblicke zuwarf?
Er konnte sich noch so große Mühe geben, seine Gedanken wanderten häufiger zu ihr, als er es wollte. Er begann ein Lied vor sich hinzusummen, in dem es um Schnee, Reinheit und Liebe ging.
Schließlich kam der Fährmann in Sicht, und nur einige Augenblicke später lud er ihn am sandigen Ufer ab, nicht weit entfernt von der Insel, auf der das königliche Palais und die Kathedrale standen.
Bertoul ging die große Rue Saint-Denis hinauf, bog nach links ein und befand sich bald darauf in der Straße der großen Gaunerei. Da stand sein Haus, mit seiner Tür mit den geschnitzten Eulen und dem geschmückten Rahmen, dem Schild des öffentlichen Schreibers, das er nie entfernt hatte, und den blasigen Fensterscheiben. Alles befand sich in einem gutem Zustand.
Auf der Straße sammelten Kinder mit beiden Händen Schnee, um Bälle zu formen, mit denen sie nach Passanten warfen. Bertoul stieg vom Pferd, nachdem er unter durchdringenden und begeisterten Schreien einen unbarmherzigen Angriff über sich hatte ergehen lassen, und klopfte an Frau Félicités Tür.
»Bertoul Beaurebec! Ihr seid also zurück! Wie ich mich freue!«, rief die junge Frau aus. Sie umarmte Bertoul freundschaftlich. Sie war in sehr jungem Alter bereits Witwe geworden und hatte drei Kinder. Dennoch war sie liebenswürdig energisch, lächelte meistens und war stets bereit zu helfen.
»Kommt schnell herein!«, sagte sie und schlug mit den Händen gegen ihre Oberarme, so sehr setzte ihr die Kälte zu.
»Auch das Pferd?«, fragte Bertoul und zeigte auf das Pferd, dessen Zügel er immer noch in der Hand hielt.
»Oh, beim Croix-du-Trahoir gibt es einen Pferdestall, wo es gut aufgehoben ist. Jehan! Komm einmal schnell her!«

Das Kind, das draußen mit roten Wangen und blaugefrorenen Händen gespielt hatte, kam sogleich herbei, während Bertoul seinen Sack vom Sattel löste.
»Bring das Pferd von Meister Bertoul in den Stall dort hinten.«
»Guten Tag, Bertoul«, sagte Jehan. »Du bist also zurück?«
Er ergriff die Zügel, ohne eine Antwort abzuwarten.
»Ja, aber nicht für sehr lange«, antwortete Bertoul und trat hinter Félicité ins Innere des Hauses, nachdem er seinen schneebedeckten Mantel ausgeschüttelt hatte.
»Oh, sagt das nicht! Wir sind alle so glücklich, Euch wieder bei uns zu haben. Habt Ihr schon etwas gegessen?«
»Seit langem nicht.«
»Setzt Euch doch ans Feuer.«
Félicité füllte einen Teller mit einem Gericht, das in einem Kochtopf über dem Feuer vor sich hin köchelte, während Bertoul seinen feuchten Mantel ablegte.
Als er am Feuer saß, den Teller in den Händen, wurde ihm allmählich warm. Der Duft von Suppe, Gemüse und Kräutern ließ ihm das Wasser im Munde zusammenlaufen.
»Los!«, trieb ihn Frau Félicité an. »Oder habt Ihr Sorge, Euch den Mund zu verbrennen?«
Er lächelte sie an und führte die heiße Suppe an seine Lippen. Welch ein Genuss!
»Ich wäre gern eines Eurer Kinder, da bekäme ich jeden Tag so gute Kost«, rief er aus tiefster Seele.
»Wirklich? Und wisst Ihr, dass diese Schlingel immer etwas daran auszusetzen finden? Zu viel Lauch, nicht genug Muskat oder zu viel Kürbis. Oder es fehlt ein wenig Minze. Wirklich, versucht einmal, Kinder zu ernähren, und Ihr werdet so viel Anerkennung finden, als würdet Ihr Krähen aufziehen.«
Bertoul, dem es vortrefflich schmeckte, lachte in seinen Teller und blies in die Suppe. Félicité lachte ebenfalls.
Als er sich aufgewärmt hatte und satt war, setzte sich Félicité neben ihn.

»Ich bin ganz ungeduldig zu erfahren, warum Ihr Paris verlassen habt, es war ja, als sei Euch der Teufel auf den Fersen gewesen. Und wohin Ihr gegangen seid und warum Ihr zurückgekehrt seid und für wie lange. Aber das Wichtigste zuerst: Euer Haustürschlüssel hängt dort, Ihr habt es sicher eilig, in Euer Haus zu gehen. Ich war jede Woche einmal dort und habe Staub gewischt, und die Kinder haben sich um den Garten gekümmert. Ich muss gleich den kleinen Pierre hinüberschicken, damit er bei Euch ein Feuer macht, sonst wird Euch bei diesem Wetter ziemlich kalt werden!«
Schnell gab sie Pierre Anweisungen, der bereitwillig gehorchte.
»Marion wird so lange kommen, wie Ihr es wünscht, und Euch etwas zu essen bringen. Und jetzt sagt mir doch: Wo wart Ihr die ganze Zeit über, nachdem Ihr eines Morgens so überstürzt abgereist seid und uns nur den Schlüssel dagelassen habt?«
»Ich war in Vauluisant. Ich habe das Edelfräulein Blanche nach Hause begleitet. Und dann bin ich wieder zurückgekommen.«
»Ihr seid also nicht bei ihr geblieben?«
»Warum hätte ich das tun sollen?«
»Mochte sie Euch denn nicht mehr? Mit Euren schönen Liedern?«
»Aber nein, das war ganz und gar nicht der Grund.«
»Sie hätte Euch nicht mitten im Winter abreisen lassen dürfen.«
»Ich war es, der abreisen wollte, Frau Félicité. Mitten im Winter.«
Mehr wollte er ihr nicht sagen. Warum sollte er ihr von seinen Qualen erzählen? Er erklärte Félicité, dass er wegen des Hauses zurückgekehrt war und dass er ihr nicht auf unbestimmte Zeit zur Last fallen wollte, bevor er gen Süden weiterzog.
»Ihr werdet also nach Vauluisant zurückkehren, Messire Bertoul?«
»Nein, meine Freundin. Ich beabsichtige zunächst ins Languedoc zu ziehen, um neue Lieder und Stücke zu lernen. Man pflegt dort offenbar eine gewisse Art der Musik, die mir sehr gefällt.«
»Damit Ihr dem Edelfräulein Eure Liebe schenken könnt?«
Er antwortete nicht und senkte den Kopf tiefer über seinen Teller, in dem sich noch ein köstliches Restchen Gemüsesuppe befand. Frau Félicité sollte nicht sehen, wie knallrot er geworden war.

»Ich werde also in Richtung Okzitanien ziehen.«
»Ich habe noch nie von diesem Land gehört.«
»Es ist sehr weit weg, auch wenn es in Frankreich liegt. Ich glaube, man braucht ein Jahr, um dorthin zu gelangen.«
»Dann ist es so weit wie das Heilige Land?«
»Ich weiß nicht. Vielleicht ja, aber man braucht das Meer nicht zu überqueren.«
»Umso besser, dann bin ich beruhigt.«
Jeder wusste, dass das Meer einen abscheulichen, salzigen, bitteren Geschmack hatte, sehr gefährlich war mit seinen Wellen, seinen Stürmen und seinen Seeungeheuern mit den Eisenschuppen und ihrem übelriechenden Atem.
Das Gespräch zog sich noch eine ganze Weile hin, dann nahm Bertoul den Schlüssel und ging in sein Haus hinüber, wo ihm sogleich der Geruch von Wachs und Holzfeuer in die Nase stieg.
Ach, was für eine Perle Frau Félicité doch war! Das Haus war von Grund auf sauber und die Möbel glänzten. Das Feuer, das der kleine Pierre entzündet hatte, brannte ruhig in der Feuerstelle vor sich hin und einige Holzscheite waren sorgfältig in der Nähe des Kamins aufgeschichtet.
Die Nacht brach herein. Bertoul ließ sich mit einem befriedigten Brummen in einen Sessel in der Nähe des Kamins fallen. In dem gut abgedichteten Haus spürte man überhaupt nichts von der Kälte da draußen. Er fühlte sich wohl nach dem langen Tag auf dem Pferd, öffnete sein Leinenbündel und holte seine Fidel heraus. Dann begann er eine kleine Melodie zu improvisieren, die er für sein Lied »Blanche, weiß wie der Schnee« im Kopf hatte. Die Töne perlten von ganz allein unter seinen Fingern hervor und die Worte der Ballade über seine Lippen. Es war das erste Mal, dass er Blanche ein Lied widmete. Bis zu diesem Tag hatte er es sich nicht getraut, aber heute, da sie so weit weg war, war es für ihn eine Möglichkeit, sie sich im Geheimen näher heranzuholen.
Die Tür öffnete sich schwungvoll und ein kalter Luftzug fuhr durch das Haus, gefolgt von einer gewaltigen Stimme.

»So, du bist also zurück!«
Bertoul erhob sich mit einem Ruck und fand sich sofort von vertrauten Armen umschlungen. Es war Hennequin mit seinem großen Mundwerk, der einstige Soldat der königlichen Armee und ehemaliger Gauner, der lange nur für seinen eigenen Profit und den derer, die sich seine Dienste leisten konnten, gelebt hatte. Es war noch gar nicht lange her, da hatte er Bertoul im Auftrag von vier verachtungswürdigen Magiern beraubt, die später für ihre Freveltaten mit dem Leben hatten büßen müssen. Auch wäre er beinahe gehängt worden, und es war Bertoul, der ihn vor dem Schafott bewahrt hatte. Seitdem gab er vor, sein Leben geändert zu haben. Als Bertoul ihn zuletzt gesehen hatte, schien es, als hätte er – wer hätte das gedacht – ein Verhältnis mit Frau Félicité.
»Und das Mädchen? Na, eigentlich wollte ich sagen: das Edelfräulein. Ist sie auch zurück?«
»He, Kamerad! Keine neugierigen Fragen. Frage ich dich, ob Frau Félicité eine Frau nach deinem Geschmack ist?«
»Das ist sie, und ob sie das ist!«, erklärte Hennequin schlicht. »Komm mit mir, wir gehen in die Taverne und trinken etwas. Zwei alte Kameraden wie wir dürfen sich gemeinsam betrinken, wenn sie sich wieder begegnen. Und dann wirst du mir erzählen, was du die ganze Zeit getrieben hast.«
»Es waren kaum zwei oder drei Monate! Ich war doch keine zehn Jahre weg!«
»Wie dem auch sei, du wirst dennoch bestimmt viel zu erzählen haben. Wo hast du eigentlich gesteckt?«
»In Vauluisant. Mit dem Edelfräulein Blanche.«
»Herzlichen Glückwunsch.«
»Oh, es ist nicht so, wie du glaubst.«
Hennequin legte Bertoul seinen schwarzen Mantel um die Schultern und zog ihn mit sich auf die Straße.
»Los, wir haben Besseres zu tun, als hier zu sitzen.«
Und die beiden Kameraden zogen los und gönnten sich eine Kanne Gewürzwein in der Taverne zum gekrönten Schwan.

Lavendel

Trägt man ein Säckchen Lavendel bei sich,
zieht es die Verliebten an und trägt dazu bei,
dass sich die Liebeswünsche verwirklichen.
Lavendel ist jedenfalls hervorragend
als Schutzmittel gegen
Verwünschungen geeignet.

13

Bertoul begab sich nicht zum Tempel. Warum hätte er auf die Weisung dieses arroganten Tempelritters eingehen sollen, der ihn vorlud wie ein Herrscher einen seiner Untertanen?
Wenn der Tempelritter ihn wirklich sehen wollte, so sollte er ihn doch suchen! Paris war so weitläufig, dass Jahre vergehen würden, bis er ihn fände.
Dennoch ließ ihn die Anspielung auf eine Verwandtschaft zwischen ihm, Bertoul, und einem »gewissen Barthélemy« nicht zur Ruhe kommen. Ja, sein Vater hatte Barthélemy geheißen, doch was hätte er mit den Templern zu tun haben sollen? *Barthélemy der Holzfäller,* so hatte man Bertouls Vater immer genannt. Er konnte sich nur vage an das Leben erinnern, das er führte, bevor er Aufnahme in Tournissan gefunden hatte.
Er erinnerte sich an eine einsam gelegene Hütte im Wald und an einen Mann, der morgens mit einer riesigen Axt über der Schulter fortging. Abends kam er zurück und setzte sich ans Feuer. Er nahm seinen Jungen auf den Schoß, um ihm ein kleines Spielzeug zu zeigen, das er aus Holz geschnitzt hatte, oder um ihn mit der Suppe zu füttern, die Mariette, seine Frau, Bertouls Mutter, ihm auffüllte. Es brannte immer ein schönes Feuer in der Hütte von Barthélemy dem Holzfäller: Holz war nicht teuer. Das Haus war düster, mit niedrigen Wänden aus Holz und Lehm und mit einem schrägen, tief hängenden Dach, doch es war gemütlich, mit seinen moosgefüllten Strohsäcken, den vom Holzfäller selbst angefertigten Möbeln, dem Kessel am Haken über dem Feuer, in dem immer eine Suppe aus wilden Kräutern oder Pilzen köchelte.
Und dann war Barthélemy gestorben, erschlagen von einem fallenden Baum. Die großzügige Frau Hermelinde – Gott behalte sie für immer

in seinem Paradies – hatte Mariette, die vor Kummer stumm geworden war, und Bertoul im Schloss bei sich aufgenommen. Mariette war Wäscherin gewesen, und in einem Schloss, das so kultiviert geführt wurde wie von der guten Frau Hermelinde, fehlte es niemals an Arbeit. Doch eines Tages, während der großen Wäsche am Fluss, glitt Mariette aus und ertrank, einige Monate nach dem Tod ihres Mannes.

Mariette. Eine junge Frau in einem blauen Kleid und mit einer weißen, über die Haare gezogenen Haube. Eine junge, mutige und entschlossene Frau, die häufig jedoch einen traurigen Blick hatte und irgendwie verstört wirkte. Es schien oft, als dränge gar nicht zu ihr durch, was ihr eigentlich widerfahren war.

Mariette drückte ihren kleinen Bertoul manchmal fast bis zum Ersticken an sich. »Du bist alles, was ich jetzt noch habe«, sagte sie. Oder ein anderes Mal: »Eines Tages, du wirst sehen, wird sich alles ändern.« Und auch: »Was soll ich nur tun? Mein Gott, hilf mir, was soll ich nur tun?« Sie vergoss einige Tränen, dann nahm sie wieder ihren Wäschekorb, um ihn zum Waschplatz zu tragen.

Das also war seine Mutter gewesen. Nur diese wenigen verschwommenen Erinnerungen waren ihm geblieben.

Er war eine Waise. Und Blanche war ebenfalls ziemlich jung ein Waisenkind geworden. Das zumindest hatten sie gemeinsam: Beide Eltern waren früh verstorben. Aber das gemeinsame Schicksal und die schöne Freundschaft genügten Bertoul Beaurebec nicht mehr. Wenn er Blanche wiedersehen würde, so deshalb, um sie zu lieben. Er musste sich darauf vorbereiten, indem er die Kunst der höfischen Minne und die Lieder der Troubadours erlernte. Es war also dringend notwendig, dass er sich auf den Weg machte in Richtung der Grafschaft Toulouse und der benachbarten Lehensgüter.

Schon am Tag nach seiner Ankunft war Bertoul wieder zu Félicité Perdriel gegangen, da er seine Angelegenheiten rasch regeln wollte, bevor er sich wieder auf die Reise begab.

»Frau Félicité, kennt Ihr jemanden, der Lust hätte, gern einige Zeit in meinem Haus zu leben und Euer Nachbar zu sein?«

»Zweifellos gäbe es da viele Interessenten, Messire Bertoul«, antwortete sie, »Euer Haus ist sehr bequem und Paris wimmelt von Menschen, die nur auf einen Glücksfall wie diesen lauern!«
»Aber kennt Ihr persönlich jemanden? Ich möchte mein Haus schnell in gute Hände übergeben.«
»Mein lieber Nachbar, es ist also kein Scherz, was Ihr mir gestern erzählt habt? Ihr seid wirklich nur nach Paris gekommen, um gleich wieder fortzugehen?«
»Ja, das stimmt. Ich möchte mein Haus vermieten, und, wenn Ihr es annehmt, Euch die Miete zukommen lassen. Wir werden vor einem Notar einen Vertrag schließen. Ihr nehmt das Geld ein und legt es bis zu meiner Rückkehr auf die Seite. Wenn ich nach fünf Jahren nicht zurückgekommen bin, könnt Ihr das Geld und das Haus behalten.«
»Oh Bertoul, sagt doch nicht so etwas Schreckliches!«
»Und wenn Ihr in Geldschwierigkeiten seid, bevor die fünf Jahre vergangen sind, gebe ich Euch das Recht, über diese Reserve zu verfügen.«
»Gott möge mich davor bewahren!«
Die beiden kamen miteinander überein, einen Vertrag bei einem Notar abzuschließen, sobald sie den richtigen Mieter gefunden hätten, was nach Ansicht der guten Frau nicht länger als vier bis fünf Tage dauern würde.
Zwei Tage später war noch niemand gefunden. Félicité hatte es nicht eilig, Bertoul so schnell wieder verschwinden zu sehen, denn sie mochte ihn, und Bertoul selbst genoss diese wenigen Wintertage, die er entweder im Warmen bei sich zu Hause oder bei seiner Nachbarin verbrachte, die ihn bei jeder Gelegenheit einlud.
›Ich laufe noch Gefahr, den ganzen Winter hier zu verbringen, wenn ich mir keinen Ruck gebe und so schnell wie möglich abreise‹, tadelte er sich an jenem Morgen. ›Auf geht's, ich darf nicht länger säumen!‹
Er ging wieder hinüber, um zu hören, wie seine Sache voranging.
»Ich gebe zu, dass ich bei dieser Kälte und in diesem Schnee nicht viel für Eure Sache tun konnte, Messire Bertoul. Aber es wird Zeit,

unseren Freund Hennequin einzuschalten. Ich bin sicher, dass er schnell einen Mieter für Euer Haus finden kann.«

»Daran zweifle ich nicht«, sagte Bertoul. »Aber ich hätte gern, dass es kein Strolch ist.«

»Hennequin kommt nicht mehr mit diesen Galgenvögeln zusammen«, sagte Félicité leicht verstimmt. »Angenommen, es gäbe solche unter seinen Bekannten, so hätte das Gerücht darüber schon die Runde gemacht. Es würde mich sehr wundern.«

›Mich nicht!‹, dachte Bertoul, der besser als sie mit gewissen Aktivitäten Hennequins in Bezug auf dessen zweifelhafte Beziehungen vertraut war …

»Übrigens, welchen Aktivitäten widmet er sich eigentlich zur Zeit?«

»Da er tausenderlei Schlupfwinkel in Paris kennt und unendlich viele Bürger, hilft er jedem. Keiner weiß so gut wie er, wie man Leute wiederfindet, deren Spur man verloren hat.«

Ein Spitzel?! Einer, der seine früheren Freunde, Gauner und andere Übeltäter anzeigte? Nein, das war nicht möglich! Nicht Hennequin.

»Arbeitet er für die Pariser Justiz?«, fragte Bertoul, als wäre nichts dabei.

»Oh nein, doch nicht so etwas! Das wäre unter seiner Würde!«

›Uff‹, sagte Bertoul beruhigt zu sich.

»Aber viele Leute suchen jemanden hier und da in Paris, und Meister Hennequin ist sehr geschickt darin, ihre Spur wiederzufinden. Es spricht sich allmählich in Paris herum, und er bekommt reichen Lohn, wenn es ihm gelingt.«

Hennequin benutzte offenbar das Netzwerk seiner Freunde und vor allem seine eigene Schlauheit.

»Natürlich weigert er sich, Verliebte zu verfolgen, denen die Eltern Steine in den Weg legen«, ergänzte Félicité. »Oder sogar … ich traue mich kaum, es zu sagen … jene Frauen, die …«

»… die einen Liebhaber haben?«, half ihr Bertoul.

»Ach, es gibt so viele unglücklich Verheiratete, die an gewalttätige, uninteressierte oder viel zu alte Männer gebunden sind!«

»Ich werde nicht den ersten Stein werfen«, erklärte Bertoul. »Also, wer sind denn nun seine Kunden?«
»Da gibt es viele. Freunde, die sich aus den Augen verloren haben. Ungehobelte Gläubiger. Und eben Verliebte. Und erst gestern, als er heimkam, ein alter Templer …«
»Was?«, rief Bertoul aus.
Im selben Augenblick wurde die Tür weit geöffnet, sodass ein kalter Luftzug hereinfuhr und einige Schneeflocken ins Innere wirbelten.
»Ist irgendeine Menschenseele zu Hause?«, brüllte eine vertraute Stimme.
»Komm schnell rein, mein Freund«, rief Félicité ebenfalls.
Hennequin schlug seine Stiefel gegen den Türrahmen, damit der Schnee abfiel, dann trat er ins Haus.
Ein großer grauhaariger Mann in einem weißen Mantel mit strengem Gesicht folgte ihm.
»Der Templer …«, murmelte Bertoul. »Ich hätte es mir denken können …«
»Schön, dich hier zu sehen, Bertoul«, sagte Hennequin frohgemut. »Ich bringe jemanden mit, der dich sucht.«
Der Tempelritter machte ein kleines, eher steifes Zeichen mit dem Kopf. Bertoul, der gar nicht daran dachte, sich zu erheben, warf dem Eindringling einen finsteren Blick zu.
»Warum hast du ihn mitgebracht?«, sagte er vorwurfsvoll zu Hennequin. »Du hättest vorher mit mir darüber sprechen sollen.«
»Mit dir sprechen? Nun, wenn es sich um gute Neuigkeiten handelt, sollte man damit nicht unnötig warten! Dieser Seigneur heißt, ähm …«
»Évrard de Cezain, Ritter des Tempels«, stellte sich der Mann vor.
Doch Bertoul blieb einfach mit gesenktem Kopf auf seiner Bank sitzen, als trüge er eine schwere Bürde.
Félicité hatte sich sogleich erhoben, als sie den Templer erblickt hatte. Als gute Hausfrau bereitete sie sofort heißen Wein für die durchgefrorenen Ankömmlinge.
»Junger Mann«, sagte der Templer, »ich bin glücklich, Euch wieder-

gefunden zu haben. Ihr solltet mich vor drei Tagen im Tempel aufsuchen!«

»Ihr hattet es mir befohlen, gewiss, aber warum hätte ich einem so unhöflich dahingeworfenen Wort Folge leisten sollen? Ich bin nicht Euer Diener, Messire de Cezain. Und weder Ihr noch Euresgleichen machen mir Angst.«

Frau Félicité kam herbei und brachte auf einem Tablett einige Holzbecher, die mit Wein gefüllt waren, der nach Zimt und Muskat duftete. In ihrer Gegenwart waren die Männer freundlich. Aber Bertoul war wütend, Hennequin ratlos und der Templer schwankte zwischen der Befriedigung, seinen Mann wiedergefunden zu haben, und der Wut, auf solche Art zurückgewiesen zu werden.

Évrard de Cezain entschloss sich zu warten, wobei es ihn einige Mühe kostete, seinen Stolz und seinen Hochmut hinunterzuschlucken.

»Ich würde gerne unter vier Augen mit Euch sprechen, junger Mann«, sagte er zu Bertoul.

»Ich habe keinen Grund, irgendetwas vor meinen Freunden zu verheimlichen«, antwortete dieser.

»Nun ... aber ich.«

»Dann tut es mir leid«, entgegnete Bertoul.

»Gut, wie Ihr wollt«, sagte der Templer.

Er trank seinen Becher leer, stellte ihn auf den Tisch zurück, holte einige Geldstücke aus seinem Beutel, gab sie Hennequin und verließ Frau Félicités Haus ohne ein weiteres Wort, steif und in seinen Mantel mit dem roten Kreuz gehüllt.

»Warum hast du mich verpfiffen?«, fragte Bertoul Hennequin grollend.

»Nun mal langsam, mein Freund! Ich habe dich nicht verpfiffen! Wie konnte ich denn wissen, dass du ihn gar nicht treffen wolltest?«

»Du hättest mich fragen sollen.«

»Er ist gestern zu mir gekommen. Er sagte, dass er einen jungen Mann suche, der so und so aussehe – ganz dein Porträt – und der vor drei Tagen mit einem schönen Pferd am Tor Saint-Jacques angekommen sei. Also habe ich ausgerufen: ›Aber den kenne ich!‹, und dann

hat er mich nicht mehr losgelassen. Er wollte dich offenbar treffen, um dir ein gutes Geschäft vorzuschlagen.«
»Ich frage mich, was für ein gutes Geschäft ein Templer einem Musiker wie mir vorschlagen könnte. Ich will kein Mönchsritter wie er werden und noch weniger einer seiner Diener. Ich werde meine Balladen und Liebeslieder nicht für die Templer singen. Was will er dann also?«
»Er hat mich nach deinem Namen gefragt.«
»Und du hast ihn ihm verraten?«
»Natürlich, und auch, wo du wohnst und dass du ein Nachbar Félicités bist. Ich wusste, wenn ich dich nicht bei dir zu Hause finde, gäbe es eine Chance, dass du hier bist.«
»Er kannte den Namen meines Vaters …«, murmelte Bertoul. »Das ist es, was mir so seltsam vorkommt. Ich bin einfach misstrauisch.«
»Aber warum denn?«
»Ich weiß nicht. Man erzählt sich schreckliche Dinge über die Templer.«
Nun trat eine kurze Stille ein, dann enthüllte Bertoul zum ersten Mal vor seinen Freunden einen Teil seines Lebens:
»Mein Vater, ein Holzfäller, lebte fast wie ein Einsiedler im Wald von Chalabre, eine Meile von Tournissan entfernt. Nach seinem Tod hat meine Mutter, Mariette, im Schloss als Wäscherin gearbeitet. Das bedeutet, dass dieser Mann, dieser Templer, wie hieß er doch gleich?«
»Évrard de Cezain.«
»… dass dieser Mann keinen Grund hatte, ihren Weg zu kreuzen. Vor allem nicht den meines Vaters.«
»Offenbar doch. Du hast unrecht, mein Freund. Dieser Templer will nur dein Bestes. Er hat es mir selber gesagt. Welches Risiko gehst du ein, wenn du ihm einfach einmal zuhörst?«
Bertoul antwortete nicht, und Hennequin setzte noch eins drauf:
»Fürchtest du nicht, dass du Paris aus Feigheit verlässt?«
»Ich bin nicht feige!«, rief Bertoul aus. »Gerade du musst das doch am besten wissen!«

»Ich finde es trotzdem sonderbar, dass du nicht neugieriger bist. Ich an deiner Stelle …«
»Danke Gott, dass du nicht an meiner Stelle bist.«
»Hennequin hat recht«, verteidigte ihn Félicité. »Es wäre doch viel einfacher, zu ihm zu gehen und ihm diese Frage zu stellen. Ich muss sagen, dass ich ebenfalls neugierig bin, zu erfahren, inwiefern Ihr und Euer Vater mit diesem Mann verbunden seid. Vielleicht stellt sich ja dann heraus, dass dieser Barthélemy, von dem er sprach, ein ganz anderer ist.«
»Mmh«, sagte Bertoul, immer noch angespannt.
»Nun? Wirst du hingehen?«
»Ich werde darüber nachdenken«, sagte er schließlich.
Er trat auf die Straße hinaus und ging mit großen Schritten davon, es war ihm gleich, wohin. Das Ganze gefiel ihm überhaupt nicht, er wusste nicht warum, aber er erkannte, dass seine Freunde recht hatten: Das Einfachste war es, den Templer klar zu fragen, was er von ihm wollte.
Die Straßen lagen unter einer dichten Schneedecke. Auf der Fahrbahn war sie gräulich, festgetreten, halb geschmolzen und dann wieder hart geworden und glatt. Aber auf den Dächern, den Mauerspitzen, den Vorsprüngen, den entlaubten Bäumen glitzerte der Schnee in seiner ganzen faszinierenden Pracht. Bertoul stürzte sich in das Gewirr der Gässchen, wo die Erker der Häuser so nah beieinander standen, dass fast kein Schnee hindurchfiel. Doch durch die langen Häuserreihen fuhr ein grimmiger und eisiger Luftzug.
Nachdem er eine Zeit lang so dahingegangen war, kehrte er zu seinem Haus zurück, warf ein Reisigbündel und ein Holzscheit ins Feuer, rieb sich die Hände warm, legte seinen schwarzen Mantel ab und holte dann aus der Tiefe der Truhe, wo es gut geschützt war, das Zauberbuch mit dem Rubin heraus.
Er würde versuchen, eine Wahrsageschale zu befragen, um dahinterzukommen, was der Templer von ihm wollte. Das war das Sicherste.

Efeu

Ein Efeublatt, unter das Kopfkissen gelegt,
ermöglicht es, die Geliebte oder den Geliebten
im Traum zu erblicken.
Zum selben Zweck kann man wahlweise
drei Blätter der Pappel, einen am
Palmsonntag gesegneten Buchsbaumzweig,
ein Stück vom Taufkuchen eines Erstgeborenen
oder einer Hochzeitstorte verwenden ...

14

Blanche wanderte jeden Tag in der Umgebung des Schlosses und seiner Dörfer, um die letzten Pflanzen zu suchen, die halb versteckt unter dem Humus vermoderter Blätter lagen, und sie durchstreifte die Wälder auf der Suche nach den wenigen letzten Fingerhutpflanzen, nach Moos oder Farnkraut.

»Es ist eine ziemlich kleine Ernte, die wir da gesammelt haben«, murmelte sie. »Aber bald kommt der Frühling. Dann werden wir alles haben, was wir brauchen.«

Ins Schloss zurückgekehrt, ordnete sie die Kräuter, legte sie in kleine quadratische Tücher, die sie in der Truhe in ihrem Zimmer verstaute, oder sie bereitete ihre Tinkturen zu, wie sie es seinerzeit gelernt hatte.

Dann ging sie, um sich mit Eudes Gerbaud zu besprechen.

»Lassen wir Weihnachten vorübergehen, Messire Eudes, denn es schickt sich nicht, ein Fest in der Adventszeit zu feiern, wenn man kein Fleisch isst und lieber Buße pflegt, während man auf das Kommen des Herrn wartet. Aber noch vor dem Dreikönigstag könnten wir hier alle Herren der Schlösser aus der Umgebung empfangen. Ich habe noch keinen von ihnen kennengelernt und kann es kaum erwarten, mit meinen Nachbarn Bekanntschaft zu machen. Was denkt Ihr, Messire Eudes: Soll ich auch meine Brüder einladen? Oder wäre es besser, sie da herauszuhalten?«

Eudes sagte sich, dass es eine Katastrophe wäre, wenn die vier Brüder Flamincourt, Gaubert, Gauderic, Gautier und Gaudefroi, Schloss Vauluisant beträten.

»Ich glaube«, sagte er, »dass Ihr einen freieren Kopf hättet, wenn Eure Brüder nicht da wären, mein Edelfräulein. Ohne über Eure Familie lästern zu wollen …«

»Ja, ich weiß«, sagte Blanche. »Wir sind uns also einig: Meine Brüder werden nicht unterrichtet.«

Unterdessen hatte Eudes gerade anderes im Kopf als das von Blanche geplante Projekt. Zweifellos würde ein Fest, vor allem jetzt im Winter, die Kassen rasch leeren. In dieser Jahreszeit musste man in jedem Zimmer, in dem Gäste logierten, ein Feuer unterhalten, es mussten warme und reichhaltige Mahlzeiten zubereitet werden, und Kerzen aus schönem Bienenwachs, die für die Beleuchtung sorgten, wurden benötigt.

Davon abgesehen musste man überlegen, wo man die Diener, die Mägde und die Pferde der Eingeladenen unterbrachte. Und es gab keine Feste, vor allem nicht um die Weihnachtstage herum, an denen man nicht Lebensmittel und Denare an die Armen verteilte. Eudes seufzte, diese Pläne zerrissen ihm das Herz, doch er tat so, als ob er einwilligte. Er schlug sogar vor, Boten in die Umgebung auszusenden, um den Adel von der Einladung in Kenntnis zu setzen.

Blanche war ganz aufgeregt angesichts dieser Aussicht. Sie bat Eudes, ihr eine vollständige Liste der Herrschaften zu erstellen, die einzuladen waren, und überhäufte ihn mit Fragen zu jedem von ihnen. Sie rief die Köchinnen herbei, um ein Menü zusammenzustellen, eine Speise köstlicher als die andere. Sie machte einen Rundgang durch Vauluisant, um die Unterkünfte zu inspizieren und ließ sich aus den bei Eudes angeforderten italienischen Stoffen ein prächtiges Kleid schneidern sowie einen Umhang in einer damit kontrastierenden Farbe, der mit Eichhörnchenfell gefüttert werden sollte.

Eudes Gerbaud knirschte mit den Zähnen bei dem Gedanken an die Ausgaben, aber er bezwang sich und fasste sich in Geduld.

Die Tage wurden immer grauer und kälter in der Region von Vauluisant, doch es hatte noch nicht geschneit. Abends schloss sich Blanche in ihrem Zimmer ein, nachdem sie gebeten hatte, ihr auf dem Tisch einen Kerzenleuchter mit fünf Kerzen aus edlem Wachs anzuzünden, denn die Talgkerzen rochen zu stark nach Schaf. Dann bemühte sie sich in der Einsamkeit und Ruhe, ein Lied aus Bertouls Buch zu lesen, das er ihr geschenkt hatte. Und danach glättete sie ein großes Stück Pergament, spitzte eine Feder an und tauchte sie in einen kleinen Napf mit schwarzer Tinte. Geduldig malte sie Buchstaben für Buchstaben, immer wieder, und wenn der Pergamentbogen von beiden Seiten mit ihren Schreibversuchen bedeckt war, kratzte sie ihn sorgsam sauber, um von Neuem zu beginnen.

Eines Tages würde sie gewandt genug sein, sagte sie zu sich, um Bertoul eine Botschaft zu senden. Doch wohin? Er war nun schon seit drei Wochen fort, er konnte genauso gut schon auf dem Weg nach Okzitanien sein, wo es sogar im Winter schön war, wie Guilhabert, der Troubadour, berichtet hatte.

»Oh Bertoul, schade, dass du nicht zu dem großen Fest in Vauluisant kommen kannst, das ich im Januar veranstalten werde! Ich weiß, du würdest denken, dass die adligen Damen und Herren aus der Umgebung dich von oben herab betrachten, aber nicht ich, Bertoul, nicht ich! Wie kann man sich an einem Fest erfreuen, wenn ein lieber Freund fehlt?«

Das Fest im Januar würde weniger zur Lustbarkeit als vielmehr zur Pflege der guten Beziehungen mit der Nachbarschaft veranstaltet werden. Der Einzige, den sie lieber nicht in Vauluisant sehen wollte, war Raoulet de Mauchalgrin. Sein Vater, Raoul der Ältere, der das Gut Tournissan geerbt hatte, war ebenfalls nicht willkommen.

In einem Umkreis von zehn Meilen gab es mindestens ein Dutzend Gutsherrschaften, die Vertreter schicken würden. Auch das Haus Mauchalgrin würde also nicht fehlen.

Über den Pergamentbogen gebeugt, schob sie ein wenig die Zunge zwischen die Lippen, während sie ihre Übungen weiter fortsetzte. Schließlich wurde es trotz des warmen Feuers so kalt, dass sie das Gefühl hatte, ihre Finger seien zu starr, um auch nur noch einen weiteren Buchstaben zu zeichnen.

Sie löschte die Kerzen und löste im Feuerschein ihr Haar. Sie zog die Nadeln und Bänder heraus, die ihre Zöpfe festhielten, und ihr schwarzes Haar fiel über ihren Rücken herab. Sie fuhr mit ihrer Hand über dem linken Ohr entlang, wo die Haare nur so lang wie zwei Daumen waren. Allein schon deswegen verabscheute sie

Raoulet de Mauchalgrin, der es für gut befunden hatte, ihr ein Haarbüschel abzuschneiden, um Bertoul dazu zu bringen, ihm das Zauberbuch zu übergeben.
»Wie kann man nur so boshaft sein?«, fragte sich Blanche und fuhr mit dem Kamm durch die kleinen Wellen ihrer Haare, die im Feuerschein glänzten. Eine Frau hatte kaum einen schöneren Schmuck als ihre Haare, und wenn man sie ihr abschnitt, kam das einer Verstümmelung gleich. Man rasierte die Verurteilten, nicht die ehrenhaften und ehrlichen Menschen.
Aber Raoulet war alles in allem nur ein Rohling, dessen Erpressungsversuche dennoch erfolglos geblieben waren. Es war ihm nie gelungen, das Zauberbuch zu ergattern.
»Gott gebe, dass er Bertouls Spur endgültig verloren hat!«, wünschte Blanche. Man hatte ihn glauben gemacht, dass der Musiker ertrunken und das Zauberbuch mit ihm verschwunden wäre; aber Raoulet würde sich wahrscheinlich nicht lange täuschen lassen. Und er lebte nicht weit von Vauluisant entfernt.
»Nun gut«, seufzte Blanche und zog ihre Kleider aus, »alles zu seiner Zeit. Es ist sinnlos, mir jetzt wegen Raoulet de Mauchalgrin Sorgen zu machen.«
Sie schlüpfte nach dem Abendgebet ins Bett. Die Tage in Vauluisant waren auf ganz andere Weise ermüdend als die am Hof. Sie lief von einem Ende des Schlosses oder des Gutes zum anderen, entweder zu Fuß oder auf Wolke. Sie sagte bei ihren Wanderungen Aélis guten Tag. Und die Bewohner von Vauluisant, die über ihre Rückkehr erfreut waren, wandten sich immer wieder mit Bitten an sie:
»Edelfräulein, wir haben geplant, auf dieser Parzelle Roggen zu säen, was haltet Ihr davon?«, »Edelfräulein, mögt Ihr Wachtelspieße?«, »Edelfräulein, mein Nachbar und ich haben einen Streit, Messire Eudes hat uns zu Euch geschickt.«
Und so ging es den ganzen Tag. Sie musste Entscheidungen treffen, und sie zweifelte nicht daran, dass sie die Dinge manchmal recht ungeschickt anging.
Schließlich war sie noch Anfängerin im Beruf der Schlossherrin,

und Eudes Gerbaud unterließ es nicht, sie bei jeder Gelegenheit darauf hinzuweisen, wie sie seiner Ansicht nach zu entscheiden hatte. In den meisten Fällen willigte sie ein.
Sie schlief bald ein, wie jeden Abend glücklich darüber, endlich nach Hause zurückgekehrt zu sein, aber trotzdem fühlte sie sich ein wenig einsam.

Am nächsten Morgen hielt auf dem Schloss von Vauluisant eine schöne Equipage Einzug. Sie bestand aus einem halben Dutzend bewaffneter Männer, einer stolzen, vornehm gekleideten jungen Dame, die auf einem rotbraunen Pferd saß, und einer älteren Frau, die aufmerksam über die jüngere wachte.
Blanche hielt sich im Schlosshof auf. Sie verließ gerade die Kapelle, wo sie regelmäßig zur Andacht weilte. Sie ging auf die Pferdeställe zu und bat darum, Wolke zu satteln. Da sie aufs Land reiten wollte, trug sie ein warmes Wollkleid und einen dicken Mantel aus grobem Stoff. Der Himmel versprach Schnee, vielleicht schon für diesen Tag oder Abend. Als ihr von einer Wache der edle Besuch angekündigt wurde, begab sie sich zu den Neuankömmlingen.
»Willkommen in Vauluisant«, sagte sie mit freundlichem Lächeln. »Kommt schnell und wärmt Euch drinnen auf, man wird Euch heißen Wein servieren.«
»Wer ist dieses Mädchen?«, sagte die junge Frau und maß sie mit geringschätzigen Blicken von ihrem Reitpferd herab. »Mit welchem Recht erlaubt sie sich, sich an mich zu wenden, als wäre sie die Hausherrin?«
Blanche richtete sich auf.
»Ich bin Blanche de Vauluisant«, sagte sie, »die Herrin dieses Gutes. Darf ich Euch fragen, wer Ihr selbst seid?«
Die Neuangekommene antwortete nicht, doch während ihr ernster Blick weiter auf Blanche verweilte, legte sie ihren rechten Handschuh ab, indem sie Finger für Finger freilegte. Dann hielt sie ihre entblößte Hand in die Höhe, an deren Mittelfinger ein dicker Ring zu sehen war.
»Ich bin Blanche de Vauluisant«, sagte sie.

Sie drehte sich zu ihrer Eskorte um und befahl:
»Ihr da, nehmt sofort diese unrechtmäßige Besitzerin fest.«
»Was?«, rief Blanche. »Nun, es fehlt Euch wahrlich nicht an Kühnheit, mein Fräulein. Ich weiß nicht, welches Spiel Ihr spielt, aber dies hier wird Euch kein Glück bringen, dass Ihr es nur wisst.«
Sie gab den Männern ihrer eigenen Wachmannschaft ein Zeichen. Sie deutete auf einen von ihnen.
»Holt Messire Eudes, bitte. Hauptmann Maleaume, bittet diese Leute, vom Pferd zu steigen und sich höflich vorzustellen.«
»Tut das nicht, Hauptmann, oder Ihr werdet es bereuen«, erwiderte das andere Edelfräulein.
Maleaume trat linkisch einen Schritt vor, musterte eine nach der anderen und zögerte dann, seiner Herrin zu gehorchen.
»Maleaume!«, sagte Blanche gereizt. »Wird's bald?«
Im selben Moment kam Messire Eudes mit kleinen eiligen Schritten aus dem Inneren der Gebäude, in seinen weiten mit dickem Wolfsfell gefütterten Mantel gehüllt.
»Holla, was geht hier vor?«, rief Eudes aus. »Wollt Ihr nicht vom Pferd steigen, meine Damen, und Euch beim Feuer mit einem Becher heißem Wein aufwärmen? Eure Soldaten können solange in den Waffensaal gehen.«
Das Mädchen musterte Eudes Gerbaud wie zuvor Blanche. Sie wedelte mit ihrer Hand, sodass der beringte Finger gut sichtbar war.
»Ich bin Blanche de Vauluisant«, versicherte sie zum zweiten Mal.
»Das ist unmöglich, Blanche de Vauluisant steht hier selbst«, sagte Eudes und deutete auf Blanche.
»Woher wollt Ihr das wissen?«, fragte das Mädchen in einem verärgerten, hochnäsigen Ton.
»Aber schließlich … aber seht doch …«, sagte der Verwalter immer verwirrter, wobei er die beiden Frauen abwechselnd anschaute.
Blanche hob nun ihrerseits die Hand und zeigte ihren Ring mit dem Siegel von Vauluisant, der seit einer Zeit, die sie nicht kannte, vielleicht sogar seit den Tagen des großen Königs Charles, von Herr zu Herr weitergegeben worden war.

»Das ist ein falscher Ring, ganz einfach«, sagte das andere Mädchen. »Man werfe sie in den Kerker.«
»Für wen haltet Ihr Euch?«, explodierte Blanche. »Ihr dringt in mein Schloss ein, werdet höflich empfangen, und dann erzählt Ihr wer weiß was für Lügengeschichten!«
»Woher kommt dieses Mädchen?«, wandte sich die andere an Eudes. Der war so schwach, zu antworten:
»Sie ist vor ungefähr sechs Wochen hier angekommen.«
»Mit einer schönen Equipage?«
»Nur mit einem Begleiter und einem Pferd, ohne Gepäck«, antwortete Eudes Gerbaud mit erstickter Stimme und gesenktem Kopf.
»Ich«, sagte die andere Blanche, »ich komme mit meiner Eskorte.«
Der Verwalter sah verlegen drein und wandte sich an Blanche.
»Mmh … ich … äh … mein Edelfräulein, mit Verlaub: Ich muss Euren Ring einmal genauer untersuchen.«
»Nun, Messire Gerbaud, seid nicht so dumm«, sagte Blanche hart, »Ihr wisst nur zu gut, dass es das Siegel von Vauluisant ist.«
Eudes wirkte sehr verwirrt, aber er bat Blanche nochmals, ihm den Ring zu zeigen, was sie mit einem verärgerten Seufzer tat.
Dann begab er sich zu dem anderen Mädchen, das immer noch auf seinem Pferd saß und ihre Hand herunterhängen ließ. Er betrachtete auch ihren Ring aufmerksam. Das Motiv war fast dasselbe: ein Tal zwischen zwei Bergen und einer strahlenden Sonne darüber. Er begab sich zu Blanches Siegel zurück, betrachtete es eingehend und ging dann wieder zu dem anderen.
Dann drehte er sich zu Blanche um und fällte sein Urteil:
»Verzeiht mir, Edelfräulein – wenn ich Euch noch so anreden soll –, aber Euer Ring ist falsch. Der richtige ist der dieser Dame. Ihr seid nicht Blanche de Vauluisant.«
»Eudes! Seid wenigstens nicht treulos, wenn Ihr schon so dumm seid!«, donnerte Blanche.
»Legt sie in Ketten«, sagte das andere Mädchen kalt. »Sie ist die unrechtmäßige Besitzerin. Sie wollte sich für mich ausgeben, doch es ist eine Abenteuerin. Eine dahergelaufene Dirne!«

Sie saß immer noch steif und resolut auf ihrem Pferd, mit selbstsicherem und beherrschendem Blick. Ihr violetter Samtmantel, der mit Marderfell gefüttert war, und das goldene Band über der Stirn verliehen ihr zweifellos ein vornehmes Aussehen. Ihre Soldaten waren diszipliniert, gut ausgestattet und wirkten überaus schneidig in ihren Kettenhemden und ihren roten Bliauts mit den weißen und grünen Ornamenten. Die andere Frau, die recht rundlich war und einen schönen Wollmantel und eine Haube aus weißem Leinen trug, schien vor Befriedigung zu schnurren.

»Wenn es hier eine unrechtmäßige Besitzerin gibt, dann seid das eindeutig Ihr!«, rief Blanche aus. »Messire Eudes, schickt sofort einen Boten nach Flamincourt.«

›Meine Brüder sind vielleicht nicht sehr schlau, und ich hätte es vorgezogen, dass sie sich nicht in mein neues Leben einmischen, aber nun habe ich keine andere Wahl‹, sagte sich Blanche im Stillen.

»Er soll meine Brüder herholen. Wir werden dann schon sehen, wer von uns beiden Blanche de Vauluisant ist. Bis dahin bringe man diese Frauen in die Gästezimmer, und ihre Soldaten bleiben draußen.«

»Mein Edelfräulein«, sagte Eudes, »Eure Arroganz klingt immer verlogener. Eure Befehle sind nichts als ein Ablenkungsmanöver. Ihr wisst doch genau, dass Eure Brüder dieses Edelfräulein als ihre Schwester wiedererkennen werden ... Ihr wisst es doch längst ...«

»Eudes! Hintergeht mich nicht«, sagte Blanche mit einer Stimme, aus der mehr Wut als Schrecken sprach. »Ihr wisst, dass der König mich achtet, er wird so etwas nicht ungestraft lassen.«

»Aber ...«, bemerkte Eudes hinterlistig, »wer sagt denn, dass Ihr nicht den König selbst getäuscht habt?«

Blanche spürte, dass allmählich der Boden unter ihren Füßen ins Wanken geriet. Außerdem war der König sehr weit weg und sie hatte keine Ahnung, auf welche Art und Weise sie ihm Bescheid geben sollte. Es stimmte, sie hätte auch den König täuschen können! Es brauchte dazu schon eine gehörige Kühnheit, gewiss, aber nur ihr Siegel bewies ihre Eigenschaft als Erbin von Vauluisant. Außerdem hätte sie selbst ihre Patin, bei der sie vor zweieinhalb Jahren am

Hofe Schutz gesucht hatte und die sie davor viele Jahre nicht gesehen hatte, ebenfalls zum Narren halten können.

»Eudes, ich befehle Euch, meine Brüder sofort kommen zu lassen. Ihr«, dabei wies sie mit dem Finger auf einen Soldaten, »steigt in den Sattel und reitet schnell nach Flamincourt und informiert meinen Bruder Gaubert, den Herrn des Gutes.«

Der Soldat trat unschlüssig vom einen Fuß auf den anderen, schaute Eudes an und rührte sich nicht.

»Meine Güte, glaubt mir denn keiner von euch? Wie ist das möglich? Seit meiner Rückkehr habt Ihr mich empfangen, mir gehorcht, ihr gabt vor, euch zu freuen, dass ich wieder unter euch bin, und nun lasst ihr euch von der erstbesten Dahergelaufenen beeindrucken, nur weil sie einen Samtmantel und einen von einem Schwindler angefertigten Goldring trägt?«

Das andere Mädchen machte eine Handbewegung. Ihre Soldaten kamen auf Blanche zu. Eudes machte eine andere Handbewegung. Auch Maleaume und die Soldaten von Vauluisant setzten sich in Bewegung. Im Nu war sie umzingelt. Trotz ihrer Schreie und ihres Protests wurde sie weggebracht. Sie konnte sich noch so sehr sträuben und sich winden, es war aussichtslos, sie wurde hochgehoben und in ihr Zimmer geführt.

»Eudes, Ihr seid ein Dummkopf, nichts anderes«, sagte sie zu dem Verwalter, der hinter ihr die Treppe hochgestiegen war. »Wenn die Wahrheit herauskommt, wird Euch das nicht gut bekommen.«

»Keine Drohungen!«, erwiderte Eudes. »Ihr bleibt in Eurem Zimmer, so lange, bis ich die Sache aufgeklärt habe.«

»Mit meinen Brüdern, Eudes!«

»Auf die Weise, die mir richtig erscheint. Ihr habt feststellen können, dass ich ehrlich bin. Aber das andere Edelfräulein ist glaubwürdiger. Sehr viel glaubwürdiger als Ihr. Der ganze Prunk, ihre Equipage, ihr Ring, all das spricht für sie.«

»Ihr Ring! Tatsächlich? Der Goldschmied, der ihn für sie angefertigt hat, wird ebenfalls zur Rechenschaft gezogen werden, und zwar wegen Fälschung. Was für eine treulose Heuchlerei!«

»Nun, gebt Ruhe. Ich schwöre Euch, dass ich ohne zu säumen alles Notwendige unternehmen werde. Wenn Ihr wirklich Blanche de Vauluisant seid, wäre ich der Erste, der dies anerkennen würde und Euch die gebührende Ehre erwiese. Aber wenn Ihr eine Betrügerin seid, so wisset, dass ich entsprechend durchgreifen werde. Und zwar mit aller Härte.«

»Ihr seid hier nicht der Herr!«, schrie Blanche. »Es ist nicht an Euch, darüber zu entscheiden.«

»Ich bin der Vertreter der Herrin dieses Hauses«, berichtigte sie Eudes. »Frau Maguelonne hat mir diese Aufgabe anvertraut, und ich bin ihr treu.«

»Zieht meine Mutter nicht in diesen Betrug mit hinein!«

»Es müsste erst noch bewiesen werden, dass sie Eure Mutter ist …«

Mit diesen Worten verließ Eudes Gerbaud Blanches Zimmer und schloss die Tür mit dem Schlüssel hinter sich ab.

Blanche begann wütende Fußtritte gegen die Türen und die Möbel auszuteilen.

»Sind denn nun alle verrückt geworden! Was ist das für ein Mädchen? Was soll diese Verschwörung!? Oh nein, so lasse ich nicht mit mir umgehen!«

Sie setzte sich auf ein Kissen an den Kamin und schaute ins Feuer.

›Nun, erst einmal in Ruhe nachdenken. Eudes hat recht. Ich könnte durchaus einen Betrug eingefädelt haben. Niemand ist da, der mir glaubt. Niemand, der mir helfen könnte, außer meinen Brüdern. Aber ich kenne sie: Es würde ihnen großes Vergnügen bereiten, im Sinne meiner Feinde zu handeln, vor allem, wenn man ihnen eine Belohnung in Aussicht stellt … Was soll ich nur tun?‹

Sie schaute lange, sehr lange ins Feuer, dann murmelte sie den Namen, den sie sofort, als die Katastrophe ihren Anfang genommen hatte, im Stillen zu Hilfe gerufen hatte.

»Bertoul …«

Draußen im Schnee begannen die Wölfe wieder zu heulen, und sie hörten die ganze Nacht hindurch nicht auf. Und zum ersten Mal empfand Blanche ihren Gesang als tröstlich.

Narzisse

Der junge Mann, der dem Mädchen,
das er liebt, Narzissen schenkt,
setzt sich ihrer bald darauf
einsetzenden Gleichgültigkeit aus,
da sie früher oder später nur noch
sich selbst lieben wird.

15

Raoulet de Mauchalgrin durchstreifte jeden kleinsten Schlupfwinkel des Schlosses Tournissan. Es war nun sein Gut. Er war sein alleiniger Herr, wie er es auch in Mauchalgrin war, und dazu der aller Ländereien, die seit Generationen seiner Familie gehörten.

Tournissan … ein hübsches Schloss, ein schönes Lehen, das ihm von seiner Großtante Hermelinde zugefallen war. Sie war ein ganz verflixtes Weib gewesen. Eine echte Hexe sogar, mit ihrem faltigen Gesicht, ihren schnellen Bewegungen, ihrer scharfen Stimme, ihren spitzen Bemerkungen. Gott sei Dank hatte sie keine Kinder gehabt und ihr Gut war Raoul de Mauchalgrin, seinem Vater, fast drei Jahre zuvor zugefallen. Ein ausgezeichnetes Gut, das stand fest; fruchtbar, gut gelegen, gut gesichert. Mit einem angenehm hellen und gut ausgestatteten Schloss. Hermelinde de Tournissan war alles andere als verrückt gewesen. Sie wusste, was Bequemlichkeit bedeutete.

Gewiss, sie war viel zu gut zu den Menschen gewesen – sowohl zu den Dienern als auch den Bauern. Als sein Vater das Gut geerbt hatte, hatte er erst einmal Ordnung geschaffen und den Schlendrian durch eine strenge Führung ersetzt. Die Bauern hatten einige Wochen lang ziemlich gemurrt, aber zusätzliche Frondienste, Schikane und der Galgen, der im Hof des Schlosses gut sichtbar war, hatten selbst die Widerspenstigsten rasch zur Vernunft gebracht.

Raoulet lehnte sich aus dem Fenster und betrachtete den Galgen, der bis jetzt lediglich zur Abschreckung gedient hatte – immerhin so gut, dass sich das Hanfseil, das im kalten Wind hin und her baumelte, durch die Witterung abgenutzt und aufgelöst hatte. Raoulet nahm sich vor, es demnächst auswechseln zu lassen. Und vielleicht sollte man auch einen Pranger auf der Wiese vor der Zugbrücke aufstellen, wo er für die Bauern wie auch für die Besucher und die Bewohner

des Schlosses gut sichtbar war. Er würde gleich beim Zimmermann vorbeigehen, um ihn zu beauftragen, innerhalb von zwei Tagen diese interessante Vorrichtung anzufertigen.
Raoulet de Mauchalgrin war seit Allerheiligen Ritter und seit demselben Datum auch Waise. Sein Vater hatte tief in die Tasche gegriffen und ihm eine schöne Zeremonie aus Anlass seiner Schwertleite geschenkt. Sein Waffenpate, Audouin de Fougeray, hatte ihm den Degen auf die Schulter gelegt und ihm den Ritterschlag verpasst. Und danach wurde geschlemmt!
Raoulet thronte am oberen Ende des Tisches, zwischen seinem Vater und seinem Waffenpaten, die Frauen zwitscherten ringsherum, schön herausgeputzt in glänzenden Kleidern und prachtvollem Schmuck. Raoulet stellte stolz seinen Degen zur Schau, sein Wehrgehänge mit den verzierten Schnallen auf seinem dunkelroten Bliaut und seine feuerroten Sporen, die er selbst bei Tisch nicht ablegte.
Im Verlauf des reichen Festmahles, das auf die Zeremonie folgte, bekam sein Vater ein zu großes Stück vom Wildschwein in den falschen Hals, und es blieb ihm in der Kehle stecken. Er hustete, rülpste, riss die Augen weit auf vor Angst, röchelte, wurde erst scharlachrot, dann violett, und erstickte schließlich, ohne dass jemand ihm das tödliche Stück Wildschwein aus der Kehle hatte ziehen können. Das Festmahl endete mit einer Totenwache.
So wurde Raoulet der alleinige Herr von Mauchalgrin, Tournissan und allen dazu gehörenden Orten. Die Zeremonie in der Kapelle von Mauchalgrin war unheimlich gewesen, ganz im Einklang mit dem windigen Wetter und der vom Totengedenken bestimmten Jahreszeit, aber Raoulet konnte seine Befriedigung nicht verbergen. Jetzt musste er niemandem außer dem König mehr Rechenschaft ablegen, und der war weit weg in Paris.
Nie wieder würde sein Vater ihn anschnauzen oder demütigen, wie er es so oft getan hatte. Keine Schläge und kränkenden Bemerkungen, keine Anspielungen auf seine Mittelmäßigkeit mehr. Diesen Vater mit seiner ungehobelten und schroffen Art hatte Raoulet nur mit größter Selbstbeherrschung ertragen. Dennoch hatte er seine

Rolle erfüllt: Raoulet hatte Reiten und Jagen gelernt und außerdem auch die Kunst, sich zu schlagen, er war einem ausgedienten Ritter anvertraut worden, um seine Erziehung zu vervollkommnen, und schließlich hatte Raoul viel Geld dafür bezahlt, seinem Sohn eine schöne Schwertleite zu schenken. Dabei hatte er die Gelegenheit genutzt, sogar vom Heiraten zu sprechen.

»Ich soll heiraten?«, hatte Raoulet gefragt.

»Nein«, antwortete Raoul. »Ich. Ich suche eine neue Gemahlin, ich habe zwei oder drei in Aussicht. Danach werden wir an dich denken, ohne die Sache lange hinzuziehen, ich verspreche es dir.«

›Was für eine Katastrophe!‹, hatte Raoulet gedacht. Es war zu befürchten, dass die Kinder aus dieser Verbindung ihn um einen Teil seines Erbes bringen würden. Kurz, der plötzliche Tod, der eintrat, bevor der Vater sich hatte vermählen können, kam den Absichten des Sohnes wunderbar entgegen, dem es beim Begräbnis nicht gelang, sich so weit zu verstellen, dass ihm seine Befriedigung nicht anzusehen war.

So standen die Dinge jetzt. Sein Vater war seit einem Monat tot, der Winter hielt in der Region Einzug, und Raoulet war daran gegangen, all seine Güter zu inspizieren. Dennoch war damit auch ein Stachel verbunden, der ihm tief im Fleisch saß. In Tournissan hatte es einst ein Zauberbuch gegeben, das ihm seine Großtante ein einziges Mal gezeigt hatte. Ein Zauberbuch, das doppelt kostbar war: einerseits durch den unschätzbaren Rubin, der in seinen Einband eingelassen war, andererseits aufgrund der magischen Anweisungen, die seinen Inhalt bildeten. Er hatte es mit seinen eigenen Augen gesehen! Frau Hermelinde hatte durchblicken lassen, dass es einst ihm gehören würde – unter der Bedingung, dass er lesen lernte, aber die war so unerheblich, dass er nie auch nur eine Sekunde lang daran gedacht hatte, sie ernstzunehmen. Das Buch war eindeutig für ihn bestimmt. Darüber brauchte man gar nicht lange zu diskutieren.

Fatalerweise hatte Raoulet das Zauberbuch niemals wieder in seine Hände bekommen können: Der Schützling der alten Dame, dieser dreckige Betrüger Bertoul Beaurebec, dem er geschworen hatte, ihm die Augen auszustechen, hatte es ihm abgeluchst, bevor er es an sich reißen konnte. Raoulet hatte mithilfe seines Dieners Griffon le Réchin alles darangesetzt, es wiederzuerlangen, doch Bertoul war wie durch Zauberei zusammen mit dem kostbaren Folianten von der Bildfläche verschwunden. In Paris war er beinahe am Ziel gewesen, als er durch einen riesengroßen Zufall diesen verfluchten Musiker und das begehrte Buch zugleich wiedergefunden hatte. Doch abermals war ihm das Zauberbuch entgangen – diesmal aufgrund eines magischen Kunstgriffs, durch den sich die darin enthaltenen unschätzbaren Geheimnisse in schlichte Kochrezepte und der wunderbare Rubin in eine Muskatnuss verwandelt hatten. Danach hatte man ihm erzählt, dass Bertoul in der Seine ertrunken sei. Und was das Zauberbuch betraf – er hatte es niemals wiedergesehen.

Aber ab jetzt war alles anders.

»Ich bin der Herr über all diese Güter«, murmelte er immer wieder ebenso verwundert wie genüsslich vor sich hin und genoss hochmütig das neue Gefühl.

Von nun an hatte er so viel freie Zeit, wie er wollte, und Geld dazu. Und für ihn war die Suche nach dem Zauberbuch noch keineswegs zu Ende. Im Gegenteil, der Gedanke daran war ihm stets durch den Kopf gegangen. Als er es zuletzt in den Händen hielt, nachdem es sich in ein gewöhnliches Werk für Hausfrauen verwandelt hatte, befand er sich gerade in einem Keller in Begleitung seiner Geisel, Blanche de Vauluisant. Blanche hatte ihm mit dem Buch auf den Kopf geschlagen, er hatte das Bewusstsein verloren, und als er wieder zu sich gekommen war, war seine Geisel entkommen.

Auch sie hatte er nie wiedergesehen. Eine schnippische Person, die ihn immer von oben herab behandelte. Eine heuchlerische, niederträchtige Göre. Ein Edelfräulein vom Hof, das besonders vornehm tat … Oh, es war schließlich ganz kleinlaut geworden, das stolze Edelfräulein, nachdem er ihm einen Teil seiner Haarpracht genommen hatte. Auf jeden Fall bedauerte Raoulet es nicht im Geringsten, ihr diese Demütigung zugefügt zu haben. Mit Sicherheit hatte sie sich so nicht bei Hofe blicken lassen können.

Raoulet lachte höhnisch, dann sagte er sich, dass er sich einen klugen Plan ausdenken musste. Blanche de Vauluisant war die Letzte, die das Zauberbuch gesehen hatte. Man musste also diesem eingebildeten Frauenzimmer die Wahrheit aus der Nase ziehen.

Griffon le Réchin trat ein, ohne sich die Mühe zu machen, anzuklopfen. Alle waren sich einig, dass er ein Rohling war, deshalb brauchte er auch nicht die einfachsten Umgangsformen zu zeigen. Raoulet hatte sich bereits damit abgefunden.

»Wir werden nach Paris reisen«, verkündete Raoulet.

»Mmmh …«, sagte Griffon le Réchin, was bedeutete, dass er sich den Entscheidungen seines Herrn unterwarf.

»Wenn ich nach Paris reise, so deswegen, weil das Zauberbuch immer noch dort ist, wie mir scheint. Und wenn jemand weiß, wo es ist, so ist es diese Blanche de Vauluisant. Also werden wir zurückkehren, damit sie uns darüber Rechenschaft ablegt.«

»Nicht nötig«, sagte le Réchin.

Überrascht starrte Raoulet ihn an. Einen Moment lang blieb ihm der Mund offen stehen. Griffon hatte noch niemals einem Befehl seines Herrn widersprochen.

»Sprich«, sagte Raoulet, neugierig geworden.

»Blanche de Vauluisant ist zurückgekehrt«, sagte Griffon.

»Was?!«, rief Raoulet aus. Er musste sich anstrengen, diese Neuigkeit zu verarbeiten, zumal Griffon le Réchin sonst nicht die Gewohnheit hatte, ihm in so langen Sätzen zu antworten.

»Mmmh …«, antwortete Raoulet anstelle seines Dieners.

»Acht Meilen von hier«, ergänzte le Réchin.

»Acht Meilen … Da brauche ich mir wenigstens nicht auf der Straße nach Paris die Beine abzufrieren«, schlussfolgerte Raoulet. »Nun, dann werden wir nicht länger säumen und dem Gut Vauluisant umgehend einen Besuch abstatten.«

Haselnuss

Wenn Ihr mit Eurem Geliebten streitet,
so geht und sammelt Haselnüsse miteinander.
Ihr werdet Euch im Handumdrehen
versöhnen.

16

Am nächsten Morgen machte sich Raoulet auf den Weg. Es schneite seit dem Vorabend. Er hatte es zu eilig, um noch länger einfach ruhig abzuwarten, und befahl le Réchin, für einen Tag Proviant mitzunehmen und gute Waffen bereitzulegen. Am liebsten wäre er im Galopp geritten, doch die Pferde weigerten sich, weil die Wege so rutschig waren. Die beiden Reiter kamen daher nur in gemessenem Tempo voran, begleitet vom Keuchen der Tiere. Das Hämmern der Hufe wurde völlig von der unaufhaltsam dicker werdenden Schneedecke erstickt. Die beiden Männer hatten sich nichts zu sagen. Manchmal fiel lautlos eine Ladung Schnee von einem Ast, oder ein Kaninchen huschte unter dem Gestrüpp dahin. Die Männer beachteten es nicht, von Zeit zu Zeit schüttelten sie geistesabwesend den Schnee ab, der sich auf ihren Schultern, der Kapuze ihres Mantels und den Kruppen der Pferde ansammelte.

Gegen drei Uhr nachmittags erreichten sie einen Hügelkamm, der das Tal überragte, und in der Ferne wurde auf einer Bergspitze Schloss Vauluisant sichtbar. Im nebligen Dämmerlicht war es fast nicht erkennbar.

»Bald werden wir am warmen Feuer sitzen«, verkündete Raoulet. »Ein adliges Edelfräulein wie Blanche de Vauluisant kann Reisenden, die vom schlechten Wetter überrascht wurden, seine Gastfreundschaft nicht verweigern, selbst wenn es sich um dich und mich handelt. Bei milderem Wetter hätte ich allerdings die Befürchtung, dass sie uns auffordern würde, eine andere Unterkunft zu suchen.«

Sie ritten weiter durch den Wald und hielten auf das Schloss zu. Plötzlich zeigte Griffon mit seinem Finger nach rechts: Zwischen den Baumstämmen, halb vom Dickicht verborgen, schlichen geschmeidige und schnelle Schatten dahin. Ungefähr zwanzig Wölfe trotteten zwanzig bis dreißig Schritt von ihnen entfernt, mit gierigem Blick ihrer Beute zugewandt, neben ihnen her. Die Pferde stampften gereizt mit den Hufen und Raoulet gab seinem Hengst einen Hackenstoß, der sofort in einen leichten Galopp verfiel, gefolgt vom Pferd Griffons. Die Wölfe beschleunigten ebenfalls ohne Mühe ihr Tempo und blieben auf der Höhe der Reiter.

»Mmmh ...«, sagte le Réchin, um Raoulets Aufmerksamkeit zu erlangen: Auf der anderen Seite des Rudels war undeutlich ein Mann in einem schweren Mantel zu erkennen, der mit raschen, großen Schritten neben ihnen herlief. Doch die Sicht war so schlecht, dass es ebenso gut ein Phantom hätte sein können. Einen Augenblick später war die schattenhafte Gestalt bereits verschwunden.

»Los, wir müssen uns beeilen!«, schrie Raoulet. »Es scheint, als hätten sie ein anderes Festmahl in Aussicht. So können wir ihnen entkommen.«

Warum sollte man sich in Gefahr begeben, um jemandem zu helfen?

Sie galoppierten noch eine Weile weiter. Die Wölfe schienen ihre Verfolgung aufgegeben zu haben und begnügten sich damit, schaurige, langgezogene Rufe in ihre Richtung auszustoßen.

Zehn Minuten später hatten Raoulet de Mauchgalgrin und sein Diener die Zugbrücke erreicht und redeten mit dem Hauptmann der Schlosswache. Raoulet hatte nicht die geringste Mühe, nachdem er sich vorgestellt hatte, ihn davon zu überzeugen, dass es seine Christenpflicht sei, ihm und seinem Begleiter Obdach zu gewähren.

Le Réchin kümmerte sich um die Pferde, die er in den Stall führte, wo er wahrscheinlich die Nacht verbringen würde, während Raoulet in den großen Saal im Schloss geleitet wurde. Dort brannte ein schönes Feuer im Kamin, um den herum drei Menschen saßen und sich wärmten.

Ein ehrwürdiger, kahlköpfiger, in dicke Kleider gehüllter Mann erhob sich, als Raoulet in den Saal geführt wurde. Die beiden Frauen taten es ihm gleich, und die jüngere kam freundlich auf ihn zu. Sie hatte dunkle Haare, die sie offen trug, sodass sie ihr, nur von einem feinen, mit kleinen Steinen geschmückten Metallstreifen zusammen-

gehalten, über die Schultern fielen. Sie trug ein blaues Wollkleid, das gut zu ihren Augen passte, und einen mit Fell gefütterten Umhang in einem dunkleren Blau.
Sie neigte höflich den Kopf und streckte die Hand aus, um ihn zu begrüßen.
»Herzlich willkommen in meinem Schloss, Messire Mauchalgrin. Ich bin Blanche de Vauluisant. Dies hier sind Frau Gillette, meine gute Amme, und Messire Eudes Gerbaud, mein Verwalter.«
Diese Frau sollte Blanche sein? Raoulet, der vor Verblüffung einen kurzen Moment lang wie gelähmt war, kniff die Augen zusammen und musterte die Frau, die sich ihm gerade vorgestellt hatte. War es möglich, dass er sie in diesem Halbdunkel nicht wiedererkannte? Sollte sie sich so sehr verändert haben?
»Ihr seid Blanche de Vauluisant?«, fragte er mit gekräuselter Stirn.
»So ist es, Messire.«
Nein, dies war absolut nicht die Blanche de Vauluisant, die er kannte. Er verbarg sein Erstaunen, indem er sich fast bis zum Boden verneigte, wie es üblich war. Sein Vater hatte es ihm oft eingeschärft: Wer sein Gegenüber beeindrucken wollte, musste fähig sein, seine impulsiven Gesten zu kontrollieren und vor allem niemals auch nur das leiseste Zeichen der Verwunderung zu zeigen. Seine tiefe Verbeugung wurde als Zeichen äußerster Höflichkeit aufgenommen und gab ihm Zeit, einen liebenswerten und gleichzeitig neutralen Gesichtsausdruck anzunehmen.
Dann sagte er sich, dass Blanche ihn wohl durch das Fenster erblickt haben musste und, um ihm zu entkommen, eine Dienerin geschickt hatte, die ihre Rolle spielen sollte.
Man musste das Spiel mitspielen. Während er sich wieder aufrichtete, sagte er:
»Ich fühle mich geehrt, dass Ihr mich empfangt, mein Edelfräulein. Und auch erleichtert, denn ich glaubte schon, ich würde mich in diesem Schnee verirren und müsste vor Kälte sterben.«
»Ihr könnt hier verweilen, so lange es Euch gefällt, Messire.«
»Ich danke Euch.«

Man lud ihn ein, seinen nassen Mantel abzulegen, sich ans Feuer zu setzen, und gab ihm einen Kelch mit heißem Kräuterwein in die Hand. Es war sehr angenehm, sich auf diese Weise aufwärmen zu können, nach einem harten Reisetag, und er schlürfte genüsslich den Trunk, wobei er aufmerksam den Raum in Augenschein nahm. Der Raum war schön, schien aber schon einige Jahre vernachlässigt worden zu sein. Dennoch registrierte sein aufmerksames Auge den Reichtum an Details. Der Kelch zum Beispiel, den er in der Hand hielt, war nicht aus Holz, aus Horn oder aus gewöhnlichem Zinn, sondern aus Silber wie in den Residenzen der Allerreichsten.

»Bei diesem Schnee«, sagte die falsche Blanche, »bleiben wir im Haus. Es hat keinen Sinn, ins Freie zu gehen, umso mehr, da die Wölfe nicht aufhören wollen zu heulen.«

»Ich habe nicht weit von hier ein Rudel gesehen«, bestätigte Raoulet. »Es waren vielleicht zwanzig, sie haben uns eine Zeit lang begleitet, dann sind sie unser überdrüssig geworden.«

»Sie werden niemals müde«, sagte der Verwalter in düsterem Ton. »Das gehört zu ihrer Taktik. Sie tun so, als gäben sie auf, aber es dient nur dazu, Euch später umso besser überraschen zu können, wenn Ihr nicht achtgebt. Wenn Sie Euch hätten verschlingen wollen, glaubt mir, so hätten sie es getan. Es sind Geschöpfe des Teufels. Wenn sie Euch und Eurem Knappen gefolgt sind, so deswegen, damit Ihr uns von ihnen erzählt, um die Furcht, die sie verbreiten, noch zu vergrößern.«

Im selben Moment drang ein Chor von Wolfsstimmen an ihre Ohren, als wollte er seine Worten bestätigen. Die wilden Tiere schienen ganz nah zu sein, als ständen sie am Fuße des Burgwalls.

Genug von den Wölfen, sagte sich Raoulet. Er hatte beschlossen, diese Dienerin in Verlegenheit zu bringen, indem er ihr Fragen stellte, deren Antworten er kannte. Erst dann würde er die echte Blanche zu sehen verlangen, damit sie ihm eröffnete, wo sich das Zauberbuch befand.

»Mein Fräulein«, sagte er, »wann seid Ihr wieder auf Euer Schloss zurückgekehrt?«

»Erst vor einigen Tagen«, antwortete das junge Mädchen. »Ich habe einige Zeit in Paris am Hof des Königs gelebt.«

»Tatsächlich?«, rief Raoulet aus. »Erzählt uns doch davon. Habt Ihr den König gesehen?«
»Ja«, sagte die falsche Blanche. »Er ist sehr hübsch, er trägt einen schönen blauen Mantel, der mit goldenen Lilien bedeckt ist, und er hält ein goldenes Zepter in der Hand. Außerdem trägt er eine goldene Krone.«
»Und weiter? Der Palast? Der Hof?«
»Oh«, sagte sie ein wenig zögernd. »Über alles Sonstige hat man mir verboten zu sprechen. Glaubt mir, ich bedaure das, aber es ist ein Befehl des Königs höchstselbst.«
›Natürlich, sie weiß nichts als Gemeinplätze über den königlichen Palast zu sagen. Sie hat viel zu viel Angst, sich zu verplappern und Dummheiten zu sagen.‹
Plötzlich dämmerte Raoulet ein Schimmer der Wahrheit: Was, wenn sie gar nicht von Blanche de Vauluisant geschickt worden war? Wenn sie vielmehr eine Rolle spielte? Vielleicht war sie eine Betrügerin?
Da war er in eine schöne Geschichte hineingeraten, offenbar waren hier zwei Personen vertauscht worden.
Wie in einem Reflex kam ihm sogleich der Gedanke, dass sich aus dieser Sache vielleicht ein Nutzen ziehen ließe.
Kein Erstaunen zeigen. Und dann alles gutheißen.
»Ich verstehe«, sagte er. »Verzeiht mir, dass ich so taktlos war, mein Edelfräulein.«
Sie ähnelte so ganz und gar nicht der Blanche de Vauluisant, die er kannte, wenn man einmal von ihren langen, schwarzen Haaren absah. Dieses Mädchen hier hatte blaue Augen, Blanches Augen waren zwar ebenfalls hell, aber eher graugrün. Das Mädchen, das ihm gegenüberstand, war größer, sie hatte eine mattere Gesichtsfarbe und ein länglicheres Gesicht. Vielleicht war sie sogar ein bis zwei Jahre älter als die Blanche, die er suchte.
›Das kann mir alles sehr nützlich sein‹, sagte er sich weiter. ›Wer weiß wohl sonst noch davon? Der Verwalter? Man muss ihn aushorchen. Aber wo ist die echte Blanche? Ist sie in Paris geblieben? Hmm. Das alles ist sehr interessant, doch es bringt mich dem Zauberbuch nicht

näher. Ich muss mich vielleicht doch nach Paris, wie ich es ursprünglich plante. Doch was genau hat sich hier abgespielt?‹

Durchdringendes Wolfsgeheul riss ihn aus seinen umherschweifenden Gedanken. Die falsche Blanche flüsterte ihm zu:

»Fühlt Ihr Euch nicht wohl, Messire de Mauchalgrin?«

Er schüttelte sich und rieb sich die Augen.

»Verzeiht mir, die Reise hat mich ermüdet und Euer ausgezeichneter Wein macht mich ein wenig benommen.«

»Erzählt uns von Euch, Messire de Mauchalgrin. Ich möchte gern all meine Nachbarn näher kennenlernen.«

»Ich bin Ritter«, sagte Raoulet stolz. »Zu Allerheiligen habe ich den Ritterschlag erhalten. Ich bin Baron von Mauchalgrin, Tournissan und weiteren Orten.«

Die falsche Blanche fragte ihn nach tausend sonstigen Einzelheiten seines Lebens aus, und er erzählte so viel er konnte, um sie zufriedenzustellen. Jedoch verschwieg er ihr, dass er selbst im letzten Sommer in der Gefolgschaft von Audouin de Fougeray am Hof verkehrt hatte. Er durfte nicht den Argwohn des Edelfräuleins erregen, das ihn nebenbei fragte, ob er verheiratet oder verlobt sei.

»Weder das eine noch das andere«, antwortete er schlagfertig.

Diese Mitteilung schien ihr Interesse zu erregen. Sollte sie irgendwelche Absichten in Bezug auf ihn hegen, um ihren Status zu festigen?

›Nur nicht zu rasch irgendwelche Schlüsse ziehen. Ich will mich nicht in ein Wespennest setzen. Aber man kann nie wissen …‹

So ging die Unterhaltung noch eine Zeit lang weiter. Die Amme des Edelfräuleins mischte sich nur wenig ein, doch man fuhr sie nicht an, wenn sie das Wort ergriff, was sie im Übrigen maßvoll und mit Weisheit tat. Was den Verwalter anging, so schien er recht viel zu sagen zu haben, und er gab tausend Einzelheiten über die Verwaltung von Vauluisant preis, von dem er sagte, dass es das schönste Gut der ganzen Umgebung sei, viel schöner noch als Viviers oder La Roque d'Aiguilhe.

»Nein, Messire«, sagte er, »ich kenne Tournissan nicht, aber ich denke dennoch, dass Vauluisant sehr viel angenehmer und florierender ist als alle Tournissans der Welt.«

Großer Gott! Welch eine Begeisterung sprach aus den Worten des alten Mannes! Man konnte fast meinen, es handle sich um sein eigenes Gut! Zweifellos hatte er eine wichtige Rolle gespielt, aber alles in allem blieb er doch nur ein Bürgerlicher.
Raoulet hörte sich also mit größter Aufmerksamkeit alles an, was ihm erzählt wurde, und passte gut auf, dass er nichts davon vergaß, um später daraus seinen Nutzen zu ziehen.
Mit äußerst feinen Manieren wurde die Mahlzeit aufgetischt, dann wies man ihm eine Schlafstatt in einem Zimmer zu, das so winzig klein war, dass es einer Mönchszelle ähnelte. Jedenfalls enthielt es ein gutes Bett mit dicken Vorhängen und fellgefütterten Decken. Es gab keinen Kamin, und das schmale Fenster war mit einem in einen Rahmen gespannten, eingeölten Stück Pergament versehen und mit einem Wollvorhang verschlossen. Der Boden war mit einer Strohschicht und einigen Tierfellen bedeckt, und ein Diener kam und entfachte ein Feuer in einem Kohlebecken.* Raoulet legte sich hin, doch es dauerte sehr lange, bis er einschlief. Die Situation in Vauluisant musste gut bedacht werden. Er war gekommen, um Blanche de Vauluisant auszufragen und die Spur des Zauberbuches wiederzufinden.
Nun war Blanche nicht da. Also lief er Gefahr, dass ihm das Objekt seiner Begierde wiederum entwischte.

Er musste herausfinden, was aus ihr geworden war. Die Frau, die ihn empfangen hatte, war zweifellos eine Betrügerin, aber sie konnte nicht wissen, dass er sie durchschaut hatte. Das war ein Vorteil, den er ausnutzen konnte. Doch wie? Er musste weiter darüber nachden-

* Als **Brasero** (spanisch) bezeichnet man ein aus Kupfer, Bronze, Messing oder Eisen gefertigtes Becken zur Aufnahme brennender Kohlen. Es diente seit dem Altertum als tragbarer Ofen und war deshalb mit einem Henkel und mit Füßen versehen; gelegentlich wurde er auch auf ein Dreibein gestellt. Die Gefäße waren noch im 19. Jahrhundert in Italien und in Spanien bis zum Ende des 20. Jahrhunderts im Gebrauch. Braseros aus Eisenblech werden heute noch in Südamerika, sehr viel in Paraguay, mit Holzkohle zum Kochen benutzt.

ken. Er konnte ihr jedenfalls sagen, dass sie nicht die richtige Blanche sei und dass er den Betrug aufdecken würde. Es sei denn, sie enthüllte ihm, wo die Blanche war, die er suchte, sofern diese Leute sie nicht umgebracht hatten. Er hätte keine Skrupel, sie ein wenig unter Druck zu setzen, und sie würde ihn gewiss reichlich entschädigen, damit er um jeden Preis bis zuletzt schwiege: Die unrechtmäßige Aneignung des Gutes konnte sie schließlich an den Galgen bringen. Aber er konnte sich auch verstellen und so tun, als ob er das ganze Manöver nicht durchschaute. In diesem Fall konnte er ihr vorschlagen, ihn zu heiraten, und Vauluisant würde auf diese Weise seinem Vermögen zufallen. Aber wenn er diese Option wählte, müsste er Blanche und damit das Zauberbuch aufgeben. Ob Vauluisant dieses Opfer wert war? Es war schwer, sich für das eine oder das andere zu entscheiden.

Oder er würde die falsche Blanche unter der Bedingung heiraten, dass sie ihm die wahre auslieferte. Oder aber, besser noch, er fände Blanche, befreite sie und verspräche ihr, sie wieder in ihrem Lehensgut einzusetzen, allerdings unter zwei Bedingungen: Erstens musste sie ihn heirateten und zweitens müsste sie ihm enthüllen, wo das Zauberbuch war. Ganz sicher würde sie ihm außerordentlich dankbar sein, dass er ihr die Freiheit wiedergeschenkt hätte. Sie konnte eigentlich nicht ablehnen.

Welche von den beiden würde er im Grunde lieber heiraten? Die wahre oder die falsche Blanche, die sich zweifellos sehr viel unterwürfiger verhalten würde?

Seine Gedanken verwirrten sich immer mehr, in dem Maße, wie die Nacht voranschritt. Aber auf jeden Fall sah er sich als Herr von Vauluisant, das er seinen Gütern eingliedern würde, und im Besitz des Zauberbuchs, das ihm die Lösung aller Probleme liefern würde, die ihm in Zukunft begegneten.

Schließlich schlief er über diesen tröstenden Gedanken ein, während es draußen aufgehört hatte zu schneien. Die Schneedecke glitzerte leicht bläulich im Mondlicht. Das Lied der Wölfe erfüllte den nahen Wald.

Kröte

Um einen Liebeszauber herzustellen,
nehme man an einem Freitag
vor Sonnenaufgang eine Kröte.
Man lasse sie im Kamin trocknen,
nachdem man sie an den Hinterbeinen
aufgehängt hat.
Dann zerkleinere man sie zu Pulver,
das man in einer Papiertüte hinter
den Altar einer Kirche trägt, und
lasse es dort drei Tage lang liegen.
Danach streue man dieses Pulver über
das junge Mädchen, das man begehrt.

17

Ein großer, magerer Mann saß auf einem Baumstumpf und scherte sich nicht um den Schnee. Er hatte seine Hand auf den Kopf seiner Lieblingswölfin gelegt und ließ seinen Gedanken freien Lauf.
»Schreie. Heulen. Kreischen … Die Leute wissen gar nicht, wovon sie sprechen. Wölfe heulen nicht. Sie singen. Es ist ein langer, sanfter und melodiöser Gesang, ein langer, anschwellender Ton, in den sie der Reihe nach einstimmen, das Maul gen Himmel gerichtet, wie eine Ehrbezeugung an den Schöpfer. Man muss ihnen nur richtig zuhören. Die wilde Schönheit ihres Klagegesangs bejahen. Diese dummen Leute haben noch nie die langgezogene Klage der Wölfe gehört, noch nie ihre Stimmen miteinander verglichen, sie wissen nichts und bilden sich ein, alles zu kennen. Sie jammern wegen drei toter Schafe, sei's drum. Meine Wölfe haben noch nie einen Menschen angefallen, soweit ich weiß. Obwohl sie es könnten … Wenn man bedenkt, was diese Bauern wert sind und vor allem dieser Dummkopf Eudes Gerbaud, so täten die Wölfe ein gutes Werk, wenn sie ihn verschlängen. Der Welt ginge es deshalb nicht schlechter.«
Gaucher Sevestre war kein verbitterter Mann, aber er machte sich keine großen Illusionen über das Menschengeschlecht. Die Menschheit ließ sich in Dummköpfe und Bösewichter aufteilen, daneben blieb gerade noch Platz für eine Handvoll achtbarer Leuten, doch Gaucher hatte im Laufe seines Lebens nicht viele davon getroffen.
»Die Wölfe sind nicht falsch, sie sind nicht einmal grausam. Sie fressen, weil sie Nahrung brauchen, wie jedes Geschöpf. Warum nehmen die Leute Anstoß an einem gerissenen Schwein oder Schaf? Stecken sie selbst nie eines davon an den Spieß? Erwürgen sie nicht auch Lämmer, um zu schlemmen, wenn es ihnen danach ist? Stellen sie keine Fallen für Kaninchen, Hasen oder Vögel auf?

Die Wölfe tun nichts Schlimmes, im Gegenteil. Sie töten nur in dem Maße, wie ihr Hunger sie dazu zwingt, statt für unsinnige Festgelage, die nur diejenigen fett werden lassen, die sich gütlich daran tun.«

Gaucher bewunderte die Wölfe auch wegen ihrer Magerkeit, der Basis ihrer Kraft und ihrer Zähigkeit. Er selber war stolz, dass er nur aus Haut und Knochen bestand: Er aß nur, wenn er Hunger hatte. Die Wölfe teilten ihre Beute mit ihm, ohne auch nur einen Moment zu zögern. Gab es bessere, treuere und bescheidenere Begleiter?

Der alte Odon de Vauluisant war ein achtbarer Mann gewesen, nicht so ein Dummkopf oder Halunke. Gaucher Sevestre war ihm immer treu geblieben. Odon de Vauluisant war ein erfahrener und fanatischer Jäger. Es gab immer reichlich kleines oder großes Wild, als der alte Odon noch lebte! Aber nie hatte der Herr von Vauluisant den Wölfen nachgestellt. So lebten alle in gutem Einvernehmen miteinander, die Wölfe, Odon de Vauluisant und Gaucher Sevestre.

Mit zwölf Jahren hatte Gaucher ein halb totes Wolfsjunges bei sich aufgenommen. Was war aus seiner Mutter geworden? Es blieb ein Geheimnis. Jedenfalls hatte er das junge Tier entgegen dem Gebot seines Vaters behalten und es mit dünnen Fleischstücken ernährt.

Hunde dagegen fand Gaucher stumpfsinnig: ihren scheinheiligen Gesichtsausdruck, ihre Unterwürfigkeit, ihr begeistertes Gekläff, ihre wedelnden Schwänze … Natürlich gab es auch Jagd- und Hütehunde; sie waren fast so wild wie Wölfe. Aber ein Hund blieb letztlich immer ein Hund. Dagegen konnte man nichts machen. Ein Wolf dagegen war etwas ganz anderes!

Jedes Mal, wenn der junge Gaucher nach seiner Arbeit auf den Feldern einige freie Momente herausschlagen konnte, flüchtete er sich mit seinem Wolf in den Wald. Er verbrachte dort immer mehr Zeit und bezahlte dafür einen hohen Preis: Peitschenhiebe vom Vater auf den Rücken. Für ihn war er nichts weiter als faul.

Mit fünfzehn Jahren war Gaucher bereits der Freund eines ganzen Wolfsrudels. Sein Jungtier, das inzwischen herangewachsen war, hatte ihm sozusagen die Tür zur Meute geöffnet.

Mit sechzehn Jahren sprach er kühn beim Herrn von Vauluisant vor. »Messire Odon, nehmt mich in Euren Dienst, wenn Ihr jagt. Ich kenne die Tiere, ich kenne den Wald. Ich werde Euer bester Treiber sein.«
»Ich habe noch keinen Treiber«, sagte Odon.
»Dann nehmt mich! Ich kenne den Wald besser als jeder andere.«
»Das würde mich wundern«, lachte der Herr.
»Ich kann es Euch beweisen. Lasst uns auf die Jagd gehen.«
Odon stimmte zu, und die beiden veranstalteten eine schöne Treibjagd in den Wäldern, die Vauluisant umgaben. Der junge Mann war geschickt, verschwiegen und verfügte über unerschöpfliche Energie. Er hatte ein scharfes Auge und ein feines Ohr und erwies sich dem Herrn von Vauluisant als ausgezeichneter Gehilfe.
»Ich nehme dein Angebot an, Gaucher. Von heute an veranstalte ich keine Jagd mehr ohne dich. Und wenn du mir gut dienst, werde ich dir jedes Jahr drei Geldstücke und einen neuen Anzug geben.«
»Ich will keine Geschenke«, sagte Gaucher. »Ich will nur eines: dass Ihr niemals einen Wolf tötet. Niemals.«
»Aber die Wölfe sind wilde Tiere! Es ist meine Pflicht, sie zu töten.«
»Sagt mir zu, dass Ihr niemals einen Wolf töten werdet, und ich schwöre Euch, Seigneur Odon, Ihr werdet es nicht bereuen.«
»Hmmm«, murmelte Odon in seinen Bart. »Ich gebe dir einen Monat, mich zu überzeugen.«
In diesem Monat waren Odon großartige Jagdpartien gelungen, und die Wölfe hatten weder einen Menschen noch ein Haustier getötet. Der Vertrag hielt mehr als dreißig Jahre, bis zum Tod des Herren. Alle Söhne Odons waren im jungen Alter gestorben. Das einzige Kind, das ihm blieb, war die kleine Maguelonne, die Jehan de Flamincourt heiratete, die Albernheiten der vier Söhne ihres Ehemannes aus dessen erster Ehe erduldete und die das Edelfräulein Blanche zur Welt brachte, Witwe wurde, von Zeit zu Zeit nach Vauluisant zurückkehrte, die Verwaltung ihres Gutes Eudes Gerbaud anvertraute und dann ebenfalls starb, als ihre kleine Tochter erst ungefähr zwölf Jahre alt war.
Gaucher Sevestre war Odon de Vauluisant und seiner Tochter Maguelonne zutiefst treu gewesen. Aber er musste sich sehr überwinden,

dem selbstgefälligen, aufgeblasenen Wichtigtuer Achtung entgegenzubringen, der sich Eudes Gerbaud nannte.
Seit Odons Tod verbrachte Gaucher Sevestre immer mehr Zeit im Wald und zog sich aus der Gesellschaft der Menschen zurück. Er wurde zum Führer der Wölfe.
Eudes Gerbaud ließ die Wölfe jagen, sie begannen wieder Schafe aus den Herden von Vauluisant zu reißen. Von Zeit zu Zeit ließ sich Gaucher Sevestre festnehmen und verbrachte einige Tage im Kerker. Man gab ihm wenig zu essen, es war kalt, finster und feucht, aber er war es gewohnt. Eudes Gerbaud kam dann und hielt ihm Moralpredigten, auf die er meist entgegnete:
»Wenn Ihr mich hier im Gefängnis festhaltet, werden meine Wölfe beginnen, die Menschen anzugreifen. Verurteilt mich zum Tode, und die Mauern des Schlosses bieten Euch keinen Schutz mehr.«
»Ich verbiete dir, mir zu drohen, du Teufelsgeschöpf!«
»Wie Ihr wollt … Es liegt in Eurer Verantwortung …«
Eudes ließ ihn schließlich frei und Gaucher Sevestre machte sich mit seinem großen Hirtenstab in der Hand wieder auf, zurück in den Wald, wo die Wölfe ein Triumphgeheul auszustoßen schienen.

Blanche hatte alles versucht aus ihrem Zimmer zu fliehen, aber sie hatte keinen Ausweg gefunden. Keine Treppe in der dicken Mauer, keinen verborgenen Gang. Die Fenster wären zwar groß genug gewesen, doch sie hätte sich die Knochen gebrochen, weil sie in den Hof gefallen wäre, wo im Übrigen alle ihrem Fall hätten zuschauen können.
Selbst wenn es ihr gelungen wäre, aus dem Zimmer zu fliehen, das Schloss zu verlassen und an den Soldaten vorbeizugelangen, so wäre sie doch nicht weit gekommen, ohne warme Kleider, ohne Pferd, wo doch die Schneedecke mittlerweile anderthalb Fuß hoch war.
Sie rollte den geölten Pergamentbogen der Fenstereinfassung zusammen, in der Hoffnung, einen von Bertouls gefiederten Freunden zu erblicken. Sie würde ihn bitten, ihm von ihrem Elend zu berichten. Doch sie sah keine einzige Eule.

Sie warf einen Blick in den Hof. Eine Menge von Spuren durchzogen ihn, die nach und nach vom Schnee bedeckt wurden. Gerade wollte sie das Pergament wieder in den Rahmen zurückhängen, als sie am Tor zwei dick vermummte Reiter ankommen sah. Die Pferde waren schön, die Mäntel in gutem Zustand. Es handelte sich zweifellos um einen Herrn und seinen Knappen. Schnell bemühte sie sich, die Öffnung zu vergrößern. Leider brauchte sie so lange, bis sie es schaffte, den Kopf durch die Öffnung zu stecken und um Hilfe zu rufen, dass der Knappe bereits die beiden Pferde in die Ställe gebracht hatte, während sein Herr von der Wache in das Schloss geführt worden war.
Sie biss sich auf die Lippen, weil sie die Gelegenheit verpasst hatte, doch dann sagte sie sich, dass noch nicht aller Tage Abend sei. Der Herr würde früher oder später in den Hof hinausgehen, irgendwann musste er Vauluisant ja wieder verlassen; dann könnte sie ihm zurufen, dass man sie in ihrem eigenen Schloss wie eine Gefangene hielte und eine Betrügerin ihren Platz eingenommen hätte.
Trotz der Kälte, die durch die Öffnung ins Zimmer drang, blieb sie so lange sie konnte auf ihrem Posten. Es hatte zu schneien aufgehört und die Dunkelheit war schon lange hereingebrochen. Die Reisenden waren ganz sicher schon zu Bett gegangen. Sie erhob den Blick zum Himmel. Nicht ein nächtlicher Raubvogel war zu sehen. Stattdessen vernahm sie deutlich die Wölfe in der Ferne.
Sie würde ihren Aussichtsposten bei Tagesanbruch wieder aufnehmen und hoffte, dass der Reiter nicht weggeritten war, bevor sie aufgewacht wäre. Dennoch hoffte sie vielmehr auf die Hilfe des Menschen, mit dem sie seit bald drei Jahren verbündet war. Dieser Mensch hatte ihr auch das kleine bebilderte Liederbuch geschenkt, das sie in ihren Händen hielt. Er war weit weg, wusste nicht, was ihr gerade widerfuhr, konnte sie nicht hören, und dennoch wandten sich ihre Gedanken ihm zu, in der Hoffnung, dass er es spürte.
»Bertoul, komm«, murmelte sie nach ihrem Gebet, ehe sie in Schlaf sank. »Ich brauche dich. Du hast mir gesagt, du würdest spüren, wenn ich dich rufe. Also komm zurück!«

Zwiebeln

Wenn Ihr Euch zwischen mehreren Verehrern
nicht entscheiden könnt, so ritzt ihre Namen
in ebenso viele Zwiebeln.
Diejenige, die als erste auskeimt,
weist Euch darauf hin,
wer der Richtige für Euch ist.

18

Bertoul hatte sich noch nicht wieder völlig beruhigt, als er am Nachmittag jenes Tages, an dem Hennequin den Templer mitgebracht hatte, in sein Haus zurückkehrte. Er fand den Mann abscheulich, und die Anspielungen auf seinen Vater Barthélemy änderten nichts daran. Dennoch würde er das Zauberbuch brauchen, um mehr zu erfahren, ohne zur Villeneuve du Temple zu gehen, jenem Gebäude, das gleichzeitig Lehensgut, Wirkungsort und Kaserne der Templer war.

Er nahm das Buch aus der Truhe und blätterte langsam darin, bis er zu der Seite gelangt war, die das Prinzip der Wahrsageschalen beschrieb.

Er legte ein weißes Leintuch auf den Tisch, stellte eine mit Wasser gefüllte Schale darauf und goss schwarze Tinte hinein, die sofort eine Art von dunklegrau gescheckten Gewitterwolken erzeugte. Als er noch mehr Tinte hinzufügte, wurde die Flüssigkeit vollkommen gleichmäßig schwarz.

Dann stellte er vier Kerzen um die Schale herum auf, ordnete sie im Viereck an und sprach die vorgeschriebenen Worte aus dem Buch. Er betete, dass die Prozedur gelingen möge. Wie es das Zauberbuch empfahl, sammelte er sich und bemühte sich, den Rhythmus des Universums zu empfinden, um sich in völligen Einklang mit ihm zu versetzen. Dann wartete er und beobachtete aufmerksam die schwarze Oberfläche. Zunächst erschien nichts. Nicht das leiseste Kräuseln, kein Bild, nicht einmal verschwommen und trübe, tauchte auf. Er konzentrierte sich weiter, dachte an seine Kindheit, an seinen Vater und seine Mutter, an die kleine, grob behauene Hütte tief im Wald, in der er seine ersten Jahre verlebt hatte. Er formte mit seinen Lippen den Namen Barthélemy, zunächst deutlich, dann immer leiser und schneller, als ob er sänge.

Ganz am Rand der schwarzen Oberfläche, die immer noch leblos und glatt war, erschien endlich ein kleines, fahles Dreieck. Bertoul konzentrierte sich so sehr er konnte, um das Bild noch besser sichtbar werden zu lassen. Bald breitete sich das Dreieck aus, es war mit feinen schwarzen Strichen bedeckt. Es war schwer, daraus irgendetwas Verständliches zu entnehmen. Die gräulichen Konturen breiteten sich weiter aus, sie bildeten eine zweite Ecke und vergrößerten sich immer mehr. Wie ein Pergamentbogen, der sich entrollt. Ja, das war es. Ein Pergamentbogen!

Bertoul kniff die Augen zusammen. Die schwarzen Linien waren natürlich Buchstaben, aber es gelang ihm nicht, sie zu entziffern. Dann schien sich der Pergamentbogen zusammenzurollen, er verschwamm langsam und verschwand dann. Und wieder war die Oberfläche schwarz und stumm.

Bertoul fuhr mit dem Experiment fort, doch es ereignete sich nichts mehr. Er vertiefte sich von Neuem ins Zauberbuch, suchte danach, ob diese Vision etwas Besonderes bedeutete, aber dem schien nicht so zu sein. Er war korrekt vorgegangen. Das hieß demnach wohl, dass in dem Erscheinen des Pergamentbogens die eigentliche Antwort lag.

Er war nicht sehr viel weitergekommen. Was sollte ein Pergamentbogen mit seinem Vater zu tun haben, der gerade einmal mit einer Axt umgehen und Bäume fällen konnte? War Barthélemy ein Leibeigener auf einem Gut der Templer gewesen? War dies der Eigentumsbeweis der Templer? Oder das Dokument, das seine Freilassung verfügte?

›Das ist nun alles, was ich habe: ein Tempelritter, der mich anspricht und fragt, ob ich der Sohn eines gewissen Barthélemy bin, und eine mit magischen Mitteln hervorgerufene Vision, die mir einen Pergamentbogen zeigt. Nicht gerade viel!‹

Wenn sein Vater ein Leibeigener gewesen war, der auf einem Gut der Tempelritter misshandelt worden und geflohen war – die gute Frau Hermelinde hätte ihn ganz sicher nicht seinen Eigentümern ausgeliefert –, so wurde er, Bertoul, sein Sohn, folglich ebenfalls zum Leibeigenen des Tempels. Denn die Knechtschaft war erblich. Ein

Leibeigener! Für immer an einen Landstrich gebunden, den er sich nie freiwillig ausgesucht hätte! Ein Bauer, und das, wo er doch Musiker war, kultiviert und gebildet, ein freier Mann! (Und, nebenbei bemerkt, verliebt in ein junges adliges Mädchen.) Niemals! Oh nein, er würde sich nicht in die Hände dieser Ritter begeben, die meinten, jedermann sei ihnen verpflichtet.
»Was nun? Am besten, ich tue das, was ich ohnehin wollte: Ich mache mich aus dem Staub. Ich werde so schnell wie möglich in den Süden ziehen, wo ich die Lieder der Troubadours erlernen werde. Ich werde warten, bis man mich vergessen hat. Danach werde ich vielleicht zurückkehren, um Blanche wiederzusehen. Sie wird wissen, was zu tun ist, sie wird mir helfen. Sie wird den Templern die Stirn bieten. Sind wir denn nicht Verbündete? Ich muss sofort hier weg, ich kann nicht einmal bis morgen warten.«
Er begab sich zu Félicité. Er hatte seinen Sack über die Schulter gehängt, gefüllt mit allem, was er für die Reise brauchte: das Zauberbuch mit dem Rubin, seine Musikinstrumente, Pergamentbogen und Tinte, Kleider zum Wechseln. Ein langer Degen hing an seinem Gürtel. Und in seiner Geldbörse lagen die kostbaren Andenken an Blanche, ihr Siegelabdruck in rotem Siegellack, ihr schwarzes Haarbüschel …
»Ich muss auf der Stelle abreisen, Frau Félicité. Ich habe dieses Dokument hier aufgesetzt.« Er hielt ihr eine Rolle hin. »Geht damit zu einem Notar und handelt so, wie wir es besprochen haben: Vermietet mein Haus und nehmt das Geld ein.«
»Bertoul! Ihr werdet doch nicht jetzt fortgehen! In einer Stunde ist es Nacht, und es herrscht eine Hundekälte!«
»Ich habe einen guten Wollmantel, Frau Félicité! Seid so freundlich und sagt Pierre, dass er mein Pferd satteln und es hierherbringen soll. Hier ist das Geld für die Unterbringung im Stall.«
Pierre tat, was seine Mutter ihm auftrug. Félicité schien ernstlich betrübt.
»Ich werde Euch den Grund anvertrauen, meine gute Nachbarin«, sagte Bertoul. »Ich glaube, mein Vater war einst Leibeigener die-

ses Tempelritters. Vielleicht war er geflohen und hat in Tournissan Schutz gefunden, wo Frau Hermelinde ihn als Holzfäller mit seiner Frau, meiner Mutter, aufgenommen hat. Und wenn ich der Sohn eines Leibeigenen bin, kann er mich zwingen, in die Knechtschaft zurückzukehren.«

»Oh, nein!«, rief Frau Félicité aus.

»Sagt Hennequin, dass ich ihm nicht böse bin. Aber ich muss sofort aufbrechen. Vielleicht werde ich wiederkommen, wenn ich höre, dass keine Gefahr mehr besteht. Oder wenn ich mich loskaufen kann. Dazu gehört natürlich, dass mein Eigentümer einverstanden ist.«

»Denkt Ihr, dass Menschen so grausam sein können, dass sie einen Mann in Knechtschaft halten? Einen Mann wie Euch? Ich kann es nicht glauben!«, entrüstete sich Félicité.

»Man kann nie wissen, Félicité. Später werde ich Euch vielleicht eine Nachricht schicken, die Ihr Euch von einem öffentlichen Schreiber vorlesen lassen könnt, aber rechnet doch nicht allzu sehr damit. Wie ich schon sagte: Wenn ich binnen fünf Jahren nicht zurückgekehrt bin, so sucht einen Weg, dem Edelfräulein Blanche in Vauluisant Bescheid zu geben.«

»Ich verstehe«, murmelte Félicité. »Habt Ihr wenigstens Proviant mitgenommen?«

»Hmm, ich glaube, das habe ich vergessen.«

»Das wundert mich nicht bei Euch, mein Freund.«

Und Félicité stürzte in ihre Speisekammer und holte jede Menge Lebensmittel heraus, die sie in ein Tuch wickelte und in Bertouls Sack gleiten ließ, der um einiges schwerer wurde.

»Das ist viel zu viel! Bringt die Kinder nicht um ihre Mahlzeit. Ich werde Euch einen Teil davon zurückgeben.«

»Bei der Liebe Gottes, auf keinen Fall! Behaltet alles. Ihr werdet unterwegs Hunger bekommen, und ich habe hier genügend Vorräte, es gibt in der Stadt alle Händler, die man braucht. Sorgt Euch nicht um uns. Außerdem weiß Hennequin uns gut mit Nachschub zu versorgen, ich weiß nicht woher, aber er treibt immer die seltsamsten Nahrungsmittel auf ...«

Bertoul seufzte, ein wenig enttäuscht darüber, dass er Hennequin nicht an sich drücken konnte, der wieder einmal verschwunden war, um seinen geheimnisvollen Geschäften nachzugehen. Er rückte seinen Sack zurecht, band seinen Mantel fest zu, zog die Kapuze über den Kopf und ging hinaus. Dort wartete schon Wiesel auf ihn, sein treues Pferd, das der kleine Pierre am Zügel hielt. Dann schwang er sich in den Sattel.
Er lenkte das Tier in Richtung der großen Straße Saint-Denis. Aber was war das! Ein kleiner Trupp von Soldaten der Tempelritter war dort postiert, angeführt von einem Ritter mit einem roten Kreuz.
Bertoul verbarg sein Gesicht so tief er konnte unter seiner Kapuze und wendete sein Pferd, als ob ihn das Ganze nichts anginge. Ein zweiter Trupp versperrte das andere Ende der Straße.
»Komm mit uns, und mach keinen Aufruhr«, sagte Évrard de Cezain mit seiner klangvollen Stimme.

Im Norden von Paris, außerhalb der Stadtmauern, hatte der frühere König den Tempelrittern von Jerusalem ein großes Gut geschenkt, mitten im Sumpf, den die Templer trockengelegt und mit einem Schutzwall und anderen Bauten versehen hatten: einen viereckigen Turm, der an jeder Ecke von einem runden Türmchen flankiert wurde, und den man den Cäsaren-Turm nannte, eine Kapelle, das Haus des Großmeisters, Wohnungen, Pferdeställe, ein Krankenhaus, ein paar Bauernhöfe, Werkstätten und Hütten, ein Kerker, ein Friedhof, Gemüsegärten …
Die Villeneuve du Temple, wie dieser abgeschlossene Bereich genannt wurde, unterstand nicht der Gerichtsbarkeit des Königs. Die Tempelherren waren ihre eigenen Herren und konnten nach ihren eigenen Kriterien Recht sprechen, Kriterien, die häufig nur ihnen selbst bekannt waren. Sie nahmen manchmal Menschen auf, die vom Magistrat verfolgt wurden, und diese konnten dort in Ruhe ihre Tage bis zu ihrem Lebensende verbringen, unter der Bedingung, dass sie sich nicht aus dem Ringwall herauswagten und sich gut aufführten.

Bertoul Beaurebec, den die Soldaten zwischen sich genommen hatten, bekam keine Möglichkeit, Évrard de Cezain und seinen Männern zu entwischen. Nach einer Weile passierte er die Stadtmauer von Paris beim Tor Saint-Denis, und man ließ ihn durch ein befestigtes Kastell, vor dem eine gut bewaffnete Garnison Wache hielt, in die Villeneuve du Temple einreiten. Das Ganze hätte als völlig normale reiche, befestigte Ortschaft gelten können, wenn es dort mehr Frauen gegeben hätte. Hier und da wehten Fahnen in den Farben des Tempels auf den Gebäuden: die linke Seite schwarz, die rechte weiß, und in der Mitte prangte ein rotes Tatzenkreuz – das Zeichen der Templer.

Die Patrouille hielt auf einer Art Dorfplatz an. Die Männer stiegen von ihren Pferden und zogen die Reittiere hinter sich her. Der Templer blieb alleine übrig, im festgestampften, gräulichen Schnee stehend, Auge in Auge mit Bertoul, der immer noch auf Wiesel saß.

»Steigt ab!«, befahl er.

»Warum sollte ich? Was wirft man mir vor? Warum bin ich hier, inmitten Eurer Patrouille, abgeführt wie ein Übeltäter, den man hängen will?«

»Wir müssen mit Euch sprechen, Messire Bertoul. Ich bitte Euch also, von Eurem Pferd zu steigen.«

»›Messire Bertoul!‹ Mir scheint, ich steige im Rang auf … Sagt mir zuerst, was Ihr von mir wollt.«

»Seid Ihr der Sohn eines Mannes mit Vornamen Barthélemy?«

»Sagt mir, was Ihr von mir wollt!«, brauste Bertoul auf. »Antwortet nicht mit einer Gegenfrage!«

Er zitterte vor Wut und Furcht. Vielleicht würde er nur als Leibeigener und aller persönlichen Freiheiten beraubt aus diesem Ringwall herauskommen. Mit einer mechanischen Bewegung ließ er seine Hand im Schutze seines schwarzen Mantels unter die Lasche seines Sackes gleiten und legte seine Hand auf das Zauberbuch. Er tastete nach dem Rubin und legte seine Hand darauf. Der Stein erschien ihm warm, beruhigend. Doch er wollte sich nicht in Illusionen wiegen.

»Seht, Messire Bertoul, es ist sehr wichtig für uns Templer-Brüder, zu erfahren, ob Ihr wirklich der Sohn dieses Mannes seid.«
»Und wenn ich es wäre?«
»Oh, ich werde es Euch erklären, Messire Bertoul. Ich bitte Euch, steigt vom Pferd, ein Stallknecht wird es mitnehmen und es wird gut versorgt werden. Kommt.«
»Schwört mir zuerst, dass Ihr mich in aller Freiheit wieder gehen lasst, wenn Eure Befragung beendet ist.«
»Aber natürlich!«, rief der Templer aus.
»Schwört es! Habt Ihr eine Reliquie in Eurem Degenknauf?«
»Einen Faden des Schleiers Unserer Lieben Frau«, gestand der Templer, »im Heiligen Land erworben.«
»Haltet Euren Degen vor Euch und schwört bei dieser Reliquie der Heiligen Jungfrau«, forderte Bertoul ihn auf.
Évrard de Cezain zog den langen und schweren Degen heraus. Er setzte ihn mit der Spitze auf den Boden, dann streckte er die Hand aus und berührte damit leicht den Knauf mit der Reliquie.
»Ich schwöre«, sagte er, »dass Messire Bertoul in aller Freiheit gehen kann, wenn unsere Unterhaltung beendet ist. Seid Ihr nun zufrieden?«
Bertoul nickte kurz bestätigend mit dem Kopf und stieg dann vom Pferd. Auf Anweisung des Tempelritters kam jemand, um es beim Halfter zu fassen und in einen der riesigen, gut gepflegten Pferdeställe der Mönchssoldaten zu führen.
Évrard zog seinen Degen aus dem Boden und ließ ihn wieder in die Scheide gleiten.
»Folgt mir«, sagte er.
Und Bertoul gehorchte.

Immergrün

Diese kleine blaue Blume ist das Symbol
für dauerhafte Liebe und Reinheit.
Wenn man einige Blüten mit einem Regenwurm
mischt und das Ganze zerstampft, erhält man
einen äußerst wirksamen Liebestrank.

19

Der Templer Évrard de Cezain ließ Bertoul in einen kasernenartigen Steinbau eintreten und grüßte im Vorbeigehen einige Kameraden. Sie durchliefen enge Flure, die so gewunden waren, dass Bertoul den Eindruck hatte, sich in einem Labyrinth zu befinden. Hier und dort gab es Treppenfluchten, es ging hinauf und wieder hinunter. Vielleicht wollte der Templer ihn absichtlich verwirren, um zu verhindern, dass er entfloh. In seinem Kopf drehte sich alles, er drückte seinen Sack unter dem Mantel noch fester an sich und legte seine Handfläche auf den Rubin.

Schließlich erreichten sie ein kleines und schmuckloses Zimmer mit einem gefliesten Steinboden. Die einzigen Einrichtungsgegenstände waren einige Holzsitze und ein Kohlebecken.

Der Templer lud Bertoul ein, sich zu setzen, der lehnte es jedoch ab, seinen Mantel abzulegen, da er befürchtete, dass sein Sack sonst Neugierde erwecken würde: Er würde ihn öffnen müssen, und dann würde man das Zauberbuch entdecken. Es war besser, dies zu vermeiden. So lehnte er mit einem Kopfnicken ab. Übrigens war es in diesem Raum nicht besonders warm.

Évrard de Cezain blieb mit verschränkten Armen stehen, und ein wenig später kamen drei weitere Templer hinzu. Bertoul stand mit einem Ruck auf, doch man hieß ihn sich wieder zu setzen.

Die vier Männer, die in ihren weißen Waffenröcken mit dem roten Kreuz unbeugsam und aufrecht wirkten, musterten ihn mit verschränkten Armen und strengem Blick.

»Nun«, sagte Évrard, der als Erster das Wort ergriff, »seid Ihr der Sohn eines Mannes, der den Vornamen Barthélemy trägt, ja oder nein?«

Bertoul, aufs Äußerste angespannt, hob den Blick zu den vier Männern, die mit ihren strengen Mienen wie vier hohe Statuen aus Stein wirkten. Ihr Ausdruck war so intensiv und so durchdringend, dass er das Gefühl hatte, in eine Falle gegangen zu sein wie ein Sperling, der sich den Augen einer Schlange gegenübersieht. Er begriff, dass er nichts verbergen, lügen oder fantasieren konnte. Er bemühte sich, ihrem Blick standzuhalten, fühlte sich aber gelähmt und kraftlos, und es war ihm, als ob sich all seine inneren Organe auflösten.

Unter seiner Hand fühlte er nach dem Rubin. Nicht die geringste Wärme ging von ihm aus.

Bertoul warf einen Blick durch das schmale Fenster, doch es war mit einem feinen, gespannten Tierfell abgedichtet, und so blieb ihm der tröstende Anblick vorbeifliegender Eulen am Himmel verwehrt.

»Nun, mein Junge?«, sagte ein anderer Templer. »Hieß Euer Vater Barthélemy?«

Mein Junge! Sie wollten ihn also besänftigen. Er wandte seine Aufmerksamkeit wieder den Rittern zu. Dieses Mal würde er gezwungen sein, zu sprechen, ihm war, als kämen die Worte gegen seinen Willen aus seinem Mund – kaum hörbar hauchte er:

»Ja.«

Sofort, wenngleich nur unmerklich, veränderte sich die Atmosphäre. Die Templer lockerten ihre strenge Haltung ein wenig, und ihre Gesichter schienen heiterer zu werden. Sie gingen auf ihre Stühle zu, setzten sich ihm im Halbkreis gegenüber und beugten sich erwartungsvoll nach vorn.

Évrard de Cezain ergriff das Wort.

»Dies hier sind die Brüder Isambart de Sourre, Jourdain de Digueville und Thomas de Craon.«

»Ich heiße Bertoul Beaurebec«, stieß Bertoul stockend hervor.

»Das wissen wir. Wir wollen, dass Ihr uns von Eurem Vater erzählt, das ist alles. Danach könnt Ihr gehen. Also, dieser Mann hieß Barthélemy …«

»Ja«, wiederholte Bertoul.

»Seht, junger Mann, wenn Ihr mir neulich am Tor von Saint-Jacques aufgefallen seid, so deswegen, weil Ihr verblüffend einem Mann ähnelt, den wir kennen: dasselbe Gesicht, abgesehen von der Augenfarbe, dasselbe Aussehen, dieselbe Stimme und bis hin zu dieser Unverfrorenheit, dieser … schroffen Art, etwas zu erwidern, ohne sich zu einer Antwort herabzulassen. Diese Dreistigkeit!«

Dreistigkeit! Leider ließ Bertoul diese Fähigkeit gerade jetzt im Stich. Er wusste nicht, was er dazu sagen sollte. Ihm ging nur eine einzige Frage im Kopf herum: Ist es möglich, dass mein Vater ein Leibeigener war? Er erinnerte sich an ihn als einen riesigen, vierschrötigen Mann, der über außergewöhnliche Körperkraft verfügt hatte. Er hatte einen schwarzen Bart getragen, aus dem Bertoul manchmal mit seinen kleinen Kinderfingern einzelne Haare herausgezupft hatte. Ein Leibeigener? Sein Vater? Er, der so beruhigend, so stark war?

»Ich sehe nicht«, sagte er schließlich, »was Ihr mit einem einfachen Holzfäller zu tun haben könntet.«

»Ein Holzfäller?«, rief Isambart aus.

»Oh, das wundert mich überhaupt nicht«, antwortete Thomas de Craon. »Wegen der Axt.«

»Mein Vater war kein Leibeigener. Er hatte eine Axt, die größer war als ich«, mischte sich Bertoul ein. »Er konnte einen Baum von drei Fuß Durchmesser in weniger Zeit fällen, als man zum Aufsagen eines Paternoster benötigt.«

»Das wundert mich noch weniger«, erwiderte Thomas mit dem Anflug eines Lächelns. »Aber du sprichst von ihm in der Vergangenheit.«

Weil sein Vater Holzfäller gewesen war, fassten die Templer ihn offenbar nicht länger mit Samthandschuhen an und duzten ihn. Doch er hatte keine Kraft, dagegen zu protestieren.

»Er ist tot, schon seit Langem. Ich war damals sechs Jahre alt.«

Jetzt erschien ein bestürzter Ausdruck auf den Zügen der vier Templer.

»Tot? Bist du sicher?«

»Natürlich«, antwortete Bertoul und zuckte mit den Achseln.

»Und … er hat dir nichts hinterlassen?«

»Was meint Ihr?«

»Irgendetwas, ein Erbe?«

»Nein. Und meine Mutter starb im folgenden Jahr.«
»Und auch sie hat dir nichts vermacht, nichts als Andenken hinterlassen?«
Bertoul schüttelte den Kopf.
»Nichts. Nur die Kleider, die ich auf dem Leibe trug, das war alles.«
Die Gesichter der vier Ritter waren nun mehr als bestürzt, sie wirkten fast alarmiert.
»Dann … ist alles zu spät … Wir werden es nie wiederbekommen.«
»Ich fürchte auch. Es wäre einfach zu schön gewesen. Nach über zwanzig Jahren …«
Bertoul vernahm ihre enttäuschten Kommentare und versuchte dahinterzukommen, wovon sie sprachen, aber wie er es auch anstellte, er verstand nicht das Geringste davon. Er hatte seinen Vater nie von irgendwelchen Tempelrittern sprechen hören, und er konnte sich nicht erinnern, während seiner gesamten Kindheit und Jugend je einen von ihnen in Tournissan gesehen zu haben.
»Erzähl uns mehr von deinem Vater und dir, mein Junge. Von allem, woran du dich aus deiner Kindheit noch erinnern kannst.«
Bertoul hatte das Gefühl, dass die Sache anfing, brenzlig zu werden. Dennoch, es gab kein Mittel, aus diesem Raum herauszukommen, er, als Einzelner, hatte keine Chance gegen vier Ritter.
»Ich erinnere mich an nichts«, sagte er verstockt. »Außer daran, dass mein Vater niemals ein Leibeigener war. Ich übrigens auch nicht. Wenn Ihr mich zwingen wollt, auf den Acker zurückzukehren, unter dem Vorwand, dass er ein geflüchteter Leibeigener war und ich folglich ebenso, werde ich durchbrennen.«
»Ein Leibeigener? Aber nein, junger Mann, darum geht es überhaupt nicht. Wenn dein Vater wirklich der ist, für den wir ihn halten, bist du nicht zur Knechtschaft bestimmt.«
»Schwört es bei Eurem Degen, Messire Évrard.«
»Ist dies wirklich alles, was dir in diesem Moment durch den Kopf geht?«, rief der Mönchsritter aus.
»Ich weiß nicht, was Ihr von mir wollt. Ich verlasse mich nur darauf, dass mich die Ehre Eures Wortes schützt.«

»Nun gut. Wenn ich dazu bereit bin, wirst du uns dann von deinem Vater erzählen?«
Bertoul willigte ein.
Also kam der Ritter Évrard de Cezain zum zweiten Mal der Aufforderung nach und schwor, dass, soweit er wusste, Bertoul Beaurebec weder der Sohn eines Leibeigenen noch zur Knechtschaft bestimmt sei.
»Gut«, sagte Bertoul befriedigt.
»Erzähl uns jetzt von deiner Familie«, sagte Jourdain de Digueville.
Die vier Ritter waren ganz Ohr.
Wo sollte er anfangen? Bertoul räusperte sich, tastete nach dem Rubin, um sich Mut zu machen, und begann seine Erinnerungen zusammenzusuchen, um daraus eine zusammenhängende Geschichte zu machen.
Draußen war inzwischen vollends die Nacht hereingebrochen und Thomas de Craon zündete einige Fackeln an.
»Ich bin der Sohn eines Holzfällers namens Barthélemy und seiner Ehefrau Mariette«, erzählte Bertoul. »Ich habe weder Brüder noch Schwestern. In meiner Kindheit wohnte ich in einer Hütte im Wald des Gutes Tournissan.«
»Tournissan? Wo ist das?«
»Später, Jourdain. Sprich weiter!«
»Im Wald schlug mein Vater den ganzen Tag lang Holz. Immerzu. Er roch nach Harz. Wenn er abends heimkam, hatte er immer Hunger. Ich spielte auf seinem Schoß. Er bat mich, ihm die Holzsplitter aus seinen Haaren zu klauben. Mit seinem Messer schnitzte er für mich kleine Pferde, Wagen oder Hunde.«
»Was sagte er?«
»Nichts. Er erzählte Geschichten und hatte die Angewohnheit, dabei immer ins Feuer zu schauen.«
»Sprach er von den Templern?«
»Ich kann mich daran nicht erinnern.«
»Oder von Rittern?«
»Er kümmerte sich gut um die Pferde. Wenn Frau Hermelinde de Tournissan Karren schickte, um das Holz zum Schloss transportie-

ren zu lassen, verweilte er immer lange bei den Pferden. Er liebte sie und schaute oft nach, ob es ihnen gut ging. Er zeigte mir vieles: ›Dies hier ist schlecht beschlagen, das andere hat eine Wunde, die man behandeln müsste, sonst ist es bald zu gar nichts mehr zu gebrauchen …‹ Die Pferde schienen ihn ebenfalls zu mögen, sie rieben ihre Nüstern an ihm. Von Zeit zu Zeit setzte mein Vater mich auf ihren Rücken, doch ich hatte Angst und er bestand nicht weiter darauf.«
»Hmm. Ich verstehe. Und weiter?«
»Meine Mutter nannte ihn ›mein lieber Mann‹, und er sagte zu ihr ›meine liebe Frau‹. Sie sprachen abends lange miteinander.«
»Worüber sprachen sie?«
»Ich weiß nicht.«
»Und dann?«
»Dann ist mein Vater von einer fallenden Esche erschlagen worden, so hat man es mir berichtet. Die Herrin von Tournissan hat sich um alles gekümmert, glaube ich. Ich erinnere mich an die Beerdigung in der Nähe der Dorfkirche. Meine Mutter weinte. Ich auch.«
»Was ist aus ihr geworden? Sie konnte doch nicht mit dir ganz allein im Wald leben.«
»Nein, Frau Hermelinde hat sie im Schloss aufgenommen, wo sie ihr eine Arbeit als Wäscherin gab. Aber sie weinte dennoch die ganze Zeit.«
»Und bist du nie in die Hütte deines Vaters zurückgekehrt?«
»Ich weiß nicht. Ich erinnere mich nicht mehr daran.«
»Und dann?«
»Bald darauf ist meine Mutter gestorben. Sie ist beim Wäschemachen ertrunken. Ich war plötzlich Waise. Frau Hermelinde war so gut, mich Meister Jacquemin-Loriot, ihrem Spielmann, anzuvertrauen, damit er mir seine Kunst beibrachte.«
»Hmm. Ich verstehe.«
»All diese Menschen sind jetzt tot. Meine Eltern, Meister Jacquemin, Frau Hermelinde.«
Bertoul wurde angesichts dieser Liste von Trauerfällen beinahe von Rührung übermannt.

»Was hast du danach gemacht?«
Bertoul war auf der Hut. Auf gar keinen Fall würde er das Zauberbuch oder Blanche erwähnen.
»Der neue Besitzer des Schlosses hat mich weggejagt. Ich bin lange unterwegs gewesen. Ich habe vom Musizieren und Singen gelebt und bin schließlich in Paris gelandet. Dort war ich … sagen wir, der Schüler eines öffentlichen Schreibers, Meister Magnus Gurhaval. Ich habe ihm vor seinem Tod geholfen, und er hat mir sein Haus und seine Habe vermacht. Ich habe viel Glück gehabt …«
Die Templer verfielen nun in einen intensiven und geheimnisvollen Disput.
»Er wäre also tatsächlich der …«
»Es ist gut möglich … denk an das Beil … an die Pferde. Barthélemy und Marie. Das passt doch schließlich alles zusammen.«
»Aber wohin ist das, was wir suchen, letztendlich gelangt?«
»Dieser junge Mann hat uns vielleicht nicht alles gesagt …«
Bertoul schluckte, alles in ihm zog sich zusammen, während er diese wenigen Gesprächsfetzen aufschnappte. Er wusste wohl, was sich da heraushören ließ.
»Man müsste …«
»Und außerdem …«
»Aber danach …«
Die Worte wurden so leise geflüstert, dass Bertoul nichts vom Sinn der Sätze erfassen konnte. Aus irgendeinem geheimnisvollen Grund war sein Vater in den Augen dieser Ritter ein wichtiger Mann gewesen. Aber weshalb?
Schließlich wandten sich die Männer wieder Bertoul zu. Ihre Mienen waren unergründlich.
»In der Tat«, schloss Évrard de Cezain, »du hast Glück gehabt. Viel Glück. Aber du könntest noch viel mehr Glück haben.«
»Ich brauche es nicht, ich habe reichlich davon. Trotzdem, vielen Dank!«
»Aber, aber! Möchtest du denn gar nicht wissen, wer dein Vater in Wirklichkeit war?«

Pfeffer

Pfeffer ist ein Katalysator, der, wenn man ihn einem Liebestrank oder einem Liebeszauber beigibt, dessen Wirksamkeit vervielfacht.

20

Schon früh am Morgen postierte sich Blanche am Fenster, ihr Liederbuch fest umklammernd. Dort zog es heftig, und ihre Haltung war alles andere als bequem. Durch den Schnee im Hof zog sich ein Gewirr von Spuren, Eiszapfen schmückten die Ränder der Dächer und in der Ferne war die weißgraue Landschaft ein wenig verschwommen durch die Nebelschleier sichtbar.

Diener, Mägde und Soldaten liefen in alle Richtungen. In der Nähe des Eingangs standen Waffenmänner um ein kleines Feuer aus Astwerk herum, auf dem sie Speckstücke rösteten, und stampften sich die Beine warm.

Mittags zeigte sich einige Augenblicke lang die Sonne. In diesem Moment trat jemand aus dem Wohntrakt heraus – ein Mann, der deutlich kein Diener und weder ein Wachmann noch der Fettwanst Eudes Gerbaud war. Es war, dem Gang und der Gestalt nach zu schließen, ein junger Edelmann in einem dunkelblauen Mantel.

Endlich! Er war es, den Blanche am Vorabend erblickt hatte, und mit ihm die Gelegenheit, auf die sie gewartet hatte.

»Hilfe!«, schrie sie aus vollem Halse. »Ich bin Blanche de Vauluisant! Man hält mich hier gegen meinen Willen fest! Zu Hilfe! Sagt dem König Bescheid! Kommt und befreit mich!«

Der Reisende hob den Kopf und blickte zum Fenster hinauf, aus dem die Rufe kamen. Blanche erblickte sein Gesicht und spürte, wie ihr einen Moment lang das Herz stillstand. Sie wich in einer unwillkürlichen Bewegung zurück.

Raoulet de Mauchalgrin! Ausgerechnet er! Was machte er hier in Vauluisant? Sie spürte, wie ihr das Blut in den Adern gefror, und musste sich hinsetzen. Sie zwang sich zur Ruhe, indem sie versuchte gleichmäßig zu atmen.

Raoulet de Mauchalgrin!
Wenn es eine Person auf der Welt gab, der sie nicht wieder begegnen wollte, so war es dieser widerliche Flegel.
›Jetzt sitze ich ganz schön in der Patsche! Nicht nur, dass ich widerrechtlich in meinem eigenen Schloss eingesperrt bin, sondern der einzige Mensch, den ich sehe und der mir helfen könnte, ist ausgerechnet mein größter Feind! Sollte ich mir von ihm helfen lassen? Alles, nur das nicht. Lieber würde ich diese Welt verlassen!‹

Raoulet pfiff vor Überraschung durch die Zähne: Demnach befand sich jene Blanche de Vauluisant, die er kannte, also tatsächlich gefangen in einem anderen Zimmer des Schlosses. Er lächelte vor Zufriedenheit. Er war also nicht umsonst hierher gekommen. Und bald würde er das Wissen aus ihr herauspressen, nach dem er suchte. Befriedigt rieb er sich die Hände. Diese kleine Idiotin hatte sich ihm gerade sozusagen in die Arme geworfen. Welche Genugtuung! Oh, er erriet ihre Gedanken: Nur er konnte sie retten – das glaubte sie zumindest.
Denn Raoulet hatte nicht im Geringsten vor, ihr zu Hilfe zu kommen. Aber er konnte erst einmal so tun, als ob. Alles, was zählte, war, sie zum Sprechen zu bringen.
Das Übrige war ihm gleichgültig: Sollte dieses hochnäsige Frauenzimmer doch selber zusehen, wie sie mit denen zurechtkam, die ihren Namen und ihre Güter in Besitz genommen hatten! Sollte sie doch sehen, wie sie aus ihrem Gefängnis herauskam. Oder dort bleiben, bis sie vermoderte. Es war ihm gleich, solange sie ihm nur alles preisgab, was sie über das Zauberbuch mit dem Rubin wusste – und vielleicht auch über diesen verdammten Musiker.
Wie war nun vorzugehen? Die Sache war ziemlich schwierig. Wie sollte er sie in diesem Zimmer im Wohntrakt wiederfinden? Das würde nicht einfach werden. Und selbst wenn er in das doppelt verriegelte Zimmer eindringen könnte, in dem man sie eingeschlossen hatte, war es nicht gesagt, dass sie bereit wäre, ihm das, was er wissen wollte, zu beichten.

›Nun‹, sagte sich Raoulet, ›hier gilt es, schlau vorzugehen … Ich darf dieses Schwindlertrio keinesfalls in Unruhe versetzen. Das Mädchen, das nicht Blanche war, muss zum Sprechen gebracht werden. Und dabei sollte ich möglichst nicht aus dem Auge verlieren, wie ich Vauluisant meinen eigenen Besitztümern hinzufügen kann. Gut, wie gehe ich das an?‹
Er blieb trotz der Kälte ziemlich lange im Hof stehen, um sich einen Aktionsplan zurechtzulegen, wobei er immer wieder zum Fenster hochblickte, aber Blanche zeigte sich nicht mehr. Der Pergamentbogen war wieder in den Fensterrahmen gehängt worden. Demnach hatte sie ihn wiedererkannt. Sei's drum, das änderte nicht viel an seinem Vorhaben, das sich Stück für Stück in seinem Kopf abzeichnete. Wenn alles so lief, wie er es wünschte, würde er sie schon vor heute Abend zum Sprechen gebracht haben.

»Messire de Mauchalgrin, das Edelfräulein lässt fragen, ob Ihr mit ihm zu speisen wünscht?«
Raoulet willigte ein und folgte dem Diener. Die falsche Blanche saß am Feuer. Wie am Vorabend erhob sie sich, um ihn zu empfangen, und reichte ihm einen Silberbecher, der mit süßem Gewürzwein gefüllt war. Raoulet legte seinen Mantel ab und warf ihn über eine Truhe, bevor er die Trinkschale ergriff.
»Habt Ihr eine gute Nacht verbracht, Messire?«
Es schien Raoulet, als klänge ihre Stimme ein wenig angespannt, aber vielleicht bildete er sich das nur ein. Wie dem auch sei, dies war noch nicht der rechte Moment, ihr zu verstehen zu geben, dass er sich von ihr nicht täuschen ließ.
»Durchaus, mein Edelfräulein.«
»Hat man Euch heute Morgen beim Erwachen eine Mahlzeit gebracht?«
»Ja, mein Edelfräulein, und sie war ausgezeichnet.«
»Oh, Ihr seht nicht sehr zufrieden aus. Ich fürchte, ich habe als Gastgeberin noch viel zu lernen.«
»Aber nicht doch!«, widersprach er.

»Nun, gedenkt Ihr, noch weiter bei uns zu bleiben?«

»Ich weiß nicht. Das Wetter hat sich beruhigt, scheint mir. Die Schneedecke ist zwar dick, doch nicht so dick, dass sie die Pferde behindert. Es hat zu schneien aufgehört. Ich glaube, es ist besser, wenn ich abreise. Ich will Euch nicht zur Last fallen.«

»Wie schade«, murmelte die falsche Blanche.

»Ihr seid zu freundlich, mein Edelfräulein.«

Galant verneigte er sich. Er beherrschte die höfischen Sitten inzwischen mit ausreichendem Geschick, um nicht wie ein Dummkopf dazustehen, wenn eine junge Frau ihm zu verstehen gab, dass sie seine Gesellschaft schätzte.

»Bleibt doch noch einige Augenblicke bei mir sitzen«, sagte sie, »das Mahl wird bald aufgetragen werden.«

In diesem Augenblick trat die Amme ins Zimmer. Ungezwungen setzte sie sich ans Feuer und entfaltete eine Stickarbeit.

Als sie die Nadel ansetzte, erklärte sie:

»Es gibt heute kein Fleisch, da wir uns auf Weihnachten vorbereiten. Aber unser Fisch ist gut, unser Brot ebenso, ferner wird es Gemüsepasteten geben und als Nachtisch Konfekt.«

»Welch verlockende Aussicht! Ich werde also nach dem Mahl abreisen«, sagte Raoulet. »Und dann hoffe ich, von Euch, mein Edelfräulein, ein Geschenk zu erhalten.«

Er wandte sich mit einem komplizenhaften Augenzwinkern an sie.

»Oh!«, sagte das junge Mädchen, leicht unangenehm berührt über diese direkte Bitte. Sie widerstand dem Bedürfnis, sich zu Gillette umzudrehen, um sie mit einem Blick um Rat anzuflehen, wie sie sich zu verhalten habe.

Ein Geschenk? Sie fragte sich, ob dies bedeutete, dass sie ihm einen Kuss geben sollte. Sie fühlte sich nicht wohl in ihrer Haut, doch spielte sie ihre Rolle so gut es ging weiter. Gestern hatten Gillette und dieser grobe Dummkopf von Eudes sie zuerst ordentlich zurechtgestutzt, dann hatten sie ihr versichert, dass sie sich vortrefflich verhalten und der junge Ritter sicher nichts bemerkt hätte. Sie hoffte, dass dem wirklich so war. Denn sie befürchtete, dass ihre Unnatürlichkeit einer Person, die aus dem echten Adel kam, sofort ins Auge sprang. Das könnte sie so verunsichern, dass durch sie die ganze Geschichte schließlich auffliegen würde. Sie wusste nur zu gut, dass dies letztlich das Ende am Galgen bedeutete. Also musste sie das Spiel wohl oder übel bis zum Ende mitspielen.

Gillette blickte nicht von ihrer Arbeit auf. Mit großer Hingabe stickte sie, fädelte ihre Nadel ein, wechselte die Farbe und schaute weder die falsche Blanche noch Raoulet an. Die falsche Blanche sagte nichts, und Raoulet de Mauchalgrin setzte sich auf einen Sessel am Feuer, ihr gegenüber.

»Ich habe in Eurem Schloss etwas gesehen, das mich sehr interessiert…«

»Ach wirklich?«

Sie zitterte leicht und presste ihre Hände gegeneinander, damit man es nicht bemerkte.

»Würdet Ihr mir das geben, was ich da erblickt habe, wenn ich Euch freundlich darum bäte?«

»Wir werden darüber nachdenken. Doch was ist es denn, was Ihr bemerkt habt und was Euch so sehr am Herzen liegt?«

»Eine Diebin«, sagte Raoulet mit sanfter, falscher Stimme.

»Wie … was … welche Diebin?«, verhaspelte sich die Gastgeberin. Sie war verloren. Sie hatte Blanche de Vauluisants Identität geraubt, doch nun war das Spiel zu Ende. Es hatte nur einige Tage gedauert.

Gillette hob nicht einmal den Kopf, aber sie hielt ihre Nadel bewegungslos in der Luft; es gelang ihr nicht, an ihrem Blumenfries weiterzusticken.

Raoulet bemerkte, dass das Mädchen blass wurde, während es sich offensichtlich bemühte, so gut wie möglich den Schein zu wahren. Die Sache lief sehr gut. Er war sich jetzt sicher, dass er ihr gegenüber entscheidend im Vorteil war. Aber es war nicht ratsam, sie im Moment allzu sehr in Schrecken zu versetzen.

»Sie hat sich ans Fenster gestellt und um Hilfe geschrien, sie flehte, man solle sie befreien. Ich brauchte nur eine Sekunde, um sie wiederzuerkennen.«

»Wen wiederzuerkennen, Messire?«, ertönte Eudes Gerbauds Stimme, der gerade aus dem hinteren Teil des Saales kam und dadurch die falsche Blanche davor bewahrte, völlig den Kopf zu verlieren.
»Eine Diebin«, erklärte Raoulet. »Sie wird bei Euch festgehalten, und ich habe sie um Hilfe rufen hören, doch ich habe sie wiedererkannt. Sie ist vor zwei oder drei Monaten in Mauchalgrin vorbeigekommen und hat einige kleine Gegenstände gestohlen. Darunter war ein Buch, das mir sehr kostbar ist.«
»Tatsächlich?!«, rief Eudes aus. »Nun, das wundert mich nicht.«
Der Verwalter erfasste höchst zufrieden den Vorteil, den er aus der Bitte des Herrn de Mauchalgrin ziehen konnte: Er würde sie von Blanche de Vauluisant befreien. Alles wäre dann um vieles einfacher.
Die falsche Blanche bemühte sich währenddessen, ihre Gedanken zu sammeln und eine gute Figur zu machen.
»Ich möchte gern«, sagte Raoulet, »dass das Edelfräulein Blanche mir dieses Mädchen überlässt. Ich werde sie schon dazu bringen, mir zu sagen, wo sie mein Buch versteckt oder an wen sie es verkauft hat. Ihr habt es nicht zufällig gesehen?«
»Euer Buch?«, wunderte sich der Verwalter.
»Ja, ein schönes Buch, groß und dick, voller seltsamer Zeichen und Figuren, mit einem roten … Glasstück in der Mitte des Einbands und kleinen goldenen Zeichnungen.«
»Nein«, sagte Eudes. »Das Edel… ich meine … diese Diebin hatte nichts, als wir sie festnahmen, während sie um das Schloss herumschlich. Ich habe nichts Derartiges gesehen.«
»Ach. Nun, das macht nichts. Aber ich möchte auf meine Bitte zurückkommen, wenn Ihr bereit seid, mich weiter anzuhören.«
»Gewiss«, stieß die falsche Blanche mühsam hervor.
»Wenn Ihr mir diese Diebin anvertraut, mein Edelfräulein, werde ich sie an den Pranger stellen lassen, am Fuße meines Schlosses. Und das wird sie gewiss zwingen, auszusagen, was sie mit meinem Besitz angestellt hat.«
»An den Pranger!«, würgte die falsche Blanche hervor. »Wirklich?«

»Ja, natürlich. Dafür, dass sie ihre Übeltat auf meinem Grund und Boden begangen hat. Das ist nur gerecht, nicht wahr?«
Die falsche Blanche senkte ihre Nase in Richtung ihrer Trinkschale, um nicht antworten zu müssen, aber Raoulet hörte, wie ihre Zähne gegen das gehämmerte Metall schlugen. Er musste im Stillen über ihren Zustand lächeln.
Grausam wiederholte er:
»Nicht wahr, mein Edelfräulein? Ist das nicht gerecht?«
»Doch«, würgte sie hervor.
»An den Pranger, zunächst einmal zwei oder drei Tage lang. Ich kann Euch versichern, dass sie in Anbetracht der Kälte, die im Moment herrscht, diese Art der Zerstreuung sehr schätzen wird. Vielleicht werden ein oder zwei Wölfe oder einige herumirrende Hunde kommen und ein wenig an ihren Waden herumknabbern. Amüsant, findet Ihr nicht? Danach lege ich sie in Ketten, bis sie mir meine Habe zurückgibt oder mir sagt, wo ich sie finden kann.«
»Und dann?«, stammelte die falsche Blanche.
»Wie? Erratet Ihr es nicht?«
»Wie sollte ich das?«
Sie murmelte kaum hörbar ein paar Worte, doch Eudes Gerbaud fixierte sie streng und zwirbelte am Ende seines Gürtels. Meine Güte, war dieses Mädchen albern! Raoulet setzte eine Genießermiene auf, bevor er fortfuhr:
»Nun, der Galgen natürlich!«
»Nein!«, schrie die falsche Blanche aus.
»Nein? Oh, ich verstehe. Ihr wollt sie lieber selbst hier im Hof Eures Schlosses aufhängen lassen. Welch gute Idee.«
»Ich … ich mag diese Art von Gesprächen überhaupt nicht«, sagte die falsche Blanche. »Ich schätze vielmehr Gespräche, die … eher höfischer Art sind. Übrigens ist es Zeit, sich zu Tisch zu begeben.«
Sie erhob sich und die beiden Männer folgten höflich ihrem Beispiel. Gillette steckte ihre Nadel in das Tuch und stand ebenfalls auf. Raoulet bot der falschen Blanche den Arm und sie legte ihre Hand darauf.

Langsam ging man auf den gedeckten Tisch zu. Diener hatten ihn am anderen Ende des Raumes aufgestellt, wo in einem weiteren Kamin ebenfalls ein ordentliches Feuer brannte. Zwei Böcke, ein Brett und eine darüber gelegte weiße Tischdecke mit Zinntellern, auf denen bereits Brotscheiben lagen. Zwei Messer, vier Löffel, zwei saubere Trinkschalen, zwei Krüge, einer mit Wasser, der andere mit Wein gefüllt. Diener servierten warme Speisen, das Hauptgericht bestand aus Forellen in einer Zwiebelsoße mit Rosinen. Es gab Pasteten und kleines, leichtes Gebäck.

»Es ist Advent«, entschuldigte sich die Gastgeberin. »Es ziemt sich nicht, in dieser Zeit fette Speisen zu servieren.«

»Es wäre müßig, deswegen Trübsal zu blasen, mein Edelfräulein«, sagte Raoulet. »Und sind wir nicht alle in der gleichen Lage?«

Er wandte sich ihr mit einem vieldeutigen Lächeln zu, begann zu essen und teilte mit ihr seine Trinkschale und sein Messer. Sie sprach wenig und Gillette gar nichts. Raoulet und Eudes Gerbaud bestritten den größten Teil der Unterhaltung, die so steif war, dass es manchmal schwer war, ihr zu folgen.

Als die Mahlzeit schließlich beendet war, fragte Raoulet etwas drängend:

»Und nun, mein Edelfräulein, Ihr habt mir Eure Antwort noch nicht gegeben: Werdet Ihr mir meine Diebin ausliefern? Überlasst Ihr sie mir?«

»Ich weiß nicht …«, zögerte das Mädchen. »Das alles erscheint mir so … so …«

Sie wandte sich mit einem Hilfe suchenden Blick an Eudes Gerbaud, der bei der Bemerkung sehr verlegen geworden war. Vielleicht würde Raoulet Blanche tatsächlich verurteilen. Aber was, wenn es ihr gelänge, ihn davon zu überzeugen, dass sie die wahre Herrin von Vauluisant war? Die Adligen wussten sich immer hinter dem Rücken der Bauern miteinander zu verständigen. Nein, das war nicht möglich, schließlich hatte er sie als jene Diebin wiedererkannt.

Die falsche Blanche rang die Hände vor Angst. Endlich kam sie zu dem Ergebnis, dass es das Beste wäre, wenn sie ihre Gefangene hier

behielte. Es bliebe dann immer noch genügend Zeit, eine Entscheidung zu treffen, wie man sie loswerden könnte. Voller Stolz über diese Entscheidung richtete sie sich auf und wollte gerade den Mund öffnen, als Eudes ihr zuvorkam.
»Verzeiht mir, mein Edelfräulein«, sagte der Verwalter, »aber Ihr solltet Euch damit einverstanden erklären, sie an Messire de Mauchalgrin auszuliefern.«
Der Ton, den Eudes anschlug, war höflich, die Worte gesetzt, aber sein Blick drückte unmissverständlich einen Befehl aus, dem sie nicht widersprechen konnte. Ihre ganze soeben wiedergefundene Fassung geriet ins Wanken.
»Glaubt mir, mein Edelfräulein, Ihr werdet es nicht bedauern«, fuhr Messire de Mauchalgrin fort. »Im Tausch werdet Ihr ein Geschenk erhalten, das ich Euch selbst eiligst überbringen werde.«
»Ein … ein Geschenk? Wirklich?«
Diese dumme Gans war nicht einmal fähig, im Tausch gegen einen vorteilhaften Handel ein Geschenk anzunehmen! Eine echte Dame hätte das Angebot in eleganter Weise anzunehmen gewusst, ja vielleicht sogar etwas Bestimmtes gefordert! Daran erkannte man die wahren Damen. Sie wussten ihre Forderungen hochzuhängen, aber dies hier war eine Dienerin, der offenbar kaum der notwendigste Schliff beigebracht worden war …
»Ja, Teuerste, glaubt mir, ein schönes Geschenk …«
Er beugte sich zu ihr, hob ihre Haare mit einer galanten Bewegung hoch und flüsterte ihr kaum hörbar ins Ohr:
»Den Strick, du Luder. Und du verdienst nichts Besseres. Gib mir das Mädchen, und du wirst nie wieder von ihr noch von mir etwas hören. Mein Geschenk ist mein Schweigen. Und das ist von unschätzbarem Wert.«
Das Mädchen wurde aschfahl, ihr Unterkiefer klappte herunter und es fehlte nicht viel und sie wäre selbst zu Boden gefallen. Eudes Gerbaud konnte sie gerade noch am Arm festhalten.
»Nehmt dieses Mädchen, Messire«, sagte sie tonlos, »und haltet Euer Versprechen.«

»Tausend Dank«, sagte Raoulet und verneigte sich, die Hand aufs Herz gelegt. »Nie habe ich ein Edelfräulein wie Euch gesehen!«
Bei diesen Worten hatte sie das Gefühl, als stoße man ihr einen eiskalten Dolch in die Brust.
»Messire Eudes«, sagte sie mit gebrochener Stimme, »würdet Ihr bitte alles Notwendige in die Wege leiten, um Messire de Mauchalgrin zufriedenzustellen?«
Raoulet nahm seinen Mantel von der Truhe, grüßte ein letztes Mal ironisch und folgte Eudes Gerbaud mit leicht hüpfendem Schritt.
»Würdet Ihr meinem Diener Bescheid sagen lassen, dass wir in Kürze abreisen?«, bat er den Verwalter.
»Ja natürlich«, sagte Eudes und gab seine Anweisungen an einen Diener weiter, der gerade vorbeikam. »Und ich werde währenddessen unsere … Gefangene holen.«
»Sehr gut.«
»Wir sind uns über das … Schicksal … einig, das Ihr vorgesehen habt für …«
Er war ein Glücksfall, dieser Besuch des jungen Ritters in Vauluisant, sagte sich Eudes und brachte so auch noch den letzten Rest seines schlechten Gewissens zum Schweigen. Er war zu weit gegangen, und er wusste nicht mehr, was er mit seiner Geisel tun sollte. Dennoch würde das Blut seiner Herrin, das an seinen Händen klebte, ihn noch geraume Zeit quälen. Dass Raoulet de Mauchalgrin ihn von ihr befreite, war einer jener glücklichen Zufälle, wie sie sich im Leben manchmal ereignen. So brauchte er keine Entscheidung zu treffen. Die gesamte Schuld würde bei Raoulet liegen. Alles war plötzlich so einfach.
»Das Schicksal, das dem Mädchen vorbestimmt ist? Ich habe es Euch doch gesagt: drei Tage Pranger, dann wird sie sterben.«
Eudes seufzte. Die Truhen des Schlosses und sein Verwalterposten waren gerettet, Gott sei's gedankt.

Tau

Wenn die Person,
in die ihr verliebt seid,
Euch nicht will, so geht und
wälzt Euch splitternackt
im Tau des Monats Mai.
Sie wird dann entweder
ihre Meinung ändern,
oder Euer Liebeskummer
wird schneller vorübergehen.

21

Im Hof befahl Raoulet de Mauchalgrin seinem Diener Griffon le Réchin, beide Pferde zu satteln.
»Das Mädchen wird zu Fuß gehen«, entschied er.
»Das könnt Ihr doch nicht tun, Messire«, protestierte Eudes in einer letzten Aufwallung von Treue gegenüber seiner Herrin. »Ich werde dieses schöne Tier satteln lassen, Ihr könnt es dann gern behalten.«
So wurde auch Wolke für die Reise vorbereitet.
Eudes Gerbaud nahm vier Soldaten mit und stieg zu Blanches Zimmer hinauf, das er mithilfe eines riesigen Schlüssels öffnete. Das junge Mädchen saß in einem roten Kleid und einem grünen Umhang mit ihrer Spange geschmückt am Feuer und las.
»Ihr werdet Schloss Vauluisant verlassen«, verkündete er ohne jede weitere Höflichkeitsbezeugung, da er nicht wusste, welche er verwenden sollte.
»Gewiss nicht. Ich verlasse weder mein Lehensgut noch mein Schloss«, erwiderte ihm Blanche.
»Ihr werdet fortgehen, ob Euch das gefällt oder nicht. Los, Ihr wackeren Soldaten, tut, was ich Euch befohlen habe.«
Die vier Männer stürzten sich auf sie, und innerhalb kürzester Zeit hatten sie ihr die Hände vor dem Bauch zusammengebunden. Das geöffnete Buch, in dem noch die Seiten mit dem Lied »Die Schöne ist im Garten der Liebe« aufgeschlagen waren, fiel zu Boden. Blanche schlug mit aller Kraft um sich, doch die Soldaten ergriffen und umschlangen sie mit den Armen und trugen sie gewaltsam hinunter.
Sie schrie, so laut sie konnte:
»Lasst mich! Ich bin Eure Schlossherrin. Hört nicht auf diesen verräterischen Verwalter! Ich bin Eure Herrin. Nehmt diesen Mann fest, und ich werde Euch reichlich belohnen!«

»Schweigt! Das Schreien bringt Euch nicht weiter. Los, führt Euch würdig auf. Dann ist es für uns alle weniger peinlich.«
»Warum sollte ich Euch diese Peinlichkeit ersparen?«, brüllte Blanche. »Gebt mir meinen Platz und meinen Rang wieder! Hört auf mit diesem Wahnsinn!«
Sie waren am Ende der Stufen angelangt und die kleine Gruppe betrat den Hof. Mehrere Pferde waren gesattelt und zur Abreise bereit. Unter dem aufmerksamen Auge des Verwalters setzten die Soldaten Blanche auf Wolkes Rücken.
»Was Ihr da tut, Messire Gerbaud, wird Euch kein Glück bringen!«
»Schweigt! Los, es ist Zeit, abzuziehen. Ich werde trotz allem Euren Mantel holen.«
»Wohin führt Ihr mich? Was habt Ihr mit mir vor?«
Er antwortete nicht und wandte sich zum Wohntrakt des Schlosses um.
Blanche begann langsam die Nerven zu verlieren. Wollte Eudes sie in den Wald führen lassen, damit sie dort umkam? Die Wölfe heulten plötzlich schaurig.
›Das ist es also. Sie wollen, dass die Wölfe mich verschlingen, damit keine Spur von ihrem Verbrechen übrig bleibt. Mein Gott, ich bin verloren. Dieses Mal ist es wirklich zu Ende mit mir. Ich werde Bertoul nie wiedersehen. Oh Herr, ich sehne mich so sehr nach ihm …‹
Sie öffnete den Mund und schrie aus Leibeskräften:
»Bertoul! Bertoul Beaurebec! Komm und rette mich!«
Im selben Augenblick erschien Raoulet, begleitet von seinem treuen Griffon le Réchin.
»Raoulet de Mauchalgrin«, sagte sie verächtlich. »Das hätte ich mir denken können, dass Ihr bei diesem widerlichen Komplott mit von der Partie seid.«
»Ihr seid also hier! Welch freudige Überraschung! Es scheint, dass Ihr Euch jetzt für Blanche de Vauluisant ausgebt, so hat man es mir hier berichtet.«
Der Ton, in dem er das sagte, schwankte zwischen Ironie und Jubel.
»Seid nicht dumm, Messire. Ihr wisst sehr wohl, wer ich bin.«

»Blanche de Vauluisant?«
»Ihr habt es immer gewusst, genauso wie mein Verwalter und seine Komplizen. Zeigt Euch wenigstens einmal in Eurem Leben als echter Ritter und löst diesen Strick von meinen Handgelenken.«
Das sagte sie, obwohl sie sich geschworen hatte, niemals mehr etwas von ihm zu erbitten. Sie biss sich auf die Lippen. Es war eindeutig besser zu schweigen. Im Stillen würde sich schon eine Lösung finden.
»Welch schöne Frisur!«, sagte Raoulet de Mauchalgrin spöttisch und stieg in den Sattel. »Warum tragt Ihr Eure Haare nicht offen?«
Mit einer gehässigen Geste löste er die Nadeln, mithilfe derer Blanche sich eine aufwändige Frisur gemacht hatte. Ihre Haare fielen ihr über die Schultern und gaben einige Strähnen frei, die nicht länger als ein oder zwei Daumen waren.
»Sehr lieblich!«, kommentierte er. »Aber ich bin nicht hier, um über Weiberkram zu reden. Ich habe bemerkt, dass Ihr laut nach einem gewissen mir bekannten Dieb gerufen habt. Daraus schließe ich, dass er nicht tot ist, im Gegensatz zu dem, was man mir erzählt hat.«
Sie erwiderte nichts.
»Vielleicht ist er ja gar nicht so weit von hier, wenn Ihr ihn gerufen habt. Vielleicht sieht er Euch ja. Das erfüllt mich mit Freude. Dieser tapfere Musiker wird es nicht ertragen, Euch lange so gefesselt zu sehen, er wird sich mir ausliefern. Er wird mich anflehen, Euch freizulassen und sein verwünschtes Buch entgegenzunehmen. Eine Geschichte, die wir beide schon kennen, nicht wahr?«
»Habt Ihr also immer noch nicht begriffen, Messire Raoulet?«, konnte Blanche sich nicht verkneifen zu antworten. »Er wird Euch gar nichts geben. Dieses Zauberbuch wird niemals in Euren Händen sein. Er wird nicht kommen, um mich zu erretten. Er ist tot.«
»Als Ihr gerade seinen Namen brülltet, hatte ich nicht diesen Eindruck.«
»Ich habe seinen Geist um Hilfe angerufen.«
In diesem Moment kam Eudes Gerbaud zurück mit Blanches grünem Mantel über dem Arm.
»Hier ist Euer Mantel«, sagte er und legte ihn um ihre Schultern.

Sie warf ihm einen Blick voller Verachtung zu.
»Wo ist Bertoul Beaurebec?«, beharrte Raoulet, als sähe er den Verwalter nicht.
»Falls Ihr von diesem jungen Musiker sprecht, der das Edel… der diese Frau begleitete«, mischte sich der Verwalter nun ein, »der ist mit ihr nach Vauluisant gekommen und vor fünf oder sechs Wochen mit viel Gepäck wieder abgereist.«
»Habt Dank für diese Worte, mein liebenswürdiger Verwalter! – Ihr habt schon wieder versucht, mich zu täuschen, Blanche de Vauluisant. Jetzt ist Schluss damit. Ihr werdet mich nicht länger verachten und zappeln lassen. Ihr werdet bald lernen, wer jetzt Euer Herr ist.«
Eudes Gerbaud runzelte die Stirn. Was wollte Raoulet damit sagen? Er schien das Edelfräulein persönlich zu kennen. Er rieb sich die Augen.
›Das muss wohl die Müdigkeit sein‹, sagte er sich. ›Ich habe schon so etwas wie Halluzinationen. Aber ich bin nicht verrückt! Nein, er kann sie nur als die Diebin kennen, die ich ihm ausliefere … Ich rede mir etwas ein.‹
Blanche wandte das Gesicht ab und Raoulet konnte nichts weiter aus ihr herausbekommen.
»Das macht nichts«, sagte er, ich habe jetzt alle Zeit der Welt, und Ihr werdet ohnehin bald reden. Los geht's.«
»Ich werde Euch eine Eskorte für ein oder zwei Meilen mitgeben«, bot Eudes an. »Ihr habt ja die Wölfe gehört. Sie streifen hier herum. Es ist besser, einen Schutz zu haben.«
Maleaume stellte eine Handvoll seiner Männer zur Verfügung.
»Und versucht mir, auf dem Rückweg ein Dutzend zu töten«, sagte Eudes zu den Soldaten und drehte sich um.
Der kleine Trupp machte sich auf den Weg. Raoulet de Mauchalgrin rieb sich befreidigt die Hände.

Der Ritt durch den Wald wurde für Blanche zu einer harten Prüfung. Ihre Handgelenke waren so straff gefesselt, dass sie taub wurden. Sie versuchte den Knoten mit den Zähnen zu lockern, jedoch erfolglos.

Ihre Hände färbten sich bläulich unter der Kälte und dem Druck des Stricks. Der Siegelring ihrer Familie schnitt ihr in den Finger und es gelang ihr nicht, sich genügend in ihren Mantel einzuhüllen, der ihr immer weiter von den Schultern glitt. Ihr Kopf war unbedeckt und sie konnte ihre Kapuze nicht hochziehen.

Im Schritttempo ritt sie auf Wolke voran, Raoulet de Mauchalgrin und Griffon le Réchin folgten ihr. Die Soldaten versuchten sie zwischen sich zu nehmen, sobald die Breite des Weges es zuließ.

Die Wölfe waren nicht weit, blieben aber unsichtbar. Man hörte sie pausenlos schauerlich heulen, und ihre unheimlichen Schreie gingen allen durch Mark und Bein, sogar die Pferde stampften unruhig und warfen die Köpfe in die Höhe.

»Wir reiten nach Tournissan, meine Schöne«, erklärte Raoulet.

Er schien der Einzige zu sein, der die Wölfe nicht fürchtete, so sehr war er mit seinem schönen Fang beschäftigt.

»Ihr werdet sehen, wir werden uns wunderbar verstehen, Ihr und ich. Ich habe diesen Dummköpfen, die Euch von Eurem Lehensgut verdrängt haben, erzählt, dass ich Euch an den Pranger bringe. Aber seid beruhigt, ich werde nichts dergleichen tun. Obwohl, wenn ich genauer darüber nachdenke, wird das letztlich von Euch abhängen. Ich habe ihnen übrigens auch gesagt, dass ich Euch hängen lassen werde, und sie waren entzückt darüber.«

›Eudes Gerbaud, Ihr seid ein Verräter und ein Wortbrüchiger, und das werdet Ihr mir eines Tages büßen, das schwöre ich Euch …‹, sinnierte Blanche im Stillen.

»Ihr versteht, wenn Ihr sterbt, würde das junge Ding, das Euer Verwalter auf Euren Platz gesetzt hat, eine sehr annehmbare Blanche abgeben. Es wird nicht viele geben, die bestätigen können, dass sie nicht die richtige Blanche de Vauluisant ist.«

›Außer meinen Brüdern, aber diese Dummköpfe sind so leicht zu kaufen … Ein kleiner Beutel mit Goldstücken genügt, und sie werden ihre Schwester in jeder Frau wiedererkennen …‹

»Also werde ich sie heiraten. Sie wird gar keine andere Wahl haben, sonst werde ich sie anzeigen und sie wird gehängt. Niemand wird

etwas bemerken. Und ich werde Euer Lehensgut und Euer Schloss zu allem Übrigen hinzuerhalten.«
›Oh Bertoul, es ist Zeit, dass du zurückkommst!‹
»Die andere Lösung wäre, dass *Ihr* mich heiratet. Es wird nicht sehr schwer sein, diesen Betrügern das Handwerk zu legen. In beiden Fällen werde ich also Herr von Vauluisant sein. Es ist an Euch, zu überlegen, was Ihr vorzieht: mit oder ohne Euch.«
›Niemals wirst du Vauluisant besitzen, du Lump. Niemals wirst du deine Hand nach meinem Gut ausstrecken. Ich werde eine Lösung finden. Ich weiß noch nicht welche, aber ich werde eine finden.‹
»Aber ich werde Euch nicht ohne Mitgift nehmen, das versteht sich. Und Ihr ahnt wohl, welche Mitgift ich meine.«
›Bertoul, du wirst mich nicht im Stich lassen. Oh, wenn du nur meinen Ruf hörtest!‹
»Nein? Wisst Ihr es wirklich nicht? Das Zauberbuch mit dem Rubin natürlich. Ich weiß wohl, Ihr werdet mich nie heiraten wollen. Aber dieser junge Dummkopf von Musiker wird früher oder später kommen und sich in meine Hände begeben, und dann werdet Ihr mich heiraten, nur um ihn zu verschonen. Ich lasse ihn mit dem Leben davonkommen, im Tausch gegen Eure Hand.«
›Bertoul, komm schnell zurück!‹
Raoulet fuhr fort, über die Vorteile zu räsonieren, die er aus dem Besitz des Zauberbuches ziehen würde. Er begann zu schwadronieren, angefangen beim Verkauf des wunderbaren Rubins, der anscheinend keinerlei Einfluss auf die Wirksamkeit der Anweisungen im Buch hatte. Danach über Rache, Vergeltung, magische Prozeduren, um seine Güter und seinen Einfluss auf andere zu vergrößern.
»Messire Raoulet, warum schweigt Ihr nicht ein wenig?«, sagte Blanche schließlich kampfesmüde.
»Wie redet Ihr mit mir? Auf diese Weise …«
Ein lang gezogenes Geheul kam näher und näher und übertönte ihre Worte. Alle ritten wie betäubt weiter. Immer wieder die Wölfe. An diesem Tag war Blanche de Vauluisant ihnen dafür dankbar, dass sie Raoulet de Mauchalgrin zum Schweigen brachten.

Freitag

Freitag, der Tag der Venus,
ist ein ausgezeichneter Tag,
um einen Liebeszauber durchzuführen.
Hingegen gilt es als Unheil bringend,
an einem Freitag zu heiraten.

22

»Nun gut, ich werde gehängt. Aber ich hoffe, dass Ihr beide es ebenfalls werdet. Ich hoffe, dass ich Euch am Galgen baumeln sehe, bevor ich an die Reihe komme, und ich schwöre Euch, dass ich darüber lachen werde, während der Henker mir das Seil um den Hals legt. Niemals habe ich das gewollt! Ihr habt mir geschworen, das Ganze sei eine Art Scherz, der nur einige Tage dauern würde, und jetzt … Seht nur, was daraus geworden ist! Ich wollte Blanche de Vauluisant nichts Böses!«

Die falsche Blanche hieß Jodelle. Sobald der kleine Trupp, bestehend aus Raoulet, seinem Waffenmann, Blanche und den Soldaten, die Zugbrücke passiert hatte, verfiel sie in verzweifelte Wut.

»Ihr habt es genauso gesehen wie ich: Dieser Herr hat sie mitgenommen, um sie zu töten. War es wirklich das, was Ihr wolltet, Messire Eudes?«

»Mmmm, mmmm«, sagte Eudes, der sehr verlegen war. Die Angelegenheit hatte eine völlig unvorhergesehene Wendung genommen, und ihm war die Kontrolle entglitten.

»Ihr habt mich gegen meinen Willen in ein gemeines Komplott gezogen. Sie wird Euretwegen sterben, und ich war nur eine Marionette in Eurem schmutzigen Spiel. Was werdet Ihr tun, um sie zu retten? Nun? Sagt es mir! Aber ich glaube, Euch geht es gar nicht darum, sie zu retten. Es passt Euch ganz gut, dass dieser niederträchtige Mensch sie mitgenommen hat. Oh, Gott bewahre mich davor, dass ich noch mehr solche Herren wie den da treffe!«

Gillette legte ihre Arbeit beiseite, erhob sich und gab dem Mädchen eine schallende Ohrfeige.

»Schweig, du bist nicht hier, um zu protestieren und dir solche Gefühlsausbrüche und derlei Dinge zu erlauben.«

»Ich werde schreien, wann ich will! Wagt es nicht noch einmal, mich anzurühren!«
»Es wird von dir erwartet, dass du von nun an die Herrin von Vauluisant bist, also führe dich entsprechend auf!«
»Mein ganzes Leben lang?«, fragte Jodelle, und sie machte ein Gesicht, als ob ihr ihr sozialer Aufstieg plötzlich erst klar würde. »Ich soll mein ganzes Leben lang die Herrin von Vauluisant sein?«
»Wenn es sein muss, ja«, brummte Eudes Gerbaud vor sich hin.
»Das haben wir so nicht abgemacht!«, schrie Jodelle. »Ihr schuldet mir Geld. Und ich habe getan, was vereinbart war. Wir sind quitt.«
Gillette ohrfeigte sie erneut.
»Wirst du nun endlich still sein? Willst du, dass dein Bruder den Rest seines armen Lebens im Gefängnis verbringen muss?«
Jodelle erblasste, doch sie fing sich sofort wieder.
»Nun, dann bezahlt mir meinen Lohn!«
»Nicht, solange du nicht deine Arbeit getan hast. Alles, was vereinbart war.«
»Ich habe meinen Teil erledigt, du Hexe.«
»Nenne mich nicht Hexe, du kleines Dreckstück! Du hast ja keine Ahnung!«
»Ich habe genau das getan, was ich tun sollte: Ich habe diesen Ring getragen, ich habe meinen Namen geändert, ich habe mir ein arrogantes Verhalten zugelegt, um alle glauben zu machen, dass ich Blanche de Vauluisant sei. Aber was jetzt geschehen ist, habt Ihr nicht vorhergesehen. Ihr wusstet nicht einmal, worauf Ihr hinauswolltet! Ihr musstet Blanche de Vauluisant loswerden. Sehr gut. Aber wie geht es jetzt weiter?«
»Mmmm, mmmm.«
»Ihr hättet mich nicht gebraucht, wenn Ihr sie hättet sterben lassen wollen. Ihr hättet sie nachts mit einem Kopfkissen ersticken oder ein paar Tropfen Fingerhut in ihre Abendsuppe geben können. Das alles wäre ganz leicht gewesen.«
»Oh nein, doch nicht so etwas«, protestierte Eudes und rang die Hände.

»Mir scheint, dass das, was sie nun erwartet, kaum besser ist.«
Eudes Gerbaud hatte die Ratschläge seiner Cousine Gillette befolgt und Jodelle engagiert, die Rolle von Blanche de Vauluisant zu spielen. Dieses Mädchen hatte bei einer Dame gedient und kannte die Gepflogenheiten des Adels, sie war ungefähr in Blanches Alter, hatte helle Augen und schwarze Haare. Zudem hatte sie einen kaltblütigen Charakter, sodass man davon ausgehen konnte, dass sie die Rolle gut spielen würde, ohne allzu sehr ins Wanken zu geraten. Und schließlich brauchte sie Geld, viel Geld.
Ihr Bruder Thierry hatte sich in der Gefolgschaft eines Adligen als Waffenmann verpflichtet. Im Heiligen Land angekommen, war er bald von den Ungläubigen festgenommen worden. Ein Mönchspilger war daraufhin mit einer langen Liste der Gefangenen und der für sie geforderten Lösegelder zum Bischof von Puy geschickt worden. Jodelle hatte von dem Unglück ihres Bruders erfahren, damals war er schon drei Jahre lang Sklave der Sarazenen. Der Mönch hatte von den furchtbaren Bedingungen erzählt, unter denen die armen Christen dort gefangen gehalten wurden. Das Lösegeld betrug für die Ritter jeweils hundert Pfund und fünfzig für ihre Waffenmänner. Fünfzig Pfund! Jodelle und ihre vier Schwestern und zwei Brüder hatten sofort damit begonnen, Denar um Denar zusammenzusparen, während ihre Mutter in Schwermut verfiel und ihr Vater nach Compostella pilgerte, um Gott um Hilfe anzuflehen. Aber in dem Tempo, wie sich das Lösegeld ansammelte, würde ihr Bruder einen langen weißen Bart haben, bis er befreit wäre.
Und dann war diese Frau gekommen und hatte ihr Geld angeboten – die ganze Summe auf einen Schlag – im Tausch gegen einen Dienst, der nur wenige Tage dauern sollte. Und Jodelle hatte aus Liebe zu ihrem Bruder eingewilligt.
Wenn sie gewusst hätte, was sie erwartete! Lieber hätte sie hingenommen, dass ihr Bruder noch fünfzig Jahre im Kerker schmorte, als für die Qualen verantwortlich zu sein, die das arme Edelfräulein jetzt erleiden musste. Drei Tage am Pranger! Und dann der Tod am Galgen.

Jedenfalls würde sie, Jodelle, ebenfalls gehängt werden. Früher oder später würde sie jemand verraten, denn es musste ja irgendwann jemand bemerken, dass sie nicht die richtige Blanche war. Niemand konnte eine solch grobe Täuschung über lange Zeit aufrechterhalten. Sie würde enttarnt und gefangen genommen werden. Sie würde nichts abstreiten. Wenn sie den Mut dafür aufbrachte, würde sie sich selbst dem Richter ausliefern, komme dann, was da wolle.
»Genug der Kindereien!«, schrie Gillette sie an. »Du wirst ein schönes Leben haben und einen adligen Herrn heiraten, worüber beklagst du dich?«
»Ich will meine fünfzig Pfund, um meinen Bruder freizukaufen.«
»Du wirst sie bekommen, wenn keine Gefahr mehr besteht.«
»Ich will sie jetzt sofort, oder ich gehe zum Richter.«
»Meine Güte, jetzt werden wir sie auch einsperren müssen!«
»Und wie wollt Ihr eine andere Blanche finden, die diese Rolle spielt? Wie lange soll das alles noch gehen? Wie viele falsche Blanches wollt Ihr noch für Eure Zwecke missbrauchen?«
Eudes rieb sich nachdenklich das Kinn. Kein Zweifel, das Mädchen hatte recht. Er drehte den beiden Frauen den Rücken zu und verließ mit langsamen Schritten den großen Saal, während die beiden ihm fassungslos nachschauten.
»Was gedenkt Ihr nun zu tun, Messire Eudes?«, schrie Jodelle. »Euch aus dem Staub machen, um keine Entscheidung treffen zu müssen? Wollt Ihr in Eurer Ecke sitzen und auf Gott weiß welche wunderbare Lösung warten?«
Eudes zuckte mit den Achseln, ohne sich umzudrehen, und verließ das Zimmer, um sich in seinen Arbeitsraum zurückzuziehen.
Jodelle ließ sich auf einen Sessel fallen und verbarg den Kopf in ihren Händen, während Gillette ihre Arbeit wieder aufnahm, sie dabei jedoch aus den Augenwinkeln beobachtete. Sie war sich darüber klar, dass es nicht so weit kommen durfte, dass sich diese dumme Gans bei den Schlossbewohnern, Dienern und Soldaten verplapperte. Es würde sicher nicht leicht sein, sie zu zähmen. Dennoch musste es sein, sei es auf sanfte Weise oder aber durch Drohungen.

Eudes steckte den riesigen Schlüssel, den er immer bei sich hatte, in das Schloss seines Arbeitszimmers, trat ein und schloss die Tür sorgsam hinter sich zu. Dann ließ er sich in seinen Sessel fallen.
Er überlegte. Hatte er recht daran getan, Blanche de Vauluisant diesem jungen, widerlichen und grausamen Herrn auszuliefern? Ja, zweifellos. Er versuchte sich einzureden, dass er ohnehin schon zu weit gegangen wäre und es keinen Weg zurück mehr gegeben hätte. Sie würde sterben, na und, was war schon dabei? Starb nicht jeder irgendwann?
Er hatte bekommen, was er sich wünschte: Die Verwaltung und die Finanzen des Gutes waren weiterhin in seiner Hand. Blanche de Vauluisant hätte durch die Veranstaltung von zwei Festen und zwei, drei kostspieligen Entscheidungen sein gesamtes Lebenswerk verschleudert. Emaillierte Fliesen? Zu welchem Zweck, musste man sich da fragen ... Neue Fenster? Ein sinnloser Luxus ... Ein Gästehaus für die Pilger und Armen! Wozu sollte das gut sein?
Er bedauerte seine Entscheidung nicht im Geringsten. Die Sache war riskant, das war ihm von Anfang an klar gewesen. Er seufzte.
Seine Vernunft wiederholte tausendfach, dass seine Entscheidung die einzig richtige gewesen war, doch sein Gewissen gab sich damit nicht zufrieden. Ganz zu schweigen davon, dass die Angelegenheit noch einen Haken hatte. Er hatte aus der ungeschliffenen Magd eine Dame machen wollen. Warum nicht, für einige Tage wäre das kein Problem gewesen. Aber auf immer und ewig? Sie sträubte sich, sie war widerspenstig. Man würde sie nicht für immer halten können, das war sicher. Sie wäre fähig, ihn zu berauben und zu fliehen. Oder sie würde alles irgendeinem Richter anvertrauen. Man musste sie also sehr gut im Auge behalten, bevor sich Schwierigkeiten ohne Ende ankündigten.
Die Göre hatte die Sache gut vorausgesehen: ›Eine andere Blanche finden, die die Rolle spielt? Wie viele falsche Blanches wollt Ihr noch für Eure Zwecke missbrauchen?‹
Aber schließlich hatte er die Finanzen des Gutes gerettet – und blieb vorerst der alleinige Herr im Schloss.

›Soll dieser Mauchalgrin sie doch hängen lassen! Gut, so wendet sich alles zum Besten. Frau Maguelonne, Ihr wäret mit mir zufrieden. Euer schönes Vermögen wird erhalten und Eure Güter werden nicht verkümmern.‹
Wieder seufzte er, diesmal aus Befriedigung: Alles war völlig stimmig und logisch. Schluss mit der Gefühlsduselei. Es war ihm, als würde er aus einem wirren, beklemmenden Traum auftauchen. Jetzt ging es ihm wieder gut.
Im selben Moment hörte er draußen im Hof Schreie und Lärm. Die Waffenmänner waren in Aufruhr. Er schlüpfte in seinen Pelzmantel und verließ das Arbeitszimmer, um der Sache nachzugehen.
»Was ist denn jetzt wieder los?«, brummte er unwirsch.
Die Soldaten standen um einen großen, bärtigen Mann herum, der sich auf einen langen, gekrümmten Stock mit einer Laterne stützte: Gaucher Sevestre.
›Ein Unglück kommt selten allein‹, dachte Eudes. Als ob er nicht schon genügend Scherereien hätte.
»Oh, Ihr habt ihn festgenommen«, stellte er fest.
»Er hat sich selbst gestellt«, erklärte Maleaume.
»Ich habe mich nicht gestellt, du armer beschränkter Soldat!«
»Ich bin Hauptmann!«, protestierte Maleaume und versuchte ihn am Arm zu fassen, aber Gaucher hielt ihn mit einer geschickten Bewegung seines Stocks auf.
»Ich bin gekommen, weil ich mir dir reden muss, Messire Verwalter!«
»Auf diese Weise spricht man nicht mit mir!«
»Ich wohl. Ich spreche, wie es mir gefällt, und ich will etwas mit dir bereden.«
Eudes Gerbaud versuchte die Situation abzuwägen. Pah, er konnte diesen Mann jederzeit in den Kerker werfen lassen, den er ohnehin schon kannte, wenn er ihm Unannehmlichkeiten machte.
»Was willst du?«, fragte er und schob sein Kinn unwirsch vor.
»Ich habe es dir gerade gesagt: Ich will mit dir reden. Dir etwas vorschlagen. Aber natürlich nicht in Gegenwart all dieser Soldaten.«
»Also gut. Komm mit in die andere Ecke des Hofes.«

Gaucher Sevestre folgte ihm in einen Winkel, der geschützt zwischen den beiden Gebäuden lag, sodass der schneidende Wind sie verschonte.

»Was hast du mit dem Edelfräulein vor?«, fragte er ihn ohne Umschweife.

»Nun ... nun ...«, sagte Eudes verwirrt. »Sie ist oben im Saal, im Warmen, sie beabsichtigt, bald ein Fest zu veranstalten, ich stehe in ihren Diensten und ...«

»Für wie viel hast du sie verkauft, alter Pfennigfuchser?«

»Verkauft? Du würdest den Strick verdienen für diese ...«

»Ja, das weiß ich schon, du hast es mir bereits hundertmal gesagt. Nun, was ist mit dem Edelfräulein?«

»Ich habe nichts dazu zu sagen.«

»Sie ist wie eine Gefangene weggeritten, mit gefesselten Händen, abgeführt von deinen Soldaten und einem jungen Herrn, der mir verdammt danach aussieht, dass er genau weiß, was er will.«

»Aber ... ganz und gar nicht.«

»Du Judas! Für wie viel hast du sie verkauft?«

»Das war eine Diebin. Sie hat diesen Herrn beraubt, und ich habe sie ihm ausgeliefert.«

»Er sah nicht so aus, als ob er das glaubte, dieser Herr. Genau wie du ist er sich völlig im Klaren darüber, dass es sich um Blanche de Vauluisant handelt.«

»Keineswegs! Sie hat versucht, uns zu betören, das stimmt. Jedoch ...«

»Hol sie schnellstens zurück, bevor ihr irgendetwas geschieht. Sonst lasse ich die Meute auf Euch los. Du weißt, was das heißt, nicht wahr?«

Eudes Gerbaud zögerte nicht länger. Er reckte sich in die Höhe und schrie so laut er konnte:

»Wache! Nehmt diesen Mann fest!«

Die Soldaten kamen in leichtem Trab heran, rasselten mit ihren Waffen und umzingelten den Wolfsführer.

»In den Kerker mit ihm!«, befahl Eudes.

»Nein, tu das nicht!«
»Sieh an, fürchtest du dich etwa?«
»Du weißt sehr gut, dass es nicht so ist. Aber ich muss die Herrin von Vauluisant retten, da du den Verrat offenbar nicht selbst rückgängig machen willst.«
»Führt ihn ab!«, brüllte der Verwalter.
»Du weißt, du solltest das lieber bleiben lassen!«, sagte Gaucher.
»Keine Drohungen. Die Wölfe werden niemals ins Schloss eindringen, und du, du wirst die Tage, die dir noch bleiben, im Gefängnis verbringen.«
»Das würde mich sehr wundern!«, kicherte Gaucher. »Denk daran, was ich dir gesagt habe, und rette das Edelfräulein!«
Widerstandslos ließ er sich abführen. Die Wachleute nahmen ihn in ihre Mitte, blieben jedoch aus einem gewissen Respekt oder aus Furcht auf Abstand zu ihm. Die Wölfe schwiegen. Die winterliche Stille schien plötzlich noch viel bedrohlicher als ihr schauerlicher Gesang.
»Mein Gott, nichts als Probleme, nur Probleme!«, stöhnte Eudes Gerbaud. »Als wenn ich nicht genug am Hals hätte mit … mit dem, was in den letzten Tagen geschehen ist. Jetzt werde ich auch noch von den Wölfen bedroht. Oh, Frau Maguelonne, Euer armer Diener hat in diesen Tagen viel zu tun, um Euch weiterhin treu zu bleiben …«
Wiederum zog er sich in sein Arbeitszimmer zurück, öffnete die Geheimtür und verlor sich in der Betrachtung der Geldtruhen von Vauluisant. Dabei murmelte er immer wieder:
»Ich habe nur meine Pflicht getan … Ich habe nur meine Pflicht getan …«

Gaucher Sevestre machte es sich in dem gewölbten, feuchten und eiskalten Kerker so bequem wie möglich. Man gab ihm nichts zu essen, aber er konnte den Schnee auf dem Sims des Kellerlochfensters abkratzen, um wenigstens den größten Durst zu löschen. Seitdem er unter den Wölfen lebte, war er an schwierige Bedingungen gewöhnt. Ohne Himmel, Bäume, Luft und Wölfe im Kerker zu sitzen, war hart, doch nicht unerträglich. Und er wusste, dass es nur einige Tage dauern würde, bis er wieder frei wäre. Nein, er machte sich vielmehr Sorgen um das junge Mädchen. Jeder Irrtum war ausgeschlossen, sie war eindeutig die Tochter ihrer Mutter. Ihr hübsches Gesicht bezeugte es. Sie war die wahre Schlossherrin von Vauluisant. Er hatte schnell bemerkt, dass das junge Mädchen, das man abführte, Blanche de Vauluisant gewesen war, aber er wollte seine Wölfe nicht auf die Soldaten hetzen, die die kleine Truppe begleiteten, denn sie waren zu stark bewaffnet. Das Einzige, was er versuchen konnte, war, den aufgeblasenen Verwalter unter Druck zu setzen. Leider war das zunächst misslungen. Der Mann schien dem Wahnsinn nahe zu sein. Allerdings war das kein Kriterium, denn er selbst galt weithin in der Umgebung als Verrückter, aber niemand störte sich daran. Wegen der Wölfe.

»Teure Kameraden ...«, murmelte der Gefangene.

Als Antwort vernahm er ein lang gezogenes, an- und abschwellendes Heulen: das Lied der Wölfe in der hereinbrechenden Nacht.

Sankt Johannis

Wenn Ihr Kräuter sammelt, um einen
Liebeszauber zuzubereiten,
wie zum Beispiel Johanniskraut,
so tut dies in der Johannisnacht:
Alle Kräuter, die für Zauber, Verwünschungen,
Verhexungen und Heilmittel verwendet werden,
sind in jener Nacht sehr viel wirksamer,
vor allem, wenn man beim Sammeln
barfuß und rückwärts geht.

23

Der beharrliche Ruf einer Glocke erschall über der Villeneuve du Temple, während die vier Ritter gerade versuchten, Bertoul für sich zu gewinnen:

»Möchtet Ihr nicht wissen, wer Euer Vater wirklich war?«

Dann erhoben sie sich alle zugleich und rückten ihre Kleidung zurecht. Bertoul meinte, er dürfe nun ebenfalls aufstehen.

»Oh, Ihr könnt sitzen bleiben, Messire Bertoul. Im Übrigen bitten wir Euch, diesen Ort nicht zu verlassen, solange wir am Vespergebet teilnehmen.«

Hier bleiben? Ganz sicher nicht. Sobald sie das Zimmer verlassen hätten, würde er aufstehen und gehen. Ob er mehr von seinem Vater wissen wolle? Was würde das ändern? Er würde dadurch nicht wieder lebendig werden. Wozu also das Ganze?

Jourdain du Digueville öffnete die eisenbeschlagene Tür, und die Ritter gingen der Reihe nach mit leicht gesenkten Köpfen hinaus. Sobald sie sich in Richtung der Kapelle entfernt hatten, würde Bertoul flüchten. Es konnte nicht schwer sein, schade nur um sein Pferd. Er würde zu Fuß gehen, wie er es auch früher getan hatte. Okzitanien lag im Süden, er würde nur der Mittagssonne folgen müssen.

Leider wurde sein Vorhaben rasch vereitelt: Das Geräusch eines Schlüssels, der im Schloss der Tür umgedreht wurde, sagte ihm, dass er gefangen war.

Bertoul stand mit einem Ruck auf und begann unter Flüchen und Verwünschungen wütend mit den Fäusten gegen die eisenbeschlagene Tür zu hämmern. Rasch wurde ihm klar, dass dies vergeblich war.

›Großer Gott! Sie sperren mich einfach ein! Sie haben doch erfahren, was sie wissen wollten: Ja, ich bin wirklich der Sohn des Holzfällers Barthélemy. Was wollen sie sonst noch von mir?‹

Nachdem er es irgendwann aufgegeben hatte, auf die Tür einzuschlagen, drehte er sich zum Fenster um. Es war zu schmal für ihn, er passte nicht hindurch. Er knickte eine Ecke des geölten Pergaments um, das die Fensteröffnung verschloss, und schaute nach draußen. Es war eine dunkle, schöne Nacht. Er sah die klaren und kalten Sterne.

»Oh Blanche, betrachtest auch du gerade die Sterne? Du hattest recht, ich hätte in Vauluisant bleiben sollen. Warum habe ich dich nur verlassen? Ich will doch nichts sehnlicher, als in deiner Nähe zu sein, selbst wenn ich mir nicht sicher bin, ob du es bemerkt hast. Blanche, ich könnte jetzt an deiner Seite sein, ich könnte für dich singen oder dir Lesen beibringen. Ach nein, es ist zu dunkel, um zu lesen oder zu schreiben, denn dein guter Verwalter spart an Kerzen! Ich versuche mir dich vorzustellen, in Vauluisant, in deinem schönen Zimmer. Ich hoffe, dass du dein Versprechen nicht vergessen hast, für mich zu beten, denn ich fürchte, dass die Umstände für mich im Moment nicht besonders günstig sind …«

Er schloss die Augen. Vor seinen geschlossenen Lidern erschien ihm Blanches Gesicht. Es war ein köstliches Bild. Doch er durfte nicht allzu viel träumen.

Er schaute hinaus. Die Villeneuve du Temple schien schon fast im Schlaf zu liegen. Man hörte kaum die Wechselgesänge aus der Kapelle. Er hob den Blick zum Himmel und hielt nach den Nachtvögeln Ausschau. Doch keine Eule war zu sehen. Schade.

Er rückte seinen Hocker vor die Tür und setzte sich wieder, mit dem Rücken dagegen gelehnt. Er wollte nicht, dass die Templer ihn überraschten, wenn sie sie plötzlich öffneten.

Dann holte er das Zauberbuch aus seinem Sack und legte es in seinen Schoß. Der Rubin gab einen schwachen, doch deutlich wahrnehmbaren Schein von sich. Was sollte das bedeuten? Bertoul war es nie gelungen, die Wach- oder Ruhezustände des Rubins zu ergründen. Dennoch schien ihm dieses kurze Aufstrahlen wie ein freundschaftliches und ermutigendes Signal.

Die Fackeln waren inzwischen alle erloschen. Er rief den Geist Magnus Gurhavals an, bevor er das kostbare Buch öffnete. Er hatte sich

immer von dem Geist des alten Magiers leiten lassen. Auch dieses Mal würde Magnus sicher nicht zögern, ihm den richtigen Weg zu weisen, den es einzuschlagen galt, und ihm zeigen, wie er zu handeln hatte.
»Lieber Meister«, flehte er, »helft mir, das zu finden, was ich suche.«
Er dachte an die magische Formel, die es einem ermöglichte, aus einem Gefängnis zu fliehen. Dann öffnete er das Buch auf gut Glück, eine Vorgehensweise, die sich immer bewährt hatte. Doch es war keine Anweisung zur Flucht, auf die sein Auge fiel, sondern folgender Satz:
»Die Magie beruht auf Prüfungen durch einander entgegengesetzte Kräfte, und gerade diese Prüfungen sind es, die es einem ermöglichen, mit Gewinn zu den höheren Kräften vorzudringen.«
Bertoul zog die Augenbrauen hoch. Das war ganz und gar nicht die Antwort, nach der er suchte. Der Hinweis verwirrte ihn. Sollte er bedeuten, dass er dieses Mal nicht ausbrechen sollte, sondern sich Prüfungen zu stellen hatte? Er musste einen weiteren Versuch machen.
Wieder schlug er das Buch auf, diesmal auf einer anderen Seite.
»Die elementare Qualität jeder Person, die danach strebt, am Segen der kosmischen Kräfte teilzuhaben, ist der Mut.«
Prüfungen, gegensätzliche Kräfte, Mut – die Botschaft wies überhaupt nicht in die Richtung, die er sich erhofft hatte. Er schloss daraus, dass er sich im Moment in sein Schicksal ergeben und abwarten sollte, bis er besser verstand, warum die Rittermönche ihn gefangen hielten.

Bertoul war nicht im Geringsten neugierig, zu erfahren, was sein Vater mit diesen Tempelrittern zu tun gehabt hatte. Er lebte nicht mehr, und er hoffte, dass Gott ihn und seine Mutter in sein Paradies aufgenommen hatte. Jedenfalls weilten beide nicht mehr auf dieser Erde. Er dagegen, Bertoul Beaurebec, war äußerst lebendig, und mit ein wenig Glück würde er in diesem Leben Blanche de Vauluisant wiedersehen, der er seine Lieder widmen würde, vor allem, nachdem er bei den Troubadours deren Handwerk erlernt hätte.
Bertoul hatte gut beobachtet, wie sich die höfischen Rituale vollzogen: Die Jünglinge drechselten Verse, baten bei einem Edelfräulein um ein Stelldichein oder einen Kuss, oder sie sangen ihre Lieder, so

wie man Netze auswirft, in der Hoffnung, darin irgendeine Beute zu fangen. Manchmal schenkte einem das Edelfräulein dann sein Herz. Aber niemals hatte Bertoul davon gehört, dass sich ein adliges junges Mädchen durch ein Lied oder ein Gefühl von jemandem hatte rühren lassen, der ihr nicht ebenbürtig war. Sogar Frau Hermelinde und Magnus Gurhaval hatten sich trennen müssen.

Nur Guilhabert, den seine eigene Leidenschaft mitgerissen hatte, hatte ihm zu verstehen gegeben, dass auch andere Arten von Beziehungen möglich waren.

Bertoul blieb einige Augenblicke lang so sitzen und blickte ins Leere, wobei er sich Blanche vorstellte und sich selbst zu ihren Füßen, wie er ihr seine Liebe bezeugte, die sie nicht zurückwies. Doch er hielt sich nicht damit auf. Er musste handeln.

Nach Toulouse ziehen und Troubadours treffen. Und zwar, bevor er seine Liebe wieder aufsuchte. Wie auch immer, er konnte es sich nicht leisten, untätig eingeschlossen hier in diesem düsteren Raum bei den Templern zu bleiben.

Er schob das Zauberbuch in seinen Sack zurück und begann wieder, mit Fäusten und Füßen gegen die Tür zu schlagen und zu treten.

»Öffnet diese Tür! Lasst mich gehen! Ihr habt nicht das Recht, mich hier festzuhalten! Macht auf! Hilfe!«

Seine Schreie und der Lärm rührten niemanden, aber es war besser, sich einige blaue Flecken zu holen, als zusammengekauert und erstarrt in einer Ecke zu sitzen und resigniert darauf zu warten, dass es den Templern irgendwann beliebte, ihn gehen zu lassen. Er hörte nicht, dass die Gesänge in der Kapelle zu Ende waren. Er vernahm nicht einmal das Geräusch des sich drehenden Schlüssels im Schloss. Die Tür öffnete sich vor ihm, und er stand mit erhobenen Armen vor seinen vier Wächtern, von denen ein leichter Geruch nach Kerzen und Weihrauch ausging.

»Was für einen Lärm Ihr veranstaltet, Messire Bertoul«, sagte Évrard de Cezain streng.

»Ich schlage immer an die Tür, wenn ich gefangen gehalten werde«, antwortete Bertoul.

»Aber Ihr seid kein Gefangener! Wir wollen nur nicht, dass Euch die Lust überkommt, zu fliehen.«
»Ist das nicht dasselbe?«
»Ganz und gar nicht«, riefen die vier Männer.
»Setzt Euch wieder hin, Messire Bertoul. Wir werden ein Abendessen kommen lassen, dann werden wir Euch erklären, was Ihr wissen müsst.«
»Ich will nichts essen! Ich will hier weg und frei sein! Ihr habt es bei Eurer Reliquie geschworen ...«
»Nun, so seid doch noch einige Augenblicke vernünftig. Ich verspreche Euch, dass Ihr es nicht bereuen werdet. Glaubt mir. Niemand hier will Euch Böses. Aber ... wir brauchen Euch.«
»Wie bitte?«, rief Bertoul aus. Das war das Allerletzte, woran er gedacht hätte.
»Ihr Templer braucht den Sohn eines armen Holzfällers?«
»Ja«, bestätigte Évrard. »Setzt Euch und hört uns an.«
Bertoul verschränkte die Arme. Notgedrungen musste er sich darauf einlassen. Das Zauberbuch hatte von Prüfungen gesprochen, von gegensätzlichen Kräften, von Mut. Nun, jetzt war der Moment gekommen, diese Tugenden zu beweisen.
»Messire Bertoul, Ihr müsst uns zu dieser Hütte führen, in der Ihr Eure Kindheit verbracht habt«, sagte Évrard de Cezain leise.
»Die Hütte meines Vaters? Warum sollte ich das tun?«
»Euer Vater war ... sagen wir, Besitzer eines für uns sehr wichtigen Dokumentes.«
Bertoul kniff die Augen zusammen, misstrauischer denn je.
»Ich glaube Euch nicht. Mein Vater konnte nicht lesen.«
»Was wisst Ihr davon?«
»Er war ein Holzfäller. Habt Ihr das vergessen? Alles, was er konnte, war, mit der Axt umzugehen.«
»Seid Ihr Euch dessen so sicher?«
Bertoul zuckte mit den Schultern.
»Selbstverständlich.«
»Nun, dann irrt Ihr Euch.«

»Und woher wollt Ihr das wissen?«
Eine kurze Stille trat ein, dann sagte Évrard:
»Barthélemy de Carmelhac war unser Waffenbruder.«
Völlig verwirrt sprang Bertoul auf.
»Wie … was sagt Ihr da?«
»Wir glauben, dass Ihr der Sohn eines Tempelritters mit Namen Barthélemy de Carmelhac seid.«
Bertoul ließ sich kraftlos auf seinen Hocker fallen. Verwirrende Bilder überschlugen sich in seinem Kopf.
»Das ist nicht möglich«, murmelte er.
Er versuchte sich einen Augenblick lang seinen Vater so vorzustellen, wie er ihn in Erinnerung hatte, aber nun mit einem Kettenhemd, einem Helm, in einem mit dem roten Templerkreuz versehenen Mantel, einen großen Degen in der Hand. Im Sattel eines geharnischten Pferdes. Er schüttelte den Kopf, langsam und verneinend.
»Mein Vater ist niemals ein Ritter gewesen«, sagte er leise.
»Euer Vater ist immer ein Ritter gewesen, außer vielleicht in den wenigen letzten Jahren seines Lebens«, berichtigte ihn Évrard de Cezain.
»Wenn es wahr wäre, warum war er dann Holzfäller?«
»Er hat das Ordensgewand abgelegt und seine Tempelritterschaft aufgegeben.«
»Was bedeutet das?«
»Er wollte kein Rittermönch mehr sein. Er wollte wieder Laie sein.«
»Und bekam er die Möglichkeit dazu?«
»Niemand von uns konnte dem zustimmen. Das Statut unseres Ordens sieht so etwas nicht vor.«
»Allerdings verschwanden von Zeit zu Zeit immer einmal einige von uns«, ergänzte Bruder Jourdain. »Sie begingen Fahnenflucht. Sie kehrten in ihr früheres Leben zurück oder begannen ein neues.«
»Und mein Vater … Ihr sagt, er sei ein Tempelritter gewesen. Wie seid Ihr Euch dessen so sicher?«
»Ich denke, wir werden die Bestätigung finden, wenn Ihr uns zu dieser Holzfällerhütte führt. Doch wir halten es für sehr wahrscheinlich, dass Euer Vater unser ehemaliger Kamerad und Bruder ist.«

»Warum soll er die Ritterwürde abgelegt haben?«
»Aus zwei Gründen, denke ich. Der erste ist eine Frau: Als er in der Garnison bei der Komturei von Aulnat war, ist der Mann, den wir kennen, Marie d'Auberleau begegnet. Er war noch jung genug, um sich zu verlieben, und noch zu wenig in seiner Mission als Rittermönch gefestigt.«
»Marie ...«
»Eure Mutter hieß Mariette, sagtet Ihr?«
»Ja«, hauchte Bertoul.
Er war erschüttert, doch vielleicht irrten sich die Templer ja. Über welche Beweise verfügten sie? Eine große Ähnlichkeit zwischen dem Tempelritter, den sie suchten, und ihm selbst. Und dann der Vorname Barthélemy. Seine Mutter hieß Marie, und die Verkleinerungsform dieses Namens war Mariette.
»Nichts beweist, dass das wahr ist. Barthélemy heißen viele.«
»Deshalb, junger Barthélemy, müsst Ihr uns zu dieser Hütte führen. Dort werden wir vielleicht einen Beweis erhalten.«
Junger Barthélemy? Schon wieder etwas Neues ...
»Ich denke, Ihr wisst sehr wohl, dass Euer Vorname eine andere Form des Namens Barthélemy ist, oder? Ihr tragt den Vornamen Eures Vaters, mein junger Freund!«
Bertoul nickte schweigend. Er hatte im Grunde nie über seinen Namen nachgedacht, und man hatte ihn immer nur Bertoul genannt.
»Der zweite Grund, der dazu geführt hat, dass er aus dem Orden austrat«, fuhr Évrard de Cezain fort, »ist der, dass er uns ein wertvolles Dokument entwendet hat.«
»Gestohlen? Mein Vater! Das kann ich nicht glauben. Mein Vater war der ehrlichste und aufrichtigste Mann der Welt. Wir sprechen offenkundig nicht vom selben Menschen.«
In selben Augenblick, als er diese Worte aussprach, erinnerte er sich blitzartig an Frau Hermelinde auf ihrem Totenbett. Was hatte ihm die gute alte Frau, die hochehrenwerte Person, damals gestanden? ›Mein Junge, ich habe etwas gestohlen ...‹ Und er hatte geantwortet: ›Ihr? Ihr seid doch die Güte selbst. Ich kann es nicht glauben ...‹

Es war offenbar so, dass in dieser Welt, verborgen hinter der ehrenwerten Fassade, viel gestohlen wurde. Man raubte Dokumente. Frau Hermelinde hatte das Zauberbuch des Meisters Magnus Gurhaval geraubt. Und Barthélemy de Carmelhac, was hatte er geraubt?
»Es war ein sehr wichtiges Schriftstück«,erriet Évrard seine Gedanken. »Nichts für uns arme Ritter, die wir nur zum Ruhme Gottes wirken, aber für den König, die Kirche, ja die ganze Welt.«
›Der aufgerollte Pergamentbogen, den ich in der Wahrsageschale erblickt habe!‹, schoss es Bertoul durch den Kopf.
»Seine Meinung darüber, was mit diesem Schriftstück zu tun sei, wich durchaus von unserer ab. Er, Barthélemy, und wir vier, die hier vor Euch stehen, bildeten, sagen wir, eine kleine Eliteeinheit, die von unserem Großmeister mit besonderen Aufträgen betraut wurde, welche außergewöhnliches Feingefühl und besonderes Geschick erforderten.«
»Ach«, sagte Bertoul.
»Wir waren beauftragt, einen wertvollen Brief wiederzubeschaffen, von dem man uns erzählt hatte, und wir haben ihn entdeckt und erworben. Nun war es so, dass Barthélemy de Carmelhac, unser Kamerad, ihn entwendete, nachdem er einmal den Inhalt dieses Briefes kannte, damit wir ihn nicht vernichteten. Er hat den Brief gestohlen und ist verschwunden. Messire Bertoul, Ihr müsst uns helfen, ihn wiederzufinden.«
»Damit Ihr ihn vernichten könnt?«
»Nein, um nichts in der Welt!«, rief Évrard de Cezain aus. »Die Zeiten haben sich geändert, und Euer Vater hatte recht: Es war notwendig, dieses äußerst wertvolle Dokument in Sicherheit zu bringen. Es ist ein theologischer Text von außergewöhnlicher Wichtigkeit, der einst im Heiligen Land von einem Heiden in einer zugemauerten Höhle gefunden worden war, eine Art fünftes Evangelium, um Euch die Wahrheit zu sagen. Der damalige Großmeister hatte befohlen, es zu verbrennen, damit die Christenheit nicht in Unruhe gebracht würde. Aber die Zeiten haben sich geändert. Wenn dieses Schriftstück heute noch existiert, soll es dazu dienen, den Glauben zu stärken. Versteht Ihr nun, warum es so wichtig ist, dass wir versuchen, es wiederzufinden?«

»Was genau erwartet Ihr von mir?«, fragte Bertoul.

»Ich denke, dass sich Barthélemy nie von diesem Schriftstück getrennt hätte. Also muss es irgendwo dort versteckt sein, wo er gelebt hat.«

»Und wenn er es irgendwo anders im Wald verborgen hat? In einem hohlen Baum oder in der Nähe eines Baumstumpfes vergraben?«

»Dann können wir das nur noch beklagen«, sagte Évrard. »Aber wenn es nur die geringste Chance gibt, es wiederzufinden,so müssen wir sie nutzen. Wir machen uns also am Tag nach Weihnachten auf den Weg, und Ihr werdet mit uns kommen.«

»Ich habe anderes zu tun!«, brüllte Bertoul.

»Ihr könnt natürlich tun, was Ihr wollt, aber erst, nachdem Ihr uns zu diesem Gut geführt habt und wir diese Hütte gefunden haben.«

»Sie wird inzwischen zerstört sein«, sagte Bertoul. »Es war eine armselige Kate aus Holz und Lehmwänden, die vor zwölf Jahren verlassen wurde.«

»Das werden wir sehen«, entschied Évrard. »Jetzt werden wir Euch Euer Zimmer zeigen, Messire Bertoul. Ihr werdet einige Tage bei uns verbringen, bis wir abreisen. Natürlich könnt Ihr an unseren Gottesdiensten und an der schönen Weihnachtsmesse teilnehmen. Wir bitten Euch, die Villeneuve du Temple nicht zu verlassen. Der Hauptmann der Garnison weiß Bescheid. Und am Tag nach dem Fest der Geburt unseres Herrn wird sich unser kleiner Trupp auf den Weg nach Tournissan begeben.«

»Und was ist, wenn ich mich weigere?«, sagte Bertoul.

»Mein junger Edelknappe, ich fürchte, das Ihr keine Wahl habt.«

Bei den Tempelrittern hatte man offenbar nie eine Wahl. Prüfungen und Kräfte gegensätzlicher Art …

›Ach, ich werde schon einen Weg finden, ihnen früher oder später zu entkommen‹, sagte sich Bertoul, der um nichts in der Welt die Absicht hatte, ihnen als Führer nach Tournissan zu dienen.

Grün

Auch wenn diese Farbe als Unheil bringend angesehen wird, so symbolisiert sie doch die Wiederkehr der Jugend und des Frühlings, und sie beschützt die Liebe, zumal sie außerdem zu den Farben gehört, die der Venus gewidmet sind.

24

Bertoul konnte also die befestigte Ringmauer der Villeneuve du Temple fünf Tage lang nicht verlassen. Die meiste Zeit verbrachte er damit, in dem kleinen, zellenartigen Zimmer, das man ihm zugewiesen hatte, seinen Ärger hinunterzuschlucken. Nachts schlief er mit dem Zauberbuch unter seinem Kopf, und tagsüber zwang er sich zum Studium einiger Seiten, aber es wollte ihm nicht recht gelingen. Seine Gedanken schweiften in alle Richtungen ab. Das kam einerseits daher, dass es ihm häufig so vorkam, als würde er von einem flüchtigen Bild bedrängt, das ihn in Verwirrung stürzte: Blanche, deren undurchdringliches Gesicht ihn anrief. Es war nicht einmal ein Bild, eher eine bewegliche und nicht greifbare Erscheinung, die sich in Rauch auflöste, sobald er versuchte, sich darauf zu konzentrieren.
›Sie fehlt mir einfach zu sehr‹, dachte er, ›aber ich muss durchhalten; außerdem muss ich mich selbst auf die Probe stellen.‹
Ferner wühlten ihn die Enthüllungen der Tempelritter aufs Äußerste auf. Es gelang ihm nicht, sich vorzustellen, dass er der Sohn eines Templers sein könnte, eines tapferen Ritters also, und einer adligen Dame. Sollte sich dies alles bewahrheiten, wäre das Ganze zu groß für ihn, er wäre dem niemals gewachsen. Und wenn es sich später doch als Irrtum herausstellte, dann wäre die Enttäuschung umso unerträglicher.
›Ich bin nur der Sohn des Holzfällers Barthélemy und seiner Frau Mariette, die schön, gut und stark war‹, sagte er sich ein ums andere Mal. ›Ich bin im Wald aufgewachsen, ich habe mit Holzspänen gespielt, und meine Mutter hat aus Waldpilzen ihre Suppen bereitet.‹
Andererseits hatte Mariette Barthélemy immer als ›mein lieber Ehemann‹ angesprochen und er sie ›meine liebe Frau‹ genannt. Die Landbevölkerung pflegte eine weniger liebenswürdige Sprache, und Ber-

toul hatte regelmäßig mitbekommen, wie Dorfbewohner ihre Frauen als ›dreckige Dirne‹ bezeichneten. Diese nannten ihre Männer dann ihrerseits ›widerliches Schwein‹ oder ›stinkender Wurm‹.
Frau Hermelinde hatte es niemals unterlassen, wenn sie dergleichen hörte, die Betreffenden wegen ihrer groben Ausdrücke zu rügen. Bertoul dagegen hatte von seinen Eltern stets nur Worte der Höflichkeit vernommen, auch dann, wenn sie sich Sorgen machten oder ungeduldig wegen irgendeines Ereignisses waren, das ihr Leben bald verändern würde. Und das taten sie in höchstem Maße …
Ja, Bertoul erinnerte sich gut daran: Sie sahen aus, als warteten sie auf günstigere Umstände. Aber weshalb? Er war zu jener Zeit nur ein kleines Kind, dem all das höchst unverständlich war, und wenn er nachts bei ihren Unterredungen erwachte, legte sich seine Mutter zu ihm auf seinen Sack aus Stroh und Farn und sagte leise zu ihm:
»Leg dich wieder hin, Bertoul. Wir werden leiser reden. Das alles ist zu schwierig für dich, aber eines Tages, du wirst schon sehen …«
»Liebste, erschrecke ihn nicht«, tadelte sie dann die gedämpfte Stimme seines Vaters, der sich bemühte, nicht lauter zu reden als notwendig. »Und gaukle ihm nichts vor.«
Bertoul war immer wieder eingeschlafen und hatte nichts weiter gehört … Aber welche Familie lebte nicht in der Hoffnung, dass sich die Dinge bald zum Besseren veränderten? Wer hatte nicht Sorgen und Erwartungen in Bezug auf die Zukunft? Wer führte nicht am Feuer lange Gespräche vor dem Zubettgehen? Auch Barthélemy und Mariette waren da keine Ausnahme.
Bertoul würde wohl nicht umhinkommen, sich den Tempelrittern zur Verfügung zu stellen, jedenfalls solange er sich nicht aus dem Staube machen konnte. Es war ihm verboten worden, die Ringmauer der Villeneuve du Temple zu verlassen, doch ansonsten genoss er völlige Freiheit, sich im gesamten Innenbereich zu bewegen. Die Templer bemühten sich im Laufe des Tages immer wieder, ihn zu beruhigen und zu zerstreuen, doch Bertoul hatte nicht die geringste Lust, ihnen ihre Aufgabe zu erleichtern, indem er seinen guten Willen zeigte und ihnen seine Mitarbeit in Aussicht stellte.

»Ich will meinen Freund Hennequin sehen!«, erklärte er am vierten Tag seiner Haft, dem Vorabend des Weihnachtsfestes.
Und tatsächlich, bereits zwei Stunden, nachdem er seine Bitte geäußert hatte, stand Hennequin vor ihm, mit einer blutroten Wollkappe und hohen Lederstiefeln bekleidet. Er überraschte Bertoul, der im grauen Schnee des Hofes auf und ab ging.
»Man sagt, du seist ein Gefangener unserer lieben Templer«, amüsierte sich Hennequin und umarmte seinen Freund warmherzig.
»Glaub mir, diese Leute sind außerordentlich überzeugend.«
»Stell dir vor, das weiß ich … Schau, ich habe dir ein Festessen mitgebracht, das aber erst nach der Christmette verschlungen werden darf. Es ist ein Geschenk von Frau Félicité.«
Er hielt ihm ein an allen vier Enden zugeknotetes Tuch hin.
»Umarme sie in meinem Namen von ganzem Herzen«, sagte Bertoul. Er wusste nur zu gut, dass Hennequin sich nicht lange bitten lassen würde, dies zu tun. Er spürte durch das Tuch die Umrisse von Fleischwaren und köstlichem Konfekt und seufzte.
»Also, was ist geschehen? Warum hast du mich rufen lassen?«
»Sie wollen, dass ich sie gleich nach Weihnachten zu der Hütte führe, in der ich geboren wurde, in der Nähe von Tournissan. Sie glauben, dass sie meinen Vater kennen.«
»Und weiter?«
»Es gibt eine gute Neuigkeit, und die lautet, dass ich nicht der Sohn eines Leibeigenen bin, wie ich befürchtet hatte.«
»Mein Glückwunsch! Und wozu brauchen sie dich?«
»Mein Vater, der ein Holzfäller war, soll etwas versteckt haben, das für sie von Bedeutung ist. Das heißt, falls sie sich nicht geirrt haben. Jedenfalls lassen sie mich nicht frei, bevor ich ihnen nicht diese Hütte mitten im tiefsten Wald gezeigt habe. Ich weiß nicht einmal, ob ich sie wiederfinden könnte. Und außerdem mag ich ihre ganzen Machenschaften, ihre Befehle und ihre herablassende Art überhaupt nicht.«
»Du wirst dem nicht entkommen, solange es Tempelritter auf dieser Erde gibt.«

»Was mein Vater getan hat und was er vielleicht versteckt hat, das geht sie nichts an. Ich werde alles tun, um ihnen unterwegs zu entkommen. Dann werde ich meine eigenen Wege gehen. Bis sie mich wiederfinden …«

»Oh, so kenne ich dich!«

»Aber ich wollte dir vor allem etwas anderes erzählen.«

Da den beiden allmählich eiskalt wurde, machten sie sich auf die Suche nach einer Taverne. Zum Glück gab es in der Villeneuve du Temple mehrere, die Hennequin zu kennen schien. Er zog Bertoul zu einem niedrigen, düsteren Gebäude, das gut vor dem kalten Luftzug geschützt war, und sie setzten sich einander gegenüber an einen abgesägten Baumstumpf, der als Tisch diente. Sie bestellten einen Becher heißen Kräuterwein, um sich wieder aufzuwärmen. Bertoul war außerdem froh, seinen Sack, der durch das Geschenk von Frau Félicité schwer geworden war, zu seinen Füßen abstellen zu können. Die Wirtin, die vollauf mit dem Festmahl beschäftigt war, das sie nach der Mitternachtsmesse servieren musste, bediente sie eilig und kehrte dann zu ihren Kochtöpfen zurück. So hatten die beiden Kameraden alle Muße, miteinander zu reden, während sie langsam ihren stärkenden Trank schlürften.

»Nun, worum geht's?«, erkundigte sich Hennequin.

»Ich möchte gern, dass du etwas für mich tust.«

»Alles, was du möchtest.«

»Bist du in der Lage, eine Reise zu machen?«

»Natürlich.«

»Ich glaube, dass man die Auskünfte, die ich brauche, ziemlich weit entfernt von hier einholen muss. Ich bin mir allerdings nicht ganz sicher.«

»Ich kann dir alles beschaffen, was du willst, das weißt du doch«, widersprach Hennequin. »Wo immer es auch sei.«

»Gut. Es ist Folgendes, womit ich dich beauftragen möchte: Versuche alles über zwei adlige Familien herauszufinden, was du kannst. Es sind die Auberleaus und die Carmelhacs.«

»Mein Gott.«

›Barthélemy de Carmelhac. Das ist vielleicht mein wirklicher Name. Nein, es ist einfach unmöglich …‹, dachte Bertoul bei sich.
»Kannst du mir mehr darüber sagen?«
»Marie d'Auberleau und Barthélemy de Carmelhac sind vor ungefähr zwanzig Jahren verschwunden. Ich denke, dass die beiden gestorben sind, aber es wäre gut, wenn du mehr herausfinden könntest … Über ihr Verschwinden, über ihre Familien. Er war ein Tempelritter. Ich glaube, sie haben geheiratet, aber möglicherweise heimlich. Wenn er heute noch lebte, wäre er vielleicht fünfzig Jahre alt, sie wahrscheinlich etwas jünger, auch wenn ich mir hier überhaupt nicht sicher bin. Wirst du dich an diese Namen erinnern können?«
»Ja. Marie d'Auberleau und Barthélemy de Carmelhac.«
»Es war von der Komturei von Aulnat die Rede, ich weiß nicht einmal, wo dieser Ort liegt. Der Mann kam offenbar aus dieser Gegend.«
»Gut. Und was soll ich mit diesen Erkenntnissen anfangen?«
»Wenn du etwas findest, diktiere es einem öffentlichen Schreiber und lasse zwei Abschriften davon anfertigen. Eine hinterlegst du in meinem Haus in der Straße der großen Gaunerei. Es gibt da eine Steinfliese, die man mit einer Dolchspitze hochheben kann, im Schlafzimmer. Es ist die sechste Reihe von der Tür aus gezählt, die vierzehnte vom Kamin aus. Darunter lege das Schriftstück, ich werde es früher oder später finden.«
»Und was mache ich mit der anderen Abschrift?«
»Die schickst du nach Vauluisant und bittest das Edelfräulein Blanche, sie für mich aufzubewahren, bis ich komme, um sie zu holen.«
»Gut. Das werde ich tun. Aber kannst du mir noch mehr verraten?«
Bertoul seufzte.
»Leider nein. Ich weiß selber nicht, was das alles zu bedeuten hat.«
»Weißt du, wo dieses Aulnat liegt?«
»Keine Ahnung. Ich habe nicht daran gedacht, nachzufragen.«
»Ich werde mich darum kümmern«, sagte Hennequin. »Mach dir darüber keine Sorgen.«
Bertoul trank seinen Becher aus und begann mit den Fingern auf den mit alten Weinflecken übersäten Holzstumpf zu trommeln.

»Ich werde ganz missmutig und habe düstere Gedanken, wenn ich hier eingeschlossen bleibe! Ich drehe mich den ganzen Tag im Kreis, und dabei hatte ich etwas vor, das viel spannender war, als unter Zwang diesen arroganten Templern als Begleiter zu dienen! Das versetzt mich nicht gerade in gute Laune!«
Aber im Moment konnte er sich nur in Geduld üben.

Bertoul mischte sich unter die Menge der Gläubigen und nahm an der Mitternachtsmesse in der Templerkirche teil, möglichst weit von den weißen Mänteln der Tempelritter entfernt, die ganz vorn saßen. Er dachte an Blanche und betete für sie. Es war ihm immer so, als sähe er sie wie in einem Nebel. Vielleicht könnte eine Wahrsageschale ihm helfen, es zu verstehen …
Nach den letzten Wechselgesängen lehnte er sich an eine Säule und schaute zu, wie sich zunächst der edle und feierliche Zug der Templer in Bewegung setzte, dem schließlich die große Menge der Gläubigen in ihren sauberen und mit Lavendel parfümierten Gewändern in die kalte und klare Nacht folgte.
Er ging verstohlen zu den Kerzenleuchtern und stibitzte sich vier davon, die bereits halb heruntergebrannt waren. Er löschte sie rasch und ließ sie unbemerkt unter seinen Bliaut gleiten.
»Was macht Ihr noch hier, Messire Bertoul? Ihr solltet nun hinausgehen. Ihr seid der Einzige, der noch in der Kirche ist.«
Messire Évrard und seine Freunde hatten offensichtlich Angst, dass er ihnen entfloh, sodass sie ihn sogar in der Kirche überwachten.
»Ich bete noch ein wenig«, antwortete Bertoul kühl.
»Kommt doch jetzt mit uns, es gibt ein Festmahl und einen üppigen Schmaus«, schlug ein Knappe vor, um ihn zu locken.
»Ja, natürlich«, antwortete Bertoul. »Aber ich möchte zuerst zu meiner Zelle gehen, um mich schnell noch etwas frischzumachen.«
In seinem Zimmer angekommen, schlug er den Wachtposten die Tür vor der Nase zu und bereitete seine Unternehmung vor.
Er legte das Tuch, in das Félicité ihre Speisen eingewickelt hatte, auf einen Hocker, dann stellte er darauf eine Schale, in der sich mit Tinte

geschwärztes Wasser befand. Er befestigte die Kerzen notdürftig so, dass sie ein Quadrat bildeten, und zündete sie mit einer glühenden Kohle an. Dann konzentrierte er sich auf den Gedanken an Blanche. Was war das? Rief sie ihn? Oder war das Ganze nur ein Gefühl? ›Jedenfalls wäre es ein Weihnachtsgeschenk für mich‹, sagte er sich, ›wenn es mir gelänge, ihr Gesicht in der Schale zu erblicken.‹

Er hielt den Atem an, als das schwarze Wasser zunächst grau und dann immer klarer wurde.

Mit heftig klopfendem Herzen sah er, wie sich Blanches Gesicht abzeichnete, ihre Haare fielen offen über ihren Rücken, wobei an der linken Seite einige fehlten. Das Ganze war sehr merkwürdig: Ihr Gesicht war ziemlich unscharf, sie kniff die Lippen zusammen, ihre feuerroten Augen glühten und es schien, als sei sie rasend vor Wut. Dann öffnete sie den Mund, und er glaubte zu erkennen, dass ihre Lippen seinen Namen formten: ›Bertoul …‹ War es ein dringlicher Ruf? Das konnte doch nicht sein, es war einfach unmöglich.

Langsam verschwand das Gesicht, Blanches Haare wurden zu Tintenschlieren in der Schale. Und schließlich wurde das schwärzliche Wasser wieder leblos und stumm und ließ Bertoul in gespannter Erwartung zurück.

»Messire Bertoul, kommt Ihr nun endlich?«

Es klopfte immer wieder an der Tür.

»Bald wird nichts mehr übrig sein von den Aal- und Kräuterpasteten, sie werden schon mit dem gefüllten Kapaun begonnen haben …«

Resigniert räumte Bertoul rasch seine Utensilien weg, ergriff seinen Sack und ging hinaus, bereit zu schlemmen wie alle anderen, zu Ehren der Geburt unseres Herrn, des Retters aller Menschen.

Eisenkraut

Das Eisenkraut ist eine Venuspflanze,
die die Liebesflammen wieder aufflackern lässt,
wenn sie ein wenig schwach geworden sind.
Schneidet es mit einem frisch geschliffenen
Messer und sprecht dazu folgende Worte:
»Ich pflücke dich, du mächtiges Kraut,
damit du meinen Absichten dienst.«
Dann entfernt Euch, ohne Euch umzudrehen,
bereitet aus dem gesammelten Kraut ein Pulver
und gebt es der Person zu trinken, die Ihr liebt,
damit sie Euch alsbald in die Arme fällt.

25

Zwei Wochen waren sie nun schon zu Pferd unterwegs. Bertoul, die vier Tempelritter, sein Leibwächter Renaud, der Bertoul nicht eine Sekunde lang aus den Augen ließ, und ein Trupp von ungefähr zwanzig Soldaten. Sie ritten in einem rücksichtslosen Tempo, stolz wehten die Banner mit den Farben des Tempels an ihren Lanzen.
Nachts schliefen sie in einer Komturei, in Pilgerherbergen oder einer Abtei, oder sie errichteten trotz der Kälte sogar ein Notlager im Wald. Am nächsten Morgen machten sie sich noch vor Sonnenaufgang wieder auf den Weg.
Bertoul, der nie ein geschickter Reiter gewesen war, machte rasante Fortschritte, auf Kosten seines Allerwertesten und geplagt von Muskelkater, der ihm zum Martyrium wurde. Gegensätzliche Kräfte, Prüfungen, Mut. Das Zauberbuch irrte sich tatsächlich niemals …
›Es würde mich wundern, wenn ich der Sohn eines guten Ritters wäre‹, sagte er sich, während Wiesel in einem höllischen Galopp dahinstob, der ihn im Sattel auf und nieder hüpfen ließ.
Abends in der Komturei oder im Zelt gab ihm der gute Renaud ein Ölfläschchen mit eingelegten Kräutern, damit er sich damit einrieb, und er trieb seine Dienstfertigkeit so weit, dass er ihm sogar die Rippen massierte. Bertoul schlief daraufhin sofort ein, und am nächsten Morgen ging es schon wieder weiter.
Nicht die kleinste Sekunde lang war auch nur daran zu denken, der Bewachung seines Aufsehers zu entrinnen. Dafür war er viel zu erschöpft.
Er war nicht in der Lage, an irgendetwas sonst zu denken. Weder an Blanche noch an seine mögliche Verwandtschaft mit Barthélemy de Carmelhac und Marie d'Auberleau, noch an eine Hilfe, die das Zauberbuch ihm hätte geben können, noch an die Eulen, die ihm

unlängst wie ein glückliches Omen erschienen waren, als er sie am Himmel erblickt hatte. Er ließ sich wie ein schwankender Sack voller Nüsse herumschleppen, und jeder weiß, dass ein Sack Nüsse weder Gedanken noch Erinnerungen hat. Von Zeit zu Zeit drangen Fetzen von Worten in sein Bewusstsein.

»Wir nähern uns unserem Ziel«, verkündete Évrard de Cezain, der Anführer der Expedition, jede Stunde, die verging.

Ohne Schwierigkeiten war es den Templern nach einigen Vorarbeiten gelungen, ungefähr auszumachen, wo Tournissan lag, nämlich in der Diözese von Puy, in geraumer Entfernung ihrer Komturei von Marlhes. Die Unterkünfte waren für sie bequem zu erreichen, sie brauchten nicht lange nach dem Weg zu suchen, und der kleine Trupp konnte in aller Sicherheit zum Ziel gelangen.

Eines Abends, kurz vor Einbruch der Dunkelheit, als die kleine Kolonne etwas langsamer wurde, erblickte Bertoul am aschfarbenen Himmel zwei Eulen, die dort in aller Ruhe gemächlich ihr weiten Kreise zogen. Eulen! Er war gerührt, und es schien, als verkündeten sie, dass seine Qualen bald ein Ende hätten. Er ließ sein Pferd in Schritt fallen, trotz der Klagen Renauds, der nicht wollte, dass er hinter der Kolonne zurückblieb.

»Beeilt Euch, beeilt Euch, Messire Bertoul!«

Aber Bertoul zog an den Zügeln seines Pferdes und hielt an. Die Eulen kreisten in einer solchen Höhe am sich rasch violett färbenden Himmel, dass Renaud und die anderen sie nicht sahen. Doch Bertoul erkannte sie ganz genau und er war von ihrem weiten und leichten, einem Tanz ähnelnden Flug fasziniert. Die zwei Raubvögel änderten ein wenig ihre Bahn, verengten ihre Kreise und tauchten dann plötzlich senkrecht vor ihm herab. Da erkannte Bertoul plötzlich alles wieder: Er hatte nicht bemerkt, dass er bereits am Ziel angelangt war, die Eulen hatten ihm erst die Augen öffnen müssen. Was nutzte ihm seine außergewöhnliche Sehkraft, wenn er nicht imstande war, mit offenen Augen um sich zu blicken!

Die Landschaft war ihm plötzlich wohlbekannt. Hier, ja natürlich, das war die Mühle von Boisrenard, zwei oder drei Meilen vom Schloss Tournissan entfernt. Und dieser Hügelkamm, das war der Rigodon-au-Diable, wo die Leute glaubten, dass dort nachts im rötlichen Mondschein der Böse tanzte. Er wusste, dass links die Schlucht von Charnay und rechts der Wasserlauf der Merlette war, kaum größer als ein Bach. Tournissan, von einer sanften, kleinen Bergkette verdeckt, war nur wenige Stunden zu Fuß entfernt und noch weniger zu Pferde.

Warum enthüllte Bertoul den Templern nicht, dass sie angekommen waren und dass die Hütte, die sie suchten, nur einige Meilen südwestwärts lag? Er weidete seine Augen an der verschneiten Landschaft, die sich immer mehr ins Lila verfärbte. Die Eulen waren verschwunden.

Er trieb sein Pferd an, und es setzte sich wieder in Bewegung.

»Schneller, Messire Bertoul, gebt Eurem Pferd die Sporen!«

Bertoul gehorchte frohen Herzens.

Der Trupp setzte eine weitere Stunde lang seinen Weg nach Süden fort, um das Tageslicht so lang wie möglich zu nutzen.

Évrard ließ die Pferde schließlich in der Nähe einer Abtei anhalten und fragte:

»Sind wir endlich angekommen, Messire Bertoul?«

»Ich weiß nicht«, antwortete Bertoul zögernd. »Aber unser Ziel kann nicht mehr weit entfernt sein.«

»Gut, dann werden wir hier um Aufnahme bitten.«

Außerdem setzte von allen Seiten her, sowohl in der Nähe wie in der Ferne, ein beunruhigendes nächtliches Geheul ein.

»Es scheint, als kämen wir gerade noch rechtzeitig an«, bemerkte Isambart du Sourre, »sonst müssten wir erst einmal einige Wölfe mit unseren Lanzenspitzen aufspießen!«

Die Templer und ihre Männer lachten über den kleinen Scherz.

Die Mönche empfingen den Trupp mit unzufriedenen Mienen. Besaßen die Templer denn nicht selbst genügend Komtureien, Häuser und Reichtümer? Mussten sie auch noch die bescheidensten Abteien heimsuchen?

»Wisst Ihr, wo das Gut Tournissan liegt?«, fragte Évrard sogleich den Bruder an der Pforte nach den üblichen Begrüßungen und stieg vom Pferd.

Für diesen war es Ehrensache, ihm keine aufrichtige Antwort zu geben.

»Ich denke«, sagte er, »dass es wohl acht oder zehn Meilen gegen Süden liegt, aber ich kann mich irren. Es ist gut fünfundzwanzig Jahre her, dass ich diese heiligen Mauern zum letzten Mal verlassen habe.«

Das waren beides niederträchtige Lügen. Zum einen hatte er die Abtei oft verlassen und zum anderen wusste er sehr wohl, dass Tournissan nur zwei Meilen westlich lag. Selbst wenn man eine Tonsur trug, war man deswegen noch lange kein ehrlicher Mensch.

»Gut«, sagte Évrard. »Wir werden also morgen Abend dort sein.«

Man wies den Templern einen kleinen Raum mit Strohsäcken zu und den Soldaten einen anderen. Évrard bat darum, Bertoul in einer gut verschlossenen Zelle einzuquartieren.

»Das werden wir tun«, sagte der Propst, ohne weitere Fragen zu stellen.

Munter und ausgelassen nach dem langen Ritt, begaben sich alle in den Speisesaal für Reisende.

»Ihr lieben Templerbrüder!«, protestierte der Propst. »Es ist Winter und wir beherbergen hier oft Pilger, aber Ihr kommt mit mehr als zwanzig äußerst hungrigen Männern daher. Wir können nicht uneingeschränkt aus unseren Vorräten schöpfen, die schon beträchtlich geschrumpft sind. Darum, ich bitte Euch, haltet Euren Appetit im Zaum.«

»Wir werden Euch alles ersetzen«, sagte Évrard de Cezain streng. »Ihr werdet den Verwalter der Komturei von Marlhes mit einem Gruß von mir aufsuchen und ihm eine Rechnung über unsere Schuld vorlegen. Er wird Euch geben, was angemessen ist.«

»Oh, meine Brüder, meine Brüder …«, klagte der Propst, als er sah, wie die Soldaten der Templer im Laufe eines einzigen Abends den Vorrat für die nächsten drei Monate verschlangen.

Die Ermahnungen zur Mäßigung fruchteten nicht. Und so vernachlässigte der Propst bewusst, gewissermaßen als Vergeltung, die Anordnung, Bertoul in seiner Zelle einzuschließen, als sich alle zur Nachtruhe zurückzogen.

Zum ersten Mal seit seiner Abreise war Bertoul allein, ohne zu bemerken, dass sein Kämmerchen nicht verriegelt war. An diesem Abend war er alles andere als müde. Draußen in der Nacht heulten Raubvögel, es klang wie Rufe. Er fühlte sich wie neugeboren und rieb sich die Hände.

Er musste also fliehen. Dies war die richtige Nacht dafür. Aber da er seit Weihnachten zum ersten Mal wieder allein war, würde er zuvor das Wissen anwenden, über das er dank des Zauberbuchs verfügte.

Blanche …

Ihr Bild verfolgte ihn weiterhin. Während der letzten vierzehn Tage hatte er sie, wenn er sich völlig erschöpft endlich hatte gehen lassen können und die Qualen des Reitens einen Augenblick lang vergaß, im Halbschlaf immer wieder vor sich gesehen, ein wenig verschwommen, sehr vage, sich zu ihm wendend, als ob sie ihn riefe.

Er musste mehr erfahren.

Er leerte seinen Kopfkissenbezug und breitete das Stroh auf dem Boden aus. Als Gefäß verwendete er den Krug mit eiskaltem Wasser, der in der Zelle stand, und nachdem er etwas Tinte hineingefüllt hatte, befestigte er daneben die vier Kerzenstümpfe, die er in seinem Geldbeutel aufbewahrt hatte. Er rieb sein Feuerzeug, und bald erhellten vier kleine Flammen den Raum mit spärlichem Licht.

Er konzentrierte sich, flehte den Geist Magnus Gurhavals um Hilfe an und bat die göttlichen Mächte, die ihn jetzt vielleicht hörten:

»Blanche de Vauluisant, braucht sie mich?«

Die Oberfläche des schwarz gefärbten Wassers schimmerte. Nach längerem Warten belebte sie sich. Bertoul erkannte kleine, weiße, in Reihen angeordnete Dreiecke. Rote Lichtpunkte. Das Bild wurde deutlicher: Es waren Wölfe. Wölfe, die ihre Reißzähne zeigten. Das Bild, das er sah, ließ ihn auf die Füße springen, er warf den Krug um, befleckte den weißen Kissenbezug mit Tinte und löschte dabei zwei Kerzen aus.

»Mein Gott … Blanche … die Wölfe …«

Er konnte unmöglich länger hierbleiben. Das Fenster war nur eine halbe Spanne breit, eine Flucht war aussichtslos. Évrard hatte angeordnet, die Tür zu verschließen, und das Schloss erschien ihm riesig. Er hängte sich an den Türgriff und begann daran zu rütteln. Zu seiner Überraschung bewegte er sich und die Tür ging auf.

Schnell schloss er sie wieder.

›Ich bin nicht eingeschlossen. Das muss ein Irrtum sein. Oder es ist eine Falle … Das ist die Gelegenheit, diesen Templern zu entkommen. Dann kann ich Blanche wiedersehen und sie vielleicht beschützen, wenn es hier Wölfe gibt. Doch ich muss klug handeln.‹

Zunächst sammelte er all seine Habseligkeiten zusammen und steckte sie in seinen Sack, bis auf das Zauberbuch. Dann setzte er sich auf das Bett, legte das dicke Buch in seinen Schoß und schlug es in der Mitte auf. Vor seinen Augen erschien eine »Geheime Anweisung, wie man Wölfe nicht zu fürchten braucht und sie außerdem dazu bringt, seinem Willen zu folgen«.

Er las den Text sorgfältig und machte sich an die Arbeit. Es handelte sich lediglich um eine recht schwierige Formel, mit unverständlichen Ausdrücken, die er auswendig aufsagen musste, »ohne Furcht und ohne Zögern«, wie betont wurde. Damit verbrachte er eine Stunde, wobei er trotz seines Mantels fror.

Als er das Zauberbuch wieder schloss, bemerkte er, dass der Rubin seine Farbe ein wenig verändert hatte und glänzte, als wäre in seinem Inneren eine kleine Flamme entzündet worden.

›Was willst du mir sagen, Rubin? Welches Geheimnis birgt deine Flamme? Gibt es da etwas, das du mir zu verstehen geben willst?‹

Er öffnete unvermittelt das Buch und erblickte folgende Worte:

»Die erste Pflicht des Magiers besteht darin, die wahre Liebe überall da zu erkennen, wo sie sich zeigt.«

Dieser Satz schien so etwas wie ein Eigenleben zu entfalten, wahrscheinlich weil er von Magnus Gurhaval in schönster Kalligrafie niedergeschrieben worden und von Hermelinde de Tournissan immer wieder und wieder gelesen worden war – zwei Menschen, die die wahre Liebe, die zwischen ihnen lebte, tatsächlich erkannt hatten.

›Ich weiß von nun an«, sagte Bertoul zu sich, ›dass ich Blanche de Vauluisant liebe. Doch wie kann man erkennen, dass es sich um wahre Liebe handelt? Wie geht man vor, um das herauszufinden?‹

Er schlug das Zauberbuch zu. Im Rubin glaubte er die flüchtigen Umrisse von Magnus und Hermelinde zu erblicken, die sich entfernten. Dann verlor der Edelstein zusehends sein Licht, und Bertoul schob das Buch in seinen Sack zurück.

Er durfte sich jetzt nicht länger aufhalten lassen. Blanche brauchte ihn, um sie gegen die Wölfe zu schützen.

Er zog seinen Mantel enger um sich, setzte seine Kappe auf und öffnete leise die Tür seiner Zelle. Nirgendwo ein Licht, kein Geräusch, niemand. Die letzte Abendandacht, die *Komplet,* war zu Ende, die Mönche schliefen bereits, bis die Glocke sie zur Frühmesse wieder wecken würde. Bertoul bewegte sich wie auf Samtpfoten die gefliesten Flure entlang.

Er ging durch eine Tür, dann durch eine weitere und bemühte sich, nicht die Orientierung zu verlieren, bis er sich schließlich in einem von Fußspuren durchzogenen Hof wiederfand.

Vorsichtig bewegte er sich vorwärts. Die kleine Wachstube des Pförtners, der zu dieser Stunde wie alle anderen schlief, war ordentlich verschlossen. Aber die Ringmauer, die die Abtei schützte, war nicht besonders hoch, man konnte sie gut erklimmen. Bertoul entdeckte einen abgestellten Handkarren, den er zum Fuß der Mauer zog. Und nur einen Augenblick später, nach einem großen Sprung, war er auch bereits im Freien.

Er fühlte nach seinem Sack: Seine Fidel hatte ein kleines klirrendes Geräusch von sich gegeben, war aber unversehrt geblieben. Seine treue Begleiterin hatte ihn nie verlassen, seit Jacquemin-Loriot, sein alter Meister, sie ihm geschenkt hatte! Sie war kein geheimnisvol-

les, magisches oder wertvolles Stück wie das Zauberbuch, aber für Bertoul war sie zur guten Begleiterin seiner drei Abenteuerjahre geworden.
Er streichelte sie in seinem Sack und machte sich auf den Weg.

Es hatte zu schneien aufgehört, und seine gut sichtbaren Spuren würden ihn verraten, sobald man sein Verschwinden bemerkt hätte. Er vermutete, dass er höchstens zwei oder drei Stunden Vorsprung haben würde. Das war nicht genügend Zeit, um bis nach Vauluisant zu gelangen. Dennoch wählte er diese Richtung und murmelte unablässig die lange Formel, die die Wölfe fernhielt:
»Ich beschwöre euch, ihr Wölfe aller Art, mich, Bertoul Beaurebec, nicht mit eurem Geheul zu ängstigen, mich nicht anzugreifen, mich nicht zu verschlingen. Ich beschwöre euch, dass ihr die Macht verliert, mein Blut zu vergießen, mich zu verletzen oder zu töten. Ich beschwöre euch, mir folgsam zu gehorchen, wenn ich euch einen Befehl gebe, und wieder zu verschwinden, wenn ich es euch befehle. Barnasa, Leutias, Bucella. Agla, Agla, Agla. Tetragrammaton, Adonai, Amen!«

Tinte

Die Talismane der Liebe
sind sehr viel wirksamer,
wenn man sich anstelle
von normaler Tinte
einer Mischung aus
Moschus, Safran und
Rosenwasser bedient.

26

Geheimer Zusatz zu den Archiven des Gutes Vauluisant. Persönliche Notizen von Eudes Gerbaud, Verwalter des Gutes und des Schlosses im Jahre des Herrn 1232 (Auszüge)

23. Dezember

Ich habe die Rechnungsbücher aus diesem Herbst durchgesehen: Alles steht bestens. Das war auch vorauszusehen. Ich habe mich stets bemüht, beim Kalkulieren der Vorräte und der Finanzen von Vauluisant die größte Genauigkeit an den Tag zu legen. Das Gut ist reich, und ich darf mich rühmen, dass es nicht nur vollkommen organisiert ist, sondern dass ich der alleinige Urheber dieses Wohlstandes bin.

Ich werde eine weitere Truhe für unser Geld anfertigen lassen, diesmal eine etwas größere, die mir unser Schmied mit Eisenbändern verstärken soll. Sie kommt zu den anderen, ins Versteck in meinem Arbeitszimmer, und sie wird bald ebenso gut gefüllt sein.

Ich habe die alleinige Verantwortung darüber, wie das Geld in Vauluisant ausgegeben werden soll. Das ist der Auftrag, den mir Frau Maguelonne anvertraut hat, und nie habe ich dagegen verstoßen. Endlich bin ich wieder der einzige Zahlmeister hier geworden. Kein unwissendes und verschwenderisches Mädchen wird mehr kommen und mit vollen Händen aus meinen Truhen schöpfen.

Der Friede wäre vollkommen, wenn wir nicht jede Nacht vom Heulen der Wölfe in Schrecken versetzt würden. Die Treibjäger haben keinen einzigen von ihnen erlegt. Doch sie können nicht weit sein, und sie sind zahlreich. Seit dem ersten Schnee sind die Schafe in die Ställe gebracht worden, dennoch ist es den Wölfen auf geheimnisvolle Weise gelungen, einige von ihnen ins Freie zu locken und sie dann zu reißen.

26. Dezember

Zu Weihnachten habe ich nach der Messe einige Denare an die Leute vom Schloss verteilen lassen, und um das Herz der Landleute zu erfreuen, habe ich drei Fässer Wein anstechen lassen. Ich habe ihnen erlaubt, ihre Pasteten im Ofen des Schlosses zu backen, um sie dafür zu belohnen, dass sie an Sankt Michael ihre Abgaben geleistet haben. Der Kaplan hat eine schöne Messe gelesen. Dieses Mal in der Dorfkirche und nicht in der Schlosskapelle. Ich habe in der ersten Reihe gesessen, in meinem Wolfspelzmantel und in Begleitung meiner Cousine Gillette.

Das Edelfräulein hat nicht teilnehmen können; es ist krank und ans Bett gefesselt. Die ganze Gemeinde hat mit Inbrunst gebetet, auf dass es wieder gesund werde.

Morgen ist der Tag der Unschuldigen Kinder. Die armen Kleinen! Ungerecht zum Tode verurteilt, aufgrund des Wahnsinns ihres Königs! Und dabei hatten sie gar nichts verbrochen.

2. Januar 1233

Das Edelfräulein ist immer noch leidend und bleibt auf seinem Zimmer. Gillette gibt ihr Kräutertee aus Mohn und Opium zu trinken, die sie den ganzen Tag schlafen lassen. Wir haben den Schlossbewohnern erklärt, dass die Krankheit ihre Zeit benötigt und sich nur langsam Zeichen einer Besserung zeigen. Allein Gillette und ich pflegen sie mit Hingabe, denn wir haben vorgegeben, die Krankheit könnte vielleicht ansteckend sein. Im Frühling und wenn das Wetter schöner wird, wird es der Kleinen sicher besser gehen. Man erkennt sie gar nicht wieder, sie ist nur noch ein Schatten ihrer selbst. Wer ist sie wirklich? Manchmal weiß ich es selbst nicht mehr. Ein bezahltes Mädchen, das die Rolle unseres Edelfräuleins einnimmt. Wir brauchen sie. Sie ist wie die richtige Blanche, die verschwunden ist.

Ich habe beschlossen, ihr monatlich ein Pfund für ihren Bruder zu geben. Am Ende von etwas mehr als vier Jahren denke ich, dass sie sich ausreichend an ihre Aufgabe – das heißt, an ihren wahren Stand als Edelfräulein von Vauluisant – gewöhnt hat, sodass sie uns kei-

nen Ärger mehr machen wird. Auf diese Weise wird sie uns für Geld dienen, denn ein Pfund im Monat ist sehr viel mehr, als was sie als Magd je hätte verdienen können.
Der junge Herr Raoulet de Mauchalgrin hat uns keine Neuigkeiten über das Buch, das er suchte, zukommen lassen.
Ich nehme an, dass er seine Diebin an den Pranger gestellt hat. Und ich hoffe, dass sie schnell gestanden und er nicht gezögert hat, sie hinrichten zu lassen.

3. Januar

In einer einzigen Woche sind von den Wölfen zwölf Schafe getötet und gefressen worden. Die Bauern sind besorgt und wütend zugleich, sie wollen den wilden Tieren das Fell abziehen und finden, dass unsere Soldaten viel zu gut genährt sind, um durchzugreifen.
Ich bin in die Dörfer hinuntergegangen, mit sechs Mann Begleitung, um ihnen zu sagen, dass die Treibjagden andauern, dass es aber an ihnen ist, ihr Vieh gut zu bewachen.
Sie blicken mir nicht mehr offen ins Gesicht. Ich habe ihnen empfohlen, ihre Kinder nicht unbeaufsichtigt herumlaufen zu lassen.
Ein besonders Aufsässiger unter ihnen hat das Wort ergriffen:
»Wenn eines unserer Kinder von den Wölfen verschlungen wird, so werden wir zum Schloss hinaufkommen und uns an Euch rächen.«
Ich habe ihn auf der Stelle von den Wachen durchprügeln lassen. Damit jeder sofort begreift, dass ich mir nicht drohen lasse.

4. Januar

Heute Morgen fanden wir im Vorhof des Schlosses eine lange und frische Wolfsspur im Schnee. Niemand konnte erklären, wie das Tier herein- und wieder hinauskommen konnte. Die drei Wachtposten, die in dieser Nacht Dienst hatten, habe ich in den Kerker sperren lassen. Doch die Männer haben mir versichert, dass die Tür die ganze Nacht über verschlossen gewesen sei, und es gibt keinen weiteren Zugang zum Hof. Der Wolf kann doch nicht über die Mauer gesprungen sein!

Die drei Männer habe ich für die nächsten drei Tage auf Wasser und Brot gesetzt. Sie können froh sein, dass ich ihnen nicht ein Ohr abschneiden lasse.

5. Januar

Heute entdeckten wir im Hof die Spuren einer ganzen Meute. Das ist völlig rätselhaft.
Ich musste Gaucher Sevestre in seinem widerlichen und stinkenden Kerkerloch aufsuchen, um ihn um eine Erklärung zu bitten. Doch alles, was er mir sagte, war:
»Du siehst nun, dass du mich wieder freilassen musst, sonst wird es bald ein Unglück geben ... Und nicht ich werde dafür die Verantwortung tragen ...«
Aus Schwäche, ich gebe es offen zu, habe ich schließlich nachgegeben. Gaucher ist heute Morgen freigelassen worden. Aufrecht ist er davongegangen, als hätte er nicht seit zehn oder fünfzehn Tagen gefastet, auf diesen lächerlichen Hirtenstab gestützt, den er überall mit sich herumschleppt. Sobald er über die Zugbrücke gegangen war, hat ein jeder die Rufe der Wölfe hören können. Rufe, die ... wie soll man sagen, fröhlich klangen. Aber die wilden Tiere haben sich nicht gezeigt, und Gaucher ist im Wald verschwunden.

8. Januar

Seit ich den Wolfsführer freigelassen habe, hören wir nichts mehr, wir haben unsere Ruhe. Ich weiß nicht, wohin er seine wilden Tiere hat führen können, die ihn, soweit ich weiß, verehren, vielleicht halten sie ihn ja für einen ihrer Götter. Kann ein Wolf einen Gott haben? Ich würde eher glauben, dass es ein Teufel ist. Aber sei es, wie es wolle: kein Heulen mehr, kein getötetes Schaf mehr.
Wenn nicht der Schnee wäre, von dem jeden Tag noch ein wenig fällt und der die weiße Decke jedes Mal erneuert, wären wir in Vauluisant völlig ungestört. Es geht uns gut. Gillette stickt eine Borte für meinen nächsten Bliaut. Und Blanche de Vauluisant schläft, betäubt von dem Mohntrunk.

Rose

Die Rose ist das Liebessymbol schlechthin.
Um die Person anzuziehen, für die
Euer Herz schlägt, müsst Ihr Euch in die
Mitte eines Kreises aus Rosenblättern stellen,
die Augen schließen und dann ganz stark
an die geliebte Person denken.
Danach sammelt die Blütenblätter und
tragt sie in einem kleinen Säckchen
aus rosa Seide bei Euch.

27

Jodelle, die falsche Blanche de Vauluisant, war im Zimmer der echten Blanche eingeschlossen worden. Wie sich diese beiden Schreckschrauben Gillette Dourdon und Eudes Gerbaud doch um sie kümmerten! Kleine Aufmerksamkeiten, aber auch Gehässigkeiten, Scheinheiligkeiten, Heuchelei! Denn sie brauchten sie noch. Und leider brauchte sie das Geld so dringend. Sie hatten sie nicht vergiftet, wie sie befürchtet hatte, doch sie verabreichten ihr offenbar Drogen, denn sie dämmerte den ganzen Tag vor sich hin.
›Ich als Schlossherrin. Was für ein grauenhafter Scherz!‹
Währenddessen war die wahre Schlossherrin wohl schon hingerichtet worden, und das durch ihre Schuld – von einem jungen Adligen, der aus allen Poren nach Sittenlosigkeit stank und der ihr wegen Anmaßung unrechtmäßiger Identität ebenfalls mit dem Galgen gedroht hatte. So gab es für sie keinen Ausweg; sie saß tatsächlich in der Klemme.
Ihr Leben, das schwor sie sich, würde sie damit verbringen, ihre Schuld zu sühnen, wenn ihr Bruder erst einmal befreit wäre.
Sie streifte den falschen Ring mit dem Wappen von Vauluisant von ihrem Finger und legte ihn auf den Tisch, sie wollte diese Imitation nicht mehr tragen. Dann streckte sie sich unter der weichen Decke des großen Bettes von Blanche de Vauluisant aus. Es gelang ihr einfach nicht, die Augen offen zu halten.

Sobald der Trupp in den Schlosshof von Tournissan eingeritten war, bemerkte Blanche den Galgen mit dem neuen Seil und den Pranger, der vor kurzem auf der Wiese direkt vor der Zugbrücke errichtet worden war.
›Arme Frau Hermelinde‹, dachte sie. ›Euer schönes Schloss ist sehr heruntergekommen …‹

Sie war nur einmal in ihrer Kindheit zusammen mit ihren Eltern hier gewesen, sie mochte damals sieben Jahre alt gewesen sein. Frau Hermelinde hatte sie als feinfühlig und lebhaft erlebt und sie gefragt: »Willst du alles über Pflanzen und ihre Heilkräfte lernen?«
Blanche hatte zugestimmt, und Hermelinde hatte sie jedes Mal, wenn sie nach Vauluisant oder Flamincourt kam, in dieser Wissenschaft unterrichtet. Blanche war intelligent und merkte sich die Dinge rasch und gut: Die Botanikstunden hatten zwar nicht sehr häufig stattfinden können, doch sie hatte den größtmöglichen Nutzen daraus gezogen und sich später bei einigen alten Bauersfrauen weitergebildet, die ebenso viel davon verstanden.
Frau Hermelinde war so sachkundig, so gelehrt in allen Wissenschaften. Es war mehr als ein Vergnügen, bei ihr zu lernen, es war eine Freude, ja ein Fest. Sie hatte dem jungen Edelfräulein oft empfohlen, lesen zu lernen, was sie jedoch vernachlässigt hatte. Aber was die Pflanzen betraf, die kannte sie jetzt in- und auswendig.
Blanche erinnerte sich nicht, Bertoul in Tournissan je gesehen zu haben, doch vielleicht war sie ihm dennoch irgendwann einmal begegnet, an einem weit zurückliegenden Tag. Jedenfalls hatte er hier viele Jahre lang gelebt. Er war durch diesen Hof gegangen, hatte sich in diesen Gebäuden aufgehalten, war diese Treppe hinaufgestiegen, er hatte seine Augen über diese Landschaft schweifen lassen.
Blanche spürte, dass diese Vorstellung sie eigenartig berührte, trotz ihrer so stramm gefesselten, blutigen Handgelenke und der Kälte, die sie bis ins Mark durchdrang und ihre Hände blau anlaufen ließ, als seien sie abgestorben. Tournissan war für sie von der einstigen Gegenwart Hermelindes de Tournissan und Bertouls erfüllt.
»Ich möchte zum Grab von Frau Hermelinde gehen«, sagte sie, während Raoulet vom Pferd stieg.
»Nur, wenn Ihr Euch dem beugt, was ich fordere«, war die Antwort.
»Würdet Ihr mir bitte diese Fesseln lösen?«, sagte sie.
»Sicher nicht, solange Ihr meine Gefangene seid. Aber es hängt natürlich ganz von Euch ab, wie lange dieser Zustand andauern soll.«
Natürlich. Hatte sie etwas anderes erwartet?

Ein Stallknecht warf einen neugierigen Blick auf das schöne Edelfräulein mit den zusammengebundenen Händen.
»Ihr werdet Gerede im Schloss auslösen«, bemerkte sie.
»Das ist ohne Bedeutung«, sagte Raoulet. »Kommt mit mir. Wir haben etwas miteinander zu besprechen.«
Sie traten in ein schönes, helles und warmes Zimmer, in dem eine gewisse Unordnung herrschte: Schmutzige Schalen und verschiedene andere Gegenstände lagen auf dem Boden, die Vorhänge waren zerrissen. Auf dem Stehpult Frau Hermelindes lag kein aufgeschlagenes Buch, doch an einem der geschnitzten Ornamente war ein Becher am Henkel aufgehängt. Es schwebte ein undefinierbarer Geruch in der Luft, eine Mischung aus Rauch, verdorbenen Nahrungsresten, nassem Hundefell und schmutziger Wäsche.
Blanche rümpfte unauffällig die Nase. Dennoch empfand sie die milde Temperatur als wohltuend, und sie spürte, wie sich die Wärme langsam in ihrem Körper ausbreitete. Das Blut begann schmerzhaft in ihren starren Fingern zu pulsieren.
Raoulet setzte sich in einen Sessel beim Feuer. Er befahl Griffon, Blanche die Fesseln abzunehmen, und lud sie ein, sich ihm gegenüber zu setzen. Das tat sie, wobei sie sich bemühte, die stolzen Bewegungen einer adligen Dame zur Schau zu tragen: Sie zog ihren Mantel mit einer weitläufigen Geste aus und hielt ihn, ohne ihn anzublicken, Griffon hin, der hinter ihr stand und ihn automatisch ergriff. Sie strich ihr Kleid glatt, beugte grazil ihre Knie und setzte sich ein wenig seitwärts gewandt in ihren Sessel, hob das Kinn und lehnte sich leicht an, wobei sie eine Position genau gegenüber Raoulet einnahm und ihre Hände auf ihre zusammengedrückten Knie legte. Sie bedeckte mit den Fingern der rechten Hand die der linken, sodass der Siegelring der Vauluisants gut sichtbar war.
Raoulet lächelte spöttisch.
»Immer noch die große Dame spielen, was? Ich wette, dass Ihr innerhalb einiger Tage Euren ganzen Stolz abgelegt haben werdet.«
»Was wollt Ihr von mir wissen, Messire Raoulet?«, sagte Blanche völlig unbeeindruckt und mit eisiger Stimme.

»Zieht Ihr es vor, mein liebes Edelfräulein von Vauluisant, mir zunächst mitzuteilen, dass Ihr einverstanden seid, mich zu heiraten? Oder wollt Ihr mir zuvor von dem Zauberbuch mit dem Rubin und demjenigen, der es mir geraubt hat, erzählen?«
»Ich werde Euch von dem Zauberbuch erzählen«, sagte Blanche.
Raoulet sank vor Verblüffung der Unterkiefer herab. Dann schluckte er. Er hatte damit gerechnet, härter durchgreifen zu müssen, damit sie sich bereit erklärte, ihm alles zu gestehen.
»Vom Zauberbuch … tatsächlich?«
Er zog misstrauisch eine Augenbraue hoch.
»Ja, wirklich.«
»Nun, ich höre.«
»Das Zauberbuch, Messire Raoulet, hat seine ursprüngliche Gestalt wieder angenommen und ist nicht mehr das Kochbuch, mit dem ich Euch bewusstlos schlug.«
»Ich verbiete Euch, davon zu sprechen!«
»Das Zauberbuch ist wieder ein magisches Buch. Es enthält wieder seine magischen Anweisungen und seine Worte der Weisheit. Sein Rubin strahlt in der Mitte des Einbandes.«
»Habt Ihr es gesehen?«
»Ja. Ich habe es in die Hände von Bertoul Beaurebec zurückgelegt.«
»Er ist also nicht tot? Er ist nicht in der Seine ertrunken?«
»Nein.«
»Ist er derjenige, den Euer Verwalter gesehen und den er mir gegenüber erwähnt hat?«
»Ja.«
»Man hat mich also belogen!«, brüllte Raoulet.
Er erhob sich und warf in seiner Wut einige Gegenstände zu Boden, während Blanche, die Hände immer artig in ihrem Schoß übereinandergelegt, abwartete, bis er den Wunsch äußerte, sie solle ihm den weiteren Hergang berichten.
»Und wo wart Ihr während dieser Zeit?«
»Ich habe es Euch doch gesagt: Ich habe das Zauberbuch seinem rechtmäßigen Eigentümer zurückgegeben.«

»Und er ist nicht mehr dort? Stimmt das?«
»In der Tat, er hat Vauluisant verlassen.«
»Um nach Paris zurückzukehren, nehme ich an«, sagte Raoulet äußerst befriedigt.
Er rieb sich die Hände: Es würde einfach für ihn werden, den Spitzbuben in der Straße der großen Gaunerei in die Enge zu treiben.
»Keineswegs«, sagte Blanche.
Raoulet hielt mitten in der Bewegung inne und ließ sein Kinn wieder herunterfallen.
»Wo steckt er denn?«
»Ich werde es Euch sagen, aber wisset, dass Ihr daraus keinerlei Nutzen ziehen könnt«, sagte Blanche.
»Darüber lasst mich allein urteilen.«
»Nun gut. Bertoul Beaurebec ist auf dem Weg nach Okzitanien.«
»Nach Okzitanien? Was ist denn das für eine neue Geschichte?«
»Eine Geschichte eben, genauer noch, ein Lied. Bertoul Beaurebec hatte sehr große Lust, die Musik und die Lieder dieses Landes zu erlernen, bei den Troubadours, wie die Poeten und Minnesänger dort heißen, und er hat sich auf den Weg dorthin begeben.«
Raoulet kniff die Augen zusammen.
»Ich glaube Euch kein Wort«, sagte er schließlich. »Ihr versucht mich Richtung Süden abzulenken, um mich in die Irre zu führen. Bertoul Beaurebec ist nach Paris zurückgekehrt.«
»Glaubt es oder glaubt es nicht, wie Ihr wollt, Messire de Mauchalgrin. Dennoch, ich habe Euch die Wahrheit gesagt. Ihr könnt jederzeit in die Straße der großen Gaunerei gehen, Ihr werdet ihn dort nicht finden, genauso wenig wie sonstwo in Paris.«
Eine lange Stille trat ein.
»Und wann wird er zurückkehren?«, fragte Raoulet weiter.
»Ich weiß es nicht. Vielleicht gar nicht.«
Raoulet, unschlüssig und verstimmt, stützte bei diesen Worten die Ellbogen auf den Tisch und vergrub die Stirn in seinen Händen. Er knirschte mit den Zähnen und sagte dann:
»Griffon, bring sie in den Verschlag dort hinten.«

Griffon ergriff Blanche, als wäre sie ein Strohhalm, und ging auf eine Tapetentür am Ende des Zimmers zu. Blanche schlug um sich, so heftig sie konnte.

»Ich habe Euch gesagt, was Ihr wissen wolltet«, schrie sie. »Ihr habt nicht das Recht dazu!«

»Ich habe bei mir zu Hause alle Rechte, meine Schöne. Das, was für mich genauso viel bedeutet wie Eure angeblichen Enthüllungen, habt Ihr mir nicht gesagt.«

»Was meint Ihr?«

»Dass ihr einwilligt, mich zu heiraten.«

Griffon öffnete eine Tür, die so niedrig war, dass Blanche sich tief bücken musste. Er stieß sie in einen winzig kleinen Raum, der in die dicken Mauern eingehauen und gerade groß genug für sie war. Sie fiel mit den Händen nach vorn auf einen kalten Steinboden.

Die Tür war mit einer kleinen, vergitterten Öffnung und einem Guckloch versehen.

»Wir werden sie einige Zeit dort drinnen lassen«, sagte Raoulet zu Griffon le Réchin. »Wir werden ihr Wasser geben, sonst nichts weiter. Und wenn sie lange genug gefastet hat, wird sie sich in meine Arme werfen, um mich zu heiraten. Sie wird sich verkaufen, sie wird Vauluisant für eine Brotkrume verkaufen, das kannst du mir glauben.«

Griffon le Réchin erwiderte nichts.

Blanche de Vauluisant schrie aus Leibeskräften.

»Schone deine Kräfte, meine Schöne, du wirst nicht lange schreien«, murrte Raoulet.

Die Zeit ging dahin. Es schienen ihr mindestens vierzehn Tage vergangen zu sein, seit sie zum letzten Mal etwas gegessen hatte. In dem Verschlag, der an Raoulets Zimmer grenzte, fühlte Blanche, wie ihre Kräfte sie immer mehr verließen, und irgendwann verlor sie jedes Gefühl für die Zeit.

Blüten

Vermischt Blütenblätter von Rosen,
Eisenkraut und Veilchen und dazu
einige Eurer Haare in einem Säckchen
aus grüner Seide miteinander,
das Ihr tagsüber um den Hals tragt
und nachts unter Euer Kopfkissen legt.
Es wird nicht lange dauern, und die
große Liebe wird zu Euch kommen.

28

Gaucher Sevestre hatte großen Hunger, als er aus dem Gefängnis von Vauluisant entlassen wurde. Er hatte erst wenige Schritte in den Wald getan, als er bereits mit freundschaftlichen und tröstenden Rufen von der Meute empfangen wurde. Die Leitwölfin kam und legte ihre Pfote unter seine knochige Hand, wie sie es immer tat.

»Meine Kinder, es gibt für uns einiges zu tun«, sagte der Wolfsführer. »Aber zuerst muss ich etwas essen.«

Er drang in das Dickicht des Waldes ein, stieg mit großen Schritten über das Gestrüpp und überquerte halb zugefrorene Bäche, abgeschlagene Baumstämme und Schlammlöcher. Im Herzen des Waldes lag seine halb in die Erde eingegrabene Hütte aus geflochtenen Zweigen, die mit Erde verklebt und mit Moos abgedichtet war.

Die Wölfe hatten eine Hirschkuh gerissen und deren Eingeweide und den Kopf gefressen. Das Fleisch hatten sie für ihren Führer übrig gelassen, es lag beim Eingang seiner Hütte für ihn bereit, und das Blut hatte den Schnee ringsherum rosa gefärbt.

Gaucher setzte sich auf einen Baumstumpf und zog sein Messer heraus. Er schnitt aus der Keule der Hirschkuh lange und dünne Streifen und verzehrte sie roh und langsam. Allmählich kam er wieder zu Kräften. Um ihn herum hatten sich die Wölfe niedergelassen und sahen ihm aufmerksam zu, wie er ihre Gabe verschlang.

Als er fertig war, säuberte Gaucher sein Messer im Schnee, ließ es in seinen Gürtel gleiten und erhob sich.

»Gut«, sagte er. »Ich konnte mich im Kerker lange genug ausruhen. Wir haben heute acht Meilen vor uns: Wir gehen zum Schloss Tournissan, wohin man unsere Herrin gebracht hat. Vielleicht haben wir ja Glück und können sie noch retten. Danach kümmern wir uns um die Rache.«

Er ergriff seinen Hirtenstock und ging mit majestätischem Schritt voran. Die Wölfe schlossen sich ihm an und trotteten mit regelmäßigen, leicht hüpfenden Schritten hinter ihm her.

Blanche drehte an ihrem Ring. Das Einzige, was sie tun konnte, war, im Geiste Bertoul um Hilfe anzurufen und der Versuchung zu widerstehen, auf Raoulets Antrag mit Ja zu antworten.

Seit vielen Tagen hatte sie nichts gegessen, sogar an Weihnachten, am Tag der Barmherzigkeit, hatte Raoulet es abgelehnt, ihr auch nur den kleinsten Bissen zu essen zu geben. Trinken konnte sie so viel sie wollte – das in einem Eimer herbeigeholte Wasser war eiskalt und nicht sehr sauber, und am Anfang hatte sie es tatsächlich getrunken. Doch nun fühlte sie sich zu schwach, um auch nur einen Schluck zu sich zu nehmen. Sie zitterte vor Kälte in ihrem nicht geheizten Verschlag, in den nur ein klein wenig Licht drang. Ihre schönen Kleider waren zerknittert, schmutzig, rochen unangenehm, und die goldene Spange an ihrem Kragen, die König Louis ihr geschenkt hatte, nützte ihr nichts. Abwechselnd lehnte sie sich gegen die Steinwand oder legte sich, in ihren Mantel gerollt, auf den Fliesenboden. Es gab nicht einmal genügend Platz, um aufrecht zu stehen und einige Schritte zu tun. An ihrem Finger, an dem ihr Ring immer lockerer saß, konnte sie ermessen, wie sehr sie bereits abgemagert war. Sie war allein. Nie im Leben war sie so allein gewesen. Niemand auf der Welt wusste, wo sie war, um sie hier herauszuholen und sie zu retten.

Bertoul war nicht gekommen. Sie hatte keinen Weg gefunden, um ihn spüren zu lassen, wie sehr sie ihn brauchte.

»Bertoul, hast du wohl schon diese Städte erreicht, wo die Troubadours singen? Bist du froh über alles, was du dort lernst? Wirst du mir bald deine neuen Lieder vortragen? Ach, komm schnell zurück, mein Freund …«

Ein- oder zweimal am Tag kam Raoulet, und das Licht, das dabei hereinfiel, war so grell, dass es sie blendete.

Er stellte dann einen neuen Wassereimer herein. Sie kam sich abstoßend und schmutzig vor.

»Wann werdet Ihr endlich einwilligen, meine Frau zu werden? Denn Ihr wisst selbst, dass Ihr keine andere Wahl habt. Erspart Euch doch diese schleichenden Hungerqualen. Riecht doch einmal den guten Duft dieses Wildschweinbratens, dieses Honigkuchens mit Zimt. Wie? Ihr wollt wirklich nichts davon haben? Nun, selbst schuld. Dann werde ich ihn eben alleine verzehren. Seid gewiss, ich werde diese Köstlichkeiten auf den Speiseplan unseres Hochzeitsmahls setzen. Na, was haltet Ihr davon?«
Sie konnte an nichts mehr denken, sie antwortete nicht, ja sie hatte nicht einmal mehr Speichel im Mund. Sie lag einfach da, zusammengekauert in ihrem Mantel, zitternd, abgemagert, mit weit aufgerissenen Augen, in einer Art schmerzhaftem Dämmerschlaf, und dachte daran, dass sie nun wohl bald sterben müsse, denn niemals würde sie Raoulet de Mauchalgrin heiraten.

Am fünfzehnten Tag von Blanches Martyrium schloss Raoulet die kleine Tür wieder und hängte den Wandbehang davor. Nun, sie würde sterben und er musste dann wohl die andere, die Dienerin, heiraten; letztlich war es ihm gleich.
Danach würde er auf Bertoul Beaurebecs Rückkehr lauern, der früher oder später irgendwann seinen Fuß nach Vauluisant setzen würde. Mit all seinen neuen Liedern auf den Lippen – vor allem aber mit seinem Zauberbuch unter dem Arm.
Er hatte einen Eilboten zur Straße der großen Gaunerei geschickt. Der Mann hatte es geschafft, mit verhängtem Zügel und häufigen Pferdewechseln in den Stationen auf dem Weg innerhalb von zwölf Tagen dorthin und wieder zurück zu reiten. Das Haus Bertoul Beaurebecs wurde seit Kurzem von einem bürgerlichen Ehepaar und seinen sieben Kindern bewohnt. Die Nachbarin hatte behauptet, dass Messire Beaurebec vor Weihnachten kurz gekommen, jedoch sofort wieder abgereist sei, wohin wisse sie nicht, aber er hatte ihr die Vermietung seines Hauses anvertraut.
Daraus hatte Raoulet geschlossen, dass Bertoul tatsächlich in den Süden oder sonst wohin gezogen war. Das hatte ihn in Wut versetzt.

Wieder einmal rückte das Zauberbuch in weite Ferne, und er wusste nicht, wo er es suchen sollte – aber er hatte wenig Lust, die Grafen der Länder des Languedoc auszurauben, da hätte er viel zu tun …
Er hatte Blanche noch einige Male durchgeschüttelt, um zu erfahren, ob und wann Bertoul die Absicht hatte, zurückzukehren. Doch auch wenn sie noch etwas zu sagen gehabt hätte, Blanche war bereits zu schwach, um zu antworten, sie konnte ihre Gedanken nicht mehr sammeln. Sie stammelte immer nur vor sich hin:
»Bertoul … rette mich. Erinnerst du dich an unser Bündnis?«
An diesem Morgen hatte Raoulet endlich genug davon, den Gefängniswärter zu spielen.
»Komm mit«, sagte er zu Griffon le Réchin. »Sattle die Pferde, wir gehen auf die Jagd.«

Die beiden Männer ritten im Galopp davon, die Speere in der Hand, damit sich Raoulet an einem Hasen, einem Rehbock oder einem Wildschwein austoben konnte; was er schließlich erlegen würde, kümmerte ihn wenig. Weder Raoulet noch Griffon le Réchin bemerkten das Wolfsrudel und seinen Hirten, die sich auf Schloss Tournissan zubewegten.
Gaucher, umgeben von seinen zähnefletschenden Wölfen, wurde am Schlosstor vorstellig. Die Soldaten hatten die Zugbrücke nicht hochgezogen, da im Land Friede herrschte und es keinen Grund für erhöhte Wachsamkeit gab. So kam Gaucher ihnen zuvor, bevor sie den Reflex hatten, das Tor zu schließen. Danach wagte es niemand mehr, dem Mann und seinen Wölfen den Weg zu versperren.
»Wo ist das Edelfräulein?«, fragte er barsch.
Der Wachhauptmann zeigte in die Richtung des ehemaligen Zimmers von Frau Hermelinde.
»Messire Raoulet hat sie dort kurz vor Weihnachten hierhergebracht, seitdem haben wir sie nicht wiedergesehen.«
Der Wolfsführer trat ein und stieg die Treppe hinauf. Die Krallen der wilden Tiere klapperten auf dem Stein. Alle Bewohner des Schlosses hatten sich wie erstarrt verkrochen. Es herrschte tiefe Stille.

Gaucher Sevestre drang in das Zimmer ein, suchte ein wenig und fand die kleine Tür. Er drückte ihre Klinke aus dickem Eisen nieder und beugte sich vor.
»Seid Ihr da, kleines Edelfräulein?«
Nicht das leiseste Geräusch.
Er trat ein und hob Blanche vom Boden.
»Euer Ring wird Euch vom Finger fallen«, sagte er, und er schob den Ring auf dem Finger seiner Lehnsherrin zurecht.
»Nun, es ist höchste Zeit, dass ich Euch hier heraushole.«
Er zog Blanche mühsam aus dem Verschlag, steckte seinen Stock in einen Schulterriemen auf seinem Rücken und nahm sie auf den Arm, wie man ein krankes Kind trägt, fest in den grünen Wollmantel gewickelt, der ihr als Decke gedient hatte. Das Leittier des Rudels ging ihm auf der Treppe voran, die anderen Wölfe, die das Zimmer unterdessen bis in die letzte Ecke erforscht und durchschnüffelt hatten, folgten ihnen.
Niemand hielt sie auf.
Die Diener, Mägde, Zimmermädchen und Stallknechte beobachteten die seltsame Prozession zitternd und mit geöffnetem Mund, doch sie hüteten sich, einzugreifen, denn es war ihnen bewusst, dass sie Zeugen eines ganz außergewöhnlichen Ereignisses wurden.
Die Wachmannschaft wollte mit ihren Lanzen auf sie losgehen, doch als die Wölfe mit ihren rot lodernden Augen die Zähne fletschten, ließen die Soldaten die Waffen wieder sinken.
Rasch verschwand der kleine Trupp hinter einer Wegbiegung.
Wie gelähmt vor Angst hatten die Wachen und ihr Hauptmann dem Auszug zugeschaut. Nun schienen alle nach und nach aus ihrer Starre zu erwachen, und das Leben kam wieder in Gang. Die Stimmung schwankte zwischen der Erleichterung, nicht gleich dem neuen Herrn gegenüberstehen zu müssen, und der Furcht bei der grauenhaften Vorstellung, was geschehen würde, wenn Raoulet von der Jagd zurückkäme und bemerkte, dass seine kostbare Beute ihm entkommen war.

»Ich habe auf dem Weg hierher eine baufällige Hütte im Wald gesehen«, sagte Gaucher mit seiner rauen Stimme. »Es ist ungefähr eine Meile von hier entfernt. Ich werde Euch dort hinbringen. Dann werde ich Euch etwas zu essen bereiten und wir werden uns auf den Weg nach Vauluisant machen. Glaubt mir, dieser junge Herr wird es nicht wagen, sich uns zu nähern. Die Wölfe würden es nicht zulassen.«

»Die Wölfe ...«, murmelte Blanche kaum hörbar.

Ihre Lippen waren trocken und aufgesprungen. Sie spürte nur, dass sie weggetragen wurde, auch war da zu viel Licht, alles war so grell. Sie schloss die Lider.

»... Augen tun weh«, hauchte sie.

Gaucher legte einen Zipfel seines Mantels über ihre Augen, der das Licht abhielt.

»Danke«, vernahm er ganz leise.

Es schaukelte so angenehm. Vielleicht war sie ja tot. Ein Engel war gekommen und hatte sie ins Paradies mitgenommen. Allerdings ein etwas merkwürdiger. Sie wusste gar nicht, dass Engel alt und bärtig waren und einen so rauen und stinkenden Mantel trugen.

Aber das helle und strahlende Licht, das sie durch ihre halb geschlossenen Augenlider erblickt hatte, war ganz sicher das des Paradieses. Nun war es also geschehen, und es war gar nicht so schlimm gewesen. Sie war tot und hatte Raoulet nicht heiraten müssen. Ihr Gut, ihr Schloss brauchte sie nicht mehr, sie würden wieder an den König fallen, und der junge König Louis würde einen anderen Herrn einsetzen. Sie würde ihren Eltern und Frau Hermelinde wiederbegegnen. Unter dem Wollstoff, der sie vor dem grellen Licht schützte, lächelte sie sanft. Das einzige Problem war, dass sie von Bertoul getrennt war. Aber schließlich würde er früher oder später ebenfalls eintreffen und wieder bei ihr sein.

Was Raoulet betraf, war sie unbesorgt: Er würde in die Hölle kommen und niemals mehr ihren Weg kreuzen.

Sie fühlte sich so wohl in diesen Armen, die sie forttrugen, so wohl, so schwach, so leicht ... Ihr Kopf fiel nach hinten, ihre Glieder wurden ganz weich.

»Edelfräulein, bleibt hier bei mir«, sagte Gaucher streng. »Wir werden zu einer Hütte gehen, wo Ihr gut aufgehoben seid, ich werde etwas für Euch zu essen besorgen. Ich bitte Euch, bleibt bei Bewusstsein, und vor allem, sterbt nicht.«

Nicht sterben? War sie denn nicht bereits gestorben? Der Mantelzipfel verrutschte ein wenig, und die schwache, glänzende Januarsonne beschien Blanches seliges Lächeln. Sie sah alles verkehrt herum, die nackten Bäume, den Schnee, die Strahlen der Sonne, die Wachhunde, die ihr das Geleit gaben. Merkwürdige Hunde waren das. Dann schloss sie die Augen wieder. Zu viel Licht …

Gaucher schüttelte den Kopf. Das arme Kind war nicht schwerer als ein Wolfswelpe von zwei Monaten. Ihre langen, schwarzen Haare reichten fast bis zum Boden, und sie konnte ihren Kopf nicht selbst halten, es war fast, als wäre sie schon tot. Dennoch schien sie glücklich zu sein.

Gaucher duckte sich, um in eine kleine Waldhütte einzutreten. Sie war offenbar schon seit langem verlassen, doch stabil und nicht baufällig. Er legte Blanche auf ein hölzernes Bettgestell. Es gab weder Stroh noch Farn, noch irgendwelche Laken.

Er reinigte die Feuerstelle und entfachte ein kleines Feuer aus Zweigen. Blanche schlug die Augen auf und blickte ausdruckslos um sich. Sie erkannte nichts, sie sah nur diesen Mann, der ein Feuer machte und mit einer klaren und schroffen Stimme zu ihr sprach. Doch sie verstand ihn nicht. Alles drehte sich in ihrem Kopf.

»Ich werde etwas zu essen holen«, sagte Gaucher.

Dann wandte er sich an die Wölfe.

»Passt auf sie auf!«, sagte er. »Ich werde Nahrung für sie suchen. Lasst niemanden an sie heran. Du, komm mit mir.«

Eine Viertelstunde später kamen Gaucher und die Wölfin mit einem Kaninchen zurück. Gaucher zerlegte es und nahm es im Handumdrehen aus, ein Viertel davon legte er aufs Feuer. Als das Kaninchen gar war, schnitt er möglichst dünne Streifen davon ab und schob sie zwischen Blanches aufgesprungene Lippen.

»Ihr müsst essen«, sagte er. »Kaut.«

Sie schaute ihn an, ohne etwas zu begreifen, und ließ das Fleisch zwischen Wange und Zähnen stecken. Es bildete sich eine Beule in ihrem vertrauensvollen, abgezehrten Gesicht.
»Kaut! Schluckt es herunter!«, befahl Gaucher ihr.
Sie lächelte ihn an, kaute aber nicht.
»Sie ist sogar zum Essen zu schwach! Es ist lange her, dass ich so etwas gesehen habe. Jedenfalls nicht seit der großen Hungersnot im Winter, als Martin Mailly von seiner Pilgerfahrt zurückkam, glaube ich.«
Er schob weitere Fleischstückchen zwischen ihre Lippen.
»Hört jetzt auf, vor Euch hin zu lächeln! Esst doch, meine Güte!«
Es war nichts zu machen.
»Nun gut, dann muss ich mir etwas anderes ausdenken.«
»Du, komm noch einmal mit.«
Mit seinem Stock bewaffnet und von der großen Wölfin begleitet, ging er wieder fort. Diesmal schlug er den Weg zu einem Dorf ein.

Raoulet hatte seine Garnison und die gesamte Dienerschaft im Schlosshof zusammengerufen. Er ging vor ihnen auf und ab, alle bissen die Zähne zusammen und senkten die Köpfe.
»Was ist geschehen?«, fragte er.
Enjorran, der Hauptmann der Wache, der bereits darauf gefasst war, ein oder zwei Tage am Pranger verbringen zu müssen, trat vor.
»Ein Mann ist mit einem Wolfsrudel hierhergekommen«, berichtete er. »Es waren vielleicht fünfzig Stück. Sie lechzten nach Blut. Sie knurrten und fletschten ihre messergroßen Zähne. Wir hatten keine Zeit, das Tor zu schließen, bevor sie hier eindrangen.«
»Und dann?«
»Dann sind sie in den Wehrturm hinaufgestiegen und später sind sie wieder herausgekommen. Der Wolfsführer trug jemanden in den Armen. Niemand weiß, um wen es sich handelt. Es hatte die Form eines menschlichen Körpers und war in einen Mantel eingehüllt, das ist alles. Dennoch scheint im Schloss niemand zu fehlen. Der Mann ist mit seinem Rudel wieder durch den Hof geschritten und dann sind sie verschwunden.«

»Verschwunden? Haben sie sich einfach wie Gespenster in Luft aufgelöst?«
»Nein, Messire. Sie sind in der Ferne verschwunden. Sie sind in Richtung des Waldes gezogen und wir haben sie bald aus den Augen verloren.«
»Und ihr seid ihnen nicht sofort nachgelaufen? Habt ihr nicht versucht, meine Geisel zurückzuholen?«
»Wir … wir waren wie gelähmt. Der Alte hat einen Bann über uns verhängt. Das ist ganz sicher. Er ist ein Hexer. Wir haben lange gebraucht, bis wir uns wieder bewegen konnten.«
Ein unterdrücktes Murmeln drang aus den Kehlen der unglücklichen Bediensteten, um die Worte des Hauptmanns zu bestätigen.
»Wer hat noch etwas dazu zu sagen?«, brüllte Raoulet.
Augenblicklich trat Stille ein.
»Feige Bande!«, pfiff Raoulet durch die Zähne. »Wenn ich hier gewesen wäre, glaubt mir, dieser Mann, Rudelsführer hin oder her, wäre niemals lebend hier herausgekommen.«
Der Hauptmann schüttelte verneinend den Kopf, als wollte er andeuten, dass selbst sein Herr dagegen machtlos gewesen wäre.
»Du da, du kommst bis morgen früh an den Pranger«, sagte Raoulet.
Der Hauptmann wusste, dass er der Strafe nicht entgehen konnte, denn er war seinem Auftrag, das Schloss vor jeglicher Gefahr zu beschützen, nicht nachgekommen.
»Und morgen früh hauen wir dir die rechte Hand ab.«
»Nein!«, schrie der Unglückliche.
»Doch«, bekräftigte Raoulet. »Griffon wird das erledigen.«
»Mmmhh …«, sagte Griffon.
»Bring ihn zum Pranger«, befahl Raoulet.
Der Hauptmann musste dem Waffenmann folgen. Er war verzweifelt. Er war erst sechsundzwanzig Jahre alt und brauchte seine rechte Hand, um den Säbel zu führen. Und außerdem wollte er eines Tages heiraten. Man streichelte ein Mädchen nicht mit einem Armstumpf.
Er stieg die Treppen empor, die zu der drei oder vier Fuß hohen Plattform hinaufführten, dann legte er seine Handgelenke und sei-

nen Hals in die halbrunden Aussparungen eines Holzblocks, Griffon rückte das Deckbrett darüber, steckte den Zapfen ein und legte ein Vorhängeschloss an. Seine Haltung war äußerst qualvoll, denn er war gezwungen, in gekrümmter Stellung zu verharren. Vierundzwanzig Stunden lang. Genug Zeit, um vor Kälte oder unter den Zähnen der Raubtiere zu sterben.

Unter dem bedrohlichen Knurren der Wölfin trat Gaucher Sevestre in ein Haus und forderte von einer Bauersfrau einen kleinen Topf mit Brühe, getränktes Brot, einen Krug Milch, in den sie ein Ei schlagen und etwas Honig hinzufügen musste.
»Selbst meine Kinder bekommen nicht so viel davon, wenn sie krank sind!«, protestierte die Frau.
Der Wolf knurrte.
»Und mein Geschirr? Wie bekomme ich es wieder?«
Gaucher antwortete: »Das Edelfräulein wird es Euch eines Tages vergelten.«
Er ließ den Topf und den Krug mit Deckeln verschließen, dann ging er mit den beiden Gefäßen wieder ins Freie, während die Frau ihm wütende und ohnmächtige Blicke hinterherwarf.

»Sie müssen doch Spuren hinterlassen haben«, brüllte Raoulet. »Ein Mann und ein Wolfsrudel hinterlassen im Schnee Spuren. Sechs Männer gehen los. Du, du, du, und du. Und du ebenfalls, und du da führst sie an, du übernimmst die Verantwortung. Verstanden?«
»Ja, Messire«, sagten die sechs Männer, während ihre Zähne vor Furcht klapperten.
Sie sattelten ihre Pferde und ritten im Trab mit den Lanzen in der Hand fort, an ihrem gedemütigten Hauptmann vorbei, dessen Glieder bereits steif waren.
Eine Stunde später kamen sie zurück.
»Die Spuren führen vom Waldrand aus in alle Richtungen«, erklärte der Mann zitternd, der zum Chef der Truppe ernannt worden war. »Man erkennt sehr deutlich die Spuren eines Mannes unter denen

der Wölfe, aber dann folgt ein großes Durcheinander. Wir haben Kreise gezogen, um eine eindeutige Spur herauszufinden, doch es war unmöglich, Messire.«
»Und ich nehme an, dass ihr dann mit euren Pferden über die Spuren geritten seid und alles verpfuscht habt.«
Die Soldaten senkten beschämt die Köpfe, überzeugt, dass auch sie ihren Fehler vor aller Augen am Pranger würden büßen müssen. Zur Abschreckung würden auch sie eine Verstümmelung erleiden.
»Ach«, hörte man es leise in der Küche, in den Fluren und auf den Gängen murmeln. »Ach, zur Zeit von Frau Hermelinde war alles ganz anders, das waren gute Tage ...«

In dieser Nacht schlief niemand in Tournissan. Jeder zitterte, denn Raoulet de Mauchalgrin war grausam, unberechenbar und jähzornig – eine furchterregende Mischung. Mit seinem Vater war das Leben einfacher gewesen. Und das, obwohl der Sohn erst seit zwei Monaten Herr über Tournissan war! Der Schrecken konnte also noch fünfzig Jahre andauern! Was würde morgen geschehen? Wer würde der Nächste sein, den es traf?
Raoulet rief Griffon zu sich.
»Diese Dummköpfe sind nicht in der Lage, irgendetwas auszurichten. Heute Nacht ist es zu dunkel, der Mond scheint nicht. Aber morgen früh ziehen wir noch einmal mit demselben kleinen Trupp los, bis wir die Spur dieses Mädchens wiedergefunden haben. Wölfe jagt man, man stellt ihnen Fallen, man massakriert sie. Ein alter Mann und ein Mädchen, das sich nicht mehr auf den Beinen halten kann – die findet man leicht wieder. Ich bin sicher, dass wir sie in weniger als drei Tagen wieder in unserer Gewalt haben werden.«
»Mmmhh ...«, sagte Griffon.
Und er breitete seinen Strohsack aus, um sich auf dem Treppenabsatz im Turm niederzulegen, vor der Tür zum Gemach seines Herrn.

Weißdorn

Der Weißdorn besitzt Eigenschaften,
die die Liebe besonders stark stimulieren:
Man verbrennt bei Hochzeiten etwas davon,
und die tapferen Ritter, die zum Kreuzzug
aufbrechen, versäumen es nicht, ihrer Dame
Zweige davon zu schenken, als Ausdruck
ihrer reinen Liebe und der Hoffnung,
sie eines Tages wiederzusehen.

29

Bertoul wanderte die ganze Nacht hindurch, nachdem er der Bewachung der Tempelritter entkommen war.
Es war eine mondlose Nacht, aber die Sterne strahlten. Bertoul konnte den Polarstern ausmachen und wusste, dass er unveränderlich nach Norden zeigte, sodass er sich ungefähr orientieren konnte.
Er versuchte die Entfernung zwischen der Abtei und Vauluisant abzuschätzen, wohin er so schnell wie möglich gelangen wollte. Er glaubte, er könnte es in zwei Tagen schaffen, wenn er sich nicht verirrte, wenn er sich nicht von den Tempelrittern einholen ließ und wenn er nicht vorher von den wilden Tieren verschlungen würde.
Er wünschte inständig, es würde wieder zu schneien beginnen. Dann würden seine Spuren verschwinden. Doch der Himmel tat ihm diesen Gefallen nicht. Es war eine wundervolle Nacht.
Über sich vernahm er die Eulen und lächelte. Er streckte die Faust zum Himmel, und einen Augenblick später ließ sich darauf einer der Raubvögel nieder und fixierte ihn mit seinem rätselhaften, goldenen Blick. Weitere Eulen kreisten friedlich um die beiden herum.
»Wohin soll ich gehen?«, fragte Bertoul.
Die Eule flog davon. Er folgte ihr mit entschlossenen Schritten in das tiefe Dunkel des Waldes. Bis dorthin war der Schnee nicht gedrungen, und es zeichneten sich keine Fußabdrücke mehr auf dem Boden ab.
Kurz vor Sonnenaufgang erkannte er, dass er nicht in der Nähe von Vauluisant, sondern bei Tournissan gelandet war. Vielleicht war ja die Hütte seiner Kindheit nicht weit, aber er hatte nicht die Absicht, in allen Nischen und Winkeln zu suchen, um dort vielleicht den berüchtigten Brief, der den Templern so viel bedeutete, aufzustöbern. Er interessierte ihn nicht im Geringsten.

Was für ein eigenartiges Gefühl, Tournissan wieder so nah zu sein. Er hatte diesen Ort seit fast drei Jahren nicht besucht, seit Raoul de Mauchalgrin ihn von dort verjagt hatte, mit nichts weiter als seinen Musikinstrumenten, Proviant für zwei Tage und den Kleidern, die er auf dem Leib trug. Er hatte sich ein letztes Mal umgeschaut und war nach Paris gezogen.

Tournissan, Frau Hermelindes schönes Schloss …

Bertoul musste sich ihm einfach nähern, um es genauer zu betrachten. Er wollte sich noch einmal an dem ihm so vertrauten Anblick weiden, ohne allzu lange zu verweilen. Zudem musste er sich vor den beiden Mauchalgrins, dem Vater wie dem Sohn, in Acht nehmen.

Aus der Entfernung erspähte er die Schlossfassade. Er verspürte einen Stich im Herzen, als er die Fahne der Mauchalgrins erkannte, die in der leichten Winterbrise flatterte. Wie traurig, dass es nicht das Banner von Tournissan war, wie früher.

Er erblickte Menschen im Hof. Erkannte er noch einige von ihnen? Gauberte, die Verwalterin, Denisot, den Diener Frau Hermelindes, die Soldaten, das Gesinde? Nein. Sie hielten wegen der Kälte die Gesichter gesenkt und in die Falten ihrer Hauben oder Kappen verborgen, Mund und Nase waren mit Mantelzipfeln verhüllt. Die Gesichter, die er aus der Ferne ausmachen konnte, wirkten allesamt traurig und besorgt.

Sein Blick glitt von Neuem den Ringwall entlang und blieb an einem stabilen Gerüst aus Holz hängen. Wahrhaftig, ein Galgen! Ein Galgen, der das schöne Schloss der Edelfrau entstellte! Welche Schande! Wie konnte Raoul es wagen!

Und dazu ein Pranger! Genau vor der Zugbrücke, sodass die Bauern und die Leute vom Schloss ihn nicht übersehen konnten. Ein Unglücklicher war dort eingekeilt, ganz blau vor Kälte, in einer qualvollen Haltung und mit verzerrtem Gesicht. Bertoul sah, wie er sich bemühte, seine Beinstellung zu verändern und wie er seine Finger bewegte, um sie zu erwärmen. Der arme Mann!

Es war ein Soldat, er trug ein Kettenhemd und einen breiten Ledergurt für seinen Säbel.

Eine Frau näherte sich dem Verurteilten. Sie hielt eine dampfende Schale mit Suppe oder Brei in der Hand. Dann fütterte sie den Unglücklichen, der vor Dankbarkeit, vielleicht aber auch aus Verzweiflung weinte.

›Wie froh bin ich, dass ich Tournissan verlassen habe und nicht gezwungen war, das alles mitzuerleben‹, sagte Bertoul zu sich und wandte sich ab, tief bekümmert über das, was er aus der Ferne gesehen hatte.

Er zog sich wieder in den Wald zurück. Zu seiner Rechten vernahm er plötzlich das Geräusch von Pferdehufen. Ein Reitertrupp. Sechs oder sieben Pferde, schätzte er. Die Mauchalgrins waren offenbar auf der Jagd.

Er brachte sich vorsichtig in Deckung und der Trupp entfernte sich wieder. Ein Stück weiter bemerkte einer der Soldaten Fußabdrücke im Schnee. Raoulet preschte heran, um sie sich anzusehen.

»Das sind nicht die Spuren eines Mädchens«, sagte er. »Gleichviel, los, wir folgen ihnen.«

Und dann ritten sie geradewegs auf Bertoul zu, der sich, hinter einem Baum versteckt, selbst verraten hatte. Wütend biss er sich auf die Finger.

Die Soldaten scheuchten ihn mit ihren Lanzenspitzen aus seinem Schlupfwinkel hervor. Raoulet riss ungläubig die Augen auf. Die Beute, die er schon so lange suchte, kam von selbst zu ihm und warf sich ihm in die Arme! Es war zu schön, um wahr zu sein.

»Du bist es! Du bist es tatsächlich!«, rief er entzückt aus.

›Welche Katastrophe!‹, dachte Bertoul.

Er drehte sich um und nahm Reißaus, er rannte einfach geradeaus, sprang über Gestrüpp, Büsche, umging die Bäume, schlug Haken und machte Umwege, sein Herz klopfte wie verrückt und er rang nach Luft. Was für ein Wahnsinn! Sich auf diese Weise selbst in die Arme seines Feindes zu werfen!

Seine kopflose Flucht dauerte nur wenige Augenblicke. Er war allein gegen einen ganzen Trupp von Reitern – und außerdem hinterließ er seine Spuren im Schnee; er wusste, dass sein Manöver alles nur

hinauszögerte und all seine Anstrengungen letztlich vergebens sein würden.
Schon hatten sie ihn eingeholt und zu Boden geworfen, seine Nase bohrte sich in das Reisig unter der dünnen Schneedecke. Er sah zahllose Pferdebeine um sich herum und vernahm den triumphierenden Siegesschrei Raoulet de Mauchalgrins.
»Das ist ja wunderbar!«, jubelte der. »Ich jage die eine Beute und fange die andere! Ich jage Blanche de Vauluisant, damit sie mir sagt, wo dieser verdammte Musiker ist, und da kommt er doch tatsächlich von ganz allein daher und liefert sich mir aus!«
Bertoul zuckte zusammen: Er sprach von Blanche! Blanche, hier im Wald von Tournissan? Was war geschehen? Raoulet stieg vom Pferd, entriss Bertoul seinen Sack und öffnete ihn ungeduldig. Das Zauberbuch schlummerte dort inmitten der Kleider und Musikinstrumente. Raoulet drückte das Buch an sich und warf alles Übrige auf die Erde.
»Aufstehen, du Kanaille«, sagte er zu Bertoul. »Jetzt werde ich dich mir einmal richtig vornehmen.«
Bertoul wurden die Hände auf dem Rücken zusammengebunden und das Ende des Seils am Sattelknauf von Raoulets Pferd befestigt. Sie gingen ungefähr eine Meile, bevor sie das Schloss von Tournissan erreichten. Ein Soldat hatte den Sack aufgehoben, man würde sicher noch etwas damit anfangen können.
»Befreit mir den Pranger von diesem armseligen Kerl«, befahl Raoulet de Mauchalgrin und zeigte auf den gekrümmten und völlig steif gewordenen Wachhauptmann, »und dann bringt ihn in den Kerker. Wir werden uns später um ihn kümmern.«
Zwei seiner ehemaligen Untergebenen befreiten Enjorran, der ihnen mit kleinen, unsicheren Schritten folgte, ohne lange zu zaudern.
»Jetzt bist du dran, du dreckiger Dieb!«
Griffon le Réchin löste Bertouls Fesseln und schleifte ihn zum Pranger.
»Das Buch gehört mir«, schnaubte Bertoul wütend. »Und Ihr wisst es, Messire Raoulet. Es wird Euch kein Glück bringen, auch das wisst Ihr.«

Raoulet musterte ihn mit tiefer Befriedigung. Er ergötzte sich daran, seinen Feind in dieser schmachvollen und ohnmächtigen Position zu sehen.

»Die Bauern werden dir Mist ins Gesicht werfen, den ganzen Tag lang«, sagte der junge Mauchalgrin. »Das ist eines ihrer liebsten Spiele, und ich werde sie noch dazu ermutigen. Du wirst bis morgen hier draußen bleiben, und dann werde ich doppelten Spaß haben: Ich werde zuerst meinem Wachhauptmann die Hand abschlagen und danach dir die Augen ausstechen.«

»Das werdet Ihr nicht tun!«, rief Bertoul entsetzt.

»Ich möchte gern, dass du blind bist, Bertoul Beaurebec. Ich werde dich immer in meiner Nähe behalten, du wirst mein Musiker werden. Die Tatsache, dass man keine Augen mehr hat, hindert einen nicht daran, zu singen oder zu spielen, soviel ich weiß.«

»Widerlicher Hund!«, schrie Bertoul. »Ruft Euren Vater. Ich will mit ihm reden.«

Der alte Raoul de Mauchalgrin mochte zwar hart und unbeugsam sein, aber er besaß wenigstens nicht die krankhafte Grausamkeit seines Sohnes.

Raoulet lachte laut auf. »Mein Vater? Der ist tot! Der Teufel möge seine Seele holen, wenn er sie haben will. Ich bin jetzt der alleinige Herr von Mauchalgrin, Tournissan und allem, was dazugehört. Nur, dass du es weißt.«

Er lachte weiter aus vollem Halse. Von einer plötzlichen Laune ergriffen, zog er seinen Dolch aus dem Gürtel, fuhr mit dem Finger über die Klinge, prüfte die Spitze und ließ sie in der Wintersonne aufblitzen.

»Siehst du das hier?«, sagte er und weidete sich an Bertouls Entsetzen.

Raoulet näherte den Dolch Bertouls Gesicht, der seine Augenlider vor Angst fest zusammenkniff, und setzte die eiskalte Spitze genau unter dem linken Auge seines Feindes auf die Haut.

›Jetzt ist alles aus‹, dachte Bertoul. ›Lieber Gott, erbarme dich meiner …‹

Die Spitze drang ein wenig in die Haut unter dem Augenlid ein, als wollte sie den Augapfel herausspringen lassen. Ein feiner Blutstrahl quoll hervor. Dann wurde die Dolchspitze wieder zurückgezogen.
»Morgen!«, sagte Raoulet befriedigt, dass er Bertoul einen solchen Schrecken eingejagt hatte.
Um den Pranger herum hatten sich inzwischen die Bauern versammelt. Sie hatten wohl gesehen, was sich da abspielte, die Worte ihres Herrn vernommen, und der Name, den er ausgesprochen hatte, wurde hier und dort laut wiederholt.
»Bertoul Beaurebec, hat er gesagt?«
»Ist das der Bertoul von Frau Hermelinde? Ist er es wirklich?«
»Ja, ich erkenne ihn wieder …«
»Ich erkenne ihn überhaupt nicht, er müsste schon sehr gewachsen und ziemlich kräftig geworden sein …«
»Doch, doch, ich erkenne ihn. Bertoul, ihr junger Musiker. Er ist jetzt ein Mann.«
Die Kommentare rissen nicht ab.
»Vielleicht werden heute Nacht die Wölfe kommen und dir die Beine ein wenig annagen«, fuhr Raoulet an seinen Gefangenen gewandt fort. »Es gibt in dieser Jahreszeit recht viele hier in der Umgebung. Die Bauern schließen sich ein und sperren ihre Herden in die Ställe, aber du bist für sie eine schöne, gut genährte Beute, leicht erreichbar für ihre Reißzähne. Aber das macht nichts, du wirst mein blinder Musiker sein, und ich werde dich auch als beinlosen Krüppel bei mir behalten. Mach dir keine Sorgen: Du wirst gut versorgt und gut behandelt werden. Du wirst Liebeslieder für mich singen – und für die Frau, die ich heiraten werde: Blanche de Vauluisant.«
»Wie? Was soll das heißen!«, rief Bertoul mit erstickter Stimme. Blanche …?
Aber Raoulet hatte sich schon abgewandt, um ins Schloss zurückzukehren, aufgebläht vor Genugtuung, mit einem breiten Lächeln auf den Lippen und dem Zauberbuch mit dem Rubin unter dem Arm.
Bertoul riss wild an seinen Armen, die in den Holzblöcken steckten, und versuchte sich mit aller Kraft zu befreien, aber seine Anstren-

gungen waren vergeblich; er schürfte sich dabei nur den Hals und die Handgelenke auf, wobei er ohrenbetäubende Angst- und Wutschreie ausstieß.

Gegensätzliche Kräfte. Prüfungen. Mut. Das Zauberbuch hatte recht behalten.

»Nein, alles, nur nicht das, nicht die Augen! Ich, der ich besser sehe als irgendjemand auf der Welt! Das ist schlimmer als eine Prüfung, schlimmer als der Tod, schlimmer, als das Zauberbuch in Raoulets Händen zu wissen. Nein, Herr, habt Erbarmen, ich will nicht blind werden!«

Das Zauberbuch hatte immer recht. Das Zauberbuch – konnte er sich weiterhin darauf verlassen, selbst wenn er es verloren hatte und es sich nun in Raoulets Händen befand?

»Meister Magnus, helft mir. Frau Hermelinde, es ist Euer Schloss, lasst nicht zu, dass sich hier ein solcher Frevel ereignet. Blanche! Ich will Blanche wiedersehen, mit meinen eigenen Augen. Wo ist sie? Blanche, du bist meine Verbündete, ich brauche dich … Ach, ich brauche dich so sehr …«

Er bemerkte, wie ihm die Tränen aus den Augen schossen. Tränen, die auf seinem Gesicht zu Eis wurden, nachdem sie das Blut verdünnt hatten.

Einige Bauernburschen näherten sich mit Körben voller Mist. Sie warfen ihn jedoch nicht in sein Gesicht, wie es üblich war, sondern verteilten ihn so geschickt auf dem Holzboden um den Pranger, dass er ihn nicht berührte.

»Verzeiht uns«, sagten sie zu Bertoul. »Mehr können wir nicht tun.«

»Befreit mich!«, stöhnte Bertoul. »Tut doch etwas!«

»Seid Ihr der Bertoul von Frau Hermelinde, ihr Musiker?«

»Ja«, sagte Bertoul leidenschaftlich, »der bin ich! Sagt den Leuten im Schloss Bescheid, die ich kenne. Frau Gauberte. Oder Herbert, dem Soldaten. Oder Denisot.«

»Der Herr wird uns töten«, sagten die Bauern mit gesenkten Köpfen, während sie vom Podest stiegen. »Es geht nicht. Sie können auch nichts für dich tun. Es tut uns leid …«

Kurz danach erschien Raoulet auf dem Schutzwall. Er achtete darauf, dass Bertoul ihn gut hören konnte und rief laut in alle vier Himmelsrichtungen:
»Wenn das Edelfräulein Blanche de Vauluisant so schnell wie möglich zurückkommt, damit wir Hochzeit feiern können, so kann der Arm meiner gerechten Rache noch aufgehalten werden und ich werde diesem niederträchtigen Räuber gegenüber Milde walten lassen.«
Blanche war mit Sicherheit noch in der Nähe! Sie würde ihn hören. Oder jedenfalls ihr verdammter Entführer. Oder jemand, der in ihrem Sold stand, denn es hätte Raoulet sehr gewundert, wenn der Wolfsführer nicht zwei oder drei Komplizen unter den Bauern hatte. Nun, um die würde er sich später noch kümmern …
Er entschied sich, Herolde auszusenden, die seine Botschaft bis zum Einbruch der Dunkelheit im Wald ausrufen sollten. So hätte er, Raoulet de Mauchalgrin, alles zugleich: die Ehefrau, das Lehen und das Zauberbuch. Und seine Rache, denn natürlich würde er Bertoul Beaurebec auf jeden Fall die Augen ausstechen lassen, wie er es sich schon viele Male geschworen hatte.
Er lächelte. Wirklich, diesen Tag musste man mit einem weißen Stein markieren. Er würde den Pfarrer nach dem Namen des Tagesheiligen fragen und diesem in Zukunft besondere Verehrung angedeihen lassen, das schwor er sich. Er würde ihm eine Statue errichten, ihm Messen lesen lassen und sein erstes Kind auf seinen Namen taufen lassen. Befriedigt rieb er sich die Hände, betrachtete noch eine Viertelstunde lang Bertoul Beaurebec in seinem Joch, wie er zitterte, stöhnte und mit den Lippen unaufhörlich sinnlose Worte formte. Dann ging er ins Schloss, um Schutz vor der Kälte zu suchen. Es war ungefähr zwölf Uhr, aber das Wetter blieb eisig, trotz der schönen Wintersonne.

Am Morgen nahmen die Templer und ihre Männer ein kräftiges Frühstück mit Brot, Wein und Käse zu sich, dann bat Évrard de

Cezain, man solle Bertoul Beaurebec aus seinem Zimmer befreien. Der mit dem Auftrag betraute Bruder kam nach einer Weile verlegen zurück – genauer gesagt, nur halb verlegen –, um ihnen mitzuteilen, dass der junge Mann verschwunden sei.

»Verschwunden?«, donnerte Évrard.

»Ganz und gar verschwunden«, bestätigte der junge Mönch.

»Irgendjemand muss die Zelle heute früh geöffnet haben, er wird in der Kapelle sein oder in der Küche oder was weiß ich wo. Sucht ihn! Mit größter Sorgfalt!«

Doch wie sehr sie die Abtei Montferrier vom Dach bis zum Keller durchkämmten – Bertoul Beaurebec blieb spurlos verschwunden. Évrard de Cezain ging im Hof auf und ab, während er auf Nachricht wartete, und brummte:

»Heiliger Kelch! Heiliges Kreuz! Heilige Lanze!«

Einige Momente später geriet er in Wut:

»Bei den Eingeweiden des heiligen Fulcran!«

Und noch ein wenig später:

»Bei den Hörnern des Teufels! Verfluchter Junge, das wirst du mir büßen! Sohn des Dämons!«

Als die Abtei ein weiteres Mal von oben bis unten durchsucht worden war, war es offensichtlich, dass Bertoul sich nicht mehr dort befand. Renaud, sein unzuverlässiger Leibwächter, beichtete seine Nachlässigkeit und erhielt als Strafe die Auflage, Dutzende von Gebeten aufzusagen, zusätzlich zu denen, die er ohnehin zu sprechen hatte. Man hatte in Bertouls Zimmer nur ein mit Tinte beflecktes Kopfkissen, einen zerbrochenen Krug, in dem sich schwarzes Wasser befunden hatte, und vier Kerzenstummel entdeckt.

»Er gibt sich der Hexerei hin«, bemerkte Jourdain du Digueville halblaut. »Er hat irgendeine teuflische Prozedur durchgeführt, um zu entfliehen! Das sind deutliche Beweise dafür.«

»Sag doch nicht solche Dummheiten«, erwiderte Évrard kühl. »Es gibt sicher eine ganz normale Erklärung für alles. Wir müssen ihn wiederfinden. Und wenn er tatsächlich ein Hexer ist … Nun, dann werden wir weitersehen. Aber es würde mich sehr wundern, wenn der Sohn Barthélemy de Carmelhacs sich dieser Art von Aberglaube hingäbe.«

»Das ist kein Aberglaube!«, rief Jourdin aus. »Der Teufel existiert wirklich, und er hat hier auf Erden mächtige Verbündete.«

Évrard warf ihm einen scheelen Blick zu.

»Wir werden sehen«, wiederholte er.

»Los geht's!«

Die Ritter saßen auf, Bruder Renaud zog Bertouls Pferd am Zügel hinter sich her. Isambart hatte sich nach dem genauen Weg nach Tournissan erkundigt, und der Prior hatte ihn, anders als der Pförtner, diesmal gar nicht erst zu täuschen versucht.

So begaben sich die Templer, immer in leichtem Galopp, mit aufgerichteten Lanzen und im Winde flatternden Fahnen auf den Weg nach Schloss Tournissan.

Obwohl Gaucher Blanche de Vauluisant immer wieder ein klein wenig Brotsuppe und Honigmilch eingeflößt hatte, blieb sie weiterhin sehr schwach.

Er hatte frisches Farnkraut geschnitten, um daraus eine Unterlage für sie anzufertigen, auf der sie nun zusammengekrümmt mit weit geöffneten Augen und abwesendem Blick lag. Sie schien die Wölfe, die in der Hütte ein und aus gingen, sie mit ihren gelben Augen anstarrten und gelegentlich beschnupperten und die sie bewachten und schützten, nicht wahrzunehmen. Sie hatte keine Angst. Sie sah nichts und spürte nichts.

Für eine einfache Kate mitten im Wald war die Hütte erstaunlich gut gebaut. Die Holzwände waren mit getrocknetem Lehm verkleidet und die Balken waren in guter Verfassung. Das Dach hatte kaum Löcher.

Der Kamin war nicht nur eine einfache Feuerstelle mit einem Loch im Dach darüber. Er besaß einen gemauerten Abzug und die Feuerstelle war mit Steinen ausgelegt.

Gaucher achtete darauf, dass die Flamme nicht erlosch. Er saß am Rand der Feuerstelle und wartete geduldig, bis das junge Mädchen kräftig genug war, um wieder nach Vauluisant zurückzukehren.
Er hatte nicht die geringste Furcht vor dem Herrn von Mauchalgrin. In dieser Hütte würden sie Ruhe vor ihm haben. Doch er wollte, dass die junge Schlossherrin so schnell wie möglich wieder zu Kräften kam.
Sie sprach unzusammenhängende Worte vor sich hin, es ging immer um einen gewissen Bertoul, den sie um Hilfe gerufen hatte und der kommen würde.
»Ich habe ihm gesagt, dass er Euch nicht nach Vauluisant führen soll«, murrte Gaucher. »Natürlich hat dieser junge Dummkopf nicht darauf gehört, stolz wie er war. Er hätte sich nicht so sehr auf sein Zauberbuch verlassen sollen, das er sogar im Dunkeln las. Ich sehe ziemlich gut, ich habe diese Eigenschaft von den Wölfen gelernt, durch das Leben mit ihnen, es ist, als hätten sie sie auf mich übertragen. Aber dennoch brauche ich eine Laterne. Wisst Ihr, dass er im Dunkeln las?«
»Ja«, hauchte Blanche.
»Das mit dem Zauberbuch, das ist nicht gut! Ein Zauberbuch kann einem nicht die Arbeit abnehmen. Wenn er nur auf mich gehört hätte …«
»Was meint Ihr?«
»Ich habe ihn belauscht, diesen hochtrabenden Pfennigfuchser, diesen Eudes Gerbaud, wisst Ihr? Ich befand mich zufällig in der Nähe, im Unterholz, und da habe ich schlimme Dinge gehört. Schon bevor Ihr eintraft, war Eudes bereit, Euch notfalls durch eine andere zu ersetzen, falls Ihr seinen Vorstellungen nicht entsprechen solltet. Und nichts ist einfacher, als ihm zu missfallen. Es genügt, dass man vorhat, in Vauluisant Geld auszugeben.«
»Ja«, sagte Blanche, als sie den Namen ihres Gutes hörte, ohne die Äußerungen des Wolfsführers wirklich zu verstehen. Sie lächelte.
Er gab ihr einen Schluck Milch mit Eiern und Honig zu trinken. Da sie immer weiter lächelte, sickerte ihr die Milch zu den Mundwinkeln heraus, und er wischte sie mit einem Stück von seinem Mantel ab.

»Hört auf, so zu lächeln, das macht mich nervös«, sagte er.
Sie bemühte sich redlich, ihren Mund geschlossen zu halten, während er fortfuhr:
»Er betrachtet sich als den eigentlichen Herrn von Vauluisant, da er ein so guter Verwalter ist. Die Leute mögen ihn, weil er von Zeit zu Zeit ein Fass ansticht. Er hätte Euch sicher anerkannt, wenn Ihr noch sparsamer als er gewesen wäret, mein Edelfräulein. Doch Ihr wart in seinen Augen zu verschwendungssüchtig und damit lästig; so hat er es vorgezogen, Euch auszuschalten. Er hat Euch durch eine andere ersetzt, wisst Ihr das?«
»Ja, ich weiß«, sagte Blanche und achtete darauf, trotz ihrer aufgeplatzten Lippen die Mundwinkel hochzuziehen.
»Ein gefälschter Ring und ein Mädchen, dem er was weiß ich vorgegaukelt hat, und schon war's passiert.«
»Ja.«
»Er hat Eurer Familie gegenüber sein Wort und seinen Treueeid gebrochen. Ihr werdet ihn bestrafen, hoffe ich.«
»Ich will Bertoul sehen«, sagte Blanche.

Jasmin

Der Jasmin mit seinem lieblichen Duft
ist das Sinnbild der Sanftheit.
Er ist bekannt dafür, dass er die Liebe entfacht,
und wird daher in pulverisierter Form
für die Anfertigung von Amuletten verwendet.

30

Bertoul Beaurebec klapperte mit den Zähnen. Im Moment bereiteten ihm vor allem die Kälte, die unbequeme Haltung und die gekrümmten Beine Qualen.

»Raoulet de Mauchalgrin, du niederträchtiger Schurke, du wirst das Buch nicht mit ins Paradies nehmen. So oder so ...«

Doch er war ein Gefangener, morgen würde er blind sein, und Raoulet besaß das Zauberbuch. Nicht die kleinste Hoffnung. Kein Entkommen. Und was war außerdem mit Blanche geschehen? Warum hatte Raoulet nach ihr gerufen, so, als könne sie ihn hören?

»Wenn das Edelfräulein zurückkommt ...«, hatte er gesagt.

Sie war also in Tournissan gewesen und nun war sie fort? In einer plötzlichen Eingebung begriff Bertoul, dass sie geflohen war. Sie war also seine Gefangene gewesen! Gott sei's gedankt, sie hatte sich den Händen ihres Peinigers entzogen. Wenn sie nur den Ruf seines Henkers nicht gehört hatte: Sie durfte ihn nicht heiraten. Niemals. Es wäre zu schrecklich.

Plötzlich ertönten hinter ihm wilde und beunruhigende Geräusche. Es waren die Wölfe.

Ihre langen Rufe schienen ihm seltsam schön, Melodien, Harmonien, die zusammen fast einen Gesang bildeten.

›Vielleicht ist der Wolfsführer auch nicht weit. Vielleicht hat er ja Mitleid und wird mich mithilfe der Tiere befreien. Er hat mich damals als Dummkopf bezeichnet. Und er hatte wirklich recht ...

Mein Gott ... Blanche, wo bist du? Werden wir uns eines Tages wiedersehen?‹

Das Bild Blanches, so wie er sie kannte, stand in tausenderlei Gestalten vor ihm: Mit ihren schwarzen Haaren, ihren Augen, die die Farbe wechselten, ihrem schelmischen Lächeln, ihrem Kräuterbündel, in ihrem grünen Kleid, ihrer Verkleidung als Bäuerin. Wie begierig sie war, lesen zu lernen, wie sie ihre Rolle am Hof spielte, ihr entschlossener Charakter. Und dann ihr Blick! Ach, wenn er nur ihr Troubadour hätte werden können …

Heisere Schreie zogen seine Aufmerksamkeit auf sich. Sein Herz wurde von einer gewaltigen Hoffnung erfasst: die Eulen! Die Vögel, die in den Augen der Menschen verflucht waren, hatten das Zauberbuch immer beschützt, und Bertoul betrachtete sie als seine treuen Freunde, ja als seine Verbündeten. Oft hatten sie ihm den Weg gewiesen oder ihm gezeigt, wie er zu handeln hatte.

»Meine Freunde …«, sagte er zu sich, als er sie über sich am Himmel kreisen sah. Dennoch vermochten diese Freunde es nicht, ihn aus seiner misslichen Lage zu befreien.

Plötzlich spürte er, wie sich seine Gedanken klärten. Es war sinnlos, zu heulen und zu stöhnen und sein trauriges Schicksal zu beklagen, an Blanche und an seine Liebe zu denken, die keine Zukunft hatte. Wenn die Eulen ihn aus seinem Selbstmitleid herausholen wollten, dann deshalb, damit er etwas unternahm.

Aber wie?

Das Zauberbuch. Das Zauberbuch mit dem Rubin stellte ihm die Verteidigungsmittel zur Verfügung, und selbst wenn er es nicht bei sich hatte, konnte er sich ihrer bedienen.

Das Wichtigste waren die Wölfe. In den Qualen, die er durchlitt, hatte er vergessen, dass er in der vorangegangenen Nacht die Formel auswendig gelernt hatte, die ihn davor schützte, angegriffen zu werden.

›Großer Gott, warum habe ich nicht früher daran gedacht?‹

Bertoul konzentrierte sich, so sehr er konnte. Er verjagte alle anderen Gedanken aus seinem Kopf und versenkte seinen Blick in die tiefe Finsternis, die ihn inzwischen umgab. In weiter Ferne glitzerten wunderbar und eiskalt die Sterne. Er atmete langsam ein. Die Luft in seiner Nase erwärmte sich und durchströmte seinen Körper wie eine lauwarme und wohltuende Welle. Er fühlte sich schließlich ruhig genug, um die magische Formel zu rezitieren:

»Ich beschwöre euch, ihr Wölfe aller Art, mich, Bertoul Beaurebec, nicht mit eurem Geheul zu ängstigen, mich nicht anzugreifen, mich nicht zu verschlingen. Ich beschwöre euch, dass ihr die Macht verliert, mein Blut zu vergießen, mich zu verletzen oder zu töten. Ich beschwöre euch, mir folgsam zu gehorchen, wenn ich euch einen Befehl gebe, und wieder zu verschwinden, wenn ich es euch befehle. Barnasa, Leutias, Bucella. Agla, Agla, Agla. Tetragrammaton, Adonai, Amen!«

Der Gesang der Wölfe in der Ferne wurde langsam immer schwächer und schließlich verstummte er vollkommen.

»Das ist wirklich Zauberei ...«, seufzte Bertoul, als ob er je Grund gehabt hätte, daran zu zweifeln. Er wusste inzwischen doch genau, dass alles möglich war, wenn man den richtigen Hebel gefunden hatte, den man betätigen musste.

Schade, dass er niemals auf eine Formel gestoßen war, sich aus jeglicher Notlage heil herauszuziehen.

Über dem Turm kreisten drei große Waldkäuze. Es schien ihm ein gutes Zeichen: Die Raubvögel begrüßten offenbar sein Tun.

Aber es gab noch ein weiteres Manöver, das er ausführen musste – falls es ihm gelang, denn er zitterte vor Kälte und klapperte mit den Zähnen in seiner erzwungenen Haltung und in Anbetracht der schrecklichen Aussicht, in wenigen Stunden verstümmelt zu werden.

Er konzentrierte sich noch stärker als zuvor, als er den Schutz gegen die Wölfe aufbaute.

Diese magische Prozedur hatte das Ziel, Raoulet jede Möglichkeit zu nehmen, sich des Zauberbuchs zu bedienen. Ein geheimer Schutz hinderte Neugierige daran, ihre Nase hineinzustecken, aber er schwächte sich im Lauf der Zeit wieder ab. Es bedurfte eines noch mächtigeren Schutzes, auf den die Zeit keinen Einfluss hatte: Man musste den Text im Buch selbst verändern, sodass er harmlos und unbrauchbar wurde. Das war ein Manöver, das Bertoul unter anderen Umständen schon einmal gegen Raoulet gelungen war. Er atmete tief ein, rief sich genau ins Gedächtnis, was er sagen musste, und dann sprach er laut und deutlich die erforderlichen Worte. Danach

schloss er die Augen, erschöpft und zu Eis erstarrt. Sämtliche Glieder seines Körpers schmerzten. Ob es wohl funktioniert hatte?
Die Eulen kreisten nun ganz nahe über ihm und riefen leise. Eine von ihnen setzte sich oben auf den Pranger. Bertoul verrenkte sich den Kopf, um sie besser sehen zu können.
»Ist es mir gelungen?«, fragte er.
Die Eule fixierte ihn. Sie blinzelte mit ihren goldenen Augen und stieß ein langes »Ruhhuhhuh ...« aus, dann flog sie in die lautlose Stille davon.
Bertoul war beruhigt. Die Eule hatte es ihm bestätigt. Von nun an war er sich sicher, dass er in der Lage war, ihre Botschaften zu entschlüsseln.

Im Festsaal von Schloss Tournissan ließ Raoulet sechs Fackeln und einige Kerzen in großen Leuchtern anzünden, dann legte er das Zauberbuch vor sich auf das Schreibpult. Er schlug es in der Mitte auf und das Buch ließ es zu, denn Raoulet konnte nicht lesen, und er war allein. Er hatte nicht die Absicht, dieses magische Werk dem Kaplan zu zeigen. Früher oder später, sagte er sich, würde er wohl einen Geistlichen finden, der bereit war, ihm als Sekretär zu dienen. Im Moment beschränkte er sich darauf, die schönen Pergamentseiten in der Farbe von altem Elfenbein umzublättern und die sorgfältig kalligrafisierten Worte, seine Figuren und Zeichnungen zu betrachten.
»Vor mir liegen alle Geheimnisse dieser Welt«, sagte er zu sich. »Ich kann alles tun, alles erreichen, alles befehlen. Ich kann Übel verbreiten, wenn ich will. Oder Schätze gewinnen. Oder unsichtbar werden, um Geheimnissen auf die Spur zu kommen. Ich kann meine Waffen mit einem Schutz belegen und mein Kettenhemd ebenso, sodass ich unbesiegbar werde. Ich werde Meister in allen Wettkämpfen sein. Ich werde mich an meinem ehemaligen Herrn Audouin de Fougeray rächen, der mich so oft bestraft und gedemütigt hat. Und an allen anderen, die mir Widerstand leisten. Und an Blanche de Vauluisant. Ich hoffe, dass in dem Buch keine geheime Anweisung steht, Blinden

ihre Sehkraft wiederzugeben … Ich muss mir die einzelnen Seiten genau erklären lassen. Schon morgen werde ich Griffon in die Stadt schicken, damit er einen Geistlichen sucht …«

So weckte er seinen Diener, der auf dem Flur in der Nähe der Tür schlief, um ihm den Befehl zu erteilen, bei Tagesanbruch aufzubrechen.

»Mmmh«, sagte Griffon und drehte sich auf seinem Strohsack um.

Raoulet klappte schließlich das Zauberbuch zu, um den Einband mit dem riesigen, glatten, scharlachroten und geheimnisvollen Rubin zu betrachten, der einem Drachenei glich. Er untersuchte aufmerksam die Einfassung. Es musste möglich sein, den Stein aus der Fassung herauszubrechen, um ihn zu verkaufen. Vielleicht sogar dem König: Nur die Herrscher konnten sich so schöne Juwelen leisten. Könige waren nicht geizig. Er würde den Rubin einem Goldschmied zeigen und ihn bitten, seinen Wert zu schätzen, dann würde er zum Hof gehen und dem König den Rubin für die doppelte Summe anbieten. Oder vielleicht sogar für das Dreifache …

Eine heftige Müdigkeit überfiel ihn. Er legte das kostbare Zauberbuch auf sein Bett, schob es unter sein Kopfkissen, und legte sich mit dem Kopf darauf, damit niemand auf den Gedanken kam, es ihm in der Nacht zu stehlen. Er war auf der Hut vor der Dreistigkeit der Diener und Zimmermädchen, die unter dem Vorwand, ihre Arbeiten auszuführen, überall herumstöberten und dabei gewiss irgendetwas mitgehen ließen. Es dauerte lange, bis er endlich in Schlaf fiel, so aufgeregt war er über all die Ereignisse, die sich abgespielt hatten. Sie bewiesen ihm, dass der Himmel auf seiner Seite war.

Eine alte Frau kam unbemerkt aus einer Bauernhütte und näherte sich dem Pranger. Mühsam stieg sie die Stufen hinauf und stellte sich vor Bertoul hin.

»Die Wölfe sind weg«, sagte sie. »Also konnte ich kommen.«

Sie hielt in der Hand eine Schüssel und über dem Arm eine dicke Decke. Sie stellte die Schüssel ab und legte Bertoul den weichen Wollstoff um die Schultern.

Die Leute in Tournissan waren gutherzig. Er hatte gesehen, wie einige von ihnen am frühen Morgen dasselbe mit dem Hauptmann getan hatten.
»Danke«, hauchte er.
Sie ergriff die Schüssel und gab ihm etwas von der guten, warmen Brühe zu trinken. Es war Speck darin, Lauch, Zwiebeln und eingeweichtes Brot. Die Haltung war unbequem und die Frau zitterte leicht vor Angst und Kälte. Etwas Suppe schwappte über den Rand. Dann schob sie ihm kleine Stückchen Hartkäse zwischen die Zähne, die er mit Dankbarkeit zerkaute.
»Ihr seid so gut«, sagte er. »Möge Gott es Euch im Paradies vergelten. Danke.«
Sie nahm die Schüssel und wandte sich um.
»Möge Gott uns vielmehr von Raoulet de Mauchalgrin befreien. Wozu brauchen wir hier einen Pranger?«, murmelte sie, während sie mit kleinen, unsicheren Schritten die Stufen hinabstieg.

Nachdem die Tempelritter die Abtei Montferrier verlassen hatten, wähnten sie sich auf dem Weg zum Schloss Tournissan, aber die Beschreibung des Priors war nicht genau genug gewesen. Gegen Abend tauchte die Abtei wieder vor ihnen auf – sie waren im Kreis geritten und hatten einen ganzen Tag verloren.
»Gut«, entschied Évrard. »Wir werden also eine zweite Nacht hier verbringen, da Gott selbst uns ein weiteres Mal hierhergeführt hat. Morgen früh machen wir uns wieder auf den Weg.«
Und so kehrten sie zu der Abtei zurück, baten um ein Nachtmahl, und das Loch in den verbliebenen Vorräten des Klosters wurde noch größer. Am nächsten Tag brachen sie bereits im Morgengrauen auf und nahmen Bruder Hélie mit, der den Weg kannte.

Myosotis

Wenn man jemandem diese kleine,
blaue Frühlingsblume schenkt,
bedeutet das, wie jeder weiß,
»vergiss mein nicht!«
Um einen Zauber abzuwenden und
ihn unwirksam zu machen,
genügt es, eine Vergissmeinnichtpflanze
zu zerdrücken.

31

Nachdem Bertoul mit den Templern abgereist war, hatte Hennequin beschlossen, sich ein wenig in der Villeneuve du Temple umzuhören. Einige Becher des kräftigen Gewürzweins halfen die Zungen zu lösen.

Tatsächlich hörte er von einem gewissen Barthélemy de Carmelhac erzählen, dessen Spur sich vor ungefähr zwanzig Jahren verloren hatte. Dieser Mann hatte bereits in sehr jungem Alter sein Ordensgelübde abgelegt und war ins Heilige Land gezogen, um die Pilgerstraßen nach Jerusalem zu schützen. Hennequin erfuhr, dass der Mann mutig und ungestüm gewesen war und vor Gefühl und Temperament überschäumte.

Während der Kämpfe gegen die Heiden hatte man beobachtet, wie er mit beiden Händen seine Kriegsaxt betätigte, mit der er gnadenlos um sich hieb. Man nannte ihn den »Mann mit der Axt« oder auch den »Sarazenenschlächter«.

Der Mann hatte den Befehl erhalten, nach Frankreich zurückzukehren, diente dann in der Garnison der Komturei von Aulnat, und dort war er nach einigen Monaten von einem Tag auf den anderen spurlos verschwunden. Man hatte lange auf seine Rückkehr gewartet, doch er war nie wieder erschienen. Er stammte ebenfalls aus der Region von Aulnat.

Die alten, in ihrer Rüstung ergrauten Templer, die sich an Barthélemy de Carmelhac noch erinnerten, runzelten verdrossen die Stirn. Ein Geheimnis mit dem Odium eines Verrats oder Skandals umgab das plötzliche Verschwinden des Mannes mit der Axt, aber sie erinnerten sich nicht mehr an die genauen Umstände.

»Ihr müsst Évrard de Cezain fragen«, erklärte einer der alten Soldaten.

Nun war Évrard de Cezain bereits einige Tage zuvor fortgezogen, zusammen mit Isambart du Sourre, Jourdain du Digueville und Thomas de Craon, seinen ständigen Stellvertretern, und zwar zu einer Unternehmung, von der niemand Genaueres zu sagen wusste.
›Ich muss mich nach Aulnat begeben‹, sagte sich Hennequin. ›Wer weiß, vielleicht lassen sich dort vor Ort irgendwelche Einzelheiten erfahren, die Bertoul nützlich sein können.‹
Er besorgte sich ein Pferd, zog sich warme Kleider an, schliff all seine Waffen, vom leichten, unauffälligen Dolch bis zum schweren Kampfschwert und nebenbei noch den allgemein gebräuchlichen Faustdolch. Frau Félicité bereitete ihm Proviant für die Reise, dann machte er sich auf den Weg in Richtung der Auvergne und der Komturei von Aulnat.
Er stand in Bertouls Schuld, weil dieser ihn vor dem Galgen gerettet hatte. Obwohl er einen ziemlich harmlosen, ja tollpatschigen Eindruck machte, hatte sich der Junge als weitaus schlauer und geschickter erwiesen, als er gedacht hatte. Hennequin schätzte die gewandten Leute außerordentlich. Außerdem hatte Bertoul das Herz am rechten Fleck – vielleicht ein wenig zu viel Herz, da er einen Teil davon Blanche de Vauluisant geschenkt hatte, wenngleich ohne jede Hoffnung auf Erfüllung, da sie in der Gesellschaft weit über ihm stand. Wie auch immer, er war der beste Kamerad, den es gab, und um nichts in der Welt hätte Hennequin sich davor gedrückt, ihm einen Gefallen zu tun. Und nun galoppierte er in Richtung Auvergne. Die Hufe seines Pferdes klapperten auf dem gefrorenen Schnee. Er liebte dieses Geräusch. Sein Ziel konnte nicht mehr weit sein.

»Mein Edelfräulein, schaut mir einmal gerade in die Augen«, drängte der Wolfsführer.
»Ja«, antwortete Blanche mit schwacher Stimme.
»Hört mir zu: Ihr müsst etwas essen.«
Sie wollte gern zu allem Ja sagen, solange es nicht Raoulet de Mau-

chalgrin galt. Sie lag immer noch auf ihrem Farnbett, doch Gaucher hatte sie aufgesetzt und an die Lehmwand gelehnt, er hielt in der einen Hand eine Schüssel mit Suppe und einen Holzlöffel in der anderen.

»Ihr müsst etwas zu Euch nehmen. Wir müssen nach Vauluisant zurückkehren. Es ist Euer Gut, und dort werdet Ihr besser geschützt sein als irgendwo sonst. Ich werde Euch helfen, diesen niederträchtigen Eudes Gerbaud und seine Helfershelfer loszuwerden. Ich werde Maleaume, Euren Wachhauptmann, zwingen, Euch Abbitte zu leisten und Euch anzuerkennen und zu verteidigen. Aber dafür müsst Ihr erst wieder gesund sein.«

»Ja.«

Er schob den Löffel mit ein wenig Suppe in ihren Mund. Sie nahm einen großen Schluck und schaffte es tatsächlich, ihn hinunterzuschlucken.

»Bravo«, sagte Gaucher. »Aber es ist immer noch Suppe übrig. Ihr müsst sie aufessen.«

Blanche seufzte und öffnete halbherzig den Mund. Am Fuße des Bettes saß ein Wolf, der sie aufmerksam und unbeweglich fixierte. Draußen sangen die anderen Wölfe, sie ließen die Bewohner von Tournissan nicht zur Ruhe kommen, die sich keine Meile entfernt ängstlich die Ohren zuhielten.

»Sie sind freundlich«, sagte Blanche und zeigte auf den Wolf.

»Ja, sie beschützen Euch. Sie sind auch Eure Untergebenen, Eure getreuen Untertanen.«

»Bertoul ist auch freundlich.«

»Ich weiß, das habt Ihr mir schon gesagt.«

»Ich möchte ihn gern sehen.«

»Ich werde versuchen, ihn zu finden, wenn Ihr wieder die legitime Schlossherrin in Vauluisant seid.«

»Ich glaube, er braucht mich. Wir haben miteinander einen Bund geschlossen, müsst Ihr wissen. Ich muss ihm helfen.«

»Ihr werdet ihm nicht helfen können, solange Ihr in diesem Zustand seid. Ich flehe Euch an, esst etwas.«

Sie nahm einen weiteren Löffel Suppe zu sich. An diesem Morgen konnte sie trotz ihrer Erschöpfung aufrecht sitzen und sprechen. Zweifellos ging es ihr besser, doch der Aufenthalt in dem Verschlag unter der ständigen Bewachung Raoulet de Mauchalgrins mit seinen Drohungen und seinen Heiratsappellen, vor allem aber der lange Nahrungsentzug, hatten sie bis aufs Äußerste geschwächt. Sie hatte immer noch Fieber und sprach zusammenhanglose Worte.

Sie schloss die Augen und glitt zur Seite. Sie war völlig entkräftet und wollte nichts weiter als schlafen.

Gaucher stellte die Schüssel ab, um Blanche wieder aufzusetzen, und sie ließ es mit sich geschehen. Die Wölfe hatten plötzlich aufgehört zu singen. Das Tier in der Hütte legte seinen Kopf auf den hölzernen Bettrand. Gaucher gab Blanche die Honigmilch zu trinken und es gelang ihr, das ganze Gefäß in einem Zug zu leeren.

»Sehr gut«, sagte er, »jetzt werdet Ihr wieder gut schlafen.«

Sie rollte sich mit zusammengeballten Fäusten und angezogenen Knien auf dem knisternden Strohsack zusammen und zog ihren Mantel über sich. Ihre schönen schwarzen Haare waren völlig verfilzt und hatten allen Glanz verloren. Bertoul würde sie niemals wiedererkennen, so schmutzig und erbärmlich wie sie war, nach Dreck und Rauch stinkend.

Gaucher Sevestre legte seinen eigenen Mantel über sie und schob ein Holzscheit ins Feuer, damit sie es warm hatte.

»Ihr wisst«, sagte sie leise, wie in einem verschwommenen Traum, »ich habe es Bertoul niemals verraten, weil unsere unterschiedliche Herkunft es nicht zulässt, aber ich liebe ihn.«

»Das habe ich schon bemerkt«, sagte der Wolfsführer.

Orange

Die Orange ist eine Frucht,
die der Venus geweiht ist.
Daher ist sie vollkommen für alles geschaffen,
was mit der Liebe zusammenhängt.
Ihre Kerne versinnbildlichen die Fruchtbarkeit.
Schenkt man einem Paar Orangenblüten,
wird es viele Kinder bekommen.

32

Dieses Mal schlugen sie dank Bruder Hélie nicht den falschen Weg ein, und es war noch nicht einmal Mittag, als bereits Schloss Tournissan vor ihnen auftauchte. Sie ließen die Pferde in Schritt fallen, um sich ihrem Ziel in würdevoller Weise zu nähern, während Bruder Hélie auf seinem Maultier den Rückweg antrat. Der Trupp ordnete sich, wie es sich gehörte: Évrard de Cezain an der Spitze, seine drei Helfer hinter ihm, jeweils paarweise gefolgt von den Waffenmännern, dann Bruder Renaud, der Bertouls Pferd an der Leine führte und zur Strafe für seine Säumigkeit das Schlusslicht bildete.

Vor der Zugbrücke fiel Évrards Blick auf einen Pranger. Ein armer Schlucker steckte darin, mit gesenktem Kopf und halb gekrümmten Beinen. Meine Güte, man konnte doch seine Bauern auch bei der Stange halten, ohne sie an den Pranger zu stellen! Ein halber Tag in diesem Martergerät, und sie waren drei Tage lang zu nichts mehr zu gebrauchen mit ihren gebrochenen Rippen und den verkrampften Beinen. Das Demütigen seiner Leute war keine gute Art zu herrschen.

Der Templer hatte also von vornherein einen höchst ungünstigen Eindruck von dem Herrn des Schlosses, noch bevor er seinen Trupp auf die Zugbrücke zureiten ließ. Er hob die Hand. Die Pferde blieben sofort stehen, ohne dass die Aufstellung durcheinandergeriet. Ein Soldat ritt auf sie zu.

»Ich möchte den Hauptmann sprechen«, sagte Évrard.

»Messire de Mauchalgrin hat ihn in den Kerker geworfen …«

Ein weiterer Punkt, der gegen den Schlossherrn sprach.

»… aber ich vertrete ihn«, sagte der Mann.

Währenddessen vernahm man nicht weit vom Ende der Kolonne entfernt einen Ruf, der vom Pranger her kam.

»Aber das ist ja Bertoul!«, rief Renaud aus. »Da ist er, den wir suchen! Was macht Ihr denn dort in dieser jämmerlichen Haltung, Messire Bertoul?«
Der gute Renaud stieg ab und stürzte die Stufen des Gerüstes hinauf, um seinen ehemaligen Schutzbefohlenen zu trösten, den er so schlecht bewacht hatte. Während der langen Reise hatte er ihn lieb gewonnen.
Er rüttelte mit allen Kräften an dem Schloss, das die Bolzen sicherte, um den Gefangenen zu befreien. Als er bemerkte, dass es ihm nicht gelang, zog er seinen riesigen Degen und vollführte mit ihm einen Schlag, der knapp neben Bertouls Kopf niederging, der vor Furcht die Augen zusammenkniff. Das Schloss sprang auf und die Bolzen gaben nach. Renaud nahm die obere Hälfte des Jochs ab und befreite Bertoul.
»Mein armer Freund, was ist Euch widerfahren?«
Die Templer und ihre Soldaten hatten sich um das Gerüst versammelt und beobachteten die Szene mit strengen Mienen.
»Nun, richtet Euch auf, Messire Bertoul«, befahl Évrard.
»Ich kann nicht«, antwortete dieser mit gebrochener Stimme.
Sein Rücken war krumm, Knie und Schultern steif vom stundenlangen Ausharren im kalten Winterwind.
»Auf, mein Freund«, sagte Renaud und stützte ihn, während sie hinabstiegen. »Ich werde Euch beim Aufsitzen helfen.«
»Wie, reiten?«, rief Bertoul aus.
Welche Qualen standen ihm noch bevor?
»Euer Wiesel steht dort, wir haben ihn gut gepflegt seit Eurer Flucht.«
»Danke.«
Bertoul humpelte bis zu seinem Pferd, doch es gelang ihm nicht, aufzusteigen. Renaud und ein Soldat mussten ihm helfen. Sie hoben und zogen ihn in den Sattel und legten ihm die Zügel in die Hände.
»Was ist geschehen, dass ich Euch in solch einer jämmerlichen Lage antreffe?«, fragte Renaud. »Es ist einfach unvorstellbar … Ihr am Pranger. Bei dieser Kälte!«

Bertoul wollte gerade den Mund öffnen, da griff Évrard energisch ein.

»Wir werden noch später Zeit für Erklärungen finden. Und es scheint mir sinnlos, mit dem Herrn dieses Gutes zu sprechen. Los, zeigt uns den Weg, Messire Bertoul.«

»Den Weg?«

»Den Weg, der zu der Hütte führt, wo Ihr Eure Kindheit verbracht habt«, fuhr Évrard ungeduldig fort.

»Ach, ja natürlich.«

»Wir sind nicht mehr weit davon entfernt, nicht wahr?«

»Nein, nicht sehr weit.«

»Also, dann lasst uns losreiten.«

Bertoul fühlte sich vollkommen gerädert, während er sich krampfhaft an den Hals seines Pferdes schmiegte. Die Nacht am Pranger hatte ihn gebrochen. Dennoch, es gab noch etwas zu erledigen …

›Blanche‹, dachte er.

Und da war noch etwas.

»Mein Sack«, sagte er.

»Euer Sack?«

»Mit meiner gesamten Habe …«

»Wir werden später zurückkommen und ihn suchen.«

»Nein, jetzt gleich.«

Im selben Moment erschien im Hof des Schlosses Raoulet de Mauchalgrin, halb angekleidet und ungekämmt. Er stürzte auf Bertoul zu, zog ihn vom Pferd herab und warf sich auf ihn, als wollte er ihn erwürgen.

»Du elender Kerl! Gib mir das Zauberbuch wieder.«

»Ich habe es nicht!«, knurrte Bertoul.

»Das weiß ich! Du sollst es mir in dem Zustand wiedergeben, wie es war!«

Zwei Templersoldaten stiegen von ihren Pferden und packten Raoulet, um ihn von Bertoul wegzuzerren, der sich mühsam erhob.

»Monseigneur de Tournissan, nehme ich an?«, sagte Évrard und musterte ihn gründlich.

»So ist es«, antwortete Raoulet barsch. »Raoul de Mauchalgrin der Jüngere, Herr von Mauchalgrin, Tournissan und weiterer Ländereien. Was macht Ihr auf meinem Gut? Dies ist mein Eigentum. Ihr habt kein Recht, mich zu belästigen.«
Ein weiteres Mal half Renaud Bertoul in den Sattel. Als Raoulet es sah, zeigte er mit dem Finger auf sein Opfer und brüllte:
»Du da, steig sofort herab! Du bist mein Gefangener! Wer hat dir erlaubt, den Pranger zu verlassen?«
»Gebt mir meinen Sack zurück und alles, was darin war, Raoulet de Mauchalgrin«, sagte Bertoul und gab sich Mühe, sich aufrecht und fest im Sattel zu halten. »Und dann, Messires, werde ich Euch dorthin führen, wohin Ihr wünscht.«
»Das kommt nicht infrage!«, schrie Raoulet. »Und sprich nicht so mit mir, du elender Kerl!«
»Bringen wir die Sache zu Ende. Dieser Mann gehört zum Tempel, Messire de Mauchalgrin. Ihr habt keinerlei Verfügungsgewalt über ihn. Gebt ihm sein Eigentum zurück.«
»Es ist *mein* Eigentum!«
»Meine Musikinstrumente, meine Kleider, mein Buch.«
»Nie und nimmer, du Ungeziefer.«
»Ein Leinensack, meine Musikinstrumente, meine Kleider und mein schönes Buch«, wiederholte Bertoul. »Bitte, meine Herren …«
»Gebt ihm seine Sachen zurück«, befahl Évrard.
»Ihr habt weder die Macht noch das Recht, mir das zu befehlen«, sagte Raoulet. »Und genauso wenig habt Ihr das Recht, mir meinen Gefangenen wegzunehmen. Er gehört an den Pranger und ist dazu verurteilt, die Augen ausgestochen zu bekommen. Ich habe es so angeordnet. Und ich nehme mein Wort in keiner Weise zurück.«
»Torheiten!«, rief Évrard de Cezain aus. »Wir verschwenden hier unsere Zeit. Wer seid Ihr, Messire, dass Ihr den Sohn eines Tempelritters an den Pranger bringt und ihm droht, ihn zu verstümmeln?«
»Der Sohn eines Tempelritters?«, stieß Raoulet hervor. »Was ist denn das schon wieder für ein Unsinn? Ihr irrt Euch, Messire. Die-

ser Mensch da ist Bertoul Beaurebec, ein armseliger Bauernjunge, gerade gut genug, seine Fidel zu kratzen, umherzuziehen und die Bücher anderer Leute zu stehlen.«
Évrard de Cezain war einigermaßen verblüfft über den Widerstand des Messire de Mauchalgrin. Im Allgemeinen gehorchte man, wenn die Templer irgendwo erschienen und Anweisungen gaben, so groß war ihr Ansehen, so unangefochten ihre Macht und Autorität.
Doch Raoulet widersetzte sich ihnen.
»Wie hast du das angestellt, du lausige Kröte?«, fuhr Raoulet fort. »Wie hast du es fertiggebracht, mein magisches Zauberbuch ein weiteres Mal in ein normales Kochbuch zu verwandeln? Ich befehle dir, ihm seine geheimen Anweisungen und seinen Rubin zurückzugeben!«
Évrard seufzte, er war des Ganzen langsam überdrüssig.
»Wir wollen diese Kindereien beenden«, sagte er. »Lasst uns in den Hof des Schlosses einreiten.«
Die Soldaten hüteten sich, sie daran zu hindern, und Raoulet war machtlos, er konnte die Pferde nicht aufhalten. Im Vorüberreiten geriet ihm wie zufällig eine Lanze zwischen die Beine und er schlug der Länge nach auf den Boden.
Bertoul spürte, wie er vor Rührung zitterte, als er sich wieder im Ringwall von Tournissan befand, wo er so ruhige und glückliche Jahre verbracht hatte. Es war ihm, als sähe er wieder Frau Hermelinde, ihr altes Gesicht, von einem dünnen Schleier eingerahmt, wie sie mit lebhaftem Schritt den Hof durchquerte, um die Probleme, die jeden Tag auftraten, zu schlichten, jedermann zu begrüßen und sich nach allem, was vorging, zu erkundigen.
Ähnlich wie Gaucher einige Tage zuvor, stieg er die Treppen empor, ohne irgendwen um Erlaubnis zu fragen, und drang in das ehemalige Zimmer von Frau Hermelinde de Tournissan ein.
Wieder überfiel ihn eine tiefe Rührung. Das Zimmer befand sich zwar in großer Unordnung, doch sonst war alles unverändert: das Bett, die Möbel, die Wandbehänge. Wie oft hatte er an diesem Feuer gesessen, um für sie zu singen! Wie oft hatte er sich diesem Stehpult

genähert, um ihr eine Seite in ihrem Stundenbuch vorzulesen, wenn ihre Augen müde wurden. Und wie oft hatte sie ihm diese verzierte Kiste gereicht, damit er sich eine Leckerei mit Mandel- und Rosengeschmack herausnahm?

›*Das Buch, Bertoul …* ‹

Es war ihm fast, als würde sie tatsächlich mit ihm sprechen. Er ließ den Blick umherschweifen. Auf dem Boden lag ein weit aufgeschlagenes Buch auf einem Tierfell, das als Teppich diente. Er hob es auf. Der Einband war von einem schwärzlichen Braun, und da, wo vorher der Rubin gewesen war, befand sich jetzt eine Muskatnuss.

›Danke, Frau Hermelinde‹, sagte er im tiefsten Innern.

Er stieg wieder die Treppe hinunter, das Zauberbuch krampfhaft an sich gedrückt.

Währenddessen tobte Raoulet wütend durch die Eingangshalle, unter den Augen der Templer, die überhaupt nicht begriffen, worum es ging. Als er Bertoul die Treppe herunterkommen sah, sprang er ihm erneut an die Gurgel.

»Gib mir mein Zauberbuch zurück!«

»Reiten wir los!«, befahl Évrard de Cezain, ohne den Schlossherrn auch nur im Geringsten zu beachten.

›Die armen Leute‹, dachte er. ›Gott möge ihnen beistehen bei einem solchen Lehensherrn.‹ Doch er hatte nicht die Absicht, hier Mitleid zu zeigen. Was er wollte, war die Pergamentrolle, die Barthélemy de Carmelhac vor zwanzig Jahren entwendet hatte. Er hatte keine Geduld mehr, und dieser junge Bertoul hatte es einmal mehr geschafft, sie aufzuhalten! Und dazu hatte er sich noch an den Pranger bringen lassen.

Raoulet, dem offenbar etwas Neues eingefallen war, stürzte in großen Schritten auf die Pferdeställe zu.

»Steigt in den Sattel, Messire Bertoul, wir haben keine Zeit mehr zu verlieren«, sagte Évrard.

Sie waren gerade im Begriff, den Hof zu verlassen, als eine Frau auf sie zulief, ihren Blick suchend über sie schweifen ließ und dann bei Bertoul innehielt.

»Bist du es wirklich?«, sagte sie. »Bertoul, der Musiker von Frau Hermelinde?«
Es war Gauberte, die gute Verwalterin des Schlosses. Statt zu antworten, stieg Bertoul vom Pferd und fiel ihr in die Arme.
»Wann hört das hier endlich einmal auf?«, brummte Évrard.
»Man hat es mir berichtet, aber ich konnte es nicht glauben. Hat er dich wirklich an den Pranger gestellt? Ist es wahr?«
»Ja.«
»Oh, mein Bertoul, ich bin so froh, dich zu sehen .... Hier, schau. Das gehört doch dir, nicht wahr?«
In der Hand hielt sie seinen Sack aus Leintuch.
»Als Johan vorhin in die Küche kam, um zu essen, hat er seine Beute auf dem Tisch ausgebreitet. Du hättest seinen zufriedenen Blick sehen müssen. Er hat sich schon ausgemalt, wie er das alles zu einem guten Preis in der Stadt verkaufen würde. Da habe ich deine Fidel wiedererkannt, weißt du. Du hast so oft auf ihr für uns gespielt. Johan hat die Geschichte erzählt. Das mit dem Pranger. Dann habe ich ihm mit der Kelle einen ordentlichen Schlag auf den Kopf gegeben und zu ihm gesagt, dass er überhaupt nichts bekommt und habe alles wieder in den Sack zurückgetan, um es dir wiederzugeben. Ich war gerade dabei, zum Pranger zu laufen, um dir ... Aber sag nur ... gehst du schon wieder fort?« Sie hielt inne.
»Die Tempelherren brauchen mich noch einige Zeit, aber ich werde versuchen wiederzukommen. Ich hoffe nur, dass ich dabei nicht noch einmal auf Euren Herrn treffe ...«
Währenddessen war Raoulet de Mauchalgrin auf der Suche nach Griffon le Réchin, der ihm sicher eine gewaltsame Lösung vorschlagen würde. Doch er fand ihn nicht. Er hatte vergessen, dass er ihn selbst in die Stadt geschickt hatte, um einen Geistlichen aufzutreiben.
»Er wird nicht für immer hier bleiben«, sagte Gauberte, nachdem sie sich lange und vorsichtig umgeschaut hatte. »Das hoffe ich wenigstens.«
»Passt gut auf Euch auf, Gauberte. Passt gut auf euch alle auf.«
Bertoul stieg wieder in den Sattel, als Raoulet aus einer Mauernische

hervorsprang und sich mit einem Faustdegen in der Hand auf ihn stürzte. Évrard de Cezain, des Treibens überdrüssig und trotz seines undurchdringlichen Gesichtsausdruckes aufs Äußerste verärgert, ließ ihn schließlich von seinen Männern festnehmen und an seinen eigenen Pranger ketten. Die Eisenbolzen waren unbrauchbar, doch zwei Lederriemen, die den Block zusammenhielten, taten es ebenso gut.

»Hier kann er sich beruhigen«, stieß Évrard aus, »zum Wohl der Bewohner des Schlosses und der Bauern. Ich werde wiederkommen und ihn später selbst befreien.«

Niemand in Tournissan protestierte. Im Gegenteil.

Dass sein Feind, dessen Kopf und Hände in den Aussparungen der beiden Holzblöcke gefangen waren, fluchte und Beleidigungen ausstieß, bedeutete keinen Trost für Bertoul. Er machte sich Sorgen um Blanche. Nicht zuletzt wegen der Wölfe, die er in dem Krug gesehen hatte.

Ein mit Mist durchsetzter Schneeball zerplatzte am Holz des Prangers, nachdem er das Ohr des Herrn von Mauchalgrin leicht gestreift hatte. Dieser schrie, seine Rache würde furchtbar sein.

Dann gingen alle wieder an ihre Arbeit, mit einem kleinen, befriedigten Lächeln.

Diesmal verließ der kleine Trupp Tournissan tatsächlich.

Taube

Um eine Person, die man liebt, unweigerlich anzuziehen, muss man folgende magische Prozedur durchführen: Man bereite eine Speise aus dem Herzen oder der Leber einer Taube und dem Blut desselben Tieres und gebe es der betreffenden Person zu essen.

33

»Könnte ich vielleicht in Eurem Schloss Unterkunft finden, aus Liebe zu Gott und wegen des eiskalten Wetters?«
Der Ritter mit seinem schwarzen Mantel, seiner scharlachroten Kappe, seinen einsatzbereiten Waffen und seinem ungeduldig mit den Hufen scharrenden Pferd machte einen edlen Eindruck. Seine eisblauen Augen und sein ehrliches Lächeln flößten Sympathie ein.
»Stellt Euch erst vor, Messire«, befahl der Wachposten.
»Hennequin, ehemaliger Soldat der königlichen Armee«, verkündete er stolz. »Ich bitte für eine Nacht um Eure Gastfreundschaft, morgen werde ich bereits wieder abreisen. Ich werde auch etwas für die Schlosskapelle spenden. Und wenn Ihr es wünscht, obgleich ich das nicht besonders gern tue, kann ich meine Waffen hier beim Wachposten lassen.«
Der Hauptmann der Garnison des Schlosses von Taillefer, der ständigen Residenz der Familie Auberleau, musterte den Neuankömmling von Kopf bis Fuß und erklärte dann, er dürfe das Innere der Burganlage betreten, wenn er sein Schwert im Wachraum ließe. Man zeigte ihm die Pferdeställe, wo er seinem Pferd Sattel und Zaumzeug abnahm und ihm eine ordentliche Portion Hafer vorsetzte. Das gute Tier hatte sie wirklich verdient, denn es hatte ihn auf direktem Wege und ohne Zwischenstation zum Lehensgut der Auberleaus gebracht.
›Gut‹, sagte sich Hennequin. ›Jetzt bin ich also an Ort und Stelle. Nun bin ich gespannt, was mir die Leute über Marie d'Auberleau erzählen können.‹
Er hatte schon das Lehensgut der Carmelhacs besucht, wo man ihm sehr interessante Dinge berichtet hatte.
Schloss Taillefer war eine eher rustikale Anlage, nicht besonders

groß und mit einem sehr hohen Wehrturm, der lediglich von Schießscharten durchbrochen war. Es stand auf einer Felsspitze, von der aus man eine hervorragende Sicht über die bewaldeten Berge hatte. Es lag in dieser Region kein Schnee, und ungeachtet des winterlichen Windes strahlte die Sonne am blauen Himmel über der Landschaft.
»Sagt mir, mein schönes Kind, wer könnte mir hier etwas über Marie d'Auberleau erzählen?«
Die hübsche Dienerin, an die er sich gerade gewandt hatte, mochte um die fünfzig sein. Das Kompliment schmeichelte ihr, und überdies gefielen ihr Hennequins blaue Augen und sein Lächeln.
Sie stellte die beiden Eimer ab, die sie gerade trug, hielt ihre Hände wie ein Sprachrohr vor den Mund und schrie aus voller Kehle:
»Marie! Komm herunter, meine Süße, Besuch für dich ...«
Hennequin zog eine Augenbraue hoch.
›Ich dachte, sie wäre tot‹, sagte er zu sich.
Ein lebhaftes Mädchen kam angesprungen und lief auf die Dienerin zu. Es war vielleicht zehn oder zwölf Jahre alt, hatte feine, blonde Haare, die etwas gewellt waren, weil sie wohl meistens zu Zöpfen geflochten und dann sorgfältig gekämmt wurden. Sie trug ein rosa Wollkleid, unter dem an Waden und Ärmeln ein violettes Untergewand aus Kaninchenfell hervorschaute.
»Wer fragt nach mir?«, fragte sie ungeduldig.
Hennequin legte seine rechte Hand aufs Herz, setzte ein Bein vor und verneigte sich tief.
»Ich, Edelfräulein, wenn Ihr Marie d'Auberleau seid.«
»Ja«, sagte das kleine Mädchen. »Ich bin Marie d'Auberleau. Seid Ihr gekommen, um mich zu holen? Seid Ihr mein Bräutigam?«
»Leider nein, schönes Edelfräulein. Glaubt mir, ich wäre wirklich gern Euer Ehemann, um Euch mein Leben lang von Herzen zu lieben, aber ich bin nur ein einfacher Reisender, der nicht von Eurem Stand ist und gewiss auch etwas zu alt für Euch.«
Mein Gott, wie großspurig das klang, wenn er diese schönen Worte so aneinanderreihte! Das Mädchen zitterte wahrhaftig vor Bewunderung.

»Wisst Ihr, der Ehemann meiner Schwester ist vierzig Jahre alt. Ihr auch?«

»Nein, mein Edelfräulein, noch nicht«, antwortete Hennequin, der trotz seiner langen Karriere als Soldat und Räuber erst siebenundzwanzig oder achtundzwanzig Jahre alt war.

Er verneigte sich von Neuem.

»Leider, mein Edelfräulein, wenn Ihr es wirklich seid, die ich suche, habt Ihr Euch sehr verjüngt, denn die Person, von der man mir erzählt hat, ist älter als vierzig, denke ich.«

»Ach ...«, sagte die Kleine enttäuscht.

Sie langweilte sich in diesem Schloss zu Tode und ein Besucher – vor allem ein so schöner Ritter wie dieser da – war immer eine willkommene Abwechslung.

»Ihr sucht das ehemalige Edelfräulein!«, rief die Dienerin aus, die neugierig zugehört hatte. »Wartet noch einen Augenblick, Messire. Ich werde Euch jemand anderen schicken.«

»Marie!«, schrie weiter weg eine Frauenstimme. »Du bist noch nicht fertig!«

»Ich komme, Maman«, antwortete das Mädchen. Dann entschuldigte es sich mit einem kleinen Schmollmund bei Hennequin.

»Meine Stickerei ...«, erklärte sie angewidert und schelmisch zugleich.

»Ich fühle mit Euch«, sagte Hennequin und zwinkerte ihr komplizenhaft zu.

Sie verschwand wie ein Pfeil, um sich wieder ihrer Arbeit zu widmen.

Währenddessen kam eine andere Frau auf ihn zu. Sie mochte etwa vierzig Jahre oder etwas älter sein. Eine schöne, große, hagere Frau mit einigen silbernen Haarsträhnen unter ihrer Haube, gut gekleidet, aber zweifellos nicht die Herrin des Schlosses. Keine Adlige.

Hennequin verneigte sich wiederum respektvoll. Alle Frauen liebten das, selbst wenn sie nicht adlig waren.

»Ihr seid gekommen, um Euch nach Marie d'Auberleau zu erkundigen?«

»Ich habe ein sehr liebenswertes junges Edelfräulein gesehen, aber sie ist nicht die Marie, die ich suche.«
»Ihr sucht Marie d'Auberleau, die Ältere?«
»Ja, ich glaube, um die handelt es sich.«
Hennequin folgte ihr durch ein Labyrinth von kleinen Zimmern und Treppen, die schließlich in einen großen Raum mündeten, in dem mehrere Frauen saßen und nähten, spannen oder stickten. Am Feuer saß eine alte, halb blinde Frau und wärmte sich. Sie schlummerte fast ein und summte ein Wiegenlied.
Die große Frau beugte sich zu ihr herab und sagte ihr ins Ohr: »Da ist jemand, der mit dir über Marie sprechen will.«
Die alte Frau erwachte aus ihrem Dämmerzustand, setzte sich gerade auf, spähte lauernd nach allen Seiten und versuchte, ihren Gesprächspartner zu erkennen.
»Über Marie? Über Marie?«, wiederholte sie leise und eindringlich.
»Ja, Madame«, sagte Hennequin und näherte sich ihr. »Über Marie d'Auberleau.«
»Nicht hier«, sagte die Alte. »Bringt mich ans Fenster, Isabelle.«
Die große Frau half der Alten beim Aufstehen und brachte sie in die Nähe einer Schießscharte. Die Öffnung war mit einem Holzbrett verschlossen, doch in der dicken Mauer war genügend Platz für zwei Steinbänke, die einander gegenüber standen und mit Kissen bedeckt waren. Eine Fackel erhellte die Nische, und ein Kohlebecken spendete Wärme.
Die alte Frau setzte sich, und Isabelle lud Hennequin ein, sich ihr gegenüber niederzulassen, bevor sie selbst neben der alten Frau Platz nahm.
Dieser kleine Alkoven war so abgelegen, dass man ihre Gespräche nicht hörte.
»Seid Ihr gekommen, um mir Neuigkeiten von Marie zu bringen? Wisst Ihr, wo sie ist«, fragte die alte Frau ungeduldig.
»Mutter, er ist ebenfalls auf der Suche nach ihr«, warf Isabelle ein.
Mutter und Tochter also. Die Tochter musste ungefähr im selben Alter wie die Frau sein, die er suchte.

»Meine Mutter war ihre Amme«, erklärte Isabelle. »Ich bin Maries Milchschwester.«
»Ich verstehe«, sagte Hennequin.
Mabille, die alte Frau, schien außerordentlich enttäuscht, ja wütend.
»Zwanzig Jahre ist es her, seit ich sie zum letzten Mal gesehen habe! Wer kann mir endlich Neuigkeiten von ihr bringen? Werde ich sie wiedersehen, bevor ich mein Augenlicht ganz verloren habe?«
»Ich bin gekommen, um zu versuchen, sie wiederzufinden«, sagte Hennequin zu ihr. »Ihr müsst mir erzählen, wie sie verschwunden ist.«
»Ach, sie war in einen Templer vernarrt«, rief Mabille verärgert aus. »Sie war zweiundzwanzig Jahre alt. Sie hatte es nicht eilig mit dem Heiraten, und ihre Eltern ließen sie gewähren. Sie sagte, sie wolle selbst ihre Wahl treffen, es würde sich schließlich schon irgendein junger Mann vorstellen, der nach ihrem Geschmack wäre.«
»Und, ist das nicht eingetreten?«
»Ein Templer war es! Einer, der sein Gelübde abgelegt hatte und dennoch verrückt genug war, sie zu betören.«
Das bestätigte vollkommen, was Hennequin bereits in Carmelhac erfahren hatte.
»Sie war verliebt …«, berichtigte Isabelle.
»Eine Verrücktheit! Als ob es nicht genügend junge Ritter gegeben hätte, die viel darum gegeben hätten, sie glücklich zu machen. Aber nein. Sie musste sich unbedingt in der Nähe der Komturei von Aulnat herumtreiben. Verliebt ist sie zurückgekommen und tat sehr geheimnisvoll. Ihr Templer hatte ihr, so schien es, ein Geheimnis anvertraut.«
»Sie fehlt mir«, mischte sich nun Isabelle ein. »Sie war meine Freundin, wisst Ihr. Wir haben alles gemeinsam gemacht, alles miteinander geteilt. Ich war ihre Milchschwester, ihre Vertraute, und wir beide waren unzertrennlich.«
»Was hat sie Euch gesagt?«
»Eines Tages hat sie mir mit vor Freude glänzenden Augen verkündet, dass sie ihren Templer heimlich heiraten würde. Er würde den

Tempel um ihretwillen verlassen. Außerdem hatte er sich mit seinen Ordensgenossen entzweit, wegen eines Geheimnisses, das er bei sich trug. Marie hatte es nur angedeutet und mich angefleht, es für mich zu behalten. Es ist das erste Mal seit zwanzig Jahren, dass ich darüber spreche. Ich denke, das ist inzwischen eine alte Geschichte.«

»Also hatte der Templer etwas zu verstecken, und schließlich sind sie beide geflohen, um heimlich zu heiraten?«

»Ja, so war es. Sie sind alle beide fortgegangen und man hat sie niemals wiedergesehen.«

»Und Ihr wisst wirklich nicht mehr?«

»Doch«, sagte Isabelle. »Marie hat mir noch anvertraut, dass sie sich für eine gewisse Zeit unter die Landbevölkerung mischen wollten. Die Templer würden sie niemals im gemeinen Volk suchen. Und eines Tages, wenn sie sich außer Gefahr fühlten, wollten sie wieder zum Vorschein kommen.«

»Und dann sind sie nie wieder aufgetaucht ...«

Hennequin war nachdenklich geworden. Der Anfang der Geschichte war nicht schwer zu rekonstruieren und stimmte genau mit dem überein, was man ihm in Carmelhac berichtet hatte.

Barthélemy de Carmelhac, der vierte Sohn der Familie, konnte auf keinerlei Erbe hoffen und war der *Armen Ritterschaft Christi vom salomonischen Tempel* beigetreten. Er hatte im Heiligen Land gekämpft, war dann der Garnison von Aulnat zugeteilt worden und später von einem Tag auf den anderen verschwunden. Man erinnerte sich an den Hauch eines Skandals, vielleicht ging es um einen Raub, aber all das blieb verschwommen und in Vergessen gehüllt. Es gab auch ein Mädchen, das ihm angeblich gut gefallen hatte, trotz der Tempelregeln, die den Mönchsrittern Enthaltsamkeit und Keuschheit auferlegten. Barthélemy de Carmelhac habe seinen Eid gebrochen ...

Gut, der Anfang der Geschichte war also klar. Aber was war dann geschehen? Wo hatte das junge verliebte Paar in aller Heimlichkeit Schutz gesucht? Es konnte überall gewesen sein, unter irgendwelchen falschen Namen. Vielleicht waren sie ans andere Ende Frankreichs gezogen. Wie sollte man sie je wiederfinden?

Hennequin beschloss, sich gleich am nächsten Tag an einen öffentlichen Schreiber zu wenden, dem er das, was er entdeckt hatte, diktieren würde, damit Bertoul alles erfuhr. Danach würde er weiterforschen, es gab immer wieder unerwartete Funde.

»In welcher Beziehung steht denn die kleine Marie zu jener Marie, von der wir sprachen?«, fragte er weiter.

»Sie ist ihre Nichte«, sagte Isabelle. »Die jüngste Tochter von Maries Bruder, Guillaume d'Auberleau. Aber sie haben sich nie kennengelernt. Die Kleine ähnelt ihr nicht sehr, aber sie hat ein freundliches Wesen.«

»Ich hatte bereits das Vergnügen, mich selbst davon zu überzeugen«, sagte Hennequin schmunzelnd.

Übrigens fragte er sich, was Bertoul mit diesen vor zwanzig Jahren verschwundenen Personen zu tun haben mochte. Er nahm an, dass es eine Verbindung zu Blanche gab. Warum hätte er ihn sonst gebeten, eine Kopie seiner Nachforschungen über Barthélemy de Carmelhac und Marie d'Auberleau in Vauluisant zu hinterlegen?

Parfum

Ihr könnt selbst ein magisches
Parfum herstellen.
Zerstampft grauen Bernstein, Rosenblätter,
Wacholderrinde und Eisenkrautblätter
in einem Marmorgefäß.
Fügt einige Tropfen Alkohol und Rosenwasser
hinzu, sodass Ihr eine teigige Masse erhaltet.
Formt daraus kleine Kugeln und trocknet
sie in der Sonne.
Dann legt sie im Haus in die Nähe einer
Wärmequelle, damit sie ihren betörenden Duft
verströmen und Liebesgefühle hervorrufen.

34

Diesmal ließen die Templer Bertoul nicht mehr aus den Augen. Er hatte Angst um Blanche, Angst wegen der Wölfe mit ihren glänzenden und scharfen Zähnen, die er im schwarzen Wasser des Krugs erspäht hatte. Doch im Moment konnte er nichts tun. Umso schneller wollte er sich seiner Pflicht entledigen. So führte er den kleinen Trupp auf direktem Wege durch den Wald in Richtung der Hütte, in der er geboren worden war und seine ersten Lebensjahre verbracht hatte. Allmählich begann er den Weg wiederzuerkennen.

An diesem Tag schien der Wald wie verzaubert. Die Baumstämme schienen in einem leichten, unregelmäßigen Nebel zu schweben, der von Sonnenstrahlen durchzogen wurde, die schwarzen Äste reckten sich, mit einem funkelnden Eismantel bedeckt, in die Höhe. Man vernahm leise glucksende Geräusche – schmelzender Schnee oder Wasser, das unter einer Eisdecke dahinströmte – sowie das flüchtige Huschen von Tieren.

Er dachte wieder an das Lied, das er zu dichten begonnen hatte: *Weiß wie der Schnee.* Er hätte sich am liebsten hundert Verse ausgedacht. Er versuchte, sich an die ersten Strophen zu erinnern, doch sein Gedächtnis ließ ihn im Stich. Und weil ihm kein anderes Lied einfiel, summte er Blanches Lieblingslied: *Die Schöne ist im Garten der Liebe …*

›Wo bist du, meine Schöne, in welchem Garten? An welchem geheimen Ort, wohin dein Geliebter nicht gelangen kann? Warum habe ich in dem Krug Wölfe gesehen?‹

Plötzlich erblickte er, noch ein ganzes Stück entfernt, vor sich im dichten Nebel seine alte Hütte.

»Da ist es«, sagte er und streckte den Finger aus.

»Ich sehe nichts«, sagte Évrard. »Es ist viel zu neblig.«

Bertoul zog an den Zügeln und Wiesel stand still, die anderen Pferde

taten es ihm nach. Trotz der Entfernung sah Bertoul ein Rudel von Wölfen, das sich neben der Hütte niedergelassen hatte. Einige liefen vor dem Eingang hin und her, andere lagen friedlich hier und dort. Ein abgenagtes Gerippe und einige Knochen lagen auf dem Boden.
»Wölfe«, sagte Bertoul.
Sein Herz schlug wild.
›Blanche, wo bist du? Nein, es ist nicht ihr Skelett, das da liegt … Raoulet hat gesagt, sie sei nicht weit von hier …‹
»Blanche!«, schrie Bertoul aus Leibeskräften. Sein Ruf wurde vom Nebel verschluckt.
Die Templer schauten einander sprachlos an.
»Wölfe? Das ist unmöglich«, sagte einer von ihnen. »Wir hätten sie doch heulen hören.«
»Es sind Wölfe in der Nähe des Hauses, ich versichere es Euch.«
Die Formel! Er musste sie nochmals sprechen … sie sich in Erinnerung rufen, ohne dass die Templer auch nur irgendetwas ahnten … Er unternahm einen Anlauf, ihnen seinen Plan darzulegen.
»Messire Évrard, ich bin im Wald aufgewachsen, ich weiß, wie ich vorzugehen habe. Greift die Wölfe nicht an. Ihr würdet nur ein Blutbad anrichten. Lasst mich nur machen … Ich werde mich ihnen langsam nähern. Ich brauche dazu Ruhe und absolute Stille, und ich bitte Euch, mir Deckung zu geben. Wenn ich in Gefahr bin, werde ich Euch ein Zeichen geben. Wartet hier auf mich.«
»Und warum sollten wir das tun? Ich glaube, Ihr versucht wieder einmal, uns zu entwischen.«
»Ich versichere Euch, dass ich dies nicht tun werde.«
Ein kurzes Heulen im Chor, nicht weit entfernt, doch außer Sichtweite, bewies den Tempelrittern, dass Bertoul sich tatsächlich nicht geirrt hatte.
»Hört Ihr? Ich werde sie vertreiben. Ich weiß, wie ich vorzugehen habe.«
»Mein junger Freund, wenn es eine Methode gibt, die Wölfe fernzuhalten, dann wundert es mich, dass sie nicht überall bekannt ist. Es sei denn, es handelt sich um Magie.«

»Ganz und gar nicht«, rief Bertoul aus. »Es ist eine Methode, die die Bauern anwenden, nichts weiter. Aber sie braucht viel Ruhe und ein wenig Zeit.«
»Einige Lanzenhiebe schienen mir Erfolg versprechender! Es sind wilde Tiere, die man töten muss. Geschöpfe des Teufels.«
»Nein, der junge Mann hat recht«, mischte sich nun Bruder Isambart du Sourre ein. »Es ist besser, sie zu vertreiben, als sie zu töten.«
›Uff‹, seufzte Bertoul erleichtert.
»Ich verstehe nicht, warum«, entgegnete Évrard.
»Weil der Wolf für seine Kraft bekannt ist, seine Gewandtheit und seine Schlauheit. Aber er ist kein Geschöpf des Teufels. Wisst Ihr denn nicht, dass der heilige Isambart selbst von einem Wolf geführt wurde?«
»Los, macht Euch auf, junger Mann«, ermutigte ihn Isambart. »Möge mein heiliger Schutzpatron Euch beistehen.«
»Amen«, antwortete Bertoul.
Évrard warf dem jungen Mann einen durchdringenden Blick zu. Bertoul ähnelte auffällig dem Mann, den er als Barthélemy de Carmelhac gekannt hatte. Mutig, aber vorsichtig. Ein geborener Anführer, der auf ganz natürliche Weise wusste, wie er sich Gehorsam zu verschaffen hatte. Immer der Erste, der sich der Gefahr stellte.
›Das ist sehr seltsam‹, dachte er. ›Und ein Indiz mehr.‹
»Ich bin einverstanden«, sagte er schließlich. Und er gab Bertouls Anweisungen an die anderen weiter.
Der Trupp bewegte sich im Schritttempo vorwärts. Die von den Wölfen bewachte Hütte war ganz von Nebel eingehüllt und noch weit entfernt, niemand außer Bertoul sah sie. Schweigend ritten sie weiter, und die Soldaten, die über die geschultesten Augen verfügten, erblickten schließlich das Lehmhaus mit seinem weit heruntergezogenen Dach, vom Hochwald verdeckt und in feine Nebelschwaden gehüllt. Sie sahen eine Rauchfahne und nahmen Brandgeruch wahr. Wer hatte dort Feuer gemacht? Ein weiteres Rätsel …
In diesem Moment hielten die Wölfe inne und drehten allesamt ihre Köpfe mit den starren gelben Pupillen in Richtung des Zuges, blieben

aber unbeweglich sitzen und veränderten ihre Haltung nicht. Bertoul gab den Rittern ein Zeichen zum Anhalten und ritt allein unter den aufmerksamen Blicken der Tiere weiter. Ganz behutsam bewegte er sich vorwärts. Die Wölfe rührten sich nicht – man hätte meinen können, sie seien ausgestopft. Bertoul stieg vom Pferd und näherte sich noch einige Schritte, dann blieb er stehen. Er atmete tief durch. Einer der Wölfe erhob sich und machte fünf oder sechs Schritte auf ihn zu. Dann sprach er die Formel ein weiteres Mal.

»Ich beschwöre euch, ihr Wölfe aller Art, mich, Bertoul Beaurebec, nicht mit eurem Geheul zu ängstigen, mich nicht anzugreifen, mich nicht zu verschlingen. Ich beschwöre euch, dass ihr die Macht verliert, mein Blut zu vergießen, mich zu verletzen oder zu töten. Ich beschwöre euch, mir folgsam zu gehorchen, wenn ich euch einen Befehl gebe, und wieder zu verschwinden, wenn ich es euch befehle. Barnasa, Leutias, Bucella. Agla, Agla, Agla. Tetragrammaton, Adonai, Amen!«

Der Wolf, der auf ihn zugekommen war, drehte sich um, kehrte zum Rudel zurück und legte sich, mit gekreuzten und ausgestreckten Pfoten und aufrechtem Kopf, auf den Boden, als sei nichts gewesen. Bertoul machte erst einen, dann einen weiteren, schließlich einen dritten Schritt nach vorn. Dann hielt er inne. Nichts geschah. Er blickte sich kurz um. Hinter ihm zwischen den Bäumen warteten die bewaffneten Ritter auf ein Zeichen von ihm. Er gab ihnen zu verstehen, dass alles in Ordnung sei, und ging weiter.

Er schritt weiter vorwärts und blieb zwischendurch immer wieder einige Sekunden lang stehen. Die Wölfe schienen sich absolut nicht um ihn zu kümmern. Nun kam er am ersten Tier vorbei. Er ging noch einige Schritte, jetzt befand er sich mitten im Rudel. Ganz langsam bewegte er sich auf die Hütte zu. Er legte die Hand auf die Holzplatte, die an alten Lederriemen hing und als Tür diente. Sie gab unter dem Druck nach. Er öffnete sie ganz. Im Halbdunkel erkannte er zunächst die Feuerstelle, dann, nicht zu übersehen, einen großen Wolf. Er lag am Fußende des alten Bettes, das seinen Eltern gehört hatte. Und in diesem Bett lag Blanche de Vauluisant und schlief.

Pfeffer

Ihr könnt Euch ein Orakel herstellen,
indem Ihr eine Birne schält, und wenn
es Euch gelingt, sie in einem Zug zu schälen,
ohne dabei abzusetzen, werdet Ihr noch
im selben Jahr heiraten.
Sodann werft die Schale hinter Euch.
Die Form, die sie annimmt, bildet den
Anfangsbuchstaben des Auserwählten.

35

Bertoul warf sich vor der Bettstatt auf die Knie.
»Blanche, bist du es wirklich? Du hier? Und in welchem Zustand … Blanche, meine Blanche … Was ist mit dir geschehen? Blanche, hörst du mich? Sag doch etwas!«
Er hätte sie so gern an sich gedrückt, doch er wagte es nicht. Blanche öffnete müde ein Auge, schloss es wieder, lächelte schwach, zog aus dem Mantel, der ihr als Decke diente, ihre kleine, magere Hand mit den zerbrochenen Fingernägeln und suchte nach der Bertouls, um sich an ihr festzuhalten. Sie machte einen Versuch, sich aufzurichten und ihn anzuschauen.
Er versank in ihrem Blick.
»Ich war sicher, dass du kommen würdest. Wir sind doch Verbündete …«
Ihre Augenlider wurden ihr schwer, sie konnte sie noch nicht längere Zeit geöffnet halten, aber ein kleines, leichtes Lächeln blieb auf ihrem Gesicht zurück.
»Ja«, sagte Bertoul, erschüttert, sie in einem solchen Zustand anzutreffen.
Er musste sie nach Vauluisant bringen. Sofort. Dort würde es ihr gleich besser gehen. Eudes Gerbaud würde schon jemanden finden, der sie pflegte.
Neben dem Kamin bewegte sich etwas. Ein großer Mann, der auf der steinernen Einfassung saß, erhob sich und berührte dabei mit seinem Kopf fast die Balken der Hütte. Bertoul hatte seine Gegenwart nicht einmal wahrgenommen.
»Nun, da bist du ja endlich! Sie ruft schon so lange nach dir.«
»Was soll das heißen?«
»Du hast richtig gehört. Es wurde höchste Zeit …«

»Sie wird doch nicht sterben?«, fragte er mit erstickter Stimme.
Blanche erhöhte den Druck ihrer Hand. Sie hatte seine Besorgnis wahrgenommen und antwortete auf ihre Weise.
»Pah … natürlich nicht. Zwei Wochen in einem Verließ ohne Nahrung haben noch niemanden getötet.«
»Ein Verließ? Ohne Nahrung!«
»Sie hat noch Fieber, aber es geht ihr schon besser. Woher wusstest du, dass du sie hier finden würdest?«
»Aber … ich wusste es gar nicht. Was ist eigentlich passiert?«
»Nichts Gutes. Eine lange Geschichte, die niemals geschehen wäre, wenn du genügend Grips in deinem Gehirn gehabt hättest, meinem Ratschlag damals zu folgen und sie nicht nach Vauluisant zu bringen.«
»Euren Rat? Das soll ein Rat gewesen sein?«
»Ja. Du hättest das Edelfräulein nicht ohne Schutz lassen dürfen.«
»Und Ihr hättet besser daran getan, mir ganz klar den Grund zu erklären, als Ihr mich in der Nähe von Vauluisant überrascht habt«, entgegnete Bertoul gereizt. »Ihr hättet mir wenigstens einen Hinweis geben können. Und im Übrigen, warum habt Ihr Blanche de Vauluisant nicht selbst besser beschützt mit Euren Wölfen, wenn sie Euch so viel bedeutet?«
Gaucher, der ziemlich verlegen wurde, antwortete mit einem kehligen Brummen. Dann fuhr er fort, mit strenger Miene, seinen Blick auf Bertoul gerichtet, und zeigte mit seinem faltigen braunen Finger auf ihn.
»Zum Glück war ich da, um mich um sie zu kümmern. Die Wölfe haben sie beschützt.«
Die Wölfe im Krug … Bertoul hatte geglaubt, sie stellten eine Bedrohung für Blanche dar, doch tatsächlich stand sie unter dem Schutz der wilden Tiere. Das Zauberbuch log niemals.
Doch derjenige, der es befragte, konnte sich in der Deutung der Bilder irren.
»Und wie ich sehe, haben sie dich nicht angegriffen.«
»Nein«, sagte Bertoul.

»Wie hast du das geschafft? Kennst du die Formel? Steht sie in deinem Zauberbuch?«
Bertoul antwortete nicht auf diese Frage. Er strich mit den Fingern über Blanches Stirn, die sich sehr heiß anfühlte. Es musste im Zauberbuch eine Anweisung geben, wie man Fieber und lang anhaltende Krankheiten heilt. Er würde sie schnellstens suchen.
»Berühr mich nicht«, flüsterte sie mit geschlossenen Augen. »Ich schäme mich zu sehr. Ich habe mich seit Wochen nicht waschen können.«
Sie verfiel wieder in eine Art Dämmerschlaf.
»Ich werde sie nach Vauluisant zurückbringen«, sagte Bertoul zu Gaucher und erhob sich. »Ich habe da draußen ein Pferd.«
Draußen – die Wölfe – die Tempelritter. Er hatte sie vollkommen vergessen.
»Und was werdet Ihr in Vauluisant tun? In diesem Zustand kann sie nicht dorthin zurückkehren.«
»Da draußen sind einige Tempelritter«, sagte er, als hätte er seinen Einwand überhört. »Sie können wegen der Wölfe nicht näher herankommen.«
»Umso besser. Warum sollten sie denn näher kommen?«
»Sie suchen etwas in dieser Hütte.«
Bertoul ließ seinen Blick umher schweifen. In einer Ecke lehnten zwei riesige Beile, die Barthélemy gehört hatten, und einige Werkzeuge wie eine Handaxt und eine Hacke, die am Stiel zusammengebunden waren.
»Dies hier ist die Hütte meiner Kindheit«, sprach Bertoul weiter. »Hier wurde ich geboren. Aus irgendwelchen Gründen denken die Templer, dass sie meinen Vater kennen, der hier etwas in ihren Augen sehr Kostbares versteckt haben soll. Sie haben mich gezwungen, sie hierher zu führen, und ich möchte all das so schnell wie möglich zu Ende bringen, damit sie wieder abziehen.«
»Gut«, sagte Gaucher. »Ich werde die Meute ein wenig weiter in den Wald führen und dann zurückkommen.«
»Ich möchte nicht, dass sie Blanche sehen, sie würden zu viele Fragen stellen.«

»Also gut. Ich werde sie mitnehmen. Wenn sie weg sind, komme ich zurück und lege sie wieder aufs Bett, damit sie zu Kräften kommt und wieder zu ihrem Gut und ihrem Schloss zurückkehren kann. Du brauchst keine Angst zu haben, sie wird nicht wieder in die Hände von Raoulet de Mauchalgrin fallen.«
»Was hat dieser Kerl mit ihr angestellt?«
»Er hat sie entführt und ich habe sie ihm wieder weggenommen, doch er weiß nicht, dass sie hier ist.«
»Die Templer haben Raoulet ohnehin an seinen eigenen Pranger gekettet und verboten, dass jemand ihn befreit. Sie werden sich noch um ihn kümmern.«
Gaucher Sevestre stieß ein hartes und zufriedenes Lachen aus.
»Das ist die beste Neuigkeit, die ich seit Langem gehört habe!«
Er wollte Blanche ins Freie tragen, aber Bertoul schob ihn zur Seite und hob das junge, in seinen Mantel gehüllte Mädchen selbst hoch. Sie legte ihre Arme wie eine Kette um Bertouls Hals, und so gingen sie zwischen den Wölfen hindurch ins Freie.
Blanche war in einem jämmerlichen Zustand, aber dennoch hatte Bertoul das Gefühl, dass er den schönsten Augenblick seines Lebens erlebte. Sie schlug die Augen auf und schaute ihn vertrauensvoll an.
»Wirst du mich nach Vauluisant zurückbringen?«
»Bald, meine Schöne, bald, sei unbesorgt.«
»Dort herrscht Gefahr, für mich und für dich.«
Das Fieber bewirkte offenbar, dass sie wirres Zeug redete.
»Aber nein«, versicherte er ihr.
»Aber ja«, bekräftigte Gaucher. »Ihr Verwalter hat sie verjagt und eine falsche Herrin an ihrer Stelle eingesetzt.«
»Wie bitte?«, schrie Bertoul.
»Ich hatte nicht die Zeit, dir alles zu erklären«, sagte Blanche.
»Ihr könnt später darüber reden«, befahl Gaucher. »Los, gib sie mir und kümmere dich um das, was du mit diesen Templern zu erledigen hast.«
»Kannst du laufen, Blanche?«
»Ich glaube nicht, aber ich will es gern versuchen.«

Er setzte sie vorsichtig ab und stützte sie. Doch ihre Knie gaben nach und er konnte sie gerade noch auffangen. Schließlich übergab er sie in Gauchers Arme, der ungelenk mit ihr davonging, wobei er sich immer im Schutz der Bäume hielt, damit die Tempelritter ihn nicht sahen.
Die Wölfe erhoben sich und folgten ihm gehorsam.
Bertoul hatte weder eine Handbewegung wahrgenommen noch irgendein Wort sprechen hören. Konnte dieser Mann die Wölfe mit seinen Gedanken lenken? Solche Dinge waren möglich, das wusste er. Er tastete in seinem Sack, den er die ganze Zeit über nicht abgelegt hatte, nach dem Buch. Dann warf er einen Blick hinein: Da war keine Muskatnuss mehr. Der Rubin im Deckel des Folianten flackerte leicht. Bertoul lächelte beruhigt.
Er wandte sich zu den Tempelrittern um und ging auf sie zu. Unterwegs ergriff er sein Pferd beim Zügel.
»Ihr könnt kommen«, rief er ihnen zu.
Der kleine Trupp folgte ihm und erreichte die Hütte. Die Fußabdrücke Gauchers, der Blanche trug, waren von denen der Wölfe überdeckt und zertrampelt worden.
»Hier hat jemand gehaust «, sagte Évrard beim Eintreten, »es stinkt und man kann gar nichts sehen.«
»Eure Augen werden sich schon daran gewöhnen«, sagte Bertoul.
»Die Glut ist noch warm, hier stehen ein Topf und ein Krug, da ist der Abdruck eines Körpers im Bett …«
»Ein Vagabund, der hier zufällig vorbeikam. Er wird geflohen sein, als er Euch oder die Wölfe gesehen hat.«
»Hmm«, bemerkte Évrard und ließ seinen Blick aufmerksam durch den Raum gleiten.
Die drei anderen Templer waren ebenfalls eingetreten und es wurde sehr eng in der Hütte.
»An die Arbeit«, sagte Évrard. »Wir müssen alles durchsuchen. Was ist das hier?«
Er zeigte in die Ecke, in der die alten, halb verrosteten Werkzeuge lagen.

»Die Beile meines Vaters, seine Arbeitswerkzeuge, mit denen er im Wald gearbeitet hat.«

»Unsinn. Das ist nicht das Beil eines Holzfällers. Das ist eine Waffenaxt.«

»Der Sarazenenschlächter …«, stieß Isambart mit einem kleinen Lachen hervor.

»Eine Waffenaxt? Gewiss nicht. Mein Vater fällte Bäume damit, soweit ich mich erinnere.«

Évrard nahm sie in die Hand und untersuchte sie. Da es zu dunkel war, ging er mit ihr hinaus und betrachtete sie von allen Seiten im hellen Licht dieses schönen Wintertages. An der rostbedeckten Klinge in Form einer Sichel war noch immer eine Rinne zu erkennen – durch die das Feindesblut ablaufen konnte –, und der polierte Holzgriff war mit einer kleinen, geschnitzten Relieffigur versehen.

»Kommt her und seht …«

Die Templer beugten sich über das Ornament.

»Seht Ihr das, Messire Bertoul? Das Wappen derer von Carmelhac.«

Bertoul verschlug es buchstäblich die Sprache.

»Das Wappen der Carmelhacs«, stammelte er.

»Glaubt Ihr uns nun? Los, lasst uns das Dokument suchen.«

Sie ließen Bertoul einfach stehen und fingen an, sich in der Hütte umzusehen. Es würde schnell gehen, doch man musste wirklich alles durchsuchen, Stück für Stück.

Die Soldaten und Bruder Renaud waren etwas weiter entfernt im Freien geblieben. Sie waren von ihren Pferden gestiegen und stampften mit den Füßen auf den Boden, um sich aufzuwärmen.

Bertoul verbarg den Kopf in den Händen. Dann war es also wahr! Diese Männer hatten recht. Er hatte es nie glauben wollen, und die Reden und Beweise Évrard de Cezains und seiner Handlanger waren ihm lästig gewesen. Nicht einen Augenblick lang hatte er sich selbst als Sohn eines Ritters sehen können, eines Templers, als Spross einer adligen Familie. Es war nie sein Traum gewesen, dieser Welt anzugehören: Es war einfach unmöglich. Es war, als klaffte zwischen den

Adligen und denen, die nicht zu ihnen gehörten, von Natur aus ein unüberbrückbarer Abgrund.

Dennoch, waren nicht beides Menschen, stammten nicht alle von Adam und Eva ab?

Und dann wurde es ihm plötzlich klar: Er gehörte zu derselben Klasse wie Blanche! Diese Vorstellung ließ sein Herz höher schlagen, sodass es fast schmerzte. Aber würde dies etwas ändern? Konnte es wirklich etwas ändern? Seine Lage war nun fast noch schlimmer, denn er konnte sich jetzt nie mehr wie der verliebte Spielmann des schönen Edelfräuleins verhalten …

Er würde sich bewähren müssen, diesmal würde es allerdings um andere Arten von Bewährung gehen. Er würde den Charakter eines Ritters und entsprechende Umgangsformen zeigen müssen. Er musste sich schlagen, und das mit dem Schwert! Er musste gut zu Pferd sein und an Wettkämpfen teilnehmen! Galoppierend durch den Wald jagen, mit dem Degen in der Hand, wilde Schreie ausstoßen!

Er sah sich um keinen Preis der Welt in dieser Rolle. Die Schlachten, die Einzelkämpfe, die Jagden … Er hatte überhaupt keine Lust, sein Leben auf diese Weise zu verbringen.

Das, was für ihn zählte, waren die Musik und die Lieder, die schönen Dinge, die andere geschrieben hatten, die Weisheiten der Welt …

Das Zauberbuch mit dem Rubin! Das Buch hatte ihm nie auch nur in geringster Weise etwas über das Geschlecht offenbart, dem er zu entstammen schien. Warum auch hätte es ihn darauf hinweisen sollen? Es war nur ein Buch. Es war ihm gegeben worden, damit er tiefere Kenntnisse erwarb. Es konnte symbolisch auf die Fragen antworten, die man ihm stellte, doch es enthüllte niemals etwas, wonach man nicht fragte.

Es war ein seltsames Gefühl, plötzlich hier zu sein: Er saß auf dem bemoosten, noch mit Schnee bedeckten Felsen in der Nähe der Hütte seiner Kindheit und wartete darauf, dass die Templer ihre Suche beendet haben würden.

Évrard hatte die Waffenaxt an den Felsen gelehnt, und so war sie in Bertouls Nähe geblieben. Er ergriff sie, um sie genauer zu untersuchen. Diese Klinge in der Form eines Viertelmondes hatte also einst, in einem weit entfernten Land, Sarazenen getötet. Eine alte Geschichte, an der Blut klebte. Dann hatte sie Bäume gefällt, damit die Bewohner von Tournissan es warm hatten, damit sie ihre Balken, Werkzeuge und Möbel anfertigen konnten. Er betrachtete die kleine Figur, die, wie es schien, mit einem Messer eingraviert worden war. Eine Form wie ein Waffenschild, so groß wie ein Daumen, mit Bildern, wie die Herren sie haben und die er nicht zu lesen vermochte. Auf dem Wappen Blanches war ein grünes Tal auf weißem Hintergrund abgebildet, das von einer Sonne erhellt wurde, die inmitten eines blauen Bandes darüber schwebte, welches gut sichtbar ihren Namen wiedergab. Tournissan hatte einen gelben Turm vor einem schwarzen Hintergrund. Wie sah wohl das Wappen der Familie Carmelhac aus? Und das der Marie d'Auberleau?

Mariette, mit ihrem blauen Wollrock und ihrer Tuchhaube, war sie wirklich eine Adlige gewesen? Überhaupt, war das alles so wichtig? Das Wichtigste war eigentlich Blanche, die so schwach war und so viel von ihm erwartete. Was war das für eine Geschichte mit dem Verließ und dem Raub? Was hatte sich in Vauluisant abgespielt? Ab jetzt würde er über sie wachen!

In der Hütte hörte man Lärm, irgendwelche Gegenstände wurden auf den Boden geworfen, dann ertönte ein lauter Siegesschrei, der Bertoul zusammenfahren ließ. Auch die Soldaten wandten ihre Köpfe neugierig zur Hütte hin.

Évrard de Cezain stürzte aus dem Häuschen und schwenkte einen eisernen Behälter. Hinter ihm kamen die drei Tempelritter heraus, auf deren Gesichtern ein triumphierendes Lächeln lag, während sie sich wie toll auf die Rücken schlugen.

Das Kästchen wurde gewaltsam geöffnet und Évrard zog einen Stoß Pergamentbogen heraus, die er entrollte und rasch mit den Augen überflog.

»Das ist es, das ist es tatsächlich«, sagte er ganz aufgeregt. »Der Brief von Matteo Bonaccorsi und das Dokument, das wir dem Emir Ibu Hakim für sechshundert Taler abgekauft haben.«

Die meisten Pergamentbogen waren sehr alt, die Ränder wirkten brüchig. Die Farbe war nicht die des feinen, gewöhnlichen Elfenbeins, sondern von dunklem Leder, fast wie Rost. Außergewöhnlich feine, kaum leserliche Tintenlinien in einer Bertoul völlig unbekannten Schrift bedeckten das Blatt.
Évrard de Cezain drehte sich zu ihm um, ihm wurde plötzlich klar, dass er Bertoul wenigstens eine kleine Erklärung schuldig war.
»Wir haben dieses Waffenkästchen der Carmelhacs in einem Versteck in der Vertiefung eines Balkens gefunden. Es war perfekt mit einem nahtlos anschließenden Holzbrett verschlossen. Aber Gott war mit uns und half uns, jeden Winkel dieser Hütte zu untersuchen. Seht Ihr das hier, Messire Bertoul: Diese Pergamentbogen sind vielleicht noch zur Zeit unseres Herrn Jesus selbst geschrieben worden. Es sind unbekannte Seiten des Evangeliums. Und der hinzugefügte Brief ist der eines Venezianers, der uns garantiert, dass der Verkäufer, Ibu Hakim, genauso ehrlich sei, wie ein Feind es nur sein kann, und dass er dieses Paket in der Höhlung eines Felsens in der Sandwüste Palästinas gefunden habe. Bald werden wir wissen, ob diese Blätter einen heiligen und geistigen Wert haben. Es besteht die Gefahr, dass es eine Fälschung ist, aber wenn es tatsächlich ein neues Evangelium wäre – stellt Euch einmal die Bedeutung dieses Fundes vor!«
»Und Ihr wolltet es verbrennen?«, entgegnete Bertoul, nicht ohne Spott.
»Damals waren wir der Auffassung, dass dieses Dokument, sei es nun authentisch oder nicht, die gesamte Grundlage der Kirche und aller christlichen Reiche erschüttern könnte, wenn es in falsche Hände geriete, und wir hielten es für besser, es verschwinden zu lassen. Heute sind wir gemäßigter und vorsichtiger. Wir müssen es also sorgfältig untersuchen und uns mit dem Papst darüber beraten, bevor wir entscheiden können, ob es der gesamten Christenheit bekannt gemacht werden darf.«
»Zweifellos«, sagte Bertoul, der jetzt nur noch ein Ziel vor Augen hatte: Die Templer würden ihn endlich freigeben, sodass er seinen eigenen Weg und sein eigenes Leben leben konnte.

Évrard legte die Pergamentrolle in die Kiste zurück, die er fest an sich gedrückt hielt. Sie waren am Ziel, ihre Reise war beendet, wie die befriedigten Gesichter der vier Templer bewiesen. Alle schwangen sich in ihre Sättel, außer Bertoul.
Sie würden die Umgebung der Hütte mit ihren Soldaten und Pferden verlassen, Blanche würde zurückkehren und sich im Bett dieses einsamen Häuschens erholen, und bald würde er sie zurück nach Hause in ihr Schloss begleiten.
Bertoul räusperte sich.
»Nun ... ich bin froh, Euch von Nutzen gewesen zu sein, und ich freue mich, dass Ihr Euren Besitz wiederbekommen habt, Ihr Tempelherren. Ich wünsche euch eine gute Reise. Was mich betrifft, so werde ich einige Zeit in dieser Hütte bleiben.«
»Aber nein, Ihr kommt mit uns, Messire Bertoul! Zunächst werden wir den Fall dieses jungen, arroganten Herrn regeln, den man wohl aus vom Pranger befreien muss, auch wenn er es sicher verdient hätte, noch ein oder zwei Tage mehr dort zu verbringen. Übrigens, weshalb hat er Euch eigentlich verurteilt? Ihr habt uns nichts davon erzählt.«
»Ihr hattet es eilig, zur Hütte zu gelangen.«
»Gewiss, aber jetzt?«
In wenigen Sätzen erklärte Bertoul, dass er Raoulet de Mauchalgrin seit langem kenne, dass dieser eifersüchtig auf ihn sei und ihn abgründig hasste.
»Und dieses Buch?«
»Frau Hermelinde, seine Tante, hat es mir auf ihrem Sterbebett anvertraut, aber Raoulet ist überzeugt davon, dass es rechtmäßig ihm zustehe. Ich versichere Euch jedoch, dass nichts davon wahr ist. Es war unvorsichtig von mir, das Schloss wiedersehen zu wollen, in dem ich aufgewachsen bin, denn dort hat mich die Truppe des Herrn von Mauchalgrin überrascht. Er war höchst zufrieden, dass er mich dieser demütigenden Behandlung unterwerfen konnte.«
»Ich verstehe ...«, kommentierte Évrard nüchtern. »Wir werden ihn befreien und ihm eine Strafpredigt halten, dann werden wir gemeinsam zu unserer Komturei von Marlhes reiten und dort die Archive

einsehen, natürlich ebenso die von Aulnat, wo Euer Vater zum letzten Mal gesehen wurde.«

Euer Vater …

Die Worte klangen noch immer sonderbar in Bertouls Ohren. Es gelang ihm nicht, eine Beziehung zwischen dem Ritter von Carmelhac und dem Barthélemy herzustellen, den er kannte, mit seiner Axt, den Holzspänen in den Haaren und der nach frischem Harz roch … Sein Vater.

»Ich werde Euch mit nach Carmelhac nehmen«, sagte Évrard. »Ihr müsstet dort einen Onkel oder Cousinen haben, vielleicht lebt Euer Großvater, Barthélemys Vater, noch. Euer Vater konnte das Lehen nicht erben, deshalb ist er Templer geworden – er wählte die einfachste Lösung.«

›In der Tat‹, dachte Bertoul nicht ohne Ironie. Die Templer würden ihn auch weiterhin nicht nach seiner Meinung fragen und ihn hier- und dorthin mitnehmen, und es fehlte nicht viel, und er würde sich schon bald in ihren Diensten wiederfinden, um im Heiligen Land zu kämpfen oder eine Komturei zu bewachen, ohne dass jemand ihn gefragt hätte, ob er das eigentlich wollte. Er, ein Musiker! Ein Dichter! Ein junger Mann, der in Blanche verliebt war! Das kam nicht infrage.

»Ich bleibe hier«, sagte er entschlossen.

Évrard zog eine Augenbraue hoch und schaute ihn prüfend und gleichzeitig vorwurfsvoll an.

»Und warum wollt Ihr das, junger Barthélemy?«

»Es ist das Haus meiner Kindheit.«

»Ein armseliger Stall …«, sagte Évrard verächtlich.

»Dieses Haus hat mein Vater gebaut, und ich bin hier geboren, Messire. Habt Ihr mir nicht gesagt, dass Ihr mich gehen lassen würdet, wenn Ihr das Dokument gefunden hättet?«

»Nicht ohne Euch wieder in Eure Rechte einzusetzen, junger Barthélemy, und im Übrigen …«

»Nennt mich nicht mehr so!«, fuhr er hoch. »Mein Name ist Bertoul.«

Doch er sagte nicht mehr ›Bertoul Beaurebec‹. Er wusste nun, dass diese Männer recht hatten und dass er den Namen Bertoul de Carmelhac trug.
»Wir werden Euch wieder in Eure Rechte einsetzen«, sagte Évrard de Cezain noch einmal. »Wir sind vier Tempelritter, die die Wahrheit bezeugen können. Euer Vater hat das Ordensgewand der Templer abgelegt, aber er bleibt darum nicht weniger von adliger Herkunft, und Ihr habt ein Recht auf Euren Namen.«
»Gebt mir ein wenig Zeit«, sagte Bertoul. »Ich werde Euch aufsuchen, damit Ihr mir das alles erklärt und auch, was nun weiter mit mir geschehen wird.«
»Könnt Ihr uns schwören, dass Ihr uns bald folgen werdet?«
»Bei meiner Ehre«, sagte Bertoul.
Dies schien Évrard und seinen Kameraden ein gutes Zeichen: Es war das Wort eines echten Edelmannes.
»Nein, Messire Renaud«, sagte Bertoul zu Renaud, der zu zögern schien, ob er mit seinen Leuten wegreiten oder weiterhin seinem Auftrag treu bleiben sollte, Bertoul zu bewachen. »Ihr braucht nicht bei mir zu bleiben und mich zu bewachen. Ich habe geschworen, bald nachzukommen.«
Hinter sich vernahm er Wolfsgeheul – Gaucher wurde offenbar ungeduldig.
»Die Wölfe!«, sagte Jourdain du Digueville.
»Sie machen mir keine Angst. Reitet ruhig fort, ich werde nachkommen.«

Sobald die Templer ihre Reitpferde bestiegen hatten, kamen die Wölfe wieder aus dem Wald hervor, Gaucher an ihrer Spitze, der Blanche in den Armen trug. Bertoul stürzte auf die beiden zu und nahm Blanche dem Wolfshirten aus den Armen.
»Nun?«, fragte Gaucher.
»Sie haben gefunden, was sie suchten. Aber ich werde in Tournissan zu ihnen stoßen, da sie mich über … sagen wir, über gewisse Neuigkeiten informieren wollen.«

»Die Templer wollen nach Tournissan?«, sagte Gaucher. »Sehr gut. Wir wollen das Edelfräulein nicht wieder in die Hütte zurückbringen. Los, lass uns zu ihnen gehen.«

Blanche stieß einen kleinen Schreckensschrei aus.

»Nach Tournissan?«, wunderte sich auch Bertoul.

»Zwischen den Templern auf der einen Seite und den Wölfen auf der anderen wird Raoulet de Mauchalgrin sich sehr im Zaum halten. Und die Templer, gefürchtet und respektiert, wie sie sind, werden das Edelfräulein Blanche auf ihrem Gut umgehend wieder in ihre Rechte einsetzen können. Was bedeutet für sie schon ein Ritt von einigen Stunden? Wenn du ihnen einen Dienst erwiesen hast, können sie dir dies nicht verweigern, junger Bertoul.«

Er drehte sich mit einem Ruck um und schlug entschlossen den Weg nach Tournissan ein, sein Stab ragte in die Höhe und die Meute trottete hinter ihm her, außer der großen Wölfin, die an seiner rechten Seite lief und auf deren Kopf er von Zeit zu Zeit seine magere Hand legte.

»Bist du einverstanden, Blanche?«, fragte Bertoul leise. »Die Templer werden uns vor Raoulet de Mauchalgrin beschützen.«

»Ich habe Hunger«, war ihre Antwort. »Und ich möchte gern ein Bad nehmen.«

Apfel

Der Apfel ist ein Bestandteil
zahlreicher Liebesrituale.
Das einfachste besteht darin,
einen roten Apfel zum Glänzen zu bringen
und ihn mit seinem Geliebten zu teilen.

36

Raoulet verbrachte einige Stunden am Pranger damit, laut herumzubrüllen. Unter Aufwendung all seiner Kräfte verrenkte er sich wild und versuchte, sein Joch abzuschütteln. Allerdings vergeblich.
»Kommt her und macht mich los, ihr verfluchten Bauersleute! Soldaten! Hierher! Sofort! Gehorcht euerm Herrn, ihr unfähige Bande! Bei den Eingeweiden des Satans, ihr werdet sehen, wenn ich hier erst einmal ...«
Die Bewohner des Schlosses waren hin und her gerissen. Einerseits empfanden sie Freude darüber, ihren Herrn in dieser Lage zu sehen, andererseits fragten sie sich voller Furcht, was wohl geschehen würde, sobald er ohne ihre Hilfe seine Freiheit wiedererlangt hätte.
»Ach was, später sehen wir weiter«, erklärte Gauberte, die Verwalterin des Schlosses.
Sie stand zusammen mit einer ganzen Reihe von Dienern oben auf dem Schutzwall, um die Szene besser überschauen zu können, und lachte aus vollem Herzen über den Anblick, der sich ihr bot: Ihr Herr, der an seinem eigenen Pranger angeschmiedet war.
»Das wird ihm vielleicht ein wenig mehr Mitleid einflößen«, brachte eine schüchterne Magd mit Namen Mahaut vor, die erst dreizehn Jahre alt war.
»Dem? Mitleid? Das soll wohl ein Scherz sein, mein armes Kind!«
Scherz war nicht ganz das richtige Wort.
»Wir werden alle miteinander teuer dafür bezahlen müssen, nicht wahr?«
»Möglich, doch es schafft eine tiefe Befriedigung, ihn in dieser elenden Haltung zu sehen; also lasst uns den Anblick genießen, bevor wir es irgendwann büßen müssen.«
Bei Einbruch der Nacht erblickte Gauberte in der Ferne den gut ge-

ordneten Trupp der Tempelherren, der in leichtem Trab zurückkehrte. Sie stieg vom Burgwall herab, die anderen folgten ihr, und jeder kehrte an seine Arbeit zurück.

»Nun, Messire Raoulet de Mauchalgrin, habt Ihr Euch endlich beruhigt?«

»Seid verflucht! Ich werde Euch langsam und elend schmoren lassen, Templer hin oder her. Holt mich hier raus, Ihr verdorbener Auswurf falschen Rittertums, und Ihr werdet den Lohn erhalten, den Ihr verdient, glaubt mir!«

Évrard de Cezain, der dank der wiedergefundenen Dokumente bester Laune war, sagte nur:

»Oh, ich sehe, dass Messire Raoulet noch ein wenig im Freien zu bleiben wünscht … Wie es Euch gefällt, Messire Raoulet. Wir werden bald wiederkommen und nachschauen, ob Ihr dann eher dazu bereit seid, dieses Podest zu verlassen!«

»Um Himmels willen, holt mich hier raus! Ich hasse Euch! Ich wünschte, der Teufel würde mich befreien und Euch mitnehmen. Ich würde ihm meine Seele dafür geben!«

»Die wird er ohnehin holen, wie es scheint«, erwiderte Évrard und überquerte mit seinem Trupp die Zugbrücke.

Alle Ritter stiegen von den Pferden, gefolgt von den Soldaten.

»Gibt es hier eine Person, außer diesem glücklosen Herrn, die die Verantwortung trägt?«, rief er in die Runde.

Gauberte trat vor.

»Es gibt Enjorran, den Wachhauptmann«, sagte sie, »aber Messire Raoulet hat ihn in den Kerker geworfen und wird ihm demnächst die rechte Hand abhacken.«

»Aha«, sagte Évrard de Cezain nur. »Was für ein unwürdiger Herr! Die armen Leute! – Wie lange ist Messire Raoulet bereits Herr über dieses Lehensgut?«

»Seit zwei Monaten, Messire«, antwortete Gauberte.

»Und gab es in diesen zwei Monaten bereits andere Verurteilungen oder Zurschaustellungen am Pranger? Weitere Verstümmelungen?«

»Nur Drohungen«, sagte Gauberte. »Wutausbrüche. Zerbrochene Gegenstände, Befehle ohne Ende.«
»Das ist kein guter Herr.«
»Das habe ich nicht gesagt, Messire. Ich sage nur, dass niemand hier seine Art zu herrschen versteht. Alles war ganz anders zu Zeiten, als unsere Frau Hermelinde noch lebte. Ja, sogar zur Zeit von Messire Raoul, dem Vater unseres jetzigen Herrn, der war zwar hart und hatte nicht viel Herz, doch er war nie ungerecht oder wankelmütig.«
»Gut«, sagte Évrard. »Wir werden ein oder zwei Tage lang hierbleiben. Lasst die Pferde in die Ställe führen, bereitet mir für meine Männer etwas zu essen und richtet einige Schlafplätze her. Wegen des vorübergehenden Wahnsinns wird Euer unglücklicher Herr wohl noch einige Zeit am Pranger bleiben müssen, um über den Unterschied zwischen Güte und Tyrannei nachzudenken. Ich übernehme die Verantwortung für dieses Vorgehen. Macht Euch deswegen keine Sorgen.«
»Aber … was soll in Zukunft geschehen?«
»Macht Euch keine Sorgen«, wiederholte er von oben herab.
Dann trat er in den großen Saal ein, gefolgt von seinen Rittern, während die Soldaten sich im Raum der Wachen unterbringen ließen und Gauberte mit leicht zweifelnder Miene davonging, um ihre Anweisungen für die Unterbringung so vieler unvorhergesehener Gäste zu erteilen.

Die Wölfe heulten ganz in der Nähe. Vom Wachturm aus sah der Posten, wie sich der Führer des Rudels mit seiner Meute näherte. Doch die Ketten waren eingefroren und es war unmöglich, das Fallgatter herunterzulassen oder die Zugbrücke hochzuziehen.
Gaucher Sevestre ging sicheren Schrittes voran, seine Wölfe folgten ihm auf den Fersen, ohne auch nur einen Moment lang am Pranger stehen zu bleiben, wo Raoulet weiterhin mit lauten, durchdringenden Schreien die ganze Welt verfluchte.
Hinter der Prozession der Wölfe kam ein schönes Pferd mit Bertoul Beaurebec im Sattel, der die arme, in ihren Mantel gewickelte Blan-

che festhielt. Bertoul ließ sein Pferd vor Raoulet anhalten, ohne etwas zu sagen. Er durchbohrte ihn mit strengem, mitleidlosem Blick, und Blanche tauchte ebenfalls aus den Tiefen ihres Mantels auf, um ihn zu betrachten. Trotz ihrer Schwäche und ihres erbärmlichen Zustandes beobachtete sie ihn schweigend und mit würdigem Ernst.
»Das werdet ihr mir büßen!«, brüllte Raoulet und ließ seinen Worten eine Flut von Schmähungen und Flüchen folgen.
Gaucher Sevestre kam wieder zurück, und die Wölfe folgten ihm.
»Los!«, befahl er.
Die Wölfe stellten sich im Kreis um den Pranger herum und fletschten die Zähne.
»Was! Mit welchem Recht hetzt Ihr die Wölfe auf mich?«, schrie Raoulet. »Wartet nur, bis ich hier herauskomme! Ich werde sie am Schutzwall aufhängen und dich auch, du verdammter Wolfsführer! Die Raben werden kommen und dich fressen.«
Mehrere Tiere gingen gleichzeitig auf Raoulet zu, die Zähne bis zum Zahnfleisch entblößt, mit einem Knurren, das aus den Tiefen ihrer Kehlen aufstieg.
»Ihr macht mir keine Angst, verfluchte Brut, Söhne des Teufels!«
Einer der Wölfe kletterte die Stufen des Podests hinauf und schnüffelte an den Waden des Herrn von Mauchalgrin, wobei er seinen Kiefer knacken ließ. Erst jetzt hörte Raoulet auf zu fluchen.
»Gut so«, kommentierte der Wolfsführer nüchtern.
Dann rief er, an die Bewohner des Schlosses und die Bauern gewandt:
»Ihr tätet gut daran, sie nicht zu stören. Tut so, als wären sie nicht da.«
Er ließ seine Meute zurück, um Raoulet zu bewachen, und schritt weiter, in den Vorhof, in den Bertoul und Blanche bereits vor ihm eingezogen waren.

Wachtel

Der kleine Feldvogel ist
außergewöhnlich wohltätig für Paare.
Um Euch ein harmonisches Miteinander
zu erhalten, solltet Ihr immer das Herz
einer Wachtel bei Euch tragen,
eins vom männlichen Tier für die Männer,
eins vom Weibchen für die Frauen.
Man kann die Kraft dieses mächtigen
Liebesamuletts noch verstärken,
indem man das Herz einer Wachtel
in ein Stück Wolfsfell einhüllt.

37

»Gauberte, das Edelfräulein braucht ein Bad und eine leichte Mahlzeit.«
Bertoul hatte Blanche in einen der unteren Räume des Wohntrakts bringen lassen, wo ein Feuer das Zimmer nur spärlich erhellte und mehr schlecht als recht erwärmte. Die Nacht war bereits hereingebrochen.
»Und saubere Kleider.«
»Wir haben doch noch die schönen Kleider von Frau Hermelinde«, fiel Gauberte ein. »Immer noch sorgfältig geordnet und mit Lavendel versehen, gegen die Motten und den muffigen Geruch. Wartet, ich werden sie holen.«
Sie ließ das Wasser für den Zuber über dem Feuer im Zimmer Frau Hermelindes erhitzen und suchte in ihren Vorräten nach Reinigungspulver aus Iriswurzel und Seifenkraut.
In einer Truhe, die seit drei Jahren nicht mehr benutzt worden war, entdeckte sie ein Hemd, ein Kleid, ein Untergewand und Schuhe, alles, was man für das Edelfräulein brauchte.
Dann schickte sie eine Magd mit einem Teller Linsen zu Blanche, die sie in einem Zug verschlang, während sie auf ihr Bad wartete.
»Noch mehr«, bettelte sie.
Auf dieselbe Weise vertilgte sie eine Erbsensuppe mit Safran und einen Mandelpudding.
»Nun!«, wunderte sich Bertoul, der bei ihr geblieben war. »Ich glaube, mehr kannst du nun wirklich nicht herunterschlucken.«
»Das Bad ist bereit, Edelfräulein«, unterbrach ihn die Magd.
Blanche folgte der Dienerin noch ein wenig schwankend die Treppe hinauf, die zu dem Zimmer führte.

Bertoul blieb auf der Steinbank im unteren Raum sitzen, von wo aus er die angeregte Unterhaltung der Tempelritter im Zimmer über ihm und von draußen den kräftigen und wohlklingenden Gesang der Wölfe hören konnte.
Er holte seine Fidel aus dem Sack und begann leise die Melodie von *Die Schöne ist im Garten der Liebe* zu spielen und die Worte vor sich hinzusummen:

»Die Schöne ist im Garten der Liebe
seit nun schon vier Wochen.
Ihr Vater sucht sie überall,
und ihr Geliebter ist sehr in Sorge.«

Plötzlich fühlte er sich außerordentlich müde und einsam. Er dachte an Blanche, an seine Eltern, an Frau Hermelinde, an Magnus Gurhaval, an das Zauberbuch, die Eulen, an sein ganzes bisheriges Leben. Welch ein merkwürdiges Leben!

»Hirte, Hirte, hast du gar nichts gesehen,
hast du nicht die Schönheit in Person gesehen?
Wie ist sie denn gekleidet?
In Seide, in Wolle?«

Er war immer der Meinung gewesen, dass er Glück gehabt hatte. Als Sohn eines Holzfällers war er von Frau Hermelinde aufgenommen worden, er hatte eine gute Erziehung erhalten und durch das Leben im Schloss und die Zuneigung der alten Frau alle Bequemlichkeiten der Welt erfahren. Später, auf dem Weg nach Paris, hatte er Blanche de Vauluisant getroffen und sie hatten sich miteinander verbündet. Ein schönes, mutiges und entschlossenes Edelfräulein verbündete sich mit ihm! War das nicht das größte Glück überhaupt? Und dann, in Paris: Magnus Gurhaval hatte ihm das Zauberbuch mit dem Rubin, aber auch sein Haus in der Straße der großen Gaunerei vererbt. Er war am Hof empfangen worden, hatte für Blanche gesungen, die er zweimal im Monat besuchte, und auf der Bauhütte der Kathedrale gearbeitet. Eine Häufung glücklicher Umstände, wie er sich dankbar eingestehen musste.

»Sie ist in weißen Satin gekleidet,
dessen Futter aus Barchent ist.
Und in ihren Händen hält sie einen Vogel,
die Schöne erzählt ihm von ihrem Leid.«

Und heute hatte sein Leben eine unglaubliche Wendung genommen, die ihn verwirrte und gleichzeitig einschüchterte. Er war in Blanches Welt kein Fremder mehr, aber wie würde es jetzt weitergehen?

»Kleiner Vogel, du bist glücklich,
so nah bei meiner Schönen zu sein,
und ich, ihr Geliebter,
kann mich ihr nicht nähern.«

Seine Finger zupften die Saiten, seine Lippen formten das Lied, doch seine Gedanken wandten sich all den neuen Aussichten zu, die sich ihm eröffneten.

›Ich als Sohn eines Ritters und einer adligen Dame? Wer hätte das gedacht!‹

Musik und Gesang wurden immer langsamer, so viele Gedanken drehten sich in seinem Kopf.

»Du spielst *Die Schöne ist im Garten der Liebe*? Was für ein schönes Lied!«

Er schrak zusammen und sein Herz machte wieder einen Sprung. Blanche war zu ihm gekommen. Ihr Gesicht hatte wieder eine frische Farbe. Das heiße Bad hatte ihr rosa Wangen verliehen und ihre graugrünen Augen glänzten wieder, trotz der roten Ränder. Ihre schwarzen, noch feuchten, mit Blumenessenzen parfümierten Haare fielen in Wellen herab, schade nur um das abgeschnittene Büschel, und sie trug mit demselben Stolz wie Frau Hermelinde ein Seidenhemd unter einem kirschroten Kleid mit langen, hängenden Ärmeln und darüber ein nachtblaues Obergewand. Am Kragen die Spange, das Geschenk des Königs.

Er erhob sich, die Fidel hing an seinem Arm, er war geblendet und überwältigt. Wenn er sich vorstellte, dass sie zwei Stunden zuvor nur ein kleines, in sich zusammengesunkenes Etwas gewesen war, das von Fieber und Erschöpfung zitternd mit stumpfem Blick auf einer Matratze aus Farnkraut gelegen und sich geweigert hatte, Nahrung zu sich zu nehmen, dessen Beine zu schwach waren, alleine gehen zu können …

»Was für eine Verwandlung!«, rief er aus.

»Und du wirst sehen – wenn ich erst einmal etwas gegessen habe!«, erwiderte sie. »Frau Gauberte hat mich beauftragt, dich zu holen und mit in die Küche zu bringen. Gaucher ist schon dort. Schnell, ich sterbe vor Hunger.«

»Aber du hast doch schon gegessen«, stammelte er, da ihm nichts anderes einfiel.

»Das war nur, um meinen Appetit anzuregen«, sagte sie lachend.

»Ich habe das Gefühl, als wäre ich wieder jung«, vertraute Gauberte Bertoul an. »Zu Zeiten von Frau Hermelinde, da setztest du dich hierher, in diese Ecke, und sangst, während wir Kartoffeln schälten oder die Mahlzeiten vorbereiteten. Es war einfach ein Vergnügen. Die Tage vergingen in Heiterkeit. Aber seit Frau Hermelinde tot ist … Messire Gaucher, würdet Ihr nicht Eure Wölfe auf ihn loslassen, während er noch am Pranger ist?«

»Diese Wölfe fressen keine Menschen«, sagte Gaucher belehrend. »Und außerdem sind es nicht meine Wölfe. Sie sind frei. Ich bin bei ihnen, weil sie mich mögen und in ihrer Gesellschaft akzeptieren, die übrigens viel angenehmer als die der Menschen ist.«

»Die Templer, die da oben ihre wertvollen Dokumente studieren, können vielleicht einen guten Einfluss auf ihn ausüben«, sagte Bertoul, »oder wenigstens ein gutes Druckmittel anwenden, wenn sie eines finden.«

»Sie haben bereits Enjorran freigelassen«, sagte Gauberte. »Sie haben ihm versichert, dass ihm seine Hand nicht abgeschlagen wird. Der Arme hat aus Dankbarkeit geweint. Es fehlte nicht viel und er hätte sich in ihrer Truppe verpflichtet. Aber dennoch, was wird nun aus uns werden?«

Bertoul konnte sich noch so sehr den Kopf zerbrechen, es kam nichts dabei heraus: Ein Herr blieb ein Herr und sein Lehen konnte ihm nicht einfach genommen werden. Wenn einer geschickt und gerissen genug war, konnten ihn selbst ein Verrat oder die schlimmste Schmach nicht um sein Herrenrecht bringen.

Vielleicht wusste das Zauberbuch eine Antwort? Bertoul nahm es unter den Arm, ließ Blanche, die in angeregtem Gespräch mit Gaucher und Gauberte war, allein und drang in die Tiefen des Schlosses ein. Langsam erkannte er alles wieder. Er suchte sich einen dunklen Winkel, wo er ungestört war, setzte sich auf den Boden und legte das Zauberbuch auf seinen Schoß.

›Was muss man tun, um Tournissan von seinem schlechten Herrn, Raoulet de Mauchalgrin, zu erlösen?‹, fragte er, nachdem er sich lange der Erinnerung an Hermelinde de Tournissan und Magnus Gurhaval hingegeben hatte. Dann öffnete er das Zauberbuch aufs Geratewohl.

Das Buch zeigte die Seite, auf der sich die Beschwörung der Wölfe fand, und die Anweisung, sich vor ihnen zu schützen und sie zu lenken. Wie merkwürdig. Das kam wohl daher, dass er sich so lange in diese Seiten vertieft hatte, dass sie sich bereits von ganz allein aufschlugen.

›Ist es wirklich das, was ich tun muss, damit Raoulet de Mauchalgrin aufhört, seine Untertanen zu unterdrücken? Soll ich mich mit den Wölfen verbinden? Mit Gaucher Sevestre? Gute Frau, lieber Magnus, soll ich etwas anderes tun?‹

Er schlug das Buch von Neuem auf und las folgende Worte:

> *Keine böse Kraft ist den göttlichen oder himmlischen Mächten überlegen. Wer sich dies klarmacht, kann*

inneren Frieden erlangen und Vergebung praktizieren. Der Weise, der diese Bezeichnung zu Recht trägt, muss allerdings allen Realitäten gleichermaßen ins Auge blicken.

Diese Sätze waren durch und durch geheimnisvoll. Hieß das, dass er Raoulet verzeihen sollte? Bertoul empfand Raoulet gegenüber eine tiefe Abneigung, jedoch nicht das geringste Rachegefühl. Selbst sein tiefster Hass erschöpfte sich darin, dass er ihm nie wieder auf seinem Weg begegnen wollte.
›*Tu, was du tun musst*‹, sagten in seinem Kopf die Stimmen von Hermelinde und Magnus.
Tu, was du tun musst …
Die Beschwörung der Wölfe … Allen Realitäten ins Auge blicken ….
Zweifellos repräsentierte Raoulet die bösen Mächte. Bertoul schloss daraus, dass er die des Guten repräsentierte.
›Das heißt, ich muss mich ihm entgegenstellen‹, schlussfolgerte er.
Bertoul verließ das kleine, abgelegene Gemach und begab sich wieder in die gemütliche Küche, wo Blanche unter dem gerührten Blick Gaubertes mittlerweile beim Dessert angekommen war.
»Wo warst du?«, fragte sie.
»Ich habe darüber nachgedacht, wie man Raoulet auf die beste Art und Weise daran hindert, andere zu quälen.«
»Ich werde dir helfen. Mit all meinen Kräften.«
»Ich muss zu meinen Freunden, den Templern, gehen und sie um Rat fragen.«

Liebesband

Um ein Liebesband herzustellen, schreibt
Euren Namen auf eine grüne Schleife,
dann das Wort »Venus«, dann den Namen
der Person, die Ihr liebt, und schließlich
das Wort »Liebe«.
Tragt das Band am linken Handgelenk,
die Inschriften nach innen.
Behaltet dieses Armband so lange bei Euch,
bis es sich aufgrund der Abnutzung
von selbst löst.
Dann werden sich die Gefühle klären,
die die geliebte Person für Euch hegt.

38

Im großen Saal des Schlosses von Tournissan diskutierten die vier Templer leidenschaftlich über die am Nachmittag wiedergefundenen Pergamentrollen. Als Bertoul eintrat, schienen sie zunächst überrascht, doch sie fassten sich schnell.
»Messire Bertoul! Ihr seid also wohlbehalten zurückgekommen.«
»Ja«, sagte er. »Zusammen mit Blanche de Vauluisant, die ich im Wald wiedergetroffen habe. Raoulet de Mauchalgrin hatte sie entführt und einem gewissen Gaucher ist es gelungen, ihr zur Flucht zu verhelfen, doch sie ist sehr schwach. Sie ist gerade dabei, in der Küche etwas zu sich zu nehmen.«
»Blanche de Vauluisant, sagt Ihr?«
»Ihr Lehensgut liegt einige Meilen entfernt von hier. Aber ich möchte mit Euch zuerst über Raoulet sprechen.«
»Er scheint sich beruhigt zu haben.«
Diesmal musste er ihnen die Wahrheit sagen, zumindest teilweise.
»Habt Ihr nichts beobachtet? Ein Rudel Wölfe hat seit zwei Stunden einen Kreis um den Pranger gebildet. Sie zeigen die Zähne und knurren jedes Mal, wenn Messire de Mauchalgrin Anstalten macht, den Mund zu öffnen, um seine Beleidigungen von sich zu geben. Also hat er es aufgegeben und schweigt.«
Die Templer wussten nicht, ob sie darüber lachen, sich wundern oder ärgern sollten.
»Wölfe! Hier, so nah beim Schloss?«
»Es sind dieselben, die vorhin vor der Hütte hin und her trotteten«, gab Bertoul zu. »Gaucher, jener Mann, der Blanche de Vauluisant gerettet hat, hat sie … gezähmt.«
»Gezähmt? Wirklich?«
»Er hat immer in den Wäldern gelebt«, verteidigte ihn Bertoul.

»Ich hätte nie geglaubt, dass diese Wolfsführer tatsächlich existieren. Ich dachte immer, dass es sich um Legenden der leichtgläubigen Landbevölkerung handelte«, bemerkte Évrard de Cezain.
»Es steckt Magie dahinter, ich habe es Euch doch gesagt!«, entgegnete ihm Jourdain du Digueville. »Das alles ist nicht normal. Wir haben es hier mit teuflischen Geheimnissen zu tun. Nebenbei, sagt mir doch, Messire Bertoul: Was hat es mit den Dingen auf sich, die wir in der Abtei gefunden haben: mit Tinte befleckte Wäsche, ein zerbrochener Krug, vier Kerzenstümpfe? Habt Ihr Euch etwa der Hexerei hingegeben? Habt Ihr Euch dem Teufel angeschlossen, dass Ihr so gut mit den Wölfen umgehen könnt?«
»Davon kann keine Rede sein«, verteidigte sich Bertoul.
»Jourdain, hören wir doch auf, diesen lächerlichen Aberglauben nachzuplappern«, schalt ihn Évrard. »Messire Bertoul, ich nehme an, dass Ihr nicht deswegen zu uns gekommen seid.«
»Es ist wegen Raoulet de Mauchalgrin. Ich möchte gerne von Euch wissen, wie üblicherweise vorzugehen ist, wenn man jemanden zu einem ehrlichen Zweikampf herausfordern will.«
Nach einigen erstaunten Ausrufen erklärten ihm die Templer das Verfahren.
»Gut. Ich möchte Raoulet also herausfordern«, sagte Bertoul. »Wenn ich gewinne, wird er sich unter Eid verpflichten, den Pranger und den Galgen zu zerstören und von jeglicher Verstümmelung seiner Untertanen abzusehen.«
»Das ist ein schöner Plan«, sagte Évrard. »Und was ist, wenn Ihr verliert?«
»Wenn ich den Kampf verliere, werde ich mich in seine Hände ausliefern.«
Und er wusste, was das bedeutete, vor allem, was seine Augen betraf.
»Aber«, erwiderte Isambart du Sourre, »wenn Ihr bei diesem Gottesurteil unterliegt, werden der Pranger, der Galgen und die ungerechten Urteile weiter existieren.«
»Nichts hindert uns daran, dem König Bericht darüber zu erstatten,

wie dieses Gut geführt wird«, sagte Jourdain mit schelmischem Augenzwinkern.
»So betrachtet wäre ein Einzelkampf sinnlos, Messire Bertoul! Warum solltet Ihr Euch in Gefahr begeben?«
»Dieser Kampf ist sinnvoll«, entgegnete Bertoul, »weil für die Bewohner von Tournissan wirklich jeder Tag zählt. Bis eine Entscheidung des Königs eintrifft und eine Inspektion durch seine Vögte erfolgt, kann es Monate, ja Jahre dauern. Doch wenn ich gewinne …«
»Möge Gott es so fügen!«, sagten die Templer im Chor.
»… werden sie gleich erlöst sein.«
»Das stimmt. Wir müssen Euch recht geben.«
Wie auch immer dieses Gottesurteil ausgehen würde, die Templer würden es genau protokollieren.
»Ich wünsche, dass der Kampf morgen früh stattfindet«, fuhr Bertoul fort. »Je eher, umso besser. Und ich will, dass man Messire de Mauchalgrin vom Pranger loskettet und dass er ein gutes Bett bekommt. Wir werden ehrlich und mit gleichen Chancen kämpfen.«
Die Templer pfiffen bewundernd durch die Zähne. Selbst wenn es keine anderen Belege gäbe, bewies eine derartige Haltung zur Genüge, dass Bertoul de Carmelhac wirklich ein genauso kühner Ritter war wie sein Vater.
»Nun gut«, sagte Évrard. »Ich stimme Euch zu, junger Bar…, junger Bertoul.«
Sie begaben sich alle fünf mit zwei Fackeln und einigen ihrer Soldaten zum Pranger. Als sie aus dem Schloss heraustraten, sahen sie, wie die Wölfe ihren Posten verließen und sich lautlos zurückzogen, bis sie außer Sichtweite waren. Évrard de Cezain stellte sich vor Raoulet und sprach ihn an:
»Hört mir gut zu, wenn Ihr befreit werden wollt. Einer von uns schlägt vor, sich morgen mit Euch im Zweikampf zu messen. Wenn Ihr gewinnt, gehört sein Leben Euch. Wenn Ihr verliert, verpflichtet Ihr Euch, den Galgen und den Pranger zu zerstören und niemals mehr jemanden ungerecht zu verurteilen, sowie die Leute, die Ihr beherrscht, niemals mehr zu verstümmeln …«

»Was …!«
»Schweigt, ich bin noch nicht fertig. Wir werden so anständig sein und Euch vom Pranger losbinden, damit Ihr eine gute und erholsame Nacht vor dem Kampf verbringen könnt.«
»Aber ich will die Wahl der Waffen haben«, sagte Raoulet, dem daran lag, diesen verfluchten Templern zu zeigen, dass er ihnen nicht einfach so nachgab, auch wenn er noch angekettet war.
Évrard de Cezain warf Bertoul einen Blick zu, der mit einem leichten Kopfnicken seine Zustimmung gab.
»Einverstanden«, sagte Évrard. »Doch ihr sollt wissen, dass Ihr während der Nacht bewacht werdet, damit Ihr vor dem Kampf auf keine krummen Gedanken kommt.«
Zwei Männer stiegen auf das Gerüst, um die Lederriemen zu lösen, die die Bolzen festhielten. Messire de Mauchalgrin, ganz gelähmt von den Schmerzen, stieg humpelnd die Stufen herab, wobei er in bitteren Worten vor sich hin schimpfte.
Er blickte die vier Templer an. Alle waren um die fünfzig Jahre alt. Ohne Zweifel konnten sie lange Ritte durchhalten, ohne zu ermüden, und perfekt mit dem Schwert umgehen, doch sie waren weder jung noch gelenkig und es fehlte ihnen an Feuer.
»So will ich Euch meine Wahl mitteilen «, sagte Raoulet. »Ich will mich am Boden schlagen, mit bloßen Händen.«
»Einverstanden«, sagte Évrard.
»Wer von Euch wird mein Gegner sein?«
»Das werdet Ihr morgen, nach einer hoffentlich erholsamen Nacht, sehen«, antwortete Évrard kühl.
Die Templer machten auf dem Absatz kehrt – und Bertoul war schon längst verschwunden, da er es eilig hatte, wieder zu Blanche in die Küche zu kommen.
»Gut«, sagte Évrard de Cezain zu seinen Kameraden, »wir werden uns also noch einen Teil der Nacht dem Studium der wiedergefundenen Handschrift widmen können.«
Die drei setzten Kennermienen auf und zogen ab, um sich weiter in die wertvollen Pergamentbogen zu vertiefen.

Am nächsten Morgen war Raoulet bester Laune. Er war sich sicher, dass er den Zweikampf gewinnen würde, allein schon deswegen, weil er jung und kräftig war; und außerdem wartete auf ihn das Vergnügen, mit dem Verlierer nach seinem Gutdünken verfahren zu dürfen. Ein Templer in seiner Gewalt! Das versprach großen Spaß!
Er ging zu den vier Rittern, erklärte, er sei bereit sich zu schlagen, und beschwerte sich, dass man ihn so lange warten ließ.
»Wir kommen«, sagte Évrard, und beauftragte einen Diener, alle Schlossbewohner auf der Wiese vor dem Schutzwall zusammenzurufen, wo der Kampf stattfinden würde.
In wenigen Minuten war das Schloss wie leergefegt. Männer, Frauen und Kinder, in Mäntel und Wollstoffe eingehüllt, hatten sich auf der Wiese eingefunden und schauten einander verwirrt an.
Blanche ergriff Bertouls Hand.
»Was wird hier geschehen, Bertoul?«
Bis zu diesem Moment hatte er ihr nichts verraten, um sie nicht zu beunruhigen.
»Ich werde Raoulet herausfordern. Wir werden Mann gegen Mann miteinander kämpfen, und wenn ich die Worte des Zauberbuchs richtig gedeutet habe, kann ich nicht verlieren: Er wird gezwungen sein, sich meinen Wünschen zu unterwerfen. Ich verlange, dass er sich seinen Leuten gegenüber niemals mehr grausam zeigt.«
»Das ist sehr großmütig, Bertoul. Aber ist es nicht sehr riskant?«
»Wir werden sehen«, sagte Bertoul und zuckte mit den Schultern.
Er vertraute ihr seinen Sack an, den er nicht unbeaufsichtigt zurücklassen wollte.
»Wenn ich gezwungen bin, mich meinem Sieger zu unterwerfen«, sagte er, »so behalte diesen Sack. Alles darin gehört dir. Lass es dir niemals rauben.«
Und er folgte den Schlossbewohnern auf die Wiese. Das Kampfareal war mit Seilen abgesteckt und der Schnee bis zur Grenze zurückgeschoben, sodass das bräunliche, gefrorene Gras zum Vorschein kam.
Raoulet drehte sich nach allen Seiten und sah sich um. Er wirkte tatsächlich erholt. Er kannte sich mit allen Kampfarten wie auch in den

Jagdkünsten gut aus. Besonders im Faustkampf mit bloßen Händen war er sehr erfahren.
»Nun, wer wird mein Gegner sein, meine Herren? Ich bin bereit.«
Er warf seinen Umhang zu Boden und stopfte seinen Bliaut unter den Gürtel, um größere Bewegungsfreiheit zu haben. Ein paar Mal auf der Stelle hüpfend vollführte er große Bewegungen mit den Armen, um sich aufzuwärmen.
»Euer Gegner«, verkündete Évrard de Cezain, »ist Barthélemy de Carmelhac.«
»Sehr gut«, sagte Raoulet, während er immer weiter auf und ab sprang. »Er möge nur kommen.«
Doch keiner der vier Templer rührte sich, um Position zu beziehen. Der Einzige, den er vortreten sah, war dieser verdammte Musiker, den er seit dem Tag hasste, als er ihn zum ersten Mal gesehen hatte.
»Also? Wo ist dieser Barthélemy?«, fragte Raoulet ungeduldig.
Er sah nun, wie Bertoul seinen Mantel in Renauds Hände legte und seinen Bliaut ebenfalls zusammenrollte. Es verschlug ihm fast die Sprache.
»Du?«, sagte er. »Ich schlage mich nicht mit einem Bauerntölpel.«
»Er ist ein adliger Herr, sein Name ist Bertoul de Carmelhac«, brummte Évrard. »Wir haben genug von Euren Grillen und Launen, Messire. Tut, was Ihr gesagt habt: Stellt Euch Eurem Gegner zum Kampf.«
Unter den Bewohnern von Tournissan erhob sich ein verblüfftes Gemurmel. Dieser junge Mann, der da auf seinen Gegner zuging, war das nicht Bertoul, der Musiker und Schützling Frau Hermelindes? Doch die Templer redeten ihn mit einem anderen Namen an, dem Namen eines Adligen. Was sollte das bedeuten? Bauern und Schlossbewohner schauten einander verständnislos an, dann zuckten die meisten mit den Achseln und harrten erwartungsvoll des Schauspiels.
Nicht so Blanche. Zunächst begriff sie gar nicht, wer der genannte Barthélemy de Carmelhac war. Ihr Bertoul ein Adliger? Wie war das zugegangen? Sie spürte, dass ihr schwindlig wurde, und ihre Knie wurden weich vor Aufregung und Überraschung. Sie fand einen

Felsbrocken, auf dem sie sich niederließ. Tausend Fragen bestürmten sie, die sie Bertoul unbedingt stellen wollte. Aber zunächst hoffte sie, dass ihr Freund wirklich den Sieg über Raoulet davontragen würde. Letzterer protestierte mit lautem Gezeter:

»Ich kann nicht glauben, was ich da höre, das ist eine Lüge. Eine Gemeinheit, ein hinterlistiger Trick.«

»Es ist die Wahrheit. Schlagt Ihr Euch nun oder nicht? Wenn Ihr den Kampf verweigert, werden wir dem König Bericht erstatten, und der wird Euch schon zur Vernunft bringen, denn Ihr herrscht sehr schlecht über dieses Gut.«

»Das gehört nicht zu Euren Befugnissen«, keifte Raoulet. »Ihr habt hier kein Kontrollrecht.«

»Aber gewiss doch«, erwiderte Évrard. »Wir sind dazu ermächtigt, jeden Machtmissbrauch, der sich im Reich zuträgt, zu ahnden und dem König darüber Bericht zu erstatten. Und Ihr wisst, wie sehr er Ungerechtigkeit verabscheut. Er könnte von Euch Rechenschaft fordern, Zeugenaussagen unter Euren Leuten zusammentragen. Das hat er schon bei anderen Herren getan, die es hinterher sehr bedauerten, dass sie ihr Gut nicht besser geführt haben.«

Raoulet knirschte mit den Zähnen. Er würde sich also wohl oder übel damit abfinden müssen, gegen Bertoul anzutreten. Er begriff nicht, wie der die Templer dermaßen hatte foppen können. Doch dann machte er sich klar, dass ihm dies das Ganze im Grunde nur leichter machen würde. Bertoul war ja nur ein Musiker, der nie im Kampf ausgebildet worden war, und außerdem hatte er in seinen Beinkleidern einen kleinen, scharfen Faustdolch versteckt, so scharf wie ein Grashalm, perfekt geschliffen. Den könnte er jederzeit hervorziehen, wenn er in Bedrängnis käme. Man konnte ihn unauffällig zwischen zwei Fingern hindurchschieben und ihn danach wieder verschwinden lassen. Er hatte sich lange Zeit darin geübt.

Bertoul ging auf ihn zu. Évrard ließ die beiden anhalten, um ihnen noch einmal die Regeln zu erklären.

»Messire Raoulet de Mauchalgrin und Messire Barthélemy de Carmelhac werden sich hier nach den Regeln des ritterlichen Kampfes

miteinander schlagen«, verkündete er. »Wenn Messire Raoulet den Kampf verliert, verpflichtet er sich hier vor euch allen, den Galgen und den Pranger zu zerstören und nie wieder irgendjemanden ungerecht zu verurteilen, nie mehr jemanden zu verstümmeln. Er wird dies unter Eid vor euch allen geloben, bei den Reliquien im Knauf meines Schwertes, die die heiligsten sind, die man finden kann.«
Man hörte zustimmendes, hoffnungsvolles Gemurmel.
»Wenn er den Kampf gewinnt, gehört das Leben seines Gegners ihm. Er kann damit tun, was er für richtig erachtet.«
»Ich werde dir die Augen ausstechen lassen, wie ich es dir schon versprochen habe«, zischte Raoulet Bertoul durch die Zähne zu.
»Ihr werdet auf mein Zeichen hin beginnen«, sagte Évrard.
Bertoul suchte Blanche mit seinem Blick, und sie gab ihm ein Zeichen des Einverständnisses. Er wusste, dass sie ihn in diesem Moment mit all ihren Kräften unterstützte. Weiter entfernt entdeckte er Gaucher Sevestre, der sich an den Waldrand zu seinen Wölfen zurückgezogen hatte. Der Kampf interessierte ihn deutlich nicht.
An diesem Morgen hatte Bertoul ganz grundlos die Beschwörung der Wölfe wiederholt, ohne zu wissen, inwieweit er sie brauchen würde. Doch am letzten Abend hatte er den Eindruck, als gäbe ihm das Zauberbuch zu verstehen, dass dies notwendig sei, und er wollte alles tun, was notwendig war. Er wollte gewinnen, er musste gewinnen.
»Los!«, sagte Évrard.
Die Gegner warfen sich mit erkennbarer Wut aufeinander. In der Menge vernahm man gleich das undeutliche Gemurmel von Gebeten zu Bertouls Gunsten. Raoulet war ein wenig größer als er und verfügte eindeutig über die bessere Technik. Er umschlang seinen Rivalen mit den Armen und versuchte ihn vom Boden zu heben und herumzuwirbeln, bevor er ihn umwarf. Doch es gelang ihm nicht. Bertoul schlang seine Beine um die seines Feindes und stieß ihn kräftig von sich, um nicht zu ersticken. Raoulet fiel zu Boden und Bertoul nutzte den Vorteil, um sich auf seine Brust zu setzen und mit aller Kraft auf ihn einzuschlagen. Dennoch entwand Raoulet sich ihm wie ein

Aal und war nun seinerseits sekundenlang im Vorteil. Doch während Raoulet auf eine nervöse, überreizte Weise kämpfte, landete Bertoul, der breiter und robuster war, gezieltere Schläge, ohne viel Zeit oder Atem mit überflüssigen Ausrufen zu verschwenden wie: »Ich steche dir die Augen aus, du Aas, du wirst mein Diener sein, und ich werde dir die Brotkrumen von meinem Tisch zu essen geben ...«
Bertouls Ziel war es, Raoulet zu Boden zu werfen und ihm den Arm nach hinten zu drehen, bis dieser seine Niederlage anerkannte. Doch es schien ein Ding der Unmöglichkeit, dieses Aals Herr zu werden. Und mehrmals erhielt Bertoul so schmerzhafte Stiche, dass er sich fragte, ob sein Gegner ihn mit irgendetwas durchbohrt hatte.
Plötzlich hatte er das Gefühl, dass Blut an seinem Arm hinunterrann. Das war zwar seltsam, doch so etwas konnte vorkommen. Er konzentrierte sich auf seine schwierige Aufgabe, er musste um jeden Preis gewinnen. Doch Raoulet gönnte ihm keinen Moment, um Atem zu schöpfen. Er musste weiter kämpfen, immerzu. Unter seinem Hemd spürte er einen schneidenden, stechenden Schmerz.
›He!‹, sagte er zu sich, ›was ist hier los?‹
Einen einzigen Augenblick lang hielt er verblüfft inne – und sofort befand er sich im Nachteil. Sein Kopf drehte sich und er fühlte, wie ihm auf unnatürliche Weise immer mehr die Kräfte schwanden. Eigentlich hätte er länger als eine Viertelstunde durchhalten müssen.
Bertoul fiel vornüber zu Boden. Sogleich war Raoulet auf ihm, verlor ebenfalls das Gleichgewicht und sie rollten hin und her und rangen auf der Erde weiter. Schließlich unterlag Bertoul, und Raoulet drückte ihn mit aller Kraft die Kehle zu, um ihm die Luft abzuschnüren.
»Gib zu, dass du den Kampf verloren hast. Bekenne es, vor allen.«
»Ich habe noch gar nichts verloren«, würgte Bertoul und vollführte einen energischen Ruck, um sich von seinem Gegner zu befreien. Er spürte, dass er blutete, wahrscheinlich sogar an mehreren Stellen, aber auf seinem roten Bliaut konnte man nichts erkennen, und die Zuschauer und Richter bemerkten ohnehin nichts davon.
Raoulet ging zu einem erneuten Ansturm über, und wieder spürte Bertoul einen stechenden Schmerz an der Seite.

»Messire Raoulet«, stieß er zwischen den Zähnen hervor, »Ihr seid nicht ehrlich, und Ihr seid nie etwas anderes als ein Schuft gewesen.«
»Na und?«, antwortete Raoulet. »Wer das Ziel will, wählt auch die Mittel. Aber ich werde dich nicht töten, keine Sorge, das ist nicht meine Absicht …«
Bertoul gelang es wieder, sich von Raoulet zu lösen und kurz Atem zu schöpfen. Aus den Augenwinkeln erblickte er Blanche, die leichenblass war und inbrünstig zu beten schien, sowie die Templer, die stoisch auf das Ende des Gefechtes warteten.
»Gib dich geschlagen, du Feigling«, befahl Raoulet.
»Ich werde niemals zugeben, dass ich besiegt bin«, sagte Bertoul keuchend.
Er musste weiterkämpfen, er musste gewinnen, selbst wenn mit so ungleichen Waffen gekämpft wurde. Denn es ging nicht nur um ihn und sein Augenlicht, es ging auch um alle Bewohner von Mauchalgrin, Tournissan und weiterer Ortschaften und um Blanche, die Raoulet immer noch heiraten wollte.
»Ihr Eulen, helft mir!«, flehte er und warf einen Blick zum Himmel, der jedoch leer blieb.
Er kämpfte mit der Energie der Verzweiflung, während sein Blick sich langsam zu trüben begann und seine Bewegungen weniger zielgenau wurden und an Kraft verloren.
Er musste sich mit einem Knie auf die Erde stützen. Es war gleichsam das Eingeständnis, dass er sich nicht mehr aufrecht halten konnte. Raoulet stellte sich hinter ihn und schickte sich an, ihm mit dem linken Arm die Kehle zuzudrücken. In einem letzten Aufbäumen versuchte Bertoul etwas anderes.
»Ihr Wölfe!«, schrie er. »Helft mir.«
»Was soll das heißen?«, sagte Jourdain du Digueville und richtete sich auf. Offenbar befürchtete er, dass irgendeine Hexerei im Spiel war.
Plötzlich wich die Menge zurück, die Leute ergriffen die Flucht und stießen entsetzte Schreie aus. Das Wolfsrudel kam geradewegs mit

offenen Mäulern und hängenden Zungen auf die beiden Kämpfenden zu. Sie fixierten sie mit ihren Blicken. Sogar die Templer verließen den Ort der Auseinandersetzung. Nur Blanche, unvermindert aufrecht, rührte sich nicht von der Stelle und harrte wie gelähmt aus.
Ein erster Wolf verbiss sich in Raoulets Arm, und Bertoul konnte noch einmal tief Luft holen, bevor er zusammenbrach. Ein zweiter Wolf näherte sich und knurrte dabei aus aus tiefster Kehle. Raoulet zückte seinen spitzen Faustdolch.
Ihm wurde bewusst, dass er sich nun wirklich in einer misslichen Lage befand und sah nur noch einen Ausweg: die Flucht. Er hoffte, dass die wilden Tiere sich über Bertoul hermachen würden, der verletzt auf dem Boden lag. Blitzartig drehte er sich um und rannte überstürzt in Richtung des unteren Teils der Wiese, sprang über den Bach und verschwand in der Ferne in einer Mulde. Die Wölfe rührten sich nicht.
Raoulet verkroch sich hinter einem Busch und wartete auf die Gelegenheit, wieder zum Schloss zurückkehren zu können.
Doch dann setzte sich einer der Wölfe in Bewegung. Er folgte der Spur des Herrn von Tournissan. Und die anderen folgten ihm auf den Fersen, ohne Eile, aber in gleichmäßigem Trab. Ein Wolf, der sich ohne Eile fortbewegt, kommt schneller voran als ein Mann, der rennt.
Einen Moment lang schien die Zeit stillzustehen. Plötzlich vernahm man in der Ferne Schreie und Beschimpfungen, die aus einem Gebüsch drangen. Dann Stille. Dann von Neuem schreckliche Schreie. Und schließlich nichts mehr.
Gar nichts mehr.
Geheimnisvoll und fremdartig schwebte noch lange der Gesang der Wölfe über dem Tal von Tournissan.

Blanche war zu Bertoul geeilt und drückte ihn an sich. Sie fühlte etwas Feuchtes und Klebriges und sah, dass sie sich mit irgendetwas beschmierte.

»Aber Bertoul … du blutest ja!«
»Ich bin verletzt«, murmelte er. »Er hatte einen Faustdolch.«
»Dieser Feigling! Das wird ihn teuer zu stehen kommen, dessen kannst du dir sicher sein.«
Renaud kam ebenfalls besorgt herbei.
»Er ist verletzt«, sagte Blanche. »Raoulet hat ihn mit einem Faustdolch verwundet, den er heimlich bei sich trug.«
Renaud hängte Bertouls Arm über seine Schultern und schleppte ihn in den Hof des Schlosses, begleitet von den bestürzten Blicken der übrigen Templer und der Bauern, die sich wieder gesammelt hatten und sich fragten, was hier eigentlich geschehen war. Man hörte allerlei Mutmaßungen:
»Die Wölfe, schon wieder …«
»Meint ihr wirklich, dass er den Wölfen befiehlt?«
»Und was ist mit unserem Herrn Raoulet? Was sollen wir tun?«
Die Templer begleiteten Renaud, der Bertoul trug, bis in die Küche, wo Gauberte den großen Holztisch freiräumte. Blanche schob Bertouls Bliaut hoch und sah sein blutgetränktes Hemd. Er hatte mehrere kleine, aber ziemlich tiefe Stiche abbekommen. Im Ganzen waren es sechs, am Oberkörper und an den Armen. Er war blutüberströmt und wurde von Minute zu Minute schwächer.
»Schnell! Habt Ihr Johanniskrautöl? Und etwas Schafgarbe?«, fragte Blanche Gauberte.
»Natürlich.«
»Sein Faustdolch war vielleicht verunreinigt oder sogar vergiftet. Wir dürfen keinen Moment länger warten.«
»Ich eile. Braucht Ihr sonst noch etwas?«
»Saubere Wäsche.«
Bertouls Wunden machten einen schlimmen Eindruck. Vor allem waren sie schmerzvoll. Blanche untersuchte sie mit den Augen und den Fingerspitzen und Bertoul verzog das Gesicht. Dennoch war es ihm angenehm, dass sich Blanche so um ihn kümmerte.
Mit Hilfe Gaubertes und unter den interessierten Blicken Renauds, der Templer und einiger anderer Neugieriger wusch Blanche das

Blut ab und legte Kräuterpflaster auf Bertouls Wunden, die sie sie mit Verbänden befestigte. Sie bat um ein sauberes Hemd und half Bertoul dabei, es anzuziehen.

Évrard de Cezain ergriff das Wort.

»Messire de Mauchalgrin hat niederträchtig gehandelt, und somit hat er sich selbst gerichtet und entehrt. Wenn er zurückkommt, werden wir …«

»*Wenn* er zurückkommt«, entgegnete Thomas de Craon und hob den Finger, als die Wölfe von Neuem ihre langgezogene Klage zum Himmel aufsteigen ließen.

»… werden wir ihn damit konfrontieren und wegen seiner Heimtücke zur Rechenschaft ziehen.«

Blanche und Gauberte halfen Bertoul, sich in einen Sessel zu setzen. Eine Magd hielt ihm einen Kelch mit einem herben, mit Honig gesüßten Kräutertee hin, der seine Kräfte rasch wiederbelebte.

»Jetzt ist alles gut«, sagte er, nachdem er den stärkenden Trank hinuntergeschüttet hatte.

»So leicht kommst du mir nicht davon«, flüsterte ihm Blanche ins Ohr. »Was habe ich da vorhin aus dem Mund dieses Templers gehört, kurz vor Beginn eures Zweikampfs?«

»Das werde ich dir noch erklären«, antwortete Bertoul auf dieselbe Weise, »aber nicht hier und jetzt.«

Die Schwierigkeiten hatten schon begonnen. Eine Art von Schwierigkeiten, die allerdings sehr angenehm sein konnte …

Ganz Tournissan war in heftigem Aufruhr, jeder lieferte seinen Kommentar zu dem, was er gesehen hatte oder gesehen zu haben glaubte. Die Templer waren ziemlich in Bedrängnis: Sie wollten sich so schnell wie möglich wieder dem Studium ihrer Pergamentrollen widmen, doch es war ihre Pflicht, zunächst die Ordnung wiederherzustellen.

Mitten in dieser allgemeinen Aufregung erschien Gaucher Sevestre. Er schritt über die Zugbrücke und trug einen blutigen, zerfetzten Körper in den Armen.

»Was soll ich damit tun?«, fragte er.
Die Templer kümmerten sich um alles Weitere. Sie ordneten an, dass der Leichnam gewaschen wurde, man ihm saubere Kleider anlegte und ihn dann in der Kapelle, wo bereits die Kerzen brannten, aufbahrte. Die allgemeine Aufregung ging zunächst in Bestürzung über, wich jedoch rasch der Erleichterung. Es verging keine Minute, und die Untertanen des Sire de Mauchalgrin ergriffen Äxte und Brechstangen und begannen damit, den Galgen und den Pranger zu zerstören, um mit den Resten ein riesiges Freudenfeuer zu entzünden. Männer und Frauen, Dorfbewohner, Soldaten, Mägde, Diener – jeder warf ein Stück der verhassten Anlagen in das reinigende Feuer.
Am nächsten Morgen verpflichteten die Templer alle, an der Begräbnismesse teilzunehmen und der Beisetzung beizuwohnen. Danach hatten alle nur noch den Wunsch, Raoulet de Mauchalgrin so schnell wie möglich zu vergessen, mit all den Qualen und dem Leid, das er in nur zwei Monaten über jedermann gebracht hatte. Die meisten Bewohner von Tournissan waren nach wie vor davon überzeugt, dass die Seele ihres jungen Herrn trotz der Totenwache, der Gebete und der Messe geradewegs zur Hölle gefahren war, wo sie auch hingehörte.

Erbsen

Wenn die Erbsen reif sind,
sucht eine Schote, die sieben davon enthält.
Werft jeden Morgen eine von ihnen aus dem
Fenster, ohne nachzuschauen, wohin sie fällt.
Am siebten Morgen ist die erste Person,
der Ihr begegnet, der Ehemann oder die Ehefrau,
die der Himmel Euch bestimmt hat.

39

»Nie wieder wird er versuchen, das Zauberbuch mit dem Rubin zu stehlen«, sagte Bertoul am selben Abend zu Blanche.

Im Hof glomm noch immer die Glut des Freudenfeuers, das aus dem Galgen und dem Pranger errichtet worden war.

Bertoul fand keine Ruhe, so sehr erschütterte ihn Raoulets Schicksal.

»Du bedauerst ihn doch nicht?«

»Nein«, sagte Bertoul. »Aber ich fühle mich ziemlich unbehaglich. Es ist mein Fehler, dass er tot ist. Das habe ich nicht gewollt.«

»Dein Fehler? Was redest du da! Du hast dir nichts vorzuwerfen, das weißt du doch! Er war ein völlig gewissenloser Mensch, und das, was ihm widerfahren ist, hat er selbst so gewollt.«

»Ja natürlich, das weiß ich. Aber … ich war es, der die Wölfe beschworen hat, ich habe sie herbeigerufen.«

»Du hast sie um Hilfe gebeten, das ist alles. Du hast ihnen nicht befohlen, ihn anzugreifen.«

»Ich hätte die Wölfe nicht rufen sollen. Ich hätte mich tapferer schlagen sollen.«

»Gegen einen bewaffneten Feigling, während du selbst unbewaffnet warst?«

Bertoul erwiderte nichts mehr.

Sie saßen auf dem Burgwall und hatten sich spontan zusammen in denselben Mantel gehüllt. Blanche spürte, wie Bertoul zitterte, wahrscheinlich mehr vor Nervosität als vor Kälte.

»Bertoul, du weißt doch, dass du mit mir noch über etwas anderes reden musst.«

»Über etwas anderes?«

War es möglich, dass er es schon vergessen hatte?

»Der Tempelritter hat dich als Barthélemy de Carmelhac vorgestellt.«
»Oh das … ja, das stimmt. Die Templer kennen mich unter diesem Namen.«
»Du … du hast ihnen vorgetäuscht, dass du adlig bist?«
Sie konnte es nicht fassen. Es war ganz und gar nicht Bertouls Art, derartige Lügen einzusetzen.
»Nein, im Gegenteil. Sie sind es, die denken, dass … nun, dass meine Eltern Adlige waren … und …«
Nach einem kurzen Zögern erzählte er ihr, wie er vor einem Monat von Évrard de Cezain am Tor Saint-Jacques angesprochen worden war und wie sein Leben sich seither verändert hatte.
»Zunächst wollte ich ihnen nicht glauben. Aber jetzt weiß ich, dass sie recht haben. Der Beweis ist das, was sie in meinem Elternhaus gefunden haben.«
»Welches Haus?«
»Die Hütte, in der ich dich gefunden habe, bewacht von den Wölfen und von Gaucher.«
»Wie? Ich verstehe überhaupt nichts mehr. Das soll das Haus deiner Eltern gewesen sein?«
Er erzählte ihr in allen Einzelheiten von seiner Kindheit, seinem Haus und den Pergamentbogen, nach denen die Templer mit solchem Eifer gesucht hatten.
»Auch Frau Hermelinde wusste es also nicht«, bemerkte Blanche.
»Nein, niemand wusste, dass der Barthélemy, den Frau Hermelinde angestellt hatte, kein einfacher Holzfäller war und Mariette keine bescheidene Wäscherin. Sonst hätte sie es mir nicht verheimlicht, das kannst du dir denken. Sie hätte mir meinen Rang zurückgegeben und die Erziehung angedeihen lassen, die mir zustand. Doch ich habe schon großes Glück gehabt, dass ich ein Musiker werden durfte. Sie war so gut zu mir.«
»Vielleicht hatte sie in dir etwas erkannt, das ihr sagte, dass du etwas Besseres verdientest als ein einfaches Bauerndasein. Was mich betrifft, ich habe sofort gespürt, dass du eine Ritterseele hast.«

»Mach dich nicht über mich lustig.«
»Ich habe mich nie über dich lustig gemacht, Bertoul. Das weißt du.«
Er zitterte mehr und mehr. Unten im Hof erlosch langsam die Kohlenglut. Sie flackerte, wie es manchmal auch der Rubin auf dem Einband des Zauberbuches tat. Bertoul war durch Raoulets Tod, seinen neuen Status und wegen der Frage, was nun aus ihm werden sollte, zutiefst verwirrt.
»Blanche«, fragte er angespannt, »sind wir … sind wir immer noch Verbündete?«
»Du Dummkopf«, sagte sie.
Und sie umarmte und küsste ihn so innig, wie sie es nie zuvor gewagt hatte. Das Pochen seines Herzens schien Bertoul ohrenbetäubend. Er begann noch stärker zu zittern. Schließlich löste sie sich von ihm und sagte:
»Nun, ich denke, dass jetzt alles sehr viel einfacher wird, denn ich hatte bisher nicht den Mut, dich wirklich zu lieben. Ich hatte Angst, dass … wir uns gegenseitig in eine schwierige Lage bringen würden.«
»Blanche, ich habe dich seit unserer Reise nach Paris geliebt.«
»Ich wusste es«, sagte Blanche. »Und ich dich auch.«
»Wie bitte?«
»Und du hast natürlich nichts bemerkt.«
»Ich … ich wollte mir keine vergeblichen Hoffnungen machen. Du bist ein Edelfräulein. Ich war für dich ein Nichts.«
»Du bist immer mein Verbündeter gewesen. Der Einzige, mit dem ich je einen Bund geschlossen habe.«
Ein kühler Windhauch strich über sie hinweg, und sie rückten noch ein wenig enger unter dem Mantel zusammen. Die Liebe ließ sie tausend Gesten der Zärtlichkeiten finden und ebenso viele Liebesworte, um sich das, was sie füreinander empfanden, immer wieder aufs Neue zu gestehen.

Seerose

Gebt acht! Verschenkt keine Seerosensträuße,
bereitet auch keinen Tee daraus,
denn die Seerose lässt zärtliche Gefühle
und Leidenschaften abflauen,
da sie ein wenig einschläfernd wirkt.
Es wird zwischen Euch sonst nur noch
Lauheit und Langeweile herrschen.

40

Es vergingen nur wenige Stunden, bis Tournissan wieder das Bild eines beispielhaft geführten Lehensgutes bot: Die Bewohner schwammen in Heiterkeit, Frieden und Glück.
Die Templer verbrachten viel Zeit mit ihrer Lektüre und Dankgebeten. Sie kümmerten sich auch darum, die Gemüter wieder zu besänftigen und die Ordnung in Tournissan wiederherzustellen, was ungefähr zwölf Tage in Anspruch nahm.
Évrard de Cezain ernannte Enjorran, den Garnisonshauptmann, zum provisorischen Aufseher über Schloss und Güter, mit der Anweisung, keinerlei wichtige Entscheidung zu treffen, ohne mit Gauberte darüber gesprochen zu haben und sich dann an die Komturei von Marlhes zu wenden, wo Évrard entsprechende Anweisungen hinterlassen würde.
»Wir werden bald nach Paris zurückkehren«, erklärte er. »Ich werde den König darüber informieren, dass sein Gut Tournissan frei geworden und scheinbar ganz ohne Erben ist. Der König wird den Fall prüfen und Euch zweifellos in kürzester Zeit einen anderen Aufseher schicken, vielleicht auch einen neuen Herrn.«
»Sehr wohl, Messire«, sagte Enjorran.
Er hätte vor Évrard den Boden geküsst, wenn dieser ihn darum gebeten hätte, da er ihm seine Hand gerettet hatte. Évrard schätzte ihn als einen vollkommen vertrauenswürdigen Mann ein.
Im Übrigen verkündete er, dass jeder, der noch irgendwelche Bitten vorzutragen oder Überlegungen anzustellen hätte, zu ihm kommen könne, um sie ihm vorzutragen. Die Templer würden sich bemühen, ihnen in der bestmöglichen Weise gerecht zu werden.
Blanche, der Bertoul wie ein Schatten folgte, erbat eine Audienz bei dem alten Ritter.

»Nun, mein Edelfräulein, ich höre!«
»Ich muss mit Euch über mein Lehensgut Vauluisant sprechen, über meinen Verwalter Eudes Gerbaud und über einen Treuebruch, dessen Opfer ich geworden bin.«
Nachdem Évrard Blanches Erzählung angehört hatte, erhob er sich, hängte sich seinen großen, weißen Mantel mit dem roten Kreuz um die Schultern, versammelte seinen Trupp und befahl:
»Und nun alle auf die Pferde und auf nach Vauluisant!«

Als der kleine Truppe fortritt, hatte der Schnee hier und da zu schmelzen begonnen. Blanche hatte Wolke in den Pferdeställen von Tournissan wiedergefunden und Bertoul saß auf dem schönen Wiesel. Blanche war nervös: Was würde sie in Vauluisant vorfinden?
»Die Templer werden dich ohne Probleme wieder in deine alten Rechte einsetzen«, versicherte ihr Bertoul.
»Ich selbst bin das Problem«, sagte sie. »Ich fürchte, dass ich nicht stark genug bin, um ein Gut zu führen.«
»Du bist nicht die erste Schlossherrin, die siebzehn Jahre alt ist«, sagte er. »Es gibt viele in deinem Alter.«
»Woher weißt du das?«
»Ich habe davon gehört. Du kommst sehr gut damit zurecht, ich habe dich beobachtet. Du wirst diesen Verräter loswerden und alles wird wieder seinen normalen Lauf nehmen.«
»Aber ich kenne mich mit der Verwaltung eines Gutes überhaupt nicht aus! Eudes Gerbaud ist sehr sachkundig, und er kennt Vauluisant durch und durch! Wie soll ich ohne ihn auskommen?«
»Niemand ist unersetzlich. Eudes hat dir schon alles erklärt, was du wissen musst. Vergiss nicht, ich war bei dir, als du Vauluisant in Besitz genommen hast.«
»Das stimmt. Also weißt du darüber genauso viel wie ich. Du könntest mir helfen …«
»Da haben wir's!«, sagte er lachend. »Ich merke schon, du willst, dass ich bei dir bleibe, um dir bei der Verwaltung von Vauluisant beizustehen.«

»Und warum nicht?«
Er warf ihr einen schelmischen Blick zu.
»Vergiss nicht, dass ich nach Okzitanien ziehen muss, um die Lieder der Troubadours zu erlernen. Denn ein Troubadour kann sich aus Liebe einer adligen Dame mit seinen Gedichten und Liedern zu Füßen werfen, und sie wird ihn nicht zurückweisen.«
»Dummkopf!«, rief sie aus. »Als wenn ich dich zurückweisen würde!«
»Und wie wäre es … vorher gewesen?«
»Ich gebe zu, das wäre komplizierter geworden, aber es wäre vielleicht doch nicht völlig unmöglich gewesen«, sagte sie lachend.
Er hatte Lust, sie für diese Worte aufs Neue zu umarmen, doch sie saßen auf ihren Pferden, unter den Blicken der Templer. Besonders Renaud ließ noch immer kein Auge von seinem Schützling.

Sie hatten Tournissan am Morgen verlassen und erreichten Vauluisant kurz vor Einbruch der Dunkelheit. Die Tempelritter forderten, die Zugbrücke herunterzulassen und das Fallgitter hochzuziehen. Bei so wichtigen Personen kam Eudes Gerbaud persönlich mit seinen kleinen, eilfertigen Schritten in den Hof, in seinen schönen, weiten Mantel gehüllt.
Als er Blanche hinter Évrard erblickte, hielt er inne. Der Mund blieb ihm vor Entsetzen offen stehen.
»Bl… Blanche de Vauluisant«, stieß er hervor.
»Ah, Ihr erkennt mich also wieder?«, sagte Blanche kühl.
»Ich … nun … ich … Das ist eine Betrügerin!«, rief er schnell.
»Ach, Messire Gerbaud, macht Euch doch nicht lächerlich.«
»Sperrt sie ein! Die wahre Blanche ist dort oben.«
Als Jodelle, die falsche Blanche, den Lärm im Hof vernahm, riss sie sich zusammen und überwand die Lethargie, in die sie der ständige Genuss des Mohn-Kräutertees und anderer opiumhaltiger Getränke versetzte, die Gillette zusammengebraut hatte. Sie begriff, dass Blanche de Vauluisant zurückgekehrt war, ergriff ihren Mantel, stieg etwas schwankend in den Hof hinab und versuchte, Blanche unter all

den bewaffneten Leuten ausfindig zu machen. Als sie sie schließlich erblickt hatte, warf sie sich ihr zu Füßen.
»Verzeiht mir«, flehte sie unter Tränen. »Ich wollte das alles nicht, ich schwöre es Euch. Mein Edelfräulein, bestraft mich, wie Ihr wollt, ich habe es verdient, auch wenn nicht alles mein Fehler ist. Ihr müsst verstehen, ich tat es um meines Bruders willen, denn er wird von den Sarazenen gefangen gehalten.«
Bei dem Wort Sarazenen wandten die Templer interessiert ihre Köpfe nach ihr um, während sich Eudes auf Jodelle stürzte, sie hochzog, am Arm packte und streng zu ihr sagte:
»Aber mein Edelfräulein, erhebt Euch. Was kommt Euch in den Sinn? Ich glaube, Ihr seid noch immer nicht ganz wiederhergestellt.«
»Lasst mich, schmutziger Verräter, Ihr wart es, der mich gezwungen hat.«
»Lasst uns hören, was genau geschehen ist«, seufzte Évrard de Cezain und ging auf den Wohntrakt zu. Langsam begann er sich zu fragen, was all diese Leute ohne die Templer tun würden.

Blanche setzte sich auf den höchsten Sessel, Bertoul zu ihrer Rechten und Évrard de Cezain zu ihrer Linken. Dann mussten Eudes, Gillette, Jodelle und Maleaume einzeln aussagen.
Jodelle bat, als Erste sprechen zu dürfen, und erzählte die ganze Geschichte, so schnell sie konnte, trotz ihrer Schwäche. Blanche ließ sie Platz nehmen und sagte, sie werde ihr Urteil später verkünden.
Maleaume erklärte, dass er mit der ganzen Geschichte nichts zu tun habe. Eudes Gerbaud sei ein guter Verwalter, und er habe ihm aufs Wort geglaubt, als er Blanche als Betrügerin angeklagt hatte.
Eudes Gerbaud wiederum hielt an seiner Version fest, er argumentierte damit, dass Maguelonne de Vauluisant ihm befohlen hatte, das Gut bestmöglich zu verwalten – und im Übrigen, hatte er nicht recht? Es gab keine gemusterten Bodenfliesen, und die Finanzen waren gerettet. Schließlich verwickelte er sich immer mehr in Widersprüche, sodass er am Ende auf die Knie fiel und wimmerte, er

verstehe gar nicht, was da eigentlich geschehen sei, noch, warum er so gehandelt habe. Er flehte, das Edelfräulein möge ihm seine Missetaten und seinen vorübergehenden Wahnsinn verzeihen.
Gillette, steif und arrogant, versuchte gar nicht erst, sich zu verteidigen, machte aber eine enttäuschte und verächtliche Bemerkung über Gerbaud:
»Er ist zwar mein Cousin, doch er ist ein Dummkopf.«

»Ich weiß nicht, was ich tun soll«, seufzte Blanche, nachdem sie die Angeklagten hatte hinausgehen lassen.
Évrard bemühte sich, ihr eine Lektion in Diplomatie und der Führung eines Gutes zu geben.
»Gut«, sagte sie schließlich. »Ich habe verstanden. Hört also meine Entscheidungen: Ich verzeihe Maleaume, der hintergangen worden ist und nur seine Pflicht getan hat; ich werde Jodelle ihre fünfzig Pfund geben, damit sie das Lösegeld für ihren Bruder bezahlen kann. Auch sie war nur ein Opfer der Umstände. Ich werde ihr vorschlagen, meine Kammerzofe zu werden, wenn sie möchte, denn ich brauche jemanden, der mir zur Hand geht.«
»Was für eine eigenartige Idee«, bemerkte Évrard.
»Was Eudes Gerbaud betrifft … schade, denn als Verwalter …«
»Ihr werdet ihn doch nicht in seinem Amt belassen!«, rief Évrard aus. »Das wäre das genaue Gegenteil von allem, was ich Euch gerade erklärt habe!«
»Ich werde ihn auf eine Pilgerreise schicken«, sagte Blanche. »Er wird nach Santiago de Compostella ziehen, um dort für seine Sünden zu beten. Es ist nicht an mir, ihm zu vergeben, das liegt in Gottes Macht. Er ist bis Ostern all seiner Funktionen enthoben, dann wird er aufbrechen. Er wird mir alle Schlüssel übergeben, auch den des geheimen Geldschreines, von dem er mir zwar vage erzählte, den er mir aber nie gezeigt hat. Bis Ostern wird er nicht in seinen schönen Gemächern wohnen, sondern in einem kleinen, kahlen Raum, und er wird mir alles erklären, was ich noch lernen muss, ohne deswegen selbst zum Verwalter zu werden. Und wenn seine Pilgerreise zu Ende

ist, wird er niemals mehr den Fuß nach Vauluisant setzen, er mag gehen, wohin er will, doch außerhalb meiner Sichtweite bleiben. Ist dies gerecht und richtig, Messire Évrard?«
»Ja, ich denke schon«, brummte der Tempelritter, »obwohl ich Euch diesem Verräter gegenüber ein wenig zu nachsichtig finde. Ihr könntet ihn auch genauso gut aufhängen lassen, wisst Ihr?«
»Nein«, sagte sie. »Er ist trotz allem meiner Mutter treu geblieben. Was Gillette betrifft, so weiß ich, dass sie diejenige war, die alles angezettelt hat. Sie hat Eudes das Ganze in den Kopf gesetzt, sie hat Jodelle gefunden, sie liebt es, zu intrigieren und hinter den Kulissen die Fäden zu ziehen. Ich meine, sie hat kein Vertrauen verdient. Sie soll Gott um Verzeihung bitten und muss ein Bußgeld von hundertfünfzig Pfund entrichten, als Lösegeld für drei weitere Gefangene der Sarazenen. Dann wird auch sie sich auf Pilgerfahrt begeben und danach nie wieder meine Ländereien betreten.«
Blanche suchte Bertouls Blick, der diese weisen und guten Entscheidungen guthieß. Évrard war zwar der Meinung, sie seien viel zu milde, doch schloss er sich schließlich ihren Argumenten an.
»Gut«, sagte Blanche. »Lassen wir sie also eintreten und teilen wir ihnen meine Entschlüsse mit.«
Und so geschah es.

Es zerriss ihm fast das Herz, Blanche verlassen zu müssen, doch Bertoul fühlte sich verpflichtet, den Tempelrittern zu ihren Komtureien nach Marlhes und Aulnat zu folgen und im Anschluss daran zum Schloss der Carmelhacs und zum Gut der Auberleaus. Die Tempelritter sahen in ihren Registern nach und prüften die Daten, bevor sie Bertouls Aussage über seinen Vater schriftlich festhielten. Dann stellten sie ihn bei den beiden Familien vor, die ihn jedoch ziemlich kühl empfingen. Für die Carmelhacs war er der Sohn des wortbrüchigen Jüngsten: Die Onkel und Cousins, die er dort hatte, gaben ihm zu verstehen, dass man ihn nicht brauchte. Dennoch trug man

seinen Namen und seine Abstammung in die Archive der Familie ein. Auf Schloss Taillefer war der Empfang derselbe: Er war unerwünscht. Nur eine alte, fast blinde Frau näherte sich ihm schüchtern und sagte zu ihm:
»Nun, du bist also der Kleine von unserer Marie?«
»Ja«, sagte er. »Habt Ihr sie gekannt?«
»Ich war für sie wic ihre zweite Mutter. Ich habe sie an meinem Busen genährt, ihr Geschichten erzählt, ihre Haare gekämmt und sie getröstet, und ich habe sie gepflegt, wenn sie krank war.«
Und ihre Tochter Isabelle ergänzte:
»Sie war meine Freundin und Milchschwester. Wenn Ihr wisst, wo ihr Grab ist, so sprecht für sie in meinem Namen ein Gebet. Die Auberleaus haben ein hartes Herz. Sie war ganz anders. Sie hatte recht, dass sie wegging. Vor allem aus Liebe. Und Ihr, bedauert nicht, dass sie keinen Platz für Euch gemacht haben.«
»Nein, ich bedaure es nicht«, sagte Bertoul.

Ende Februar kehrte Bertoul nach Vauluisant zurück. Kleine Blumen zeigten sich bereits in den geschützten Niederungen. Er ritt in den Hof ein und stieg vom Pferd. Blanche eilte ihm entgegen. Er sagte zu ihr:
»Du bist jetzt meine einzige Familie.«
»Ich verlasse mich fest darauf«, antwortete sie ihm. »Und auch du bist von nun an meine einzige Familie.«
Eine Familie! Das war um Vieles besser als ein Bündnis!

Hennequin war schon vor einigen Tagen eingetroffen und erwartete ihn.
»Ich habe die Informationen, um die du mich gebeten hast, über die Familien Carmelhac und Auberleau«, verkündete er stolz. »Ich habe alles aufschreiben lassen. Bitte, hier ist die Rolle.«
Triumphierend hielt er ihm das Dokument hin, das er hatte aufsetzen lassen, und war ein wenig enttäuscht, als er feststellte, dass Bertoul seinerseits schon alles erfahren hatte. Wie auch immer, vor lauter

Freude über das Wiedersehen verbrachten sie lange Abende damit, sich alles zu erzählen, was sie seit Weihnachten erlebt hatten.

Vauluisant war Bertouls neuer Wohnsitz geworden. Er sah Eudes Gerbaud, der Blanche sein gesamtes Wissen über die Verwaltung des Gutes übermittelte, sehr genau auf die Finger, und er war glücklich an Blanches Seite, die seine Liebe nicht zurückgewiesen hatte, ganz im Gegenteil.

Er bat Maleaume, ihn jeden Morgen in den Regeln der Kriegs- und Kampfeskunst zu unterrichten. Diese Wissenschaft kam ihm barbarisch vor und interessierte ihn im Grunde nur wenig, dennoch musste er wohl oder übel einige Fähigkeiten erwerben, wenn er irgendwann ein echter Ritter sein wollte.

Eines Tages meldete sich am Tor ein einzelner Reiter in einem grauen Mantel und einer blauen Kappe.

»Renaud?«, rief Bertoul aus. »Wieso tragt Ihr nicht das Templergewand?«

»Ich war nur Novize«, erklärte Renaud. »Die Brüder haben mir zu verstehen gegeben, dass ich nicht sehr verlässlich sei, ich habe Euch mehrere Male hintereinander entwischen lassen, als ich Euch bewachen sollte. Ich würde nie ein guter Tempelritter werden. Und außerdem ist es so, dass ich Euch ins Herz geschlossen habe, Messire Bertoul. Ich möchte Euch einen Vorschlag machen: Was würdet Ihr sagen, wenn ich Euer Knappe würde?«

Bertoul blieb vor Erstaunen der Mund offen stehen, allerdings nur einen kurzen Moment lang. Dann hieß er Renaud absitzen und umarmte ihn brüderlich.

Jeden Tag versenkte sich Bertoul in das Zauberbuch mit dem Rubin, um sich tiefere Weisheit und Kenntnisse über die verborgenen Bereiche der Welt zu anzueignen. Nachts ging er in die Dunkelheit hinaus und streckte den rechten Arm aus, bis eine Eule kam, die sich darauf setzte. Er fühlte sich glücklich vor Liebe, aber er wusste, dass es noch etwas gab, das er zu tun hatte – eine Pflicht, die ihn

von Blanche entfernen würde, und diese Aussicht ließ ihn immer häufiger aufseufzen.
»Stimmt etwas nicht, Bertoul?«, fragte sie ihn eines Morgens. »Du warst immer so ein fröhlicher Kamerad … Scheint dir dein künftiges Leben zu eintönig?«
»Ich werde mich auf eine Pilgerreise begeben.«
Blanche stieß einen kleinen Schrei aus.
»Du wirst also wieder fortgehen?«
»Ich muss für Raoulets Seele beten, denn ich war es, der die Wölfe gerufen hat, es ist meine Schuld, dass er tot ist.«
Sie nickte langsam, hin- und hergerissen zwischen Zustimmung und Trauer. Raoulet hatte seinen Tod selbst verschuldet, dennoch verstand sie Bertoul.
»Ich werde nach Rocamadour gehen. Zu Fuß, wie es sich gehört. Aber ich komme so bald wie möglich zurück.«
»Ist es weit nach Rocamadour? Wie lange wirst du fortbleiben?«
»Ich weiß es nicht. Ein Jahr. Vielleicht weniger.«
»Ein Jahr! Das ist schrecklich lange!«
»Nun, sagen wir: einige Monate.«
»Ich werde jeden Tag nach dir Ausschau halten!«
»Damit rechne ich fest, Liebste! Bereite ein großes Fest vor für den Tag meiner Rückkehr, denn dann werde ich dich, wenn du es willst, heiraten …«
Sie fiel ihm mit solcher Heftigkeit um den Hals, dass er glaubte, sie würde ihn nie wieder loslassen, und er tat es ihr gleich.

Weizen

Weizen, das Symbol der Fruchtbarkeit,
bringt den Jungvermählten Glück.
Darum soll man am Ende der Trauungszeremonie
Weizenkörner über das Brautpaar werfen.

Epilog

Frühling

Bertoul machte sich im Frühling auf den Weg, in seinem Sack wie immer seine Kleidungsstücke, seine Musikinstrumente und das Zauberbuch, von dem er sich nie trennte.
Er drückte Blanche kräftig und bewegt an sich. Ein ganzes Jahr! Seitdem sie sich kannten, waren sie noch nie so lange voneinander getrennt gewesen.
»Sei eine gute Lehensherrin, um meiner Liebe willen«, sagte er.
»Dann werde ich vollkommen sein«, sagte sie und konnte die Tränen nicht zurückhalten.
Er erhob die Hand zum Gruß und begab sich auf die Reise. Eulen kreisten am Himmel über ihm, eine seltsame Erscheinung mitten am Tag, doch er fühlte sich beruhigt.

Das Manuskript, das in der Hütte des Holzfällers wiedergefunden worden war, wurde untersucht und dann in den dunklen Tiefen des Tempels weggeschlossen, bis der rechte Moment gekommen wäre, an dem es wieder ans Licht gebracht werden könnte.
Doch dieser Moment, so schien es, würde niemals kommen.

Sommer

Der König begutachtete auf Antrag der Ritter Christi vom salomonischen Tempel zu Jerusalem den Fall des Schlosses und des Gutes Tournissan, ein Lehensgut der Krone, das nun frei geworden war. Übrigens erzählte ihm Évrard de Cezain, der im Heiligen Land gekämpft hatte und den der König schätzte, die seltsame Geschichte des jungen Barthélemy de Carmelhac, der ungefähr bis zu seinem siebzehnten Lebensjahr nicht gewusst hatte, dass er von Adel war und vom Jüngsten seines Geschlechtes abstammte, der dem Tempel verbunden war.

»Ein schönes Lehen wäre ein guter Lohn für die Dienste, die er dem König und dem Tempel erwiesen hat«, sagte Évrard.

»Habt Ihr etwas vorzuschlagen, Messire de Cezain?«

»Gebt diesem jungen Mann doch Tournissan, Sire. Ich bin sicher, dass Ihr es nicht bereuen werdet.«

Der König prüfte den Vorschlag, ließ einen Schreiber kommen und unterzeichnete den Vertrag, der Barthélemy de Carmelhac, bei seinen Freunden unter dem Namen Bertoul Beaurebec bekannt, zum alleinigen Herrn des Gutes Tournissan einsetzte, jenes Gutes, das einst Frau Hermelinde gehört hatte.

In der Region um Tournissan und Mauchalgrin sah man in den Wäldern einen großen, dicht behaarten Mann herumirren, er war völlig verwildert und stieß nicht mehr als ein unverständliches »Mmmhh« aus. Er wirkte überaus unglücklich und einsam. Irgendwann musste er in ein Schlammloch gefallen sein, und man fand von ihm nichts weiter als eine abgewetzte Lederweste. Griffon le Réchin war aus Verzweiflung über den Verlust seines Herrn gestorben.

Herbst

Eines Abends erschien Bertoul Beaurebec am Horizont. Er hatte ein Pferd gekauft, um so rasch wie möglich nach Hause zurückkehren zu können. Die tief stehende Sonne ließ die Farben erglühen und die Umrisse zeichneten sich scharf ab. Blanche sah ihn bereits aus weiter Entfernung, sie verließ schon seit drei Wochen kaum mehr die Spitze des Turms. Sofort ließ sie Wolke satteln und ritt im Galopp auf ihren Geliebten zu.

Sie stiegen von den Pferden, schauten einander lange in die Augen und umschlangen sich innig. Sie rollten über das Gras, auf dem noch die letzten Spätsommerblumen blühten und das so grün war wie Blanches Kleid.

Winter

Sobald er zurückgekehrt war, wurde Bertoul von der Nachricht überrascht, dass er zum Lehensherrn von Tournissan ernannt worden war. Er begab sich zum Grab seiner Eltern und dem Frau Hermelindes, um dort zu beten, und bat sie um ihren Segen für seine Ehe mit Blanche.

Die Hochzeit fand vor Weihnachten statt. Am Ende des riesigen Tisches thronte das strahlende Brautpaar, eingerahmt von seinen Gästen: Hennequin, Frau Félicité und deren Kinder, zu denen sich ein Baby gesellt hatte, das, vom Vater mit Entzücken betrachtet, in Félicités Armen fröhlich vor sich hin plapperte; Renaud, der Knappe und persönliche Berater Bertouls; Gaucher Sevestre, der von Zeit zu Zeit ein Festmahl keineswegs verschmähte; Jodelle, die ihre junge Herrin mit zärtlichen Blicken betrachtete und bei jeder Gelegenheit ihr Kleid und ihre Frisur zurechtzupfte; Évrard de Cezain und sein Trupp von Templern; adlige Herren und Damen aus der Umgebung, sämtliche Bewohner des Schlosses sowie Bauern aus den umliegenden Dörfern. Jeder sollte von dieser schönen Liebe, dieser großen Gottesgnade wissen, die aus einem demütigen Musiker einen tapferen, ritterlichen und weisen Herrn gemacht hatte.

Auf einem Chorpult hinter dem Brautpaar war das Zauberbuch ausgestellt. Sein Rubin glitzerte im Schein der Fackeln – oder war es sein eigenes Licht, das da flackerte, als würde es all das gutheißen?

Als es Nacht wurde, erstrahlten die Sterne am kalten Himmel und das Brautpaar stieg hinauf in den Wehrturm, gemeinsam in einen Mantel geschmiegt. Die Wölfe sangen in der Ferne. Von oben war ein Heulen zu hören. Bertoul trat ans Fenster und streckte den Arm aus, auf den sich sogleich eine Eule setzte. Sie schaute ihm einen Augenblick lang tief in die Augen, um dann in lautlosem Flug zu entschwinden.

»Die erste Pflicht des Magiers besteht darin, die wahre Liebe überall da zu erkennen, wo sie sich zeigt«, zitierte Bertoul.

»Wo hast du denn das gelernt?«, sagte Blanche und lachte hell auf.

»Das Zauberbuch mit dem Rubin irrt niemals.«

Die Autorin

Béatrice Bottet wurde 1950 in Paris geboren. »Ich war immer sehr empfänglich für die Prägungen der Vergangenheit: Traditionen, Legenden, Lieder, Mythologien.« Aus dieser Leidenschaft heraus lehrte sie zunächst Literatur und Geschichte, bis sie merkte, dass ihr größtes Anliegen darin besteht, historische Stoffe in Jugendbüchern anschaulich und spannend umzusetzen. Inzwischen hat sie mehr als ein Dutzend Kinder- und Jugendbücher verfasst.